密命売薬商

鳴海　章

集英社文庫

密命売薬商　目次

本書は、二〇〇六年九月、集英社より刊行された『薩摩組幕末秘録』を文庫化にあたり加筆修正し、『密命売薬商』と解題したものです。

「青春と読書」二〇〇五年六月号に掲載された「絶叫海峡」のほかは、単行本化にあたり書き下ろされました。

密命売薬商

絶叫海峡

真っ向から叩(たた)きつけてくる烈風(かぜ)が咽(のど)を塞ぐ。

呼吸(いき)ができない。

雨と波飛沫(なみしぶき)にぐっしょり濡(ぬ)れた単衣(ひとえ)木綿が藤次(とうじ)の肌にぴたりと張りつき、容赦なく体温を奪っていく。歯が鳴りやまなかった。

舳先(へさき)に突き出した一本水押(みおし)の右と左で、見る見る盛りあがっていく鉛色のうねりに目を奪われ、あごが上がった。

すっかり肝を奪われ、躰(からだ)の震えさえ止まる。直後、頸(くび)の骨がいやな音をたてて軋(きし)んだ。

頭上はるかまで育った怒濤(どとう)は、迫り来る二つの巨大な山となる。

右の方がわずかに速い。

舳先に立つ表仕(おもてし)の巳三郎(みさぶろう)がふり返った。洋上で暮らす水手(かこ)ながら役者のように色白の顔は、今、凄絶なまでに蒼(あお)ざめている。

大口を開け、怒鳴った。

「結んだがけ」

「もう少し」

怒鳴りかえしたのは、顔にも躰つきにも子供っぽさが残る炊(かしき)の利久平(りくへい)である。巳三郎が結んだかと訊(たず)ねたのは、利久平が手にしている荒縄を指していた。

帆柱は一本の丸太ではなく、細い杉材を何十本と束ね、ところどころ鉄の環(わ)を嵌(は)めた一辺が一尺余の太い四角柱だ。それが今にも折れそうに撓(しな)り、音をたてていた。まだ、三分(ぶ)ばかり帆があがっている。帆柱の根元に座りこんだ藤次の躰を、利久平は荒縄でぐるぐる巻きにしていた。

船がいきなり横倒しになる。藤次は、あっという間に投げだされ、胸に巻いた縄が張りつめる。利久平は、とっさに帆柱をつかんだ。

乗り組んでいる者のうち、藤次だけが本職の船乗りではなく、波にさらわれる恐れがある。それで巳三郎は、利久平に藤次と船とをしっかり結ぶよう命じていた。

腹に響く怒濤とともに、船はふたたび起きあがった。

改めて利久平が縄を結びだした。両腕を突きあげた藤次の胸を、荒縄がぎりぎり締めつける。肋骨(あばらぼね)が鳴った。

「少(すこう)し痛いか知らんが、辛抱してくれろ」

耳元で怒鳴る利久平に、藤次は何度もうなずいた。

海へ投げだされないためなら痛みなど何ほどのことがあろうか。船はぐらぐら揺れていて、ひざをつくことさえままならない。藤次は、自分の左胸あたりにある利久平の手元に目をやった。

波に濡れ、吹きつけてくる風に利久平の指は真っ白になり、動きはぎこちなかった。それでも唇をとがらせ、眉間にしわを刻んで懸命に結んでいる。

もっとも利久平が縄を結んでいるのをじっくり見る余裕などなく、迫り来るうねりにまたしても目を奪われた。

「まだか」巳三郎は前を睨んだまま怒鳴った。「急げ」

「あい」

咽を裂かんばかりに返事をしたが、利久平の声は狂風にはじき飛ばされ、船首まで届かない。

「よし」

結び終えた縄に手をかけ、強く揺さぶって利久平がいった。次いで縄の一端を鼻先へ突きだす。

「しっかり握ってて。強く引っぱれば、ほどける」

航海の間、水手たちが綱や縄の結び方に多彩な仕掛けを施しているのを目にしている。利久平のいう意味は、すぐにわかった。

船が転覆したとき、躰を縛りつけたままでは船もろとも海中に引きずりこまれてしまうのだ。口中が塩辛く、からからに渇いていて返事ができなかった。唾を嚥(の)みこもうとしたが、それさえうまくいかない。

縄の端を受けとり、掌(て)に二、三度巻きつけた藤次を見て、利久平が頬笑(ほほえ)む。こぼれる白い歯を見て、ああ、いつもと同じだ、と思った。

まるで愛想のない海の男たちの中にあって、利久平だけがつねに明るい笑顔を見せ、藤次の世話を焼いてくれた。船中のしきたりや簡単な航海術、船の仕組みまでも、修業中の身で生意気だけどと断りながら一つひとつていねいに教えてくれた。

もし、利久平が相手をしてくれなければ、これといってすることもなく、言葉すら発せず、日がな一日座りつづけていなければならなかった。

歳(とし)はまだ十六で、藤次の半分だが、利久平は親切で頼りになり、兄貴分とさえいえた。逆に利久平にしてみれば、藤次だけが理不尽に殴りつけたりしない唯一の相手なのだろう。

冷雨のために唇の色まで奪われていたが、いつもと変わりない少年らしい笑顔に胸の底が温かくなる。

立ちあがった利久平は右に左に大きく傾(かし)ぐ踏立板(ふたていた)の上を船尾(とも)に向かった。

ときに弘化(こうか)三年（一八四六年）正月、北西の季節風が吹きつのる日本海は荒れ、波が沸きたっていた。五百石積みの弁財船(べざいせん)『豊勝丸(ほうしょうまる)』は激浪に抗(あらが)い、間切り走りをしている。

右方から寄せてきたうねりの裾が、豊勝丸の右舷へ滑りこんでくる。

これから何が起こるのか、まるで予想のつかない藤次はいたずらに躰を強張らせているしかない。本当のところを何一つ知りもしないくせに冬の海は荒れるなどと一丁前の口を利いていた己が今さらながら恨めしかった。

船が左に傾き、船首がじょじょに持ちあげられる。胃の腑を持ちあげられた藤次は、生唾を嚥み、爪先からはいあがってくる恐怖に思わず足を縮めた。

「あかん」巳三郎が絶叫する。「取り楫や、取り楫」

うねりは右が速いと見えたが、いつの間にか左が速度を増し、豊勝丸の傾きは水平になっていた。だが、つかの間のことだ。見る間もなく右へと傾きはじめる。

強風に帆があおられ、帆柱の軋みが藤次の背骨を打った。

楫子の六郎平と利久平が楫柄にとりつき、必死の形相で左舷側へ引きよせようとしていた。巳三郎の指示が間髪を入れずに飛んだため、利久平は自分の腰と船とをつなぐ命綱を結ぶ余裕すらなかった。

真っ向から吹きつけてくる暴風を、帆桁を船体と平行にして受け、真横に流れそうになるところを大きな楫板で打ち消すことで、わずかばかり前へ進む力に変える。それが間切り走りと、利久平が教えてくれた。

だが、前進といっても遅々としたもので、風に吹き戻されるは再三、たまたまうねりからすべり落ちた方向が針路と同じならばかろうじて一歩を踏みだすといった塩梅である。

帆を横向きにしているのではらむ風はわずかだが、荒れ狂う力は凄(すさ)まじく、船は簡単に横倒しになる。打ちこむ波をくぐり抜け、水手たちが必死に楫や帆を操ることで船は起きあがり、危ういところで転覆をまぬがれていた。

どんと突きあげられ、全員の躰が宙に浮く。次の瞬間、藤次はいやというほど尻を打ちつけた。

さらに舷側(ふなべり)をがりがり擦(こす)りながらせりあがっていく怒濤は、一瞬にして帆柱より高くなった。

船は大波の横腹に張りついている。

水手たち、そして藤次は頭上の海面を見あげる恰好(かっこう)になった。

帆柱にしがみついた藤次は、今にも海が墜(お)ちてきそうな光景に肝を縮めた。宙に抛(ほう)り投げられた胃袋は咽もとに殺到し、へそから下が遠ざかっていく。

今にも転覆という刹那、巳三郎が号令をくだして船首を転じ、船体がぐっと起きあがった。だが、まっすぐに立っていたのも瞬時、今度は反対側へ蹴倒され、またしても舷側を越えて成長していく波を眺めることになる。

張りつめた縄が容赦なく藤次を締めつけていた。

口にあふれた黄水(きみず)を飛沫が洗いながし、苦いやらしょっぱいやら……。いや、味などとうにわからない。咽が焼けただれたようにひりひり痛むばかりだ。

天を覆う風の叫びが腹の底を重くふるわせる。

手が痺れ、帆柱をつかんでいる指が外れても利久平が持たせてくれた縄の端だけは離さなかった。またしても胸に巻いた縄が食いこみ、息が詰まる。

海水が目に口に耳に鼻に入ってくる。わずかに飛沫が途切れ、噎せつつも顔を拭って目を開いた。

後悔した。

左右からうねりに押しよせられ、豊勝丸がぐんぐん船首を持ちあげていくのを目の当たりにしたからだ。

二つのうねりは一つに溶けあい、巨大な壁となって豊勝丸の行く手に立ちふさがろうとしている。

「あわ、あわ、あわわわ」

楫柄をとっていた六郎平が言葉にならない悲鳴を上げた。船尾に目をやった巳三郎は口許を歪めた。

後方からも巨大なうねりが押しよせ、楫を翻弄、柄を押さえきれなくなった六郎平がだらしない悲鳴を漏らしている。両腕で楫柄をかいこんだ利久平は歯を剝きだしにしていた。顔からは血の気が失せている。

ただ一人、船頭である狐原屋源右衛門だけが帆柱と舷側を結ぶ縄の一本を片手でつかみ、まるで表情を変えず仁王立ちしていた。源右衛門は豊勝丸の所有者ではあったが、操船一切は表仕の巳三郎に任せて、口を出さなかった。

　後方から襲いかかったうねりは、豊勝丸をあっさり追いこし、前方から迫ってくる巨大なうねりと衝突する。ぶつかり合ううねり同士は先を争うように天に向かい、それがために海面は立ちあがろうとしていた。

　海面だけを見ていると、豊勝丸はまるで後退しているようにさえ見える。しかし、実際には凄まじい速度で前へ押しやられていることは、素人の藤次にもわかった。胃の腑が重く押さえつけられているからだ。

　前進しながら豊勝丸はさらに船首を持ちあげた。

　成長する波は、さながら天を衝こうと上昇していく灰色の龍と映った。無数の波が鱗で、そそり立つ波の側面がくねる胴。豊勝丸は龍に取りつき、よじ登っていくシラミほどもない。

　さすがに立っていられなくなったらしく舳先にひざをついた巳三郎は、命綱をたぐり、波を見あげて叫んだ。

「来るぞ」

　藤次は悲鳴をほとばしらせていたが、風と怒濤の轟きにかき消され、自分の耳にさえ聞こえない。血を噴くかというほど咽が痛む。

　ふいに龍は上昇をやめ、鉤爪のついた前肢を広げるとあごを引き、腹をよじ登ってくる豊勝丸を睨めつける。

次の瞬間、頂点で波頭が砕け、飛沫が四散、龍が巨大な口を開いた。

龍が豊勝丸を呑みこもうとした刹那、曇天に閃光が走り、その姿がはっきり浮かびあがる。

稲光。

藤次は閃光に目を射ぬかれた。

つづく雷鳴は、聞く者の臓腑をえぐる咆哮に他ならず、鉤爪の先端と化した波頭が男たちの頭上へ崩れおちてくる。

巳三郎は踏立板にひたいをつけ、源右衛門は帆柱を片腕で抱えこんだ。楫柄に取りついた六郎平と利久平だが、取り楫も面楫もあったものではない。

叩きつける波に突き飛ばされまいと、男たちは船にしがみついた。

叫びつづける藤次に荒海が襲いかかる。

声は嗄れ、目はつぶされる。

真っ暗闇の水底に引きずりこまれる。藤次の意識は呆気なく断ち切られ、水の重みもすぐに感じなくなった。


さかのぼること三月、雪がちらほら舞いはじめた弘化二年初冬、藤次は、源右衛門を訪ねた。

越中富山湾にそそぐ常願寺川河口の水橋浦に狐原屋はある。

一航海の運賃として藤次が切りだした額に、源右衛門のしわだらけの目蓋（まぶた）がぴくりと動いた。

「六十貫目、と……」

「へい。運び賃として」

藤次はうなずいた。

しばらくの間、源右衛門は黙りこみ、思案している様子に見えた。銀で六十貫目となれば、金貨一両が銀七十五匁（もんめ）に値する加賀（かが）藩領においては、八百両に相当する。

ようやく源右衛門が口を開いた。

「大坂（おおざか）から蝦夷地（えぞち）へ行って、そこで積んだ荷を長崎へ運ぶんだったな」

「へい」

大坂を出て、日本海で何カ所か寄港、荷を積み、蝦夷地に達するまでほぼふた月かかる。戻りは、どこにも寄港せず長崎だけを目指すので沖走りができ、航海日数は大幅に短くできる。航海の期間が短いほど源右衛門が得られる利益は大きくなる。

探るような目で藤次を見た源右衛門がつぶやいた。

「儂（わし）にとっては、悪くない話だが」

提示した代銀は、五百石積みの『豊勝丸』を春先から初冬まで航海させて、源右衛門が手にする稼ぎの五割増しになる、と藤次は踏んでいた。しかも今回の仕事は初夏には終わるので、うまくすれば冬までにもう一航海できるだろう。

破格の条件には、理由があった。

冬の日本海は荒天続きのため、毎年十月から翌年の一月まで、一応すべての運航が停止される。水密甲板を持たない弁財船は、波に打ちこまれると沈没する危険があった。また天下の台所と呼ばれた大坂と、人口百万を数える大消費都市江戸を結ぶ航路と違って、秋に収穫された年貢米を運びおえてしまえば、日本海航路の重要性はさほどでもなくなる。

そのため水橋浦に住み、商売の基地ともしている源右衛門は、雪深い冬期間だけは持ち船を大坂に陸揚げし、冬囲いをしていた。船に始末をつけ、自宅にもどってきて二日と経っていないはずだ。

「しかし、儂は……」

口を開きかけた源右衛門をさえぎるように藤次はいった。

「もちろんお頭が買積船の商売をされているのは聞いております。そこをおして、お願いを申しあげます」

両手をつくと藤次は頭を下げた。

弁財船の運航には、大別して運賃積船方式と買積船方式の二つがあった。

船頭というのは、船主を意味し、必ずしも船乗りである必要はない。それゆえ船頭と呼ばれながらも一度も海に出ることのない者もある。船に乗りこみ、運航の全責任を負うのは表仕である。

もちろん、水手として金を稼ぎ、船を買って船頭になる者もある。その場合、船頭自ら表仕を兼ねることも多かった。このため船に乗らない船主を居船頭、自ら船に乗る船主を直乗ないし沖船頭と呼んで区別する。

源右衛門はもともと商人で、船乗りではなかったが、自ら船に乗った。豊勝丸が買積船であることと関係している。

買積船では、積み物を船頭自身が買いつけ、運んでいった先々で売ることで利益を得る。船が遭難すれば、積み荷、船ともども損失のすべてを船頭が負わなければならないが、土地によって生じる価格差を機敏に読み、売りさばくことによって利ざやを稼げるため、運賃積みに較べて何倍もの利益を手にできる。それだけに商人源右衛門の性にあった。

「儂が運び賃をもらうということは、荷はあんたが手配するんだな」

「へい」

今回の航海は、大坂を出港して日本海側へ出たのち、酒田で米と酒、秋田で塩、煙草そのほかを積みこむが、いずれの荷もあらかじめ藤次が用意すると説明した。積み荷は蝦夷地で商品を買いつける際の交換手段として使われる。

すんなりと源右衛門がうなずかないのは、ひょっとしたら積み荷が二倍、三倍、あるいはそれ以上の価格で売れるかも知れない買積船のうまみと、一度の航海によって得られる銀の重みを秤にかけているためであろう。

「しかし、船は儂一人で動かせるものではない」

「重々承知しております。そこで帆待、切出の分として銀七貫目をおつけします」

買積船の場合、乗組員たちは積み荷の一部を自分のものとして売りさばき、自らの収入とすることが習慣的に許されていた。このうち、航海全体を取り仕切り、責任を持つ船幹部たちの取り分を帆待、ほかの乗組員で分ける分を切出という。

買積船では、船主に内緒で荷物を積み、行った先で売ってしまうのも不可能ではない。だが、あまり欲をかけば、過積載に結びつき、海難の一因となった。最悪の事態を防止するため、積み荷の一部を船乗りたちが自由に売りさばける帆待、切出の制度が誕生したのである。

帆待は積み荷の一割、切出は五分が相場だ。銀七貫目であれば、豊勝丸の一航海で得られる利益の一割七分となり、乗組員にとって十二分といえる。帆待、切出を積み荷の代わりに銀で支払おうと藤次はいうのである。

だが、源右衛門はにこりともしないで訊いてきた。

「もう一声、色をつけてはもらえまいけ」

藤次には、源右衛門のひたいに映る秤がまだ均衡しているように見えた。

もう一押しだ。

「では、あと五百匁、七貫五百でいかがでしょう。これで手前どももいっぱいでございます。逆さにされても鼻血も出ません」

七貫五百匁は百両に相当する。

乗組員の食費と運航にかかる諸経費は荷主持ちがならいであり、しかも、積み荷は荷主が用意するのであれば万が一海難に遭い、荷を捨てても源右衛門の損とはならない。それでも源右衛門は首肯しようとしなかった。

「たしかにうまい話だが……、ちょっとうますぎて薄気味悪いな」

運賃積船方式と買積船方式、双方のいいところだけを取ったような条件に、源右衛門はなおも猜疑の目を向けていた。

「抜け荷か」

半ば独り言のように問いかけてきた源右衛門に、藤次は笑みを浮かべ、何とも答えなかった。

抜け荷とは、密貿易のことだ。外国との交易に関しては、幕府が厳しく制限を加えているのだが、莫大な利益という魅力には逆らえず薩摩をはじめ諸藩で横行しているのが実情である。

源右衛門が訊いた。

「して、蝦夷地で買いつける品とは」

「昆布でございます」

「昆布だけかえ」

いささか拍子抜けした体で源右衛門はつぶやいた。

「昆布だけにございます」

藤次はもう一度くり返した。

源右衛門が腕組みする。

「大坂、蝦夷、長崎、大航海だ」

「無理でございますか」

「無理なものか」

「ただし、蝦夷地の交易所には明年一月のうちに着到してもらわねばなりません」

期限を聞いた源右衛門は低く唸った。

春とはいえ、一月といえば、まだ大西風の影響で海が荒れている可能性が高い。しかし、一月の航海は非常に数が少なくはあっても皆無というわけではなかった。

「やってやれなくもないが、そうすると今すぐ発つ仕度にかからねばならない」

藤次がたたみかける。

「昆布を仕入れるのは松前ではなく、利尻になります。ご存じですか、利尻という島なのですが」

「ああ、聞いたことはある」

蝦夷地の玄関口松前と違って利尻はさらに百里あまりも北上しなければならない。そこへ一月中に着こうというなら荒れる日本海の突破は必至だ。

「ところで、あんたは於菟屋さんの」

「へい、売薬にございます」

「於菟屋といえば、薩摩組の元締めだが」

源右衛門はあごを撫で、探るような目で藤次を見つめていた。

越中の売薬商売は、薬草に興味を持ち、自ら製薬も手がけた富山藩二代目藩主前田正甫に源を発し、かれこれ百五十年あまりの歴史を持つ。

元禄三年（一六九〇年）、江戸城内において突然腹痛に襲われた大名に正甫が薬を与えたところ、たちまちに快癒し、以来各国大名から薬を求められるようになったという。

諸国への出入りが厳しく制限されている時代にもかかわらず富山の売薬商たちが各地を行き来できたのには、そうした事情があるとされた。売薬商売は順調に発展し、宝暦年間（一七五一—六四年）には富山藩の中心産業となった。

売薬商たちは、商売に出かけていくそれぞれの国ごとに仲間組を作り、助け合うだけでなく、厳しい掟をたがいに課していた。今では二十二組となり、売薬商も二千人余を数える。薩摩組は、その名の通り薩摩国で商売をする売薬商たちの組織であり、源右衛門がいった通り大手薬種問屋於菟屋が元締めとなっていた。

「薩摩じゃ、あんたら売薬の出入りが御法度になったんじゃないのかえ」

「よくご存じで」

「儂も見くびられたもんだ。ここは水橋浦だ」

売薬といえば、越中富山の専売特許と見られがちだが、同じ越中でも加賀藩領の水橋浦、東岩瀬、滑川などでもさかんに行われていた。

売薬商たちは、全国津々浦々を巡り、諸国の事情に通じている。まして船頭として大坂、長崎、そのほかを渡り歩いている源右衛門であれば、裏の裏まで知り尽くしていても不思議ではない。

たしかに薩摩藩は、売薬商の出入りを禁じている。薩摩藩は、領民に対し、厳しい施策で臨んでいることが知られており、年貢の取り立てに支障を来すとして領民が勝手に物品を購入することを禁止しているのだ。

「利尻の昆布を持っていけば、また薩摩で商いができるようになるのかい」

「さあ」

藤次は首をひねって見せた。

「手前ごときは、主にいわれました通りに動くばかりしか能がございませんで」

売薬商たちは、商いに出かけた際、必ず手土産を持参した。商いの額が大きくなれば、手土産も豪華なもの、貴重なものになる道理である。

源右衛門は、藤次の様子にかまわずつづけた。

「薩摩の連中と付き合いがあるのかい、藤次さん」

「いえ」

「彼らは腹が黒いというか、深いというか、何を企んでるか、わからんところがある。おそらく利尻の昆布にしたところで、自家で使うつもりはなかろう」

薩摩藩は、逼迫した財政を建て直すため、なりふり構わず金集めに奔走していた。利尻昆布も唐国との密貿易の材料にする腹づもりがあることは、藤次も察していたが、口が裂けてもいえなかった。

さらに力を養いつつある薩摩藩の次なる狙いは、天下取りだとまことしやかに噂する者もあった。戦乱の世がやって来るというのである。だが、於菟屋に使われているにすぎない藤次にしてみれば、固く閉ざされた薩摩の門扉をこじ開けることの方がより重大事であった。そのため、利尻の昆布が要る。

床に手をつき、ひたいをこすりつけ、藤次は懇願した。

「どうか、お頭、お願いいたしまする」

結局、源右衛門は承けてくれた。

冬の海が牙を剝いた。

前後から襲いかかった巨大なうねりは、豊勝丸をひと呑みにし、次いで吐きだした。息を吹き返したものの、藤次は自分がどこにいるのか、すぐにはわからなかった。

顔を上げ、後ろを見やる。楫柄に取りついている男の丸い背が見えた。

何かがおかしかった。

はっとして周囲に視線を飛ばす。楫柄を抱えているのは一人だけで、利久平の姿がどこにも見えない。

身を乗りだしかけた藤次は、躰を拘束している縄に引きもどされ、尻餅をついた。

利久平は波にさらわれたのか。

だが、水手たちは一向にあわてた様子もなく、各々の仕事に懸命に取り組んでいた。

呆然としているのは、藤次ばかりだ。

一方、豊勝丸は、腕の立つ表仕巳三郎の手からもついに離れつつあるかに見えた。だが、誰一人諦めようとはしない。

巳三郎が声を張りあげた。

「七郎平、帆を下ろすぞ。政八、亥吉、轆轤だ。六郎平、取り楫」

船内作業を取り仕切る親仁の政八と追廻の亥吉は、船尾の木戸をはねあげ、船倉に潜りこむと轆轤に取りついた。

巳三郎の補佐役を務める片表の七郎平は、揺れる船の上で足を踏んばりながら帆柱の根元まで行き、帆桁を固定してあった綱をほどきにかかった。

船倉では、政八と亥吉が歯を食いしばり、轆轤から張りだした横棒を懸命に押している。歯の浮くような軋みとともに轆轤がじわりと回り、帆がわずかに下がる。

楫柄を両腕で抱えこんだ六郎平は、おのれの全体重をかけて引いていたが、横波を受けつづける楫は中立のままびくともしない。見かねた知工の金蔵が楫柄に飛びつく。

躰も小さく、ふだんは操船に手を出さない金蔵だが、船が翻弄されるのに居ても立ってもいられなくなったのだろう。

舳先から帆柱の天辺に伸びている筈緒が風を切り、びゅうびゅう鳴っている。風をはらんだ帆は暴れまくったが、男たちの懸命な作業によって何とか下ろすことができた。

座りこんだまま藤次は、源右衛門を見あげた。すでに乗組員を一人失い、さらに船そのものが海の怪力に圧しつぶされようとしている。いくら積み荷を失っても損はないとはいえ、船が沈めば源右衛門の丸損となった。

否。

藤次は唇を噛んだ。

源右衛門にしてみれば、水手の命を失うことに較べたら、船などどうでもいいのかも知れない。

蝦夷地行きの話を持ちこんだのは藤次だ。この話さえなければ、危難に遭うこともなかった。さぞや恨めしく思っているだろうと恐る恐る目をやっていたが、源右衛門はそこかしこに視線を飛ばしてはいたものの、おだやかな表情を浮かべつづけている。

恐怖と後悔が綯い交ぜとなり、さらに源右衛門や水手たち、取りわけ利久平への申し訳なさが募る。

藤次は堪えきれなくなって声をかけた。

「お頭」

気づいた源右衛門は、藤次に目を向けたが、笑みを浮かべて力強くうなずいた。まるで海のことは巳三郎にすべて任せておけば安心とでもいうように……。

帆が完全に下ろされると、帆柱の軋みもだいぶおさまった。船体は今にも毀れそうに思えたが、じょじょに船首の向きは変わりつつある。筈緒の風切り音がいくぶん低くなってきた。

「つかせるぞ」

ふたたび巳三郎が大声で命じ、六郎平と金蔵が太い声で応ずる。

楫が切りかえされ、船首が波を蹴立てて風上に向けられた。

「楫、揚げろ」

巳三郎の命令に従い、六郎平と金蔵が楫の身木上端に綱をかけ、後部船倉の轆轤と結んだ。政八、亥吉がふたたび轆轤を回しはじめる。

豊勝丸の楫はゆっくりと海中から姿を現し、やがて船尾にはねあげられた。

「七郎平」巳三郎は怒鳴った。「たらしだ」

船首部にもどっていた七郎平は舳先に飛びうつり、舷側に引っかけてある四本鉤の鉄錨を持ちあげて訊いた。

「いくつ」

「全部だ、全部放りこめ」

豊勝丸は重量の違う錨を六個備えていた。船首両舷にそれぞれ三つずつ引っかけてある。七郎平は休む間もなく六個とも海に放りこんだ。

錨に結ばれた綱はたちまちに伸び、ぴんと張る。

帆を下ろし、荒波を頑丈な船首で受ける。楫は揚げて、吹きつけてくる風に流されまいと錨を投じる。船乗りたちが打つべき手は、すべて打たれていた。

あとは祈るくらいしかない。

唐突に藤次は悟った。

運命（さだめ）なのだ、と。

冬の荒海を渡るのも、蝦夷地に向かわざるをえなくなったのも、嵐に翻弄され、あるいは波にさらわれるのも、生きるも、死ぬも、すべて運命なのだ。

嵐の中、船が後戻りできないように誰もが抗いがたい運命に押し流されている。

しかも、藤次の大航海は始まったばかりなのだ。

知らず知らずのうち、藤次は念仏を誦（ず）していた。

南無阿弥陀仏（なむあみだぶつ）

南無阿弥陀仏

南無阿弥陀仏……

蝦夷地の春

第一章　胡蝶剣

一

七つの頭がそわそわと動き、右を盗み見、左をのぞき、上目遣いに恐る恐る自分の方を窺(うかが)っているのを、馬渕洋之進(まぶちようのしん)は眺めていた。

　七、八歳の男児ばかり七人である。ふだんでもじっとしているのが苦手な上、陽(ひ)も暮れてそろそろ腹も空(す)こうという頃合いともなれば、細長い机を前にかしこまって、筆を手にしているのは難しい。

　加賀藩の藩都、金沢(かなざわ)の郊外にある留源寺庫裡(りゅうげんじくり)の一室、読み書きと算盤(そろばん)を教える私塾で、子供たちは塾生、洋之進が塾頭を務めていた。

　洋之進は体格こそよかったが、青白く下膨れの顔をしていて、どうにもしまりがない。それゆえ、子供にもなめられると、よく人にいわれた。

　剣術指南をつとめる家柄の長男で、自宅には小さいながらも道場を構えていたが、太平の世が長くつづき、また一風変わった流派であることが災いして、ここ数年は一人も門弟がいない状態がつづいている。

落ちつかないのは子供たちばかりではない。洋之進も腕組みをほどいてはまた組み直し、あごのわきを掻いたり、宙に目を据え、ため息をついたりしていた。

やがて堪えきれなくなった一人の子供が声をかけてきた。生糸商の三男坊で、末っ子として甘やかされて育ったせいか物怖じしないところがある。

「先生、そろそろ」

「そうだな」洋之進はようやくうなずき、意を決した。「よし、本日はこれまで」

塾頭のひと言に子供たちは習字の道具を片づけ、一人また一人と威勢よく挨拶をして帰っていった。さきほど声をかけてきた生糸商の倅を含む三人が最後に片づけを終え、立ちあがると、洋之進も尻を持ちあげ、大刀を腰に差し、最後に部屋を出た。

玄関に一人の女性が立っている。年齢の頃なら二十四、五、生糸商の倅の姉で、お亮といった。

「あら、先生」

ぱっと顔を輝かせたお亮がていねいに辞儀をする。

「いつもお世話になっております」

「あ、いや、どうも、これはごていねいに……」

口の中でもぐもぐと挨拶を返したが、決して勿体をつけているつもりはなく、お亮の前に出ると舌が引き攣れてうまく言葉が出てこないだけのことだ。お亮が出ていき、子供たちもいなくなったあと、洋之進は懐手をしたままひとりごちた。

「情けない男だね、お前は」

馬渕塾に通っているのは、近所の商家の子供たち、それも次男、三男、それ以下が多かった。塾の費用は微々たるものだが、それでも小商人には負担であろう。

本来であれば無償で教えたいところだが、洋之進としても塾から上がる収入を手放すわけにいかなかった。

馬渕家が背負う借財は、洋之進と父豊之進が得ている年収の三倍を超える。本来、藩士は町人から金を借りてはならない決まりになっていたが、背に腹は代えられず知り合いの商家に莫大な借金をしていた。また武家同士が金を出しあい、結成されている頼母子講にもたびたび救われている。こちらは無担保だが、高い利子がついた。

生活が苦しいのは、指南役といっても扶持は知れている上、藩財政の悪化を理由として、しばしば『半知借り上げ』が強行され、ほとんど収入が半減しているためだ。さらに、道場はあっても一人の門弟もいないことが追い打ちをかけている。

だが、借金のもっとも大きな要因は洋之進の母が大病をしたことにあった。父は治療に手を尽くし、そのためありったけの金を注ぎこんだが、手当ての甲斐なく母は数年前に他界してしまった。

藩庫からもらい受けた給米もすべて商人に売り渡し、手にした銀は即刻借金返済にまわしている。息をしているだけで借金がかさむ状態にあったが、父も洋之進もいたって能天気に暮らしていた。元々金銭に淡泊なところがあり、亡くなりはしたもののできるだけの手だてをして母を見送ったことにも満足していた。

歩きだしながら洋之進はお亮の面差しを思いうかべていた。

ぼんやりと歩いているときばかりでなく、塾で子供たちに教えているとき、厠でしゃがんでいるとき、ときには剣術の稽古をしている最中にさえ、屈託を感じさせないお亮の明るい笑顔が眼前にちらついた。

お亮は十六歳の時、金沢市中の呉服商へ嫁いだのだが、出戻りをしていた。どのような事情があったのか、洋之進は知らない。わかっているのは、勝ち気でぽんぽん物をいうお亮を、自分が憎からず思っていることだけだ。

憎からずどころか、ぞっこん惚れこんでいる。

しかし、曲がりなりにも武士である自分と、商家の出戻り娘では、身分が違いすぎ、添い遂げられる望みはまったくない。決してほのかとはいえない恋情は、洋之進の胸にしまいこみ、誰にも知られてはならなかった。

三十をいくつか超えた洋之進だが、未だ独り身である。

留源寺から自宅までさほど遠い距離ではなかったが、お亮についてあれこれ思いえがきながら歩いていると、とくに短かった。

玄関に入った洋之進が声をかける。

「ただ今帰りました」

父親と二人暮らしの家なので声をかけたところで誰も迎えに出てくることもない。しかし、今日は違った。家の奥からどたばたと足音が近づいてくる。

「すえ、季丸……」

三十過ぎの息子を、父は時々幼名で呼んだ。

「お客だ。座敷にお通ししている。お前も早く参れ」

「はい」

でっぷり太った丸顔の父、豊之進はかなりせっかちな性分である。洋之進が返事をしたときには、とっくに背を向け、足音高く廊下を遠ざかっていた。

黒羅紗布の上に並べられた二振りの刀を前にして、洋之進は、ぐっと奥歯を嚙みしめた。借財も、塾も、お亮の面差しさえも脳裏からきれいに消えている。

眼前の二刀はともにまったく同じ拵えで、どちらも全長が一尺もなかった。

刀をはさんで向かいあっている男は、小柄で痩せていた。上品な髷は半白、顔には深いしわが刻まれている。口許におだやかな笑みをただよわせ、ちょこなんと座っているのは廻船問屋『柏屋』の主で与左衛門といった。

「いかがでございますか、若先生。よろしければ、是非ともお手にとってじっくりご覧くださいませ」

「何をしておる」豊之進が口をはさんだ。「せっかく与左衛門殿がわざわざ我ら父子に見せようと珍しい刀をお持ちくだされたのじゃ」

「は」

うなずきはしたものの洋之進は手を伸ばそうとしない。

短刀から名状しがたい違和感が立ちのぼってくるような気がして、その正体を見極めようとしていた。

「私どもが商いをしている中で見つけたものでございまして、さっそく渡部様のお屋敷にお持ちしたのでございますが、この種の刀剣に関しては馬渕様が御家中随一とおっしゃられ、すぐにお持ちするように仰せつけられまして」

与左衛門はさりげなく口にしたが、渡部家の当主左近は、今は亡き母の兄にあたる。単に姻戚関係にあるばかりでなく、馬渕家も一員となっている頼母子講最大の出資者であり、さらに柏屋を紹介してくれたのも渡部左近である。そして馬渕家借財の半分以上は柏屋にあった。

渡部左近は郡奉行を経て、今は藩政の中核機関寄合所で目付職に就いていた。目付職は渡部家代々において最高の地位であり、親戚中でも出世頭といえた。つまり左近は馬渕家にとって公私両面で頭の上がらない存在なのだ。

「おお、さよう申されたか。勿体ないお言葉じゃ」

満面に笑みを浮かべた豊之進は洋之進に目を向ける。

「ささ、手にとってみろ」

「は」

もはやぐずぐず詮索している余裕はない。一礼した洋之進は一振りを手にし、鞘を払うと切っ先を天井に向けた。

行灯のぼんやりとした光を受け、反りのない刀身が不気味に輝く。

「これは見事」

感に堪えないように豊之進がつぶやいたが、いささかわざとらしくもあり、与左衛門、ひいては渡部家に聞かせようとしている響きがあった。

洋之進は、無表情な刀身に見入っていた。

短い刀身は中央付近から先細りになり、切っ先は鋭く尖っている。身幅は厚く、元で一寸近く、先端付近でも半寸はあった。

手にしてみると、ますます違和感が強まる。

どこが違うのか。何が違うのか。洋之進は胸のうちで問いかけていた。

「どうした。何をそのように難しい顔をしておる」

「は」洋之進は片目をすぼめ、刀身を嘗めあげるように観ていた。「今まで手にして参りました刀の、どれにも当てはまらない、何やら異なものを感じます」

「異なもの……」

「さすが若先生」

つぶやきかけた豊之進を遮るようにして、与左衛門はひざを乗りだし、大きな声をあげた。次の瞬間、与左衛門の顔からさっと血の気が引く。

「これは大先生の前でとんだ粗相をいたしました」

「いやいや、気にしないでくだされ。しかし、異なものとはどういうことじゃ」

「それが……」

口許を歪め、首をかしげた洋之進だが、答えが出てこない。刀身をじっと見つめた。

「実は、唐刀にございます」ふたたび元の位置に戻った与左衛門がいった。「秘法を用いて鍛えられた一刀とか。何でも甲冑を貫くばかりでなく、一閃、敵の太刀を両断にすると聞きおよんでございます」

「ほう」

いぶかしげな顔つきになったのは豊之進の方だ。太刀を両断すると聞いてもにわかには信じられないのが道理である。

刀身同士を打ちあわせれば、刃こぼれが凄まじく、ほんの一合、二合で使い物にならなくなるのが宿命で、研ぎすまされてあるがゆえ、鋭さと脆さを併せもつのが宿命といえた。

しかし、硬軟複数の鋳鉄を組みあわせ、刀鍛冶が鍛えに鍛えて一刀とするために刀身自体に粘りがあり、容易に折れたり、ましてや斬りおとしたりできるものではない。

斬鉄剣の伝説は数々あったが、豊之進、洋之進ともに一度として実物を目にしたことはなかった。

「もし、秘法が本物であるならば、この刀をもって太刀を両断にできるのは馬渕様をおいてほかにないと、かように渡部様が仰せられまして」

父子は、ほんの一瞬、互いの目と目を見交わした。

道場に面した庭は、雑草がほしいままに伸びていた。父子ともども雅趣に乏しいだけでなく、生来の不精者、くわえて掃除をする門弟もないと来ては庭が荒れるのも無理はない。

庭の一角に洋之進は古びた縁台を持ちだすと、それを伏せて置いた。天を指す四本の脚の一つに大刀の柄をしっかりと縛りつける。試し斬りにと与左衛門が持参したのは、数打ち物と呼ばれる安い一刀というが、正直なところ洋之進には惜しかった。どれほど安価であろうと貧乏な町道場にとっては徒やおろそかにできない一振りなのだ。

裸足で庭に降りたった洋之進は、唐刀のみを左腰に差していた。縁側には豊之進と与左衛門が並んで腰を下ろしている。

二人の見物人に向かって一礼した洋之進は、空に突きたつ大刀に対峙すると、右手を唐刀の柄にかける。もとより短刀ゆえ、柄も握り拳一つ分くらいしかない。

はっとひと声発し、洋之進は唐刀を抜きはなった。

まずはゆっくりと刃先を旋回させる。腕の動きが速くなるにつれ、洋之進の躰にはきらめく白銀の環(わ)がまとわりついていった。庭に射(さ)しこむ残照を唐刀がはじいているのだ。

やがて光が連なり、閉じた環となって見えてくる。洋之進の動きが速く、宙に残像となるためだ。環は洋之進の頭、肩、胴、そして半歩踏みだした右足に沿って変形する光輪となる。見物している者の目には、暗くなりかけた庭に人間の形がぼうっと浮かびあがっているはずだ。

馬渕月心(げっしん)流は、中条(ちゅうじょう)流中興の祖といわれる富田勢源(とだせいげん)の流れをくむ。勢源は、越前国(えちぜんのくに)宇坂(うさか)の庄、浄教寺(じょうきょうじ)村出身で小太刀の名手として名高かった。中条流を学び、勃興させたのみならず、自らも富田流小太刀を編みだしている。つねに一尺二寸の小太刀で戦ったとされ、美濃国(みののくに)へ赴いたとき、斎藤義龍(さいとうよしたつ)に請われて神道(しんとう)流の達人梅津某(うめづなにがし)と勝負した話が有名で、真剣勝負を望む巨漢を相手に薪(たきぎ)一本で立ち向かい、倒したという伝説が残っている。

馬渕月心流は、小太刀の中でも鎧通(よろいどお)しと呼ばれる特殊な短刀を選び、工夫に工夫を重ねてきた剣法で、屋内、それも人で混み合う場を戦場とする。

あまりに特殊、あまりに実戦的であるため、門弟が皆無になるほど人気がない。

次いで唐刀を左手に持ちかえた洋之進は、左足を前に出した。右腕同様、左でも躰の周囲に光の環を描く。

「おお、左手でも同じにお使いになれますか」

「右腕を斬りとばされることもありますのでな」豊之進が解説する。「左手一つでも戦いぬけるところに馬渕月心流の神髄がござる」

「さすがは」

「ところで、唐刀にとくに銘はござらぬのか」

「唐では『流星』の名が伝えられていたとも聞きましたが、本当のところはわかりませんん。なにゆえ流星などと……」

与左衛門の声が途切れた。

銀の環が消え、洋之進は唐刀を鞘に収めた。豊之進が声をかけた。

「よいか」

「は」

一つうなずき、垂直に立てられた大刀に正対した洋之進は、腰に差した刀を鞘ごと反転させ、刃が下向きになるようにした。柄を真上から握るように左手を置き、親指を伸ばす。

「奥義(おうぎ)、新月剣(しんげつけん)」

つぶやいたのは、豊之進である。

与左衛門は息を詰め、ひたすら見守っていた。

試し斬りに供される大刀を前に、洋之進は目蓋(まぶた)を半分閉じた。先ほどのように躰を沈めることもせず、ぼんやり立ちつくしているように見える。躰の力を抜き、何の構えも見せないところに新月剣の真骨頂があった。

新月剣とは、鎧通しによる逆手の抜き撃ちで、相手の刀身を避けつつ一瞬にして逆袈裟に斬りあげる。

大刀を試し斬りに、という与左衛門の言葉を聞いた刹那、見交わした父子の間には無言の了解が成立していた。

新月剣しかない、と。

忍びよる夕闇の中、白い光を宿した大刀を見つめつつ、洋之進は身の裡にある音、心臓の鼓動に耳をかたむけていた。

とく、とく、とく……。

心拍と心拍の狭間、その一瞬に心、技、体が融合し、心消え、技消え、体消えと新月剣奥義書にある。

とく……、とく……。

ときが間延びし、眼前に白い刀身のみが浮かびあがる。

左手が自然と出た。洋之進の脳裏にあったのは、斬ることではなく、大刀をすり抜けた先に達する唐刀の姿のみである。

見えた、といってもよい。

光が一閃する。左下から右上へ。先ほどの銀の環とは較べものにならないほど目映い。

金属同士が打ちつけられたのだから当然派手に火花が散る。

また、音はあまりに鋭く、聞くものの耳に音として感得するを許さなかった。ただ脳髄を通りぬけていったのみで、まるで輝く針のようにしか感じられない。

唐刀が鞘に収まり、あたりに静寂が戻った直後、刎ねあげられた大刀の刀身が落ちて来て地面に突き刺さる湿った音がした。

「銘を……」洋之進はいつもと変わりない、平板な声で訊ねた。「今一度、銘を」

「流星」

与左衛門の声はひどくかすれ、震えを帯びていた。

二

唐刀『流星』を鞘から抜きはなった洋之進は、柄頭を外し、柄糸を解いていった。柄糸の下からあらわれた流星の造りを見て、うなずく。

「やはりな」

流星には、普通の刀でいうところの柄がなく、握りは刀身と一体の金属の平べったい棒状になっていた。その両側に薄い板を張りつけ、木製の釘で固定してあるだけである。握りは、刀身の峰側にあたる部分は丸みをつけて磨かれており、両側に張ってある板も掌で包みやすいように削られている。刃のついた側は波形になっていて、柄糸を巻かない状態で握ると、波形のくぼみに指がぴったりおさまった。

唐の武人たちは柄糸など巻かずに使っており、国内に持ちこんだとき、何者かが鎧通しに似せた拵えをしたのであろう。柏屋が何の説明もしなかったので、あれこれと思いは巡らしても、一つとして根拠はなかった。

正座したまま流星を頭上にかまえ、しばし瞑目する。

ゆっくりと目を開き、一呼吸おいて振りおろした。

刀身が鉄、柄が木という普通の刀に較べて、切っ先から柄頭まで一本の鉄棒で作られていても格別重いとは感じなかった。むしろ握りの重みが幸いして、切っ先が軽く感じられ、より速く振りぬけそうだ。

片手で持った流星を上げては下ろし、刃が空気を切り裂く音に耳をかたむけていた。

刃風の音が段々鋭くなっていく。

唇を結び、わずかに首をかしげた。

肘より先、剣先までが一つになったようで、とくに振りおろした瞬間、つまり何かに切りつけた刹那の感触が今まで使ったどの鎧通しより手にしっくり馴染み、力がこめられるのである。

刀身と一体になり、頑丈に作られている握りのせいだろうと思った。

いつの間にか掌が汗ばみ、握りの部分に張りつけてある板がぬるぬるしてくる。思いのほか夢中になっていた自分に苦笑し、目の前に広げた黒い布の上に流星を置いた。

日暮れが近づいていたが、春の宵でだいぶ日も長くなり、庭はまだ残照をたたえている。縁側から射す光を反射して流星の刀身は白く輝いていた。

　流星は反りのない直刀で、切っ先は峰と刃先の双方から細くなっていく、いわゆる筍反りとなっていた。鎧通し同様、斬るより突くを重視した造りだ。

　流星の刃には曇りも刃こぼれもなかった。大刀を試し斬りした一振りは、柏屋が持ち帰り、持参したもう一振りの方を馬渕家に置いていった。刃こぼれなどなくて当然ともいえたが、だからといって打ったばかりの新品であるとはかぎらなかった。

　刀は使うたびに研ぎなおす。ゆえに刀身の形が変わり、ときには擂上げをして刀身までも詰めてしまうことすらある。

　試し斬りに供された大刀は十把一絡げの数打ち物ではあったろうが、それを両断しながら流星の刃には傷ひとつなかったことは確かめている。よほど固い刀身であるには違いない。

　腕を組んだ洋之進は流星を見おろし、ため息をついた。

　いくら実戦に適した強靭な刀とはいえ、人を斬るなど、もはやありえないではないかと思う。

　家が近所で、しかも同い年である関屋新兵衛などは代々つづく槍の指南役をしているが、入門して三年から五年の門弟には突きなど一度もさせないといっていた。

　教えるのはひたすら長い柄で相手を叩き伏せることばかりで、さんざんに殴りつけて動かなくなった相手をようやく突き刺す。それが槍の極意だと教えているそうだ。

『といっても鉄砲が相手じゃまるで勝ち目はないがね』

酒で顔を赤くし、とろんとした目をして新兵衛はいった。

声には、まぎれもなく諦観がにじんでいた。

洋之進の父、豊之進は剣術指南役として洋之進が立身出世し、馬渕家が昔日の繁栄を取りもどすことを夢見ているようだが、門人が一人もなく、寂れゆく一方で修理代もままならない道場を譲られた身としては、剣をもって身を立てるなど夢のまた夢であった。

実際、塾で子供相手に読み書きでも教えていなければ、父子そろって飢え死にしかねない。

闇が次第に濃くなっていくのも構わず、洋之進は凝然と座りつづけていた。

襖が開き、豊之進が顔を見せたのは、そろそろ灯を入れようかと思案しはじめたころである。

「今、帰ったぞ」

「お帰りなさいませ」

「どうしたんだ、こんな暗い中で」

「少しばかり思案に耽っておりましたら、こんな刻限になってしまいました。お腹が空かれましたでしょう。早速夕餉の仕度をいたします」

「あわてることもない。歳を取ると、さほど腹も減らんでの」豊之進が黒布の上の流星に目を向けた。「ほう」

座りこむと、柄糸を外したままの流星を取りあげる。

「鎧通しの拵えはしてあっても、裸に剝(む)くとやはり唐刀だな」

先ほど洋之進がやったように豊之進もまた頭上に振りあげた流星をまっすぐに振りおろしはじめた。

親子だな、と洋之進は苦笑した。

父のたてる刃風が徐々に鋭さを増す。かすかな晩照を刀身に宿し、流星は宙に銀の弧を描いた。

手を止め、片目を閉じて刃先を見つめた豊之進が口を開く。

「ところで、明晩は柊亭(ひいらぎてい)へ行くことになった」

「さようでございますか。では、明日は夕餉は要りませんね」

「明日はお前もいっしょだ。渡部殿が我ら父子を、ともども馳走(ちそう)してくれるそうだ」

「はあ」

あまりに気のない返事をしたためか、豊之進は片方の眉を上げた。洋之進は床に手をつくと、尻を持ちあげた。

「夕餉の仕度にかかります」

「いつもすまんの。手間をかける」

「何をいわれますか。私に甲斐性がないばかりに弟子の一人も寄りつかないんですから自業自得ですよ」

「お前は台所の始末がなかなかにうまい」

「あまり褒められてるような気はしませんね」

「何の。藩祖利家公は……」

「鎧櫃の中に算盤を忍ばせ、戦から戦へ駆けまわった始末の名人であった」

父の口跡を真似、洋之進がにっと笑ってみせる。

「もう百万遍聞いてますよ」

「歳かのぉ。同じ話ばかりしておる」

苦笑したあと、ふたたび流星に目をやった父の表情がいつになく沈んでいることに気づき、洋之進は唇の裏側を嚙んだ。思案するときの悪い癖だ。子供のときから変わらない。

柏屋から父のもとに使いが来たのは、今日の午後もだいぶ深くなってからのことで、父は出がけにあまり遅くなるようなら夕食は一人で済ませておくようにといい残していった。

なぜか柏屋の使いは、応対に出た洋之進に対して屋号を名乗ろうとせず、ただひと言、御主人はいらっしゃいますかと訊ねるのが常である。

すでに幾度も来ているので一々名乗らなくとも誰だかわかるだろうというつもりかも知れなかったが、どことなく秘密めかして大仰なところが気に入らない。

米櫃の底には白米が少し残っているだけで、明日は柊亭で食事をするにしても、今日と明後日とで食い尽くしてしまうのは必定であろう。

手元にいくらあったたっけ、と思う。

米屋に行き、百文分だけ米を買うのに気恥ずかしさを覚えなくなった。米屋も心得たもので、洋之進の顔を見るなり何もいわずに一升枡を取りだし、きっかり百文分はかるようになっている。

齢六十をすぎている父は、昔ほどの量を食べなくなっていた。二人きりの食卓であれば、一升で三、四日はもつ。

母が存命で、道場には騒々しいほど門弟の掛け声が響いていたころには、一度に五升の米でもそれこそぺろりと平らげたものだ。

水屋には、道場が賑わっていた時代の名残として、一抱えもありそうな大鍋や大釜が並んでいたが、いずれも真っ白に埃をかぶっている。

いつのことか、米櫃に蜘蛛の巣が張っていて、目の前で小豆粒ほどの蜘蛛がくるりと身を翻したことがあった。ひどく腹立たしくなり、巣ごと払って土間に叩きつけ、滅茶苦茶に踏みつぶした。

大仰に秘事めかすところが気に入らないにせよ、父が柏屋へ通うのを止められないわけも貧乏にあった。父子ともども金を借りているだけでなく、柏屋は公私ともに縁深い渡部と昵懇の間柄であるからだ。

柏屋の口利きがなければ、流星の一件で馬渕家に声がかかることもなかっただろう。

釜に三合ほど米を入れ、研ぎにかかった。

掌底で何度も米の山を圧しつぶし、しゃりしゃりという音を耳にするのも、立ちのぼってくる濡れた糠の匂いを嗅ぐのも嫌いではないし、不思議と米を研ぎはじめると頭の中が空っぽになった。

竈に薪をくべ、点け木に火を移すと、釜を置いた。

副食といっても葉のついた大根が半分ほどあるだけなので、輪切りにした大根を味噌で煮込み、葉は汁の実にするくらいしかできなかった。朝は残った飯を湯漬けにし、香の物があれば事足りる。

簡単なものばかりではあったが、洋之進が毎日食事の仕度をしていた。厭わしく思ったことは一度もなかった。また、大の男が水屋でちょこまか動いている図など世間体もあまりよくないものだが、それも気にならなかった。

ともに柊亭に行くといわれたとき、洋之進が瞬時考えたのは何とかして調理場をのぞけないかということだ。気のない返事は、その思いに囚われていたためである。

馬渕月心流の家に生まれ、物心ついたときから木剣を握らされていたので、日々剣術の稽古に明け暮れていながら疑問も不満も感じたことがなかった。

剣の筋もそれほど悪くないと自惚れている。

ただ、何をしてみたいと問われたら、料理人が頭に浮かぶのである。
十六、七のころ、関屋新兵衛やその他同年の仲間と語らっているとき、もし、戦国の世に生まれ、国は斬り取り放題といわれたらどうするか、という話になったことがある。さすがに京まで攻めのぼると大言壮語した輩はなかったが、それでも各人胸に抱く憧れの国名を挙げ、一城の主になると宣言したものだ。

他愛のない遊びではあった。

洋之進は、と訊かれて、思わず料理人と答え、大笑いをされた。

以来、口にすることはなくなったが、日々水屋で仕度をしていると、見果てぬ夢への渇きが癒されるような気がした。

そして水屋には、死んだ母の思い出がまとわりついている。

釜が白い泡を吹き、水屋に味噌の匂いが立ちこめたころ、勝手口に客が現れた。

「ごめんくださいまし」

竈をのぞきこんでいた洋之進が顔を上げると、思いがけずお亮が立っていた。

洋之進が竈の火加減を見ていたことに気づくと、お亮はにっこり頰笑んだ。

「よかった。間に合わなかったらどうしようと思ってたんです。お父が先生のところへ持ってけっていうもんですから」

お亮はそういって両手に提げた魚と徳利を持ちあげて見せた。

「それはありがたい」

立ちあがってひざについた泥を払った洋之進は、顔が笑み崩れるのをどうにもできなかった。

「今夜も父とわびしく大根の尻尾でもかじって済ませようと思っていたところです」

「先生のところは男所帯でご不便だろうから、お前もちっとはお手伝いしてこいともいわれたんですけど」

お亮は上背のある洋之進を下からのぞきこんだ。

「私のような女がうろちょろしたんじゃ、かえって先生にご迷惑じゃないですか」

「何をおっしゃる」

洋之進は必死に手を振った。


お亮が持ってきたのは、えらに笹の葉を通した岩魚である。

近所にある味噌屋の隠居が朝方から釣りに行き、思いのほか大漁になったので、お亮の実家にお裾分けがあり、馬渕家へもお持ちした次第、とお亮は説明した。

岩魚は数尾を塩焼きにし、中でも特大の一尾の骨を選んで少々焦げ目がつくほどに焼きあげると、大振りの酒器に放りこんで熱した酒を注ぎ、骨酒とした。

器をまわして、飲みかわすのが骨酒の流儀である。

父から酒器を受けとった洋之進は、早速口を近づけた。

まず熱せられた酒の香がつんと鼻をつく。心地よい刺激の奥から香ばしい匂いが立ちのぼってくる。熱い酒に気をつけ、慎重にすすると、口中には川魚特有の甘みをふくんだ酒が広がった。

「旨いなぁ」

思わずつぶやくと、丸い顔を早くも真っ赤にした豊之進までが珍しくはしゃいだ声を発する。

「ほんに旨い、実に旨い。いやぁ、骨酒を飲むと、いよいよ春が来たなという感じがする」

豊之進は洋之進が両手で抱えたままにしている酒器に目を留めた。

「こら、何をぼんやりしておるか、季丸。お亮さんにも飲んでいただきなさい。せっかく三人で席をかこんでいるというのに一人で酒を抱えおって、艶消しな真似をするもんじゃない」

「ですが……」

酒器を中途半端に抱えたまま、洋之進がためらっていると、お亮は屈託のない顔つきで両手を差しだした。

「私にも飲ませてくださいな、先生」

「はあ」

器を受けとったお亮は、顔を仰向かせてぐっと飲んだ。白い咽が動く様子を目にして、洋之進は思わず唾を嚥む。

酒器はまわされつづけ、途中、何度か酒が注ぎ足された。

豊之進の顔は赤いだけでなく、てらてら脂光りしている。洋之進もふわふわした酔い心地を堪能していた。

酒を口にすること自体久しぶりである上、いつになく量もすごしていた。

新鮮な岩魚をつかった骨酒が珍しく、旨かったせいもあるが、何より洋之進を浮きたたせたのは明るい笑い声を発しながらぐいぐい酒をあおるお亮の姿であった。

「実によい、実によいぞ、季丸」

平手で自分のひざを何度も叩きながら豊之進が大声でいう。

目の下を真っ赤に染めたお亮がふいに真顔になった。

「一つお訊ねしてもよろしいですか、大先生」

「大先生か、悪くない」

満悦至極といった顔つきで、豊之進が鷹揚（おうよう）にうなずいてみせる。

「何でも教えて進ぜよう」

「先ほどから若先生のことを季丸、季丸とお呼びになられていますが」

「ああ、季丸はこやつの幼名だ」豊之進は片目をつぶってお亮を見やる。「嫁に来るなら洋之進の幼名くらい憶（おぼ）えていてくれないと困りますぞ」

「お嫁さん、私がですか」

一瞬、目を見開いたお亮が次いで腹に手をあて大笑いする。

ひとしきり笑ったあと、躰を起こし、目尻に浮かんだ涙を指先で拭った。

「無茶ですよ、大先生。私みたいな出戻り、先生に失礼です。先生には立派な方を嫁御に迎えられなきゃ」

「いやいや、わしは真面目(まじめ)も真面目、大真面目」

「大先生の大真面目って、何だか信じられない」

二人は戯(ざ)れ言(ごと)をつづけたが、一人、洋之進は酔いを味わうどころではなくなっていた。

三

箸でつまみ上げた鯛(たい)の膾(なます)は、向こう側が透けて見えそうなほど、見事なそぎ切りにされていた。噛めばじわりと酸味が溢(あふ)れだし、ほどよく脂の乗った旨味が広がる。

しかし、梅酢と鯛だけでなく、よりまろやかで重層的な滋味が隠されているようにも感じた。

金沢でも屈指とされる柊亭調理人の手練(てだ)れの技に感服しつつも、洋之進の心は浮きたたなかった。

昨日の夕刻、かなうはずがないと思いつつわきあがってきた調理場をのぞいてみたいという願望も、今はすっかり萎えている。

何を口に入れても胸に味が滲(し)みてくることなく、脳裏に浮かんでくるのはお亮の面差しであり、仕種(しぐさ)であり、笑い声である。

いっしょであればどれほど旨いだろうと思わずにいられない。

昨夜は深更(よふけ)まで飲みつづけた。

お亮が持参した酒がなくなれば、父豊之進に命じられて水屋から別の酒を持ちだし、肴がなくなれば、味噌を嘗めて飲んだ。おかげで馬渕家には酒が一滴もなくなり、今朝など父子ともども二日酔いの頭をかかえて朝寝というていたらくだ。

提灯片手にお亮を送っていったのはおぼろげながら憶えている。だが、浮かんでくるのは断片ばかり、それも暗がりに浮かぶお亮の白い顔だけで、何を話したのか何に笑いころげたのか、まるで思いだせなかった。

洋之進父子はそろって出される料理を黙々と食べ、酒を飲んでいた。

酒も高級品であるらしい。濃厚な味わいながら後口はさらりとして余韻が清々しく、いくらでも飲めそうな気がした。

酒が旨いほどお亮がいっしょでないことが虚しい。旨い酒に目を丸くして驚き、心底嬉しそうに美味しいとつぶやくのは間違いない。真新しい畳に座り、旨い酒を飲むほどに胸のどこかにぽっかり穴が開いてしまったように感じられた。

神妙な顔つきで柏屋与左衛門の酌を受けている豊之進をちらりと見やり、父もまた同じに違いないと悟った。

「ささ、おひとつ」

豊之進の盃に酒を注ぎながら与左衛門は言い訳めいた口調でつづけた。

「女っ気もなく、無粋ではございますが、何分にも内密のお話ゆえ、人払いをさせていただいております。どうかご了承くださいまし」

「うむ」

浮かぬ顔で酒を受けた豊之進は口にもっていきかけた盃を止め、与左衛門を見返した。

「本当に私どもだけで始めてよろしかったのかな」

「渡部様には先に始めるようにと重々申しつかっております。それゆえ馬渕様が何一つ召しあがらずに渡部様をお待ちするようなことにでもなれば、この柏屋与左衛門がたいそう叱られてしまいます」

「さようか」

納得したようなしないような顔で豊之進は盃を口へ運んだ。

にじり寄ってきた与左衛門が差しだす酒を洋之進は受けた。ひと息に飲みほす。目の前に座り、両手で抱くように徳利を持つ与左衛門の表情は明らかに返杯を求めていたが、気づかぬ振りを決めこんだ。

酒を勧め、お武家様に頂戴するなど勿体ないなどと心にもない辞退の文句を聞かされ、そこを一つなどと強いて勧めて、ようやく恐縮して受けるといったやりとりが簡単に連想できる。ひたすら煩わしかった。

注ぎたければ勝手に注げ、飲みたければ勝手に飲め、どっちに転んでもお前の懐じゃないか、といった心境である。

「越後(えちご)の銘酒にございます。当地ではなかなかに手に入らないのでございますが、渡部様より今宵(こよい)は心をいれておもてなしするように申しつかっておりますれば、柏屋といたしましても張り切らざるをえません」

「そうですか」

　ふたたび与左衛門が徳利を差しだすので受けた。

「お味の方、いかがでございましょうか。お口に合いますれば幸甚至極(こうじんしごく)にございますが」

「大変に結構で」

　酒をひと口飲み、盃を箱膳に置いた。

「料理の方も丹精こめてつくるよう申しつけておきました。こちらもお気に召していただけましたでしょうか」

　お前さんの口上がなければもっと旨い、と答えたかった。

　馬渕父子が柊亭を訪れると、すぐに奥まった一角にある、こぢんまりとした座敷に通された。すでに与左衛門は来ており、父は堅苦しい挨拶をしたが、洋之進は型通りに頭を下げただけだ。

　しばらくして襖の向こうから女の声がいった。

「お連れ様がお見えでございます」

　女の声が終わらないうちに襖が開かれ、黒羽織姿の男、渡部左近が入ってきた。陽に灼(や)け、精悍(せいかん)な顔つきをしており、目玉が大きい。

「待たせた」

　ひと言いうと、渡部は床柱の前に行き、どっかとあぐらをかいた。腰から抜いて手にしていた大小刀をぞんざいに放りだす。

豊之進、洋之進はひざをただし、両手をつく。豊之進が面を伏せたままいった。

「大変失礼とは存じながら、お先に頂戴しておりました」

「構わん。呼びだした儂(わし)の方が遅れたのだ。かえって礼を失した」

徳利を手にした与左衛門がひざで渡部ににじり寄る。

「大変にお疲れさまでございました。仰せつかりました通り、馬渕様には召しあがっていただいております。まずは、おひとつ」

「いつも柏屋には手間をかけるの」

「勿体ないお言葉でございます」

箱膳に伏せられていた盃を手に取り、渡部は与左衛門の酌を受けた。なみなみと注がれた盃を口の方から迎えに行き、喉仏をうごかしながら飲む。じょじょにあごを上げていき、盃を空にすると大きく息を吐いた。

すかさず与左衛門が徳利を差しだす。

「ささ、もう一つ」

「うむ。今日は忙しくて朝から何も食っとらん。酒が五臓六腑(ごぞうろっぷ)に食いつくようだ」

「それは、とんだご無礼を。空きっ腹に酒は毒でございました」

「気にするな。儂はこれさえあれば文句のない男だ。飯など食わなくとも不自由を感じることはないが、これなしじゃ、一日たりとも生きていたいとは思わん」

二杯目もあっさりと飲みほした渡部が笑みを見せる。飛びだした頬骨あたりが早くも赤く染まりはじめていた。目の下にはべっとりと隈がはりついていたが、眼光そのものはぎらぎらしていた。

「さすがにお疲れのようでございますね」与左衛門は三杯目を注ぎながらいった。「ろくなおもてなしもできませんが、せめてもの心づくしを用意させました。今宵はごゆるりとお過ごしくださいませ」

「このところおちおち眠ってもいられん。いよいよもって長殿の世となりそうな塩梅だ。今が命の懸けどき、捨てどきよ。眠いの眠くないのなどいっておれん。何、儂の命の一つや二つ惜しくはないわ」

「渡部様がいらっしゃれば、長様もさぞかしお心強いことでございましょう」

「いや、儂ごとき十人が百人おってもなかなか長殿のお役には立てん。その辺、儂としても忸怩たるものがある」

渡部は三杯目もさっさと飲みほした。まるで飲まなければ酒が蒸発してなくなってしまうとでもいいたげな性急ぶりではある。

ちょうちょ、ちょうちょと春先でもあるまいに、と腹の底で毒づきながらも洋之進は表情を変えずに酒を飲みつづけていた。

動乱の江戸末期、十二代目加賀藩主の地位にあったのは前田斉泰である。文政五年（一八二二年）に十二歳で藩主となり、のちの慶応二年（一八六六年）に世嗣慶寧に家督をゆずるまで、実に四十四年にわたって巨藩の主君として君臨したが、徹頭徹尾事なかれ主義をつらぬき、一度として時流に漕ぎだそうとしなかった。

もっとも加賀百万石の礎を築いた前田利家にしてからが秀吉と戦わず、家康とも争わず、戦乱の世をひたすら突出しないことで生き残った。見事なまでにその血が十二代目まで受けつがれたといえる。

しかし、動乱の渦へ飛びこまなかったのは、斉泰の気性にばかり原因があるのではなく、大藩ゆえの事情があった。

加賀藩には、万石以上の禄高、つまり大名に匹敵するほど知行を安堵されていた家臣が十一人もいた。中でも八家と呼ばれる重臣家が強大な門閥を形成しており、藩主とあわせ、加賀には殿様が九人いるとまで揶揄された。

金持ち喧嘩せずというのは、武士の世界でも通用し、幕末期加賀藩からは一人の脱藩者も出さなかったといわれる。加賀では、八家をはじめ、おのおの自分の家禄を守るのに汲々としており、天下国家を論じている暇など誰にもなかった。

加賀八家は、本多家五万石をはじめ、長家三万三千石、横山家三万石、長種系前田家一万八千石、直之系前田家一万一千石、奥村宗家一万七千石、奥村支家一万二千石、村井家一万六千五百石で構成され、元禄期以来、家老はすべて八家の出身者にかぎられ、長年にわたって政務を独占してきた。

藩主および強力な家臣団が互いに牽制しあっている中、藩主とはいえ斉泰が独断で幕末の激流に乗りだすなど不可能な話である。

天保期（一八三〇―四四年）、数回にわたって飢饉が発生するほど凶作がつづいた。藩の収入は激減、やむなく借財仕法、高方仕法など強引な政策を採る一方、藩士の禄の内、三分の一を強制的に借りあげてまで財政改革を断行したのが家老、奥村宗家の栄実であった。

しかしながら根本的な藩収入の増加は望めず、藩主の濫費もおさまらなかったので財政は好転することなく、一方、実質的に俸禄を半減されていた藩士たちは不満を募らせていった。その奥村栄実が死んだ。あまりの不人気ぶりに謀殺説さえ囁かれたほどだ。

栄実死去を受けて、年寄職の中心となったのが長連弘。このとき三十三歳の働き盛りである。

連弘を中心とする若手急進派は、のちに黒羽織党と呼ばれることになる。渡部も黒羽織を一着に及んでおり、これが寄合所目付職という渡部家随一の出世栄達につながった。

「そういえば、渡部様に一献差しあげさせていただくのも実にお久しゅうございますな」

「栄枯盛衰は世の習いとは申せ……」

血走ったぎょろ目を与左衛門に向けた渡部は、豊之進、洋之進と視線を移しながら言葉を継いだ。

「いよいよ今年、遅くとも明年には長殿が藩の実権を握ることになろう」

ずばりと言い切る渡部の言葉にぎょっとした洋之進だが、表情を変えまいと奥歯を食いしばった。

　渡部は洋之進の顔つきに頓着することなく、与左衛門に視線を戻す。

「さすれば、今までの御用商人はお払い箱、柏屋、お前にも春が訪れようというものだ」

　なるほど、と洋之進は腹の底で合点した。

　財政改革を進めた奥村栄実を支えたのが藩都金沢の主要港宮腰に本拠を置く、銭五こと廻船問屋の銭屋五兵衛である。銭五は栄実の要請を受けてたびたび資金援助を行っただけでなく、自らも藩営の海運事業の経営に乗りだし、ついには武士の身分を与えられ、御手船裁許にまで昇りつめた。

　藩海運事業の中心人物である銭五の名は、洋之進も耳にしたことがある。しかし、栄実という後ろ盾を失えば、銭五とて安泰とはいえない。加賀藩にとって海運、交易は一大事業であり、たとえ末端にでも柏屋が食いこめれば大きな利が転がりこむ。寄合所に勤める渡部は海運関係を取り仕切る御船方にも通じているし、背後に長連弘がいるとなれば影響力も決して小さくはないだろう。

「勿体ないお話で」

「それまで今しばらく苦労をかけるが、苦労のしがいがあるときと堪えてくれ」

「生きるも死ぬも渡部様あっての柏屋でございます。これまで同様、いや、これまで以上にこき使ってくださいませ」

　与左衛門が差しだす酒を受ける渡部の顔は、高熱でも発しているかのように朱に染まっていたが、目の光だけはますます強くなっていた。

床柱を背負った渡部、その右前、庭に面した雪見障子を背に豊之進、洋之進と並び、料理や酒を運んでくる女中が出入りする襖の前に与左衛門が座っていた。

料理が運ばれるたび、酒の銘柄も変えられ、与左衛門が能書きを垂れた。鬱陶しいばかりだ。今も洋之進の前ににじり寄ってきた与左衛門が相好(そうごう)を崩していう。

「いかがでございますか。鯛もものが違います。将軍家へ献上される極上品でございまして、これまた地元ではめったに口に入りません」

新鮮な岩魚に及ぶべくもないと思いつつ、口にしないだけの弁(わきま)えは洋之進にもあった。

「そうですか。これも大変結構ですな。さぞや料理人の方も達人なのでございましょう」

「ほう」与左衛門が目を丸くする。「たしかに名人中の名人といわれる者にございますが、若先生は調理人風情に興味がおありで」

目を動かし、与左衛門を睨(ね)めつける。

「結構な腕前と感服しただけのことです」

「腕だけではない」

ふいに渡部が割りこんできた。

身を乗りだすようにしていた。こめかみには癇性(かんしょう)の証(あかし)である血管がのたうっている。

渡部はにやりと長い歯を見せた。

「鯛が極上物というだけでなく、しめるときに使った昆布がまた逸品だ」

馬渕父子が見つめる中、渡部は低声でいった。

「利尻産の昆布と申してな、これまたなかなか手に入らん」

与左衛門は徳利を抱えたまま首うなだれ、かしこまっている。

「利尻というのは蝦夷地も、さらに北の外れにある。ここら辺りじゃ桜も咲こうかというこの時節となっても、まだまだ厳しい寒さのつづく最果ての地、しかし、それゆえに極上の昆布が採れるとか。なかなか手に入らない上に、味は絶品と来れば、まさに値千金、ただし……」

空になった盃を渡部が突きだすと、いつの間にすり寄ったものか、与左衛門がすかさず徳利を差しかける。

注がれた酒をほんのひと口嘗めると、渡部は顔をしかめて飲みくだし、言葉を継いだ。

「利尻昆布を唐人に売れば、千金になるという話だ。確かに儂にはどの昆布も同じにしか思えない。貴公等にその違い、わかるか」

「いえ」

豊之進がかしこまって答えると、渡部は鼻を鳴らし、唇をねじ曲げた。

「所詮、お互い芋侍ということか」

芋じゃなく、大根だと洋之進は胸のうちで訂正する。

「つまり、利尻昆布をもって唐国と抜け荷に及べば、莫大な利が得られるというわけだ。

それをやっている藩が実はある。ずばり薩摩だ。証拠があるわけではないが、唐国相手の抜け荷となれば、薩摩が琉球国を使ってやるくらいしか手はない。まあ、薩摩が利尻昆布をどうしようと、わが藩には何の関わりもない。しかし……」

またしても渡部は言葉を切ると、話が充分に滲みとおっているかを確かめるように父子の顔を交互に見た。

「利尻からの昆布を薩摩に運びこもうとしている輩がおる。抜け荷に使うとわかっていて、だ。そうした輩がわが膝元にあれば、これは看過できない。貴公等は知らんだろうが、越中の薬売りどもはここ何年か薩摩国内での商いを禁じられておる。そこで目をつけたのが利尻の昆布だ。値千金ともいわれる昆布を手土産にすれば、入国も商いも認められるに違いないと踏んだらしい。ここまでの話、相違ないな」

薄い目蓋を持ちあげ、渡部は与左衛門に訊ねる。

与左衛門はかすかにうなずいた。

ふたたび渡部が口を開く。

「いずれにせよ、薬売りどもは薩摩に取りいるため、利尻昆布を利用する肚だ。なに、たかだか売薬商風情が私腹を肥やさんとあれこれ這いずりまわったところで、これまたわが藩にとってはどうでもよいことだ。支藩である富山を通じてくだんの不届き者を処罰させればことは足りる」

渡部はまた酒をなめたが、今度は徳利をさしかけた与左衛門など目に入らないといった顔をしていた。

「売薬からあがる冥加金がいかに膨大で、富山前田家の懐を潤しているか、それは存じておろう。実は、売薬商どもの背後には、大きな鼠がいるようなのだ。不逞にも親の目を盗み、たくらみを企てている鼠がな。それだけでなく、この鼠の動きに江戸の大猫が勘づいているふしがある。そうなると支藩の不始末は宗藩の不行届きと責められる恐れがある。もはや打ち捨てて置くわけにいかず、さりとて表沙汰にすれば大猫がうるさい。そこで、だ。我々としては鼠の中でも一番小さなものを殺してしまい、くわえてきた餌ともども水に沈めるしかないと思っておる。つまりは何もなかったことにするというわけだ。餌を取りあげられたとしても、ことがことだけに陰に隠れている鼠どもは騒ぎたてるわけにいかないであろう」

何ということか。洋之進は慄然とせざるをえなかった。

渡部がいうには、利尻昆布をもって薩摩藩は唐国と密貿易を行い、莫大な利益を上げているのだが、蝦夷地から昆布を運んでいるのが越中の船であり、今また越中売薬商が手助けしようとしているということだ。そして売薬商を使い、密貿易に富山藩が一枚嚙もうとしている。

だが、何といっても大きな問題は富山藩の策謀に江戸幕府が気づいているふしがあること。大猫とは、公儀大目付を指すのであろう。

支藩富山に不穏な動きがあれば、監督不行届きとして宗藩である加賀にも累が及ぶのは避けられない。

渡部は豊之進を見て、それからゆっくりと洋之進に視線を移した。

「ほどなく伏木(ふしき)の湊(みなと)に蝦夷地からバイ船がいったん戻ってくるはずだ。この船に薄汚い小鼠が一匹紛れこんでおる。その始末を、貴公等に任せたい」

渡部の声はさらに低く、聞きとりにくくなる。

「だがな、この小鼠、ただの売薬ではない。少々厄介な奴(やつ)でな」

渡部は与左衛門に目を向けると、小さくあごをしゃくる。

一礼した与左衛門がそっと席を立った。

四

ほどなく与左衛門に連れられて一人の男がやってきた。

窮屈そうに紋付き、袴(はかま)を着け、大きな躰を縮めて渡部の前に平伏(ひれふ)している。渡部は鼻にしわを寄せた。

「そんなに堅苦しくするな。もっと楽にしろ。昨日今日見知った間柄でもあるまい。それに今日はほかに客人もある」

「はい。失礼いたしまする」

男は大きな顔を上げた。四角張った顔は真っ黒に日灼けしており、目が極端に小さかった。紋服だけでなく、かたわらに置いた脇指もまるで似合っていなかった。

渡部は豊之進、洋之進に男を奥山廻役の浮洲だと紹介すると、ふたたび視線を戻した。

「いよいよ参るか、浮洲」

「は。本日郡奉行近藤様のところへ出向き、ご挨拶をして参りました」

「山はまだ雪深いであろう」

「はい。ひとまず麓におきまして用意をいたし、再来月には山へ入ります」

「お役目とはいえ、難儀至極だな。さ、まずは一献」

「かたじけのうございます」

浮洲はひざを進め、両手でもった盃を差しだした。万事に大仰な浮洲の仕種が鼻につくのか、渡部は片手でもった徳利から酒を注いでやりながら顔を引っかいている。

本来武士ではない者が名字帯刀を許されるとやたらと武家ぶりたくなるという。浮洲もその一人であろう。山廻役という役職にあっても奥山廻役である浮洲はおそらく飛驒との国境に近い山間部で樵をしていたものと思われた。

豪雪地帯でなおかつ後背に高山が聳える加賀、越中において、山林の管理は重要な意味を持つ。

勝手放題に木々を伐りだし、禿げ山にしてしまえば、雪解け時期に深刻な水害をもたらしかねない。一方、豊富な森林資源は、建築材料としてあるいは燃料として需要が高く、莫大な収入を生む。

加賀藩では山岳部の大半を『御林山（おはやしやま）』と称し、直轄領としていた。とくに杉、松など特定の樹木については、一切の伐採を禁じていたのである。他藩では留木（とめぎ）制度、加賀藩では七木（しちぼく）制度といい、藩主の定書（さだめがき）によって規制されていた。

山々をまわって盗伐者を見つけ、逮捕するのが山廻役であり、立山（たてやま）を中心とする高山地帯を担当する者をとくに奥山廻役と呼んだ。表山廻役は、七木の管理を第一の任務としていたが、奥山廻役には七木管理とは別に、もっと重要な役割が与えられていた。

肥田野（ひだの）との国境監視である。

高山地帯は地形があまりに険阻で、しかも冬期間は人の出入りを完全に拒む豪雪域でもあるため、奥山廻役といえども春から夏にかけて巡回するのが精一杯である。

一見不釣り合いと映る浮洲の大振りな脇指だが、決して伊達（だて）ではない。山廻役には逮捕権だけでなく、斬捨御免（きりすてごめん）の特権が与えられていた。

一目浮洲を見るなり、洋之進は腹の底でつぶやいた。

こやつ、人を斬っているな、と。

大きな背中から滲（にじ）みだす気配が尋常ではない。血脂にまみれたであろう刀には、洋之進の曇りのない差料（さしりょう）とは較べものにならない凄（すご）みがあり、妖気さえ漂うように思えた。

口に運びかけた盃をとめ、渡部が浮洲を見やった。

「ところで、例の……」

「八咫一族」

その名を聞いて、豊之進がほんの一瞬躰を強張らせる。人前で父が感情を表にするのは珍しかった。

「そう、そうであった」渡部が渋い表情を見せる。「そ奴だが、のちの消息はつかめたか」

「そのことにございます。八咫一族についてだけは、直接渡部様のお耳に入れなければと思い、実は近藤様にも報告しておりません」

山廻役は地方行政を司る郡奉行の配下にあり、浮洲と顔見知りであるのも元は渡部が郡奉行を務めていたからであろう。だが、渡部のお役目が済んだあとも浮洲との関係はつづいている。並々ならぬ間柄に違いあるまいと洋之進は思った。

「昨秋聞いたところによれば、どうやら富山前田様が八咫一族をお召し抱えの由にございましたが、さすがに直にお召しあるのがはばかられたか、あの者どもは売薬商組合のお預かりという恰好になってございました」

「商人づれが」

苦いものでも吐きだすように渡部がつぶやく。

富山の売薬商は高収益を上げており、冥加金が藩収入の柱になるほどというのは加賀藩でも知れわたっている。うらやましくもあり、支藩のことゆえ少々忌々しくもあるのだろう。

「売薬商どもの中心になっているのが於菟屋弥兵衛と申す者で、八咫一族も於菟屋に身を寄せている由にございます」

「於菟屋か。名前は聞いたことがある。なかなか手広くやっているようだの」

「実は、この於菟屋という薬売りも元をたどれば、立山の杣衆であることがわかりました。しかも八咫一族とは同根」

「同じ血統だと申すか」

「御意。風聞ではございますが、いずれも修験行者八晃を祖としている、と」

　富山売薬と、修験行者たちが広めた立山信仰との因縁は深い。先用後利という富山売薬商独自の商法も、もともとは布教活動にあたった修験行者たちが信者たちの家々をまわった際、経帷子や魔除けの札を置いていき、翌年再訪したときに使った分だけ金をとったことに原型があるとされている。また、医薬品の調合についても修験行者たちが編みだした製法が伝承されたともいわれていた。

　立山信仰を広めるため、修験行者たちは民衆の肝を奪う秘蹟を見せなければならなかった。医術も秘蹟のひとつにすぎない。

「八咫というのは、しかし、その方が前にいっていたほどの者か」

「決して奴輩を甘くみてはなりません」

　はっと顔を上げ、叫んだ拍子に浮洲は唾を飛ばした。渡部がいやな顔をして、ゆっくりとあごを拭う。

「所詮は山猿であろう。その方がいうほどの練達の者どもであれば、何百年もの間、誰も放っておきはすまいが」

「決して……、決して……」

顔を真っ赤にし、ひざでにじり寄ろうとする浮洲を、渡部は手を挙げて制した。

「わかっておる。その方の話を信ずればこそ、儂としても手を打とうというのだ。その点、案ずるな」

「おお。手を打たれるとおっしゃられますか。して、いかような」

「そこにおる馬渕先生父子は手練れでの、あ奴らの始末など簡単にやってのける。それより浮洲、訊きたいのは蜘蛛八(くもはち)の動静じゃ」

「は」浮洲は顔を伏せ、元の位置に下がった。「蜘蛛八めは於菟屋にあてがわれた一軒家で毎日日向(ひなた)ぼっこにござります。まるで隠居のようで」

「それなら心配することもあるまい」

「いえ。それがしが案じておりますのは、蜘蛛八の倅でございます。倅の姿が見えませぬ」

「倅というのは、厄介なのか」

「腕は一族の頭領たる父の蜘蛛八以上と、もっぱらの噂(うわさ)で」

「噂とな」

口許を歪め、あごを掻く渡部はぼそぼそとつぶやきつづける。

「しかし、厄介なのは支藩とはいえ富山の動きだ。何かをたくらんでおろう。それがどのようなたくらみであれ、長殿が藩を牛耳っている間に面倒を起こさせてはならない」

「ははっ」

平伏した浮洲がひどく圧し殺した声でいった。

「御船方にはご確認くださりまいたか」

「確かめた。たしかに浮洲のいう通り、於菟屋がバイ船を仕立てて蝦夷地に送っているという。船は伏木に戻るという」

「私などのいうことを……、渡部様は……、勿体ない、勿体ない……」

平伏したまま、浮洲が涙をぽろぽろこぼすのを目にして洋之進は、溜めていた息を噛みこみ、そっと視線を逸らした。

帰宅するや豊之進は、何もいわず道場に入った。あとにつづいた洋之進は燭台に灯を入れ、端座する父に相対して正座した。

腕組みしたまま、床に視線を投げている豊之進の貌には、昨日と同じ深い憂悶があらわれていた。

思い詰め、黙りこくった父に対して、洋之進は何も問おうとしなかった。

門弟がいなくなってからも日々掃除を怠らない道場の床に、燭台が投げかける光が映りこんでいる。塵一つない床は、荒れた庭や蜘蛛の巣だらけの水屋とは対照的ともいえた。

沈思する父をじろじろ見るのがはばかられ、何となく視線をあげた洋之進は壁の白けた部分に目を留めた。

門弟たちの名札を掛けてあって、そこだけ陽に灼けなかったのだ。

ともに腕を磨きあった月心流の門弟たちは今何をしているだろう、と思った。

武士にとって戦に対する備えは常識であり、剣、槍、弓などの技なくして生きている価値がないといわれたものだ。ゆえに技量に劣れば、それだけで肩身の狭い思いを余儀なくされた。

しかし、今ではやっとうが多少上手にできたところで自慢にもならず、求められるのは実務的能力ばかりである。

昔であれば皆から爪弾き(つまはじ)きにされたうらなりの青びょうたんが昨今では黒羽織を着て、肩で風を切っている。

渡部左近のように……。

柊亭において無造作に放りだされていた渡部の大刀を思いだした。おそらく一生抜かれることのない大刀など差していたところで、簪(かんざし)ほどの意味もない。

「季丸、酔っておるか」

「いえ、さほどには」

「そうか。よい心がけだの」

褒められるまでもない、と思った。昨日の深酒が澱(おり)のように胃袋に溜まっていたのと、お亮のいない宴席がつまらなかっただけのことだ。

　ふたたび豊之進が口を開いたが、目を上げようとはしなかった。

「八咫一族という者どもについて何か耳にしたことがあるか」

「いえ」

　渡部から斬り捨てよと命じられた売薬商は八咫一族の者といわれたが、正直なところ、洋之進には八咫なる者がどれほどの相手なのか見当もつかない。

「まだ、生き残っておったとは……、儂もにわかには信じられなかった」

「ご存じなのですか」

「ああ。しかし、話を聞いただけだ。昔、まだ儂が小童だったころのこと、爺様からな」

「八咫一族とは、何者にございましょうか」

「立山の深山に根城をもつ乱波衆」

「忍び……、でございますか」

　さすがに肩の力が抜けた。

　戦国の世、乱波、忍びと呼ばれ、敵の後方を攪乱したり、間諜働きに暗躍したとは聞いているが、いずれにせよ数百年も昔の話であり、太平の今となっては御伽噺の中の存在でしかない。

　馬渕月心流も実戦に役立つことをうたっているがために凋落の憂き目を見ているが、忍びとなれば雇ってくれるところもなく、今では見る影もないはずだ。

「まあ、詳しいことはわからんのだが、八咫一族は元々小さな組であったらしい。戦働きをするにしても大名に仕えたことはないはずだ。ただ立山の出ということで、わが藩内にもその名を知る者はいた」

　顔を上げた豊之進がまっすぐに洋之進に目を向けてくる。

「売薬の起こりが立山の修験行者にあることは聞いたことがあろう。病を癒す行者の秘法が今につたわって売薬となって結実したといわれておる。どうして行者が秘法を行う必要があったか、否、行わざるをえなかったか、お前にはわかるか」

「いえ」

「秘法秘術で見る者の肝を奪ってな、そこへ修験者たちが教えを吹きこむ」

「秘法が売薬を生み、秘術が忍びの術になったといわれるのですか」

「本当のところはわからん」

　豊之進は目を伏せた。

「昔、爺様に聞いた話だ。前後のいきさつは憶えていないが、爺様は八咫の者と対峙することになった。真剣で、な。ところが相手は刀ではなく、長さ一尺二、三寸の矢立(やたて)を手にしたという。爺様も若いころで、血の気が多かった。馬鹿にされたとかっと頭に血が昇って、真っ向から斬りつけた。相手は当然矢立で受けようとするが、矢立ごと一刀両断にしてくれると思ったそうだ。だが……」

「斬れなかったんですね」

「そう。鋼が仕込んであったそうだ。斬れなかっただけでなく、爺様の大刀は真っ二つに折られてしまった」

　洋之進は眉をよせ、父を見つめた。

　忍びが今の太平至極の世に生き残っているという以上に信じがたい話ではあった。

「たぶん、儂もお前と同じような顔をしていただろう。しかし、昨日のことだ。柏屋を訪ねた折り、牙折りの話を聞いた」

「牙折り（きばお）でございますか」

「八咫一族につたわる秘術の一つだそうで、柏屋も噂を聞いたにすぎない。だが、噂の出所（でどころ）が山廻衆とあっては聞き捨てにできなくてなぁ。柏屋にしたところで噂を信じればこそ、大刀を両断する流星を手に入れたという」

　流星であれば、鋼の入った矢立も叩き斬ることができるかも知れない。

　しかし、父の表情は冴（さ）えなかった。

「もし、流星を受け止められてしまうことでもあれば、形勢はせいぜい五分と五分で相手を確実に倒すことにはならない」

「勝負は時の運とは申せ、必ず討ち果たします」

「立派な心がけといいたいところだが、お前は阿呆（あほう）だ。相手を必ず斬り倒してこそ刺客（しかく）、時の運などに仕事をゆだねてたまるか」

「申し訳ございません」

　口先では詫（わ）びたものの、阿呆といわれて面白いはずがない。だが、父は洋之進の顔つきに気づいた様子もなく言葉を継いだ。

「よもやお前に教えることになろうとは思っていなかったが、こうなった以上は仕方あるまい」

父が立ちあがった。

「酔いはないと申したな」

「は」

「では、仕度をせい」


深夜、父子は道場の中央で向かいあった。木剣を青眼に構え、腰には鎧通しを模した短い木剣を差している。

父が静かにいった。

「陰之巻は一子相伝、しかも口伝が決まりだった」

父のひと言に、木剣を構える洋之進はざっと鳥肌立った。

馬渕月心流には陰陽二巻の免許直伝書があるとされていたが、洋之進が目にしたことがあるのは陽之巻のみである。それも虫が食い、変色したぼろぼろの代物で、判読には並大抵ではない労苦を強いられた。

陰之巻については、どこにあるのか父も目にしたことがないととぼけたことをいっていたが、一子相伝、口伝が決まりとなれば、直伝書などあるはずがない。

洋之進が教えられてきたのはすべて陽の剣、すなわち大刀と鎧通しの組み合わせをもって刀、槍、その他の武器と戦う形ばかりである。そもそも父が陰の剣を伝授されているのか、陰の剣など存在するのかとまで疑問に思ったことさえあった。

陰の剣とはどのようなものか。洋之進は緊張と同時に亢奮も感じていた。

青眼に木剣を構えた父が静かな口調でつづける。

「儂は父より陰の剣を受けつぎ、父は爺様から継いだ。一門中にどれほど優秀な者がいても、血をわけた息子が何人いても、伝えられるのは門弟中たった一人だ」

ため息をつき、父は洋之進を見つめた。

「儂はお前に伝えないと決めていた。勘違いするな、決してお前の腕を認めていないからではない。今の世の中にあって剣が何の役に立つか、儂が考えたのはそこだ。剣の時代は終わった。おそらくこれからは西洋砲術が幅を利かすようになるだろう。そんな中、先祖伝来の剣など重いばかりで何の役にも立たぬ。儂が墓まで持っていき、陰の剣を封印してしまおうと思っていた。だが、そうはいかなくなったようだ」

染みいるような笑みを浮かべた父の肩からゆらりと妖気が立ちのぼる。

「すべてを伝授している暇はない。教えるのは一剣のみ。それも一度きりだ。しかとその身に染みこませよ」

「は」

「では、参るぞ」

無造作に踏みこんできたように見えたが、真っ向から振り落とされた木剣の刃勢は凄まじかった。思わず木剣を上げ、受けにまわる。考えていたのではない。躰が自然と反応した結果にすぎなかった。

次の瞬間、洋之進は昏倒し、磨きあげた床に血反吐を撒き散らしていた。

その耳に父の声が降ってくる。

「月心流陰之巻……、胡蝶剣」

一度きりの稽古ののち、数日にわたって洋之進は半死半生の体で伏せった。

夢ともうつつともつかない中、くり返し浮かんでくるのは父が振りおろす木剣であり、さながら胡蝶のようにひらりと舞う父の左手である。

一つだけ、洋之進にとって救いがあった。熱に浮かされた上での夢幻にすぎないにせよ、時おりお亮の白い顔が垣間見られたのである。

五

越中富山、伏木湊において、洋之進は弁財船の到着を待ちわびる日々を送っていた。

一歩踏みだすごとに足から伝わってくる震動が胸の傷に響く。折れた肋を晒し木綿できつく締めつけているが、痛みはきつく、洋之進はかすかに顔をしかめた。

半死半生状態で三日、さらに三日間床を離れられなかった。

もっともさきの三日は夢うつつでほとんど憶えていない。あとから三日三晩うなされていたと聞かされただけである。

望外の喜びは、幻だとばかり思っていたお亮が本当に看病に付き添ってくれていたことだ。

また、洋之進が留守の間、代わりに父豊之進の食事の世話をしてくれるという。おかげで心おきなく出立できたが、一方でたとえ相手が父であったとしてもお亮と差し向かいで食卓に向かうことを思うと、穏やかならざる心地もする。

しかし、金沢の城下を出たとたん、洋之進の頭の中は、胡蝶剣でいっぱいになった。

胡蝶剣という優美な名は、父が見せた左手の動きに由来するものと思われた。

深夜、道場で対峙した父は、月心流の作法通り長短二本の木剣を持ち、鎧通しを模した短い方を腰に差したまま、もう一本の木剣を青眼に構えていた。何の変哲もない構えに洋之進は拍子抜けしたくらいである。

そのとき、父が左手を離し、短い方の木剣の刃を下向きにした。腰に差したままである。そして何事もなかったように柄を握りなおした。

新月剣でも使うのかと思ったが、真意は量りかねた。あとから思えば、一つの警告でもあったのかも知れない。

胡蝶剣は、新月剣の奥にあった。

だが、ぐずぐず考えている間はなかった。参るぞと一声かけた父が踏みこみ、木剣をひょいと頭上に差しあげたからだ。上段の構えも月心流では珍しくない。

そして真っ向から撃ちこんできた。あまりに無造作な撃ち込みといえる。洋之進は反射的に受けに回った。

父の左手が腰に差した短い木剣にひらりと舞い降りたのは、まさにその瞬間である。左手の動きはなるほど胡蝶と呼ぶに相応しかったが、破壊力と情け容赦ない刃勢は優美という言葉からはかけ離れていた。

一度しか教えない、と父はいった。

当然である。

木剣であれ、胡蝶剣を見舞われれば命を落としかねない。洋之進が目覚めたあと、父は相当に手加減したといったが、加減がなければ半月もしないうちに起きあがり、富山城下に向かうなどかなわなかっただろう。

『剣をもって一対一で対峙するのであれ、数万にも及ぶ軍勢同士が衝突するのであれ、勝つために絶対に必要なのは敵の退路をすべて断つということだ』

床についたままの洋之進を前に父は淡々といった。

相手が剣術のけの字も知らない素人であれば、いかようにもあしらい、斬り刻むことができよう。

しかし、相応の腕を持った者同士が対決したとすれば、斬りむすぶのはせいぜい数合にすぎない。一瞬のうちに互いに手の内を読み合い、自らの隙を最小限にして、逆に相手の隙をいかに突くかに腐心する。

『理想的なのは、結局据え物斬りなんだが』

父は何のためらいもなくいった。

敵が背を向けており、こちらの攻撃にまったく気づかないうちに首を落としてしまうのが戦い方としては最上だ、という。

『強者（きょうしゃ）が勝者（しょうしゃ）ではなく、勝者が強者なのだ』

戦場で生まれ、室内の乱戦を制することに主眼をおいて発達してきた月心流真骨頂のひと言であり、洋之進自身、何度父から同じ言葉を聞かされてきたか知れない。

だが、太平の世となり、殺法としての月心流は誰にも必要とされなくなった。

だからこそ父は陰惨な暗殺剣たる陰之巻をわが子に伝えようとせず、自らの胸にしまいこんだまま葬り去ろうと決意していた。

たしかに胡蝶剣が決まれば、敵に逃げ場はない。

まして鎧通しが太刀をも両断する流星となれば……。

伏木湊に来て三日、洋之進は暇を見つけては神社の裏山などひとけのないところを選んで胡蝶剣に磨きをかけるべく励んできた。

まだ父が見せた神速の技にはほど遠い。修練の時間が充分ではないことと、折れた肋が癒えていないのが原因であろう。

春を迎えた伏木湊では、弁財船の冬囲いが解かれ、港内の杭につながれるようになっていたが、まだまだ船影はまばらである。宿の主に聞いたところでは、伏木湊を根城とする弁財船は半数以上が大坂で冬を越すため、湊がにぎわうのはまだまだ先という。間もなく蝦夷地から戻ってくる船があるはずだが、と水を向けると、宿の主はまさかと笑い、まるで取りあわなかった。

海が荒れる冬期間、蝦夷地に向かうような弁財船はないという。

湊を見おろす丘の中腹に海商狐原屋の出店があったが、表の戸は閉ざされたままで、数回に渡って前を行ったり来たりしてみたものの人の出入りも見られなかった。だからといって店を訪ね、船がいつ戻ってくるかなどと訊くわけにもいかない。

湊の東端にある番小屋に行き、見張り役に金を渡して狐原屋の持ち船が入ったら宿まで知らせてくれるように頼んできた。決して少なくない金子を渡し、さらに知らせてくれたときには倍払うと約すると、見張り役は喜んで引きうけてくれた。

また、見張り役は狐原屋がいつも船をつなぐ杭を教えてくれ、洋之進も朝に夕に気をつけて見ていたが、一向に入港してくる気配はなかった。

傷を癒すための日数が稼げるのはありがたかったものの、日がな一日海を眺めて時をやり過ごすのは退屈以外の何ものでもない。

宿を出た洋之進が城下町に足を向けたのは、退屈しのぎにすぎなかった。

金沢に較べればこぢんまりとした城下と見えたが、総曲輪と呼ばれる小路があり、ちょっとした料亭などが軒を並べていた。見物するだけのつもりではあったが、渡部が用意した仕度金のおかげで懐中は温かく、気が向けば旨い魚で酒を飲むのも悪くないと考えていた。

於菟屋を見てみようと思いついたのに格別な理由はなかった。薩摩藩相手に抜け荷の片棒を担ごうという豪気な売薬商に興味を抱いたのと、富山城下ではほかに知ったところもなかったからだ。

通りかかった商人風の男に訊ねると、於菟屋は総曲輪からそれほど遠くないところにあるという。何度か道を訊ねながら近くまで来たが、どうしても看板が見あたらなかった。

そのうち洋之進は一人の男に目を留めた。

髪がほとんど白くなっていて、外貌は立派な老いぼれのわりに足の運びが実にしっかりしており、衰えを感じさせなかった。無地の着物で尻っぱしょりをして、股引を穿き、素足に古草履を突っかけた恰好は商人とも百姓ともつかなかった。

だが、何より洋之進の目を引いたのは、男が腰骨の後ろで帯に矢立をはさんでいたからだ。牙折りという技には、矢立が使われると父はいっていた。

「もし……」

背後から声をかけると、老人は足をとめ、洋之進をふり返った。

老人は何ともとぼけた顔つきをしており、およそ武芸のたしなみなどありそうになかった。

「ちょっとものを訊ねるが、このあたりに於菟屋という薬種問屋はないか」

「ああ、於菟屋さんなら、ほら」

老人は道の右側に建っている白壁を指さした。

あまりに長大な塀で、とても商家には見えず藩重役の屋敷だと思いこんでいた。

「これが……」

洋之進が呆気にとられていると、老人が破顔して大きくうなずく。

「ずいぶんと豪勢な屋敷なんだな。てっきり藩の重役でも住んでるのかと思った」

「於菟屋の稼ぎは重役連などの比ではございません。こんな大邸宅、役人ごときにはとても無理ですよ。それにここらは商人町ですからお武家は一人もいらっしゃいません」

「いわれてみれば、たしかに」

洋之進は白壁の塀をざっと見わたした。塀だけでも一町はありそうである。

「噂通りだな。於菟屋はさすがに儲かっているようだ」

ふたたび老人に目を戻し、ぎょっとした。

いつの間に現れたのか少女が老人にくっついて手を握っている。きつい目をして洋之進を睨めつけていた。

「ところで、本当につかぬことなんだが、帯にはさんでいるのは矢立ではないか」

「これのことですか」

老人は腰に手を回すと、矢立をすらりと抜いた。

「ずいぶん珍しいものだね。長さは一尺以上ありそうだ。尺二寸か、いや三寸はあるか」

「さあ」

老人は首をかしげた。

「長いといえば長いんでしょうが、そう珍しくもございませんよ。薬売りならたいてい同じような矢立を柳行李に入れてあります」

「では、ご老人も薬売りを」

「儂はとっくに隠居の身です。それが今でもこうして未練がましくこんなものを持ち歩いて」

目を細める老人が節榑だった手で矢立を弄んでいるのを見るうち、ふと抜き撃ちをしかけたらどうなるだろうと思った。

大刀を抜きざま、真っ向から振り落とせば、老人は腰を抜かすだろうか。

それとも矢立で受けるか。

矢立は竹のようなもので作られているように見えたが、鋼が仕込んであるとも聞いた。もし、父がいう通りなら易々と受けるだろう。

もっとも目の前にいる老人が八咫一族とやらである確証はなかったが。

しかし、袖や襟からのぞく腕、胸は老人とは思えないほど鍛えられているように見える。

もし、老人が大刀の抜き撃ちを見事に受けたのなら、そのまま半歩踏みこんで胡蝶剣を見舞ってみる。

「行こう、爺爺（じいじ）」

少女が声を発する。

先ほどとは較べものにならないほどきつい視線で洋之進を睨（にら）みつけている。老人の手を握りしめていた。

洋之進は苦笑まじりに頬笑みかけたが、少女の表情は強張ったままほぐれない。

「御免」

軽く一礼し、二人から離れると洋之進は足早に歩きだした。

胡蝶剣を思いえがくうち、知らず知らずに剣気が横溢（おういつ）してしまったのだろう。少女は敏感に察知し、老人はまったく表情を変えなかった。

気づかなかったのか、それとも気づいていながら平然としていたのか。後者のような気がした。

白壁の塀の角を回ると、門が見えてきた。

門前にまわった洋之進は、そこに大きな看板がさがっているのを目にした。

看板には『古寺町　売薬営業　光多源蔵（みつたげんぞう）』とあった。

第二章　於菟屋藤次

一

目映いほどの陽射しを浴び、踏立板にしゃがみこんでいると、利久平が声をかけてきそうな気がする。藤次は思わず船倉の出入口に目をやった。

舷側を打つおだやかな波の音が聞こえている。

師走を目前にひかえ、あわただしくなりかけた大坂で豊勝丸は冬囲いを解き、出港した。いつもの年よりふた月早い。瀬戸内の海を進み、下関をめぐるまでは穏やかな航海がつづいたものの、日本海に出てからは、厳しい風雨、ときに雪にさらされて北上した。敦賀、佐渡島と経由し、予定通り酒田、秋田に寄港、四十八日を要してようやく蝦夷島の玄関口、松前湊に到着したのである。

年が明け、弘化三年は一月も半ばとなっていた。

水手たち、藤次、いずれにとってもいつもの年とは違う、船上での新年となったが、炊の利久平は丸餅の雑煮をちゃんと用意していた。

その利久平がいない。

板子一枚下は地獄が水手のならいとはいえ、暴風浪を抜け、松前に到着するまでの間、豊勝丸乗組員の誰一人として利久平の名すら口にしなかったことが藤次には解せなかった。

そんなものなのか、と訊ねたくとも唯一教えてくれそうな利久平がいない。

郷では、利久平の死を知らされた父や母、兄弟たちが灯明をあげ、手を合わせるのだろう。ほの暗い中、揺らめく焔の照り返しを受ける母親のほおに光る涙さえ目に浮かんでくるような気がした。そこには利久平の遺骸どころか、遺髪一房もない。

もっとも藤次は、利久平の郷がどこなのか、親兄弟がいるのか、聞いてはいなかった。

藤次自身、すでに母はなく、父があるばかりだが、飄々とした父のことだから、もし、藤次が旅の空で死んだと聞いても、たったひと言、そうかとつぶやいて済ませてしまうのは容易に想像がついた。

単身で諸国をめぐる売薬商にも厳しい掟がある。万が一、行商先の異国で命を落とすようなことがあれば、その土地の流儀に従って遺骸を葬ってもらってかまわないという書き付けをつねに携えているのも、その一つだ。

旅先で死ねば、郷へ帰るのは大風呂敷にくるまれた柳行李だけとなる。

売薬がいっぱいに詰まった五段重ねの柳行李は、薬を行商してあるく越中富山の薬売りにとっては、商売道具であると同時に標章でもある。

踏立板で柳行李を開いている藤次の手元を、源右衛門がひょいとのぞきこんだ。

「おや」

声に反応して、藤次が顔を上げる。

「どうかなさいましたか」

「懸場帳(かけばちょう)がないね」

全国を股にかける薬売りだが、おのおのが身勝手に行商をしていいというものではない。一人ひとりの担当地域が厳格に決められており、重配置、つまり一軒の得意先に複数の薬売りが出入りすることが最大の御法度(ごはっと)とされていた。

薬売りたちは、自らが担当する地域を誇りをもって懸場と呼ぶ。単なる商圏ではなく、わが命の懸けどころほどの思いがこめられているのだ。

懸場帳は、懸場にある得意先の住所録であり、売上台帳になっている。

富山の薬売りたちは、先用後利(せんようこうり)を旨とし、先に得意先に薬を置いて、一年後に再訪した際、使用した薬の分だけ代金を回収する独自の販売方式を採っているため、懸場帳には未回収金も記録されていた。いわば金が眠っているわけで、懸場帳だけでも高額で売買される所以(ゆえん)がここにある。

実際、懸場帳一冊をもち、自分で調合した薬を行商している一人帳主も少なくない。

「それにしてもお頭(かしら)は懸場帳などよくご存じで……」

苦笑した。源右衛門は、越中水橋浦の出である。加賀藩領だが、富山城下に隣接し、売薬商も多い。

源右衛門はにやりとしていった。

「さて、どこのお大尽だかは知らないが、船一パイ分の昆布が土産だというんだから豪気なもんだ」

富山の売薬商法は、そもそも立山信仰の修験者たちが行った布教活動が発祥といわれる。

修験者たちは、信仰を広めるため、熊の胆や硫黄など土産物を信者に配ったが、売薬商たちも古くから得意先へ土産を持っていくのを習いとした。時代を経るにつれ、売薬商の土産物は立山信仰とかかわりなく客に喜ばれる富山の特産品などが中心となったが、この頃では売薬版画と呼ばれる絵紙が多くなっている。図柄は人気の高い歌舞伎役者や七福神など見栄えのするもの、めでたいものが多く、かろうじて仏教画の絵紙に立山信仰の名残があった。

土産品は、薬代金の百分の五とされていたので大口顧客にはそれなりに値の張る品を用意しなければならないが、五百石積みの船に満載した昆布となれば、薬の代金は途方もないものになる。

得心したように源右衛門がうなずいた。

「薩摩組か……、なるほど」

昆布は長崎まで運ぶ約束となっている。売薬商売に通じている源右衛門ならば事情を察するのも難しくはないだろう。

長崎まで運んだあと、昆布は薩摩藩に渡すことになっていた。

数年前から薩摩藩では売薬商の出入りが禁じられていた。薩摩藩は他藩とは較べものにならない重い年貢を領民に課しており、病を得ようと薬をあがなうのさえまかりならんというわけだ。

薩摩藩の固く閉ざされた門戸をこじ開ける道具に昆布を使おうというのが於菟屋の狙いである。

じっと見つめる源右衛門の視線を避けるように藤次はしゃがみ、最上段の行李から長さ一尺あまりもある矢立を取ると、左腰のあたりで帯に差した。

重ねた行李を風呂敷に包みなおし、さらに丈夫な紐をかけて縛りあげる。

「頭」左の舷側に立った親仁の政八が声をかけてくる。「艀の仕度ができやした」

「うむ」

うなずいたものの源右衛門はすぐに動こうとはせず、かたわらに立っている亥吉に目を向けた。亥吉はぼんやりとした顔つきで、ほかの水手たちが乗った艀を見つめている。わずかに開いた唇が濡れて光っていた。

「イノ」源右衛門がおだやかに声をかけた。「留守の間、しっかり頼んだで」

視線を源右衛門に移したものの、相変わらずぼんやりした表情の亥吉はうなずいた。

「あい」

「とくに火の始末に気ィつけてな」

「あい」

「何、たったの一晩だ。明日の朝には皆戻ってくる。よもや誰も来るとは思わないが、役人だろうと船にあげちゃいけねえぜ。何かいわれたら、船頭は大黒屋（だいこくや）におるで、そっちで聞いてくれろというんだ。わかったな」

「あい」

「お前もようやく追廻（おいまわし）になったが、リクの奴（やつ）が可哀想（かわいそう）なことになっちまったからには仕方ない。こらえてくれ」

うなずいた亥吉は、口の中で、気ィつけられとつぶやいた。

入港後、水手たちの上陸が許されたときも最年少の炊は船に残るのが決まりとなっていた。水手はいずれも炊から叩（たた）きあげていかなければならない。利久平が波にさらわれて行方不明になった以上、自然の流れで次に若い亥吉が船に残ることになる。

風呂敷にくるんだ行李を背負う。五段重ねで薬も満杯となれば、重量は七、八貫にもなる。だが、藤次はひょいとかつぎあげ、風呂敷の端を胸の前で結んだ。

仕度が整ったのを見てとった源右衛門が藤次をうながす。

「ささ、艀へ」

船も艀も揺れていて、しかも両者の動きは一致していない。

蝦夷島の玄関口ながら松前浦は良港とはいえず、沖合に打たれた杭に船を係留しなければならない。だから入港中といえども揺れはつづく。

艀には見慣れぬ男がすでに座っている。松前浦の水先案内人であろう。各湊には複雑に入りくんだ入江の様子や水面下の岩礁に通じた男たちがいて入港する船の手助けをする。男は五十年輩で長年潮風に吹かれた髪は、まるで艶がなかった。

舷側に立った藤次は目をすぼめて艀の動きを見つめた。五百石積みの豊勝丸に較べると艀の上下動は速かった。

艀が沈み、次いで浮きあがろうとする刹那、藤次は舷側を蹴った。重い風呂敷包みを背負いながら動きは軽く、船に慣れた水手たちの間からほうと嘆声が漏れた。

「於菟屋さん」

豊勝丸の上から源右衛門が呼びかけてくる。

ふり返った。

「忘れ物だ。こいつを忘れちゃいかんだろう」

源右衛門のわきから一匹の犬が顔をのぞかせていた。

毛並みはわずかに朱色がかった明るい茶、尖った両耳はぴんと立ち、対照的にだらりと舌が垂れている。

犬は無造作に跳び、艀の舳先に軽々と着地した。乗り合わせた人間には興味がないらしく、前肢をあごの下に入れると寝そべって目をつぶった。

誰かのつぶやきが藤次の耳にはいる。

「薬屋さんよりよっぽどうまい」

藤次は、顔をしかめた。

源右衛門が乗り移ると、亥吉が舫(もやい)を解いた。艀がゆっくりと豊勝丸から離れる。七郎平、六郎平が櫂(かい)を使う。

藤次の真ん前に腰を下ろした源右衛門がちらりと舳先の犬に目をやって訊(き)いた。

「あれの名は」

「えんと呼んでおりますが」

「ふん」

唇を突きだした源右衛門はそっぽを向いて鼻を鳴らした。

七郎平と六郎平が呼吸(いき)をあわせて使う櫂によって、艀は進んでいった。湊に入ったとはいえ、波を防ぐ岸壁がほとんどないために艀はうねりに乗りあげ、すべり落ちるのをくり返しており、歩みは遅々としたものにならざるをえない。

洋上を渡ってくる風が骨に滲(し)みとおるほど冷たい。藤次は両腕で自分の躰(からだ)を抱き、二の腕を擦(こす)っていた。

舳先に寝ころんだえんは、重ねた前肢にあごをのせ、心地よさそうに目を閉じている。吃水(きっすい)の浅い艀とはいえ、寝そべっているえんには風がほとんどあたらないのだろう。時おり茶色の体毛がかすかに揺れるだけで、薄陽とはいえ、毛むくじゃらの身には充分に暖かいようだ。

水手たちは綿入れの着物を着て、これもまた綿の入った半纏を重ねている。蝦夷地へ行くのだからと藤次も綿入れを着てきたのだが、重ね着まで思いがいたらなかった。風は着物を素通りし、肌を撫でては熱を奪っていく。

背を丸めている藤次と違って、源右衛門はぴんと背筋を伸ばし、真っ白な雪原の間にぼんやりけぶる松前の街並みを見つめていた。乗組員の中で源右衛門だけがひざのあたりまで裾が伸びている半纏、裂き織りを羽織っていた。

サッキヨリは古木綿を裂いて撚りあげ、横糸とし、麻を縦糸にしたもので、紺の濃淡が見事な横縞を描いている。船頭でなければ着ることが許されなかった。

知工の金蔵が声をかけてきた。

「売薬さん、蝦夷島は初めてかえ」

荷の積み卸しと小口の金銭出納を担当する知工には炊あがりの抜け目ない若者がなる場合が多かったが、金蔵は初老に近い年輩である。鬢には霜が降り、上唇には細かい縦じわがよっていた。

このとき、船頭源右衛門が五十歳、金蔵は四十五、表仕の巳三郎四十、親仁の政八が三十八になっていた。船頭の下、表仕、親仁、知工は三役と呼ばれ、船の幹部である。

ちなみに櫂をつかっている七郎平、六郎平は兄弟で、なぜか兄が七郎平といい、歳は

三十五、六郎平が三十二であった。船に残った亥吉は二十五、そして巨大なうねりにさらわれた炊の利久平は、十六になったばかりのはずだ。
「へい」藤次はうなずいた。「もっぱら南国と越中の間を行ったり来たりしておりましたから」

「道理で、な」

そういって金蔵は視線を下げ、藤次の足元を見る。藤次は、脛に脚絆を巻き、紺地の足袋に草鞋を履いている。薬売りの冬季装備としてはごく標準的といえた。

「これ、使うとええ」

そういって金蔵は藁細工の四品一足を差しだした。

「実はおれもこんな季節に蝦夷島まで来るのは初めてなんだ。船乗り仲間からは阿呆呼ばわりされたよ。あったらとこ、寒くて寒くて凍え死んでしまうって」

雪深い北陸の地にあっては、雪中の道具が発達しており、四品一足もその一つである。見れば、巳三郎と政八は足首にキビスカケを巻きはじめている。

「ありがとうございます」

礼をいい、素直に受けとった藤次はさっそく草鞋を脱いだ。

まず、かかとをキビスカケで覆って細く綯った縄を足の甲で結び、固定する。次に爪先をウソで包んで今度はかかとの方に縄を通して結んだ。

首をもたげたえんが藤次の手元をじっと見つめていた。しかし、わずかの間にすぎない。すぐに興味を失ったのか、ふたたび前肢にあごをのせると目をつぶってしまった。

キビスカケとウソで足首から下をすっぽり覆うと、ユキワラジを履いた。ユキワラジは普通の草鞋よりふたまわりほど大きく、藁で包まれた足にも装着できるようになっている。仕上げにハバキを脛に巻きつけた。

右足に四品を着けおわった藤次は手を止め、金蔵が草履をつっかけたままなのに気がついた。

「金蔵さんは」

本来金蔵が履くべき四品一足を譲ってくれたのではないか、と気になった。

「おれはこれでええ」

金蔵は苫(とま)の下からフカグツを引っぱりだした。四品一足を一体に編みこむと、フカグツという藁で作られた長靴になる。

「巳三郎や政八は船を陸(おか)に揚げたりせにゃならんが、おれは宿まで歩くだけだ。じゃが、売薬さんはあちこち歩かなきゃならねえだろ」

「へい」藤次は頭を下げた。「お心遣い、ありがとうございます」

「なに、頭からいわれただけよ」

ちらりと笑みを浮かべ、金蔵はフカグツに足を突っこんだ。

櫂を動かしつづけている七郎平、六郎平が履き替えていないのは当然として、源右衛門までが裸足(はだし)に雪駄(せった)履きのままでいる。足の甲から指にかけて真っ赤になっていた。

源右衛門のかかとに目を留め、はっとした。

タコの上にタコが出来、岩肌を思わせるほどにごつごつしている上、大小深浅さまざまな傷が刻まれていた。暴風の中、ひと言も発することなく立ちつくしていた源右衛門の足は、大揺れに揺れる踏立板をしっかり踏みしめていたのだ。

今さらながら荒縄でくくられ、のたうち回っていただけの自分に顔が熱くなる。

「ありがとうございます」

頭を下げる藤次に、源右衛門は小さくうなずき返した。

金蔵がいうようにフカグツに較べると四品一足の方が自在に足首を動かせる分、歩きまわったり、作業をしたりするのに適していた。

艀が浜に近づくと、巳三郎が舳先に立ちあがる。えんは相変わらず目を閉じたまま、動かなかった。浜には十人ほど地元の漁夫らしい男たちが集まってきていた。

巳三郎が抛り投げた舫綱を浜に出てきた男たちがつかまえ、艀を浜へと引き揚げはじめた。

「おや、あれは……」

中腰になり、怪訝そうな顔をして金蔵が男たちを眺めている。藤次は金蔵を見あげて訊ねた。

「どうかしましたか」

「お武家が一人ござっしゃる。綱、引いとるで」

低声で答える金蔵の視線を追うと、たしかに侍の風体をした男が一人だけ混じっていた。焦げ茶の絣にたっつけ袴、すさまじい蓬髪で大刀だけを差していた。

侍は漁夫たちに混じり、懸命に綱を引いていた。艀がすっかり引き揚げられると、真っ先に水先案内人が飛びおり、いずこともなく立ち去った。すでに報酬は受けとっているのであろう。

次いで源右衛門、金蔵が降りた。巳三郎は艀の固縛を漁夫たちに指図している。

陸揚げした艀が固定されると、漁夫たちは金蔵のそばに集まってきて両手を差しだした。爪の間が黒ずんだ分厚い掌に、金蔵は露銀を二粒ずつ載せていく。

ふと金蔵の手が止まった。

侍もまた金蔵の前に両手を出していたのである。

金蔵は背後に立っている源右衛門をふり返った。うなずいた源右衛門が金蔵と侍の間に割ってはいる。

「お武家様には、お手を煩わせましたこと、まずはお詫びを申しあげます」

「礼などよい。それより船揚げを手伝った給金をくれ」

侍は背が高かった。源右衛門は豊勝丸の乗組員の中で図抜けて体格がよく、身の丈は五尺五、六寸もあった。だが、源右衛門と向かいあう侍はさらに背丈があり、六尺をゆうに超えているように見える。

源右衛門がうなずくと、進みでた金蔵が侍の手に銀を握らせた。

「毎度あり」侍はにんまりし、銀を握った拳を袂の奥へと引っこめた。「拙者、石井長久郎と申す」

石井と名乗った侍は顔、とくにあごが長いだけでなく、名前にまで長の字が入ってい た。笑みを浮かべると、目尻がにゅっと下がり、受け口気味の顔に締まりがなくなる。

「仕官の口があると聞いて、昨秋はるばる松前くんだりまでやって来たんだが、これがなかなかうまくいかなくてのぉ。酒手にもつまって往生していたところ、そちらの船が入ってくるのが見えた。漁師どもが駆けだしたんで、わけを聞いたら、舫を曳けば酒手をふるまってくれるという。こりゃ見逃す手はないなと思った次第だ。何しろ冬の間は船もよう来ん。このままじゃ、干乾しになるな。ところで、そちらは」

「は、これは失礼をいたしました。手前は加賀国は水橋浦で船手商いをしております狐原屋源右衛門と申します」

「ほう、やはり北前船か」

したり顔でうなずく石井に、源右衛門は微苦笑を浮かべた。

北陸方面から来る船を瀬戸内海沿岸や上方の人々は北前船と呼んだ。上方の弁財船と区別する意味もあったが、十把一絡げに北方の田舎からのぼってきた田舎廻船として幾分侮蔑の匂いを含んでいる。

北陸の船乗りたちは、自分たちの船を弁財船あるいはバイ船と呼んでも決して北前船とはいわない。

複雑な表情をしている源右衛門に、石井はまるで頓着しなかった。

「して、宿は。宿はもうお決まりか」

「へえ、大黒屋さんの方へ」

「おう」石井が目を見開く。「これは何たる奇遇。じつは拙者も大黒屋に逗留しておる。それでは案内してしんぜよう」

肩をそびやかした石井は先に立って歩きはじめた。

源右衛門が松前を訪れるのは初めてではなく、地理にも通じている。宿まで案内を請うまでもなかった。

源右衛門と金蔵が素早く見交わす。たかりだなと目で会話をしているように見えた。背を向けている石井を見て、藤次はもう一つ長い物があるのに気がついた。石井が落とし差しにしている大刀が恐ろしく長大なのだ。鞘の先端が地面を擦りそうになっている。

一行は雪を踏んで歩きだした。

えんはいつの間にか姿を消していた。

その夜、藤次は水手たちに誘われるまま、宿の近くにある居酒屋に行った。

「おや、売薬さんは飲まないのか」

真っ赤な顔をして七郎平が訊いた。

「へえ、いささか不調法ものでございまして、艶消しで申し訳ありません」

藤次は干し魚と漬け物で湯漬けをかきこみ、箸をおいていた。

「おれなんか陸に上がると、こいつだけが楽しみなんだがな」

猪口を指先で弄んでいる六郎平がつぶやく。

兄弟ではあったが、兄の七郎平は頰骨が高く、えらの張った顔立ちなのに、弟の六郎平は丸顔で鼻もあごも丸い。それでも陽に灼けた顔を真っ赤にしているところは同じで、よく見ると目許には多少なりとも似通ったところがあった。

「馬鹿だな」親仁の政八が口をはさむ。「売薬さんには厳しい掟があるのよ。ねえ、出先で酒を飲むのは御法度になってるんでしょ」

「へえ」

兄弟そろって目を丸くする。六郎平が首をかしげる。

「おれなんか船主に飲んじゃならねえっていわれても無理だな。それなら船、降りちゃう」

政八のいう通りだが、禁じられているのは、酒だけではなかった。酒、賭博、遊女、いわゆる飲む、打つ、買うのすべてが厳禁されている。

「掟も何も……」藤次は顔の前で手を振った。「情けないほどの下戸でございまして、本当に猪口一つ分もいただけないんです」

「そうだろうな。酒が好きで我慢するのはつらいよ」

徳利をもち、自分の猪口に注ごうとした六郎平の頭を、いきなり七郎平が張る。兄弟は酒を取り合って、子供のように言い争いをはじめた。それを見て政八が苦笑している。

「ところで売薬さん、目当ての人には会えたのかい」

表仕の巳三郎が口を挟む。

居酒屋に来てから黙々と飲みつづけているものの、巳三郎の端整な顔には朱が差すどころか日灼けまで褪めて白っぽくなっているように見えた。

「へえ、それがまだなんで。追っつけ来るということでございます。ただ、それが明日になるものやら明後日になるものやら」

「それじゃ、今しばらくは松前泊まりになるかも知れないね」

船を降りたあと、藤次はその足で松前城下在住の医師、内藤主膳を訪れた。そこである人物と落ちあう手はずになっていたからである。

すべては於菟屋主人の命による。

まだ春浅く、海も荒れている時節に航海を強行したのも、くだんの人物と落ちあい、行動をともにするためである。当代きっての蝦夷地通と聞いていた。しかし、内藤によれば生憎その男は不在だが、あと数日もすれば戻るらしい。

「それじゃ、私はお先に」

立ちあがり、風呂敷に包んだ柳行李を背負った。

まったく酒を飲まないわけではなく、捉々と四角四面に考えているわけでもない。ただ行李にはふだんの行商の数倍に相当する大金が入っている。そんなものが足元にあって落ちついて酒を飲めるはずがなかった。

積み荷を買いととのえ、破格の船賃を払った上で命の危険もかえりみず蝦夷地へやって来たのは、藤次の買いつけに於菟屋の命運がかかっているためである。

まして初めて訪れた蝦夷地で、湊にいるのは海千山千の強かな輩という評判では、つねに神経を張りつめていなければならなかった。

居酒屋を出ようとしたところで、藤次は背の高い侍に出くわした。昼間、豊勝丸から来た艀を浜へ引きあげるのを手伝った石井である。

にゅっと目尻をさげた石井の顔は、相変わらず人が好さそうに見えた。

「おや、もうお帰りか。まだ宵の口じゃないか」

「一滴も飲めない不調法ものでございまして。お先に失礼いたします」

「そりゃ、残念だな。売薬商をされていると聞いたものだから、今宵は諸国の珍しい話など聞かせてもらおうと思っていたのに」

「申し訳ございません」

「いやいや、一滴も飲まずに飲み助どもの相手というのは、ちとホネだからの」

快活に笑う石井に一礼すると、藤次は居酒屋から出てきた。

日が暮れてから寒さがいや増している。

店を出ると、どこからともなくえんが現れ、藤次のわきを歩いた。

「水手っていうのは、案外薄情なもんだな」

酒がまわれば、利久平にまつわる思い出話の一つも出てくるものと思っていた。だが、男たちはひたすら飲みつづけているだけで、利久平の利の字も口の端にのぼることはなかった。

ちらりとえんに目をやり、ため息をつく。

えんはそっぽを向いて欠伸をした。

二

立ちつくしたまま、石井は居酒屋の戸口に目をやっていた。木戸を閉めかけた売薬商が頭を下げたとき、足元に明るい茶の犬が駆け寄っていくのが見えた。

昼間、艀の舳先に寝そべっていた犬を思いだす。

船が頻々と入る時節でないだけに居酒屋の客もまばらだ。入口近くの一角にかたまっているのは昼についた北前船の水手たちだとわかったが、声をかけることもなく、店の奥に進んだ。

三人の男が飲んでいるところへ行くと、石井は腰を下ろし、あぐらをかいた足の間へ長剣を置き、柄を左肩にのせた。

三人そろって破落戸と顔に書いているような人相だが、見た目通り、掛け値なしの碌でなしである。

三人の中でも一際目つきの悪い男が蝮の某という。蝮というよりひきがえるを圧しつぶしたような醜男で、あとの二人は手下だが、三人そろって知恵より腕力というような顔つきをしていた。

長い顔を突きだすようにして石井がいう。

「今出ていった男、越中の薬売りだ」

「見りゃ、それくらいわからぁ」

蝮が顔をしかめたが、石井は平然と言葉を継ぐ。

「あの男が背負っていた風呂敷包みを見たか」

「行商の道具だろ。薬屋なんだ、中味は薬に決まってら」

「昼間、連中が艀を揚げるのを手伝ったんだが、あの薬屋、商いに来たんじゃなくて何かを仕入に来たって話だ」

「何を」

「そこまでは知らん。どうでもいいからな。肝心なのはあの風呂敷包みの中には、大金がうなってるってことだ」

「た、大金」

手下の一人が素っ頓狂な声を張りあげ、蝮がにらむ。蛇にちなむ変名を名乗るだけあって、まるで温度を感じさせない不気味な目つきをしていた。蝮は石井に視線を移した。

「その金がどうしたってんだ」

「水手たちは大黒屋に宿をとっている。だが、あの薬屋だけは裏手にある離れに泊まることにしたらしい。儂が案内したんだ。間違いはない」

「どうして離れに」

口をはさんだのはもう一人の手下だ。

「お宝のせいだろうよ」蝮がにんまりした。「見てみな、水手どもはどいつもこいつも碌でもねえ顔してやがる」

自分の面相を棚に上げて好き勝手をいう蝮に、石井は苦笑した。

「あそこの離れが崖っぷちにあるのは知っておろう」

石井の言葉に三人がうなずいた。

「なら、話は簡単だ。手っ取り早く仕事を片づけて、あとは海に投げこんでおけば、潮が皆沖へもっていってくれる」

「それじゃ、早速」

腰を浮かしかけた蝮を、石井が制した。

「まあ、あわてるな。明け方にしろ。人というのはな、夜明けごろ一番眠りが深くなるものなんだ。奴さんがどれだけ用心してたって眠いのには勝てやしない」

三日後。

「あの男、おれたちが離れへ入っていったときもぴくりともせなんだ。勘づかれちゃいねえ、ぐっすり寝入ってやがると思ったもんさ」

「あの薬屋に間違いなかったんだな」

石井は念を押した。

「ああ。ちょうど夜が白々しようってころさ。誰だって眠りがいっとう深え時分だって、あんた、いってたろ。小屋ン中はまだ暗かったけんど、例のよ……」

言葉を切り、口許を歪めた蝮の顔は、左目の上は暗い紫色に染まり、腫れた目蓋に圧しつぶされ、目がふさがっている。

柱を背にした石井は長剣を足の間に立て、長いあごの先端を掻いていた。

「お宝がたんまり入ってる風呂敷包みが後生大事に枕元にあったから間違いはない」

「お前、得物は何を使った」

「エモノだと」蝮は右目をすぼめたが、すぐにうなずいた。「待ってのは一々七面倒なことをいいやがる。騒がれると面倒だと思ったからよ、大きな鉞を一挺持ってった。それで頭をかち割っちまえばいいと思ってな。手間はないと踏んでたわけだ」

「布団の上からか」

「いや。首から上は見えたよ。おれに背中を向けてたがな。全然動かねえし、こりゃ、楽な仕事だ、しめた、と」

「だが、楽ではなかった」

淡々とした石井の口調に蝮がさらに顔をしかめた。突きだされた下唇が涎に濡れ、光っている。

「手応えはあったのか」

「何だかかたいものをぶっ叩いたみてえだった」

「刀のようなものか」

「わからねえ。だけど、火花は散らなかったからな。刃物と刃物がぶつかれば、火花が出るだろ。小屋ン中はまだ暗かったから出れば見えるはずだ」

「薬屋は木剣のようなものを抱えて寝ていたというのか」

「そんなもんじゃねえだろ。おれの鉞は研ぎに研いであった。薪ざっぽみてえな木剣なんかへし折ってら」

上質の木剣は石より硬く、薪を斬るようなわけにはいかない。しかし、石井はあえて異を唱えようとはしなかった。

鉞を振りおろした直後、反撃を受けた蝮は左目を腫らす結果となったのだが、何によって打たれたのか、どのようにして打たれたのか、まるで憶えていないという。

手下の一人に目をやった石井は唇をへの字に曲げた。

その男の唇ははちきれそうなほどに腫れ、左端が切れている。傷はすでに小豆色の瘡蓋でふさがっていたが、前歯がすべて叩き折られ、口が暗い空洞となっていた。

「お前、蝮がやられるところを見なかったのか」

伏せた目を上げようともせず、男は首を振った。

「暗かったし、兄貴が倒れたときには、何で倒れたのかわからんかった。あいつが動いたようにも見えなかったし、な。それにおらもすぐやられちまって」

少なくとも二撃以上受けている、と石井は喋っている男の顔をしげしげと眺めて思った。

唇の左端からほおにかけて、幅の狭い痣ができている。傷の具合からすると、棒状のもので殴られたのはたしかだが、前歯を折った凶器はもっと丸いもの、大きさからいえば人の拳くらいだろうと察しがついた。

拳かひじで打ったのだとすれば、凄まじい打撃力であり、少なくとも売薬商には体術の心得があると見なければならない。

「腕だ」ふたたび蝮が口を開いた。「あいつ、おれに打たれそうになったとき、布団から腕を出した。うす暗かったが、生白い腕が動くのが見えた。重ねて叩き斬ってやると思ったのを憶えている」

鎖帷子でも身につけていたか、と石井は胸のうちでつぶやいた。

三人目の男の顔には傷がなかった。もともとごつごつした顔立ちで、古い傷跡がいくつも残っていたためにきれいな顔とはいいがたかったが。

「でこに何かぶつけられた。それほど固いもんじゃない。びっくりはしたけど、痛くはなかったからな。でも、そのあと目が痛くなって全然開けていられなくなった。あとは甘い匂いがしたなと思ったら、何にもわからなくなった」

「そういやぁ、おめえの顔には、粉みたいなもんがついとったな」

唇を切った手下がいう。

気がついたとき、三人は大黒屋の裏手にある厩にいて、積みあげられた藁の中で寝ていたという。姿を見られると厄介なので、すぐに厩を出ると近くにあるアイヌの集落に行って傷の手当てをした。

三人とも交易所で働くこともあり、アイヌ集落には知り合いが何人もいるという。交易所とはアイヌたちが獲ってきた毛皮や海産物を、和人たちが米、煙草などと交換するところである。

知り合いなどといっているが、食い物と薬草を略奪したのは容易に推察できた。

「さてと、どうしたもんだろうな」

石井は相変わらずあごを掻いている。

「実はあの薬屋、まだ松前にいる。宿は大黒屋の例の離れだ。まだ何も仕入れてはおらんということだから金はそのまま残っているだろう。もう一度、やるか」

手下の二人が素早く見交わす。どちらの顔にも怯えの色が見てとれた。

さすがに蝮は太々しい顔をしたままだ。

「あんたは金、金というが、あの薬屋、本当にそんな大金を持っているのか」

「ある。むしろお前たちが手ひどくやられたことで、かえってお宝を持っているのがはっきりしたわけだ。相手はなかなかの使い手のようだし、そんな男が仕入に送りこまれてきたってことは、大金を持ち歩いていて間違いがないようにしようって肚だろう」

また目尻をにゅっと下げて、三人を見まわす。

「しかし、そのひどい怪我を見たんじゃ、おいそれともう一度なんていえんがな」

「やろうともさ」蝮が吠える。「今度は抜かりゃしねえ」

隻眼になっても目つきの悪さに変わりはない。

満足そうにうなずいた石井は小屋を出た。

蝮たちがねぐらとしているのは今は使われていない番小屋で、松前城下からは数町離れている。

腕組みをし、大股で歩きながら石井は、物思いに耽っていた。

売薬商のことである。

武芸の心得などあるはずもない蝮たちではあったが、手荒な真似には慣れており、しかも相手は寝そべったままでいた。少なくとも蝮が鉞を振りおろすまでは動こうとしなかったにもかかわらず、転瞬、三人を打ちのめしている。

相当な手練れといえた。

また、手下の一人の目をつぶした粉も気にかかった。売薬商だけに薬はお手の物に違いない。どのような薬を使ったのか、見当もつかない。

思案に暮れつつ、河口屋と看板を揚げた問屋にたどり着いた。蝦夷交易が盛んになってから城下に問屋が軒を並べるようになり、天保期以降は十軒以上を数えた。

河口屋に入った石井は、案内を請うこともなく奥へと進んでいく。

帳場に座り、算盤をはじいていた番頭は石井の姿をみとめると、目配せをした。うなずきもせず帳場のわきを抜けた石井は、そのまま裏庭につづく暗い通路へ入っていく。

番頭は立ちあがり、石井のあとを追った。


「長久郎」

「は」

「春だというのに、蝦夷地というところはえらく寒いの」

「は」

「年寄りにこの寒さは毒だ」

河口屋の裏庭で、石井長久郎は片膝をつき、頭を垂れていた。首筋から肩にかけて空気がずっしりとのしかかっているような気がする。腋の下に汗が浮いた。

「顔を上げろ、長久郎」

「は」

何とか顔を起こす。石井の前には、柿色の道服姿の老人が立っていた。ひどく痩せており、総髪にした髪は真っ白になっている。

江戸から使者が到着したという報せを河口屋の小僧が持ってきた直後、蝮の手下の一人が宿を訪ねてきて、三人とも手ひどくやられたと伝えた。まず蝮たちの様子を見に行くことにしたのは、江戸からの使者というのがまさか石井に蝦夷地行きを命じた張本人だとは思わなかったからだ。

ただ、蝮たちから聞いた話を報告できたのは幸いといえた。

「今宵はお前もいっしょに行け。その破落戸（ごろつき）どもの手には余るかも知れん。いいか、長久郎、お前もあやつらとともに行き、きちんと始末をして来い」

老人の命令は、たった一つ、売薬商を抹殺することにあった。売薬商が肌身離さずもっている大金など石井にはどうでもよかった。

「は」

「それにしてもお前は、はい以外に言葉を知らないのか」

老人の舌打ちが響きわたり、石井は思わず首をすくめた。

三

床の間を背にして端座している男は、姿勢が良く、真っ黒に日灼けしているので笑みこぼれる白い歯が目についた。

男は、松前から北へ十数里のぼったところにある湊町江差（えさし）在住の医師西川春庵（にしかわしゅんあん）の下僕、草履取りの雲平（うんぺい）と名乗った。

西川春庵と染めぬいた半纏を羽織っている。一家の主、内藤主膳が強いて勧めたので雲平は渋々床の間を背にして座ったものの、座布団だけは固辞した。

草履取り相手に過分に丁重な応対といえたが、若い医師、内藤は進取の気性に富み、また気さくな男でもあった。初めて訪問したときから藤次も書斎に通され、相対で話をしていた。

内藤邸には、於菟屋とは親戚筋にあたる売薬商が出入りしていた。利尻の昆布を仕入れたいという於菟屋の企図を内藤に告げ、相談したのはくだんの売薬商である。それなら是非紹介したい人物がいるからと内藤自ら仲介の労を買って出てくれた。

急ぎ来られたしという連絡を受け、藤次は大黒屋を飛びだしてきた。

「雲平さんはね、蝦夷地へ来るのは今度で二回目なんだ。それなのにもう蝦夷の言葉を話せるんだよ。どうだ、すごいと思わないか」

内藤は、小鼻をふくらませ、まるで自分のことのように自慢した。

「話すなどとんでもない」雲平は顔の前で手を振った。「まだまだ勉強不足でございますよ。ほんのひと言二言わかるくらいのものです」

蝦夷の言葉といわれても藤次にはぴんと来ない。

顔を赤くして照れる雲平にかまわず内藤はまくしたてた。

「交易所に出入りする蝦夷どもに対しては、すべからく我々と同じ言葉を用うべしと藩から達しがくだされておるが、あの連中同士が喋っているのを何をいってるものやら皆目見当もつかん。ほんに外国語を聞いているようなものだ」

腕組みをした内藤は小さく首を振る。

「これでも商売柄蘭語を少々かじったりもしてるんだがね。松前に来て三年にもなるというのに未だ蝦夷どもが何をいっているのかわからんというのは、何ともだらしないかぎりだよ」

「先生はお忙しくていらっしゃるからですよ。のんびり現地人たちの言葉を憶えられるのは、私がよほど暇をもてあましている証拠でございます。内藤先生はお若くあるし、とても優秀でいらっしゃいますからほんのちょっとその気になれば、すぐに話せるようになるでしょう。私などあっという間に足元にもおよばなくなります」

内藤と雲平の掛け合いを聞いているうち、驚くべきことがわかってきた。

去年、雲平は初めて蝦夷の土を踏み、巨大な島の西岸を北上したが、江差を越え、熊石というところに差しかかったあたりで松前藩の制止に遭い、やむなく松前に引き返してきた。戻った雲平は少しもじっとしていることなく、すぐさま東進に転じ、箱館から礼文華、室蘭、勇払、沙流、釧路、厚岸、根室を経て、蝦夷地の東端、知床を極め、標柱を立ててきた、という。

獣道すらない土地を、熊笹をかきわけ、はいつくばるようにして斜面を登り、波にさらわれる危険を冒して岩場を進む、文字通りの難行苦行をつづけた。

しかし、目の前に座っている雲平は、それほど躰が大きいわけでもなく、痩せ形で、健康そうではあったが、十人並み以上の強靭な肉体を持ちあわせているようには見えなかった。

ふと雲平の手に目を留めた藤次は低く唸った。

躰に較べて大きな手には、甲といわず指といわず大小さまざまの傷跡が残っており、傷同士が交差しているところはぷっくり膨れあがっていて、引き攣れた皮膚が不気味な光沢を放っていた。

傷が旅を語っている。

話の中には、藤次を混乱させる内容もあった。

去年、雲平は印鑑彫りの流れ職人として蝦夷地に渡ってきたのだが、松前藩が旅人に厳しい制限を加えていたため身動きできなくなると、江差の人別帳に自分の籍を入れ、いつの間にか廻船問屋の手代となっていた。さらに東進をはじめると、箱館に本拠を置く商人の知人になりすまし、今は医者の草履持ちと、身分がころころかわっている。

「何故そこまでなさって……」

思わず藤次が漏らすと、雲平は照れくさいような、困ったような顔をして身の上を語りはじめた。

「私は伊勢の郷の産でございまして、年端も行かないころからお伊勢参りにいらっしゃる方々を見物していた、ちょっと変わり者の小せがれめにございました。そのせいでございましょうか、どうにも尻の落ちつかない性分になってしまいまして」

　本格的に家を出たのは十六のとき、以来十年にわたって諸国を流れ歩き、その間に両親とも死んだという。足の向くまま、気の向くまま、畿内から四国、九州へと旅をつづけ、長崎に至ったとき、生死の境をさまようほど重い病を得た……、雲平はまるで他人事のような口調で淡々と語った。

「ほう」内藤が長々と嘆声を漏らした。「松……、雲平さんのそのお話は初めてうかがいますな」

「たしかに病は重うございました。ただ、旅の空で死ぬのは自ら望んだことでございましたから、どこで野垂れ死にしようと、それこそ本望と思っておりましたもので」

「それもまた大変なお覚悟でございますな」

「そうでございましょうか」雲平は首をかしげた。「死ぬというのは、生きることに較べれば簡単なようにも思えますが。死ぬまでには大層苦しみもしますでしょうが、それとて所詮はいっときのこと。ですが、生きていくとなれば、労苦はずっとつづきましょう」

「生きていればこそ、愉楽の一つもあるのではありませんか」

「苦しみと楽しみ、はて、どちらが重いでしょうね」

「そりゃ……」

　いいかけた内藤が絶句し、次いで苦笑する。雲平があまりに恬然と頰笑みを浮かべていて、その顔には苦楽のいずれが重いか答えははっきりしていると書いてあったからだ。

相変わらず淡々と、雲平は話をつづけた。

「死というものがいつやって来てもおかしくない。言い換えれば、いつでも死ぬことができるということです。幸い私は長崎で出会った禅師の手厚い看病によって生き長らえることができました。そこで学んだのです。自分のちっぽけな命ひとつ、どうせ失われてしまうものなら、何かこれはと思えるものに投げだしてみたい、と。旅の空で死にたい、どこで野垂れ死んでも構わないなどと偉そうに嘯いておりましたが、正直なところ、私は命惜しみをしておりました。せいぜい自分を可愛がり、甘やかしてもいたのです。お恥ずかしい話です。人情としては当たり前かも知れませんが、なまじ自分は旅に果てる身、何を明日など思い煩おうかなどと思い定めておりましただけに、おのれの本性を見せつけられたときには、何とも恥ずかしく、また、情けなかったのでございます」

病が癒えると雲平は早速命を助けてくれた禅師の弟子、つまり僧になったと聞いて、藤次はまたしても驚かされる。

「それがまたどうして蝦夷地にいらっしゃったのですか。蝦夷地は雲平さんの命の捨て所になりそうでしたか」

「これまた情けない話ではございますが……」

かすかではあったが、雲平の陽に灼けたほおに血が昇った。

「もともとは唐天竺に参りたいと希ったのでございます」

唐天竺と聞いて、藤次は唖然とするしかなかった。名前の通り、雲となってどこまでも流れていく男に見えてくる。

「ひとつ先へ進めば、たどり着いた先でもうひとつ先が見えてくる。今度はそこへ行きたくなる。そのくり返しでございました」

尽きることのなかった漂泊の思いを、雲平は気負いもせず言い表した。

僧とはいえ、寺を持たない雲水ゆえ、旅はつづいた。そのうち平戸の地で縁あって某寺の住職となった。

「住職と申しましても経ひとつ満足に読めるわけでなし、荒れた寺の普請をいたしまして、あとは檀家さんを何とか増やそうとあっちこっちと駆けずりまわっていただけでございます。それでも三度目に移りました寺からは、北の方に壱岐、対馬が見えまして……。三年ばかりの間、どうにか悪い虫も抑えつけ、勤行に励んでおりましたが、何かの折り、海の上にけぶる島影をひょいと目にすると、どうにもいけません。またぞろ虫がうずくんですな。行ってみたくてしようがない。三つ子の魂でございましょうか。ちょうどうまい塩梅にイカ釣り船が壱岐にまで乗せていってくれるという話がまとまりまして」

航走すること十三里、壱岐にたどり着いてようやく念願かなったと喜んだのも束の間、今度はどうしても対馬にわたりたくなる。そしてふたたび別の船に便乗させてもらい、三十里を移動した。

対馬に来れば、朝鮮半島は目と鼻の先、雲平のいう悪い虫がまたぞろ騒ぎだしたとしても無理はない。

しかし、国外へ出ることは御法度、露見すれば死罪は免れない。

手を伸ばせば届きそうなところに朝鮮半島の山々を見つつ、いずれ機会が巡ってこようと自らに虚しい約束をして今度は平戸へわたった。

「そのころ、長崎で蝶園様に知遇を得まして」

蝶園こと津川文作は、商人で、商都長崎においては重役格であった。若いころから知識階層である僧侶や神主と親交をもち、雲平が出会ったころには博覧強記としてすでに定評があったという。またオランダ、中国に限られていたとはいえ、外国に向かって唯一開かれた長崎という地にあって、蘭語の習得にも励んだ。その知識を見込まれて、難破し、外国船に助けられた水手たちの事情聴取なども行っていた。

「蝶園様にいわれたのでございます。今のまま蝦夷地を放りだしておけば、いずれ赤蝦夷にぶんどられてしまうと」

赤蝦夷とは、おろしあの人を指します、と雲平はいう。

ロシアは十八世紀初頭からシベリア、カムチャツカ半島を経て、千島、樺太を南下、蝦夷地へも上陸するようになり、十八世紀末から十九世紀にかけては日本に交易を求めるようになっていた。幕府は外国船打払令によってロシアが持ちかけてきた交渉を拒絶したものの蝦夷地にはほとんど手をつけようとはしなかった。

北辺の守備をかためなければ、あたら有益な大地をみすみすおろしあに奪われてしまうという蝶園の言葉に雲平は動かされ、それまで朝鮮半島に向いていた目を反転させ、蝦夷地に渡ることを決めた。

「蝶園様のお言葉がなければ、私は今でも壱岐、対馬あたりでいたずらにうろうろしていたかも知れません。昨年、私は当地にやってまいりまして、自分の足で歩いてみましたが、なるほど途方もない広さで、一年がかりで歩き通したにもかかわらず半分も踏んではおりません。蝶園様がいわれた如く、この広大無辺たる地をこのまま打ち捨てておくのは何としても勿体ない話ではございませんか。そのことを自分の目で確かめられたのはよかったのですが……」

言葉を切り、唇を結んだ雲平のほおにはぐりぐりぐりができた。怪訝そうに眉を寄せて内藤が訊く。

「いかがされましたか」

「内藤先生は交易所に足を運ばれたことがございましょうか」

「ええ、何度か」

「では、現地の者どもにもお会いになられたことがございましょう」

「目にしたことはあります。ですが、直接話をしたことはございません。やはり蛮地でございますな。着物も髷もずいぶん趣が違いますし、女が顔に入れ墨をしているのには魂消てしまいました。たしかアイノーとかいいましたな」

「カイノーといった方が彼らの言葉に近うございます」

「お恥ずかしい」内藤は藤次にもちらりと目を向け、にっと笑った。「生半可な聞きかじり、まことにもって不勉強のいたりで」

雲平はため息をつき、唇をなめた。

「カイノーたちは、自分たちの国をカイと呼びます。カイというのは国や殿様の名前ではありません。カイあるいはカイノーというのは、単純素朴に人を指す言葉なのです。熊や鮭(さけ)や昆布と同じように、ただ単に人を意味します。松前近辺だけでなく、蝦夷地のどこへ行っても自分たちをカイノーと呼ぶのは変わりませんでした」

腕を組んだ内藤は睨(ね)めあげるように雲平を見る。雲平はつづけた。

「村には乙名(オトナ)という、いわば長老格の者はおりますが、殿様なんてものはありません。食べる物、着る物、家を建てるための材木、すべては天からの授かり物で、これは乙名であっても同じように天からの授かり物をいただいていると考えています。そこが乙名と殿様との大きな違いです」

雲平の言葉に、内藤はじっと耳をかたむけている。

「カイノーたちは足るを知っているのです。自分たちが生きていくのに必要なだけの熊や鮭を獲り、獲物を恵んでくれた天には、ちゃんと儀式をしてお礼を申しあげるのを忘れません。カイノーの村をいくつかまわりましたが、どこでも自分たちが糧を得るための山河をきちんと決めており、無闇に他村の土地を荒らしたりしません。自分たちが荒らしに行かないかぎり、向こうからもやってこない。カイノーたちは争いを好まないといわれますが、おそらくは戦う必要もなかったのでしょう」

「それはちょっとおかしくありませんか。昔々の話として聞いただけですが、アイノーどもが戦をしかけてきて、松前藩が成敗するのに大変苦労したと、たしかそのように聞いておりますが」

「シャクシャイン」

「何と……」

「シャクシャイン、乙名の名前にございます。勇敢な人物ではありましたが、血に飢えた輩ではありませんでした」

「どうも雲平さんはアイノーの肩ばかり持っておられますな。それほど松前藩がお嫌いですか」

「好きも嫌いもございません。自分が愚かに夢見ていたことがとどのつまりは松前様と同じことではなかったかと……」

雲平の眉間にただよう憂悶は深く、語られる内容は凄まじかった。

そもそも松前氏が蝦夷島を支配するきっかけとなったのは、蠣崎氏――のちに松前氏と改姓――が文禄二年（一五九三年）、太閤秀吉から下された朱印状によって蝦夷人を鎮撫し、北辺の守りをかためる代わりに蝦夷島に出入りする船から通行税、いわゆる船役を徴収する権利を保証されたことによる。秀吉の死後、関ヶ原の戦いが起こる前年、家康に謁見した蠣崎氏は同様の処遇を得ることに成功した。

しかし、蝦夷島の主をもって任じていた蠣崎氏に対して、秀吉、家康とも領地として認めたのは渡島半島の一部で、あとは蝦夷島における交易管理権を与えたに過ぎない。

なぜか。

話は鎌倉時代の武士発祥までさかのぼる。

北奥羽から蝦夷島にかけてのいわゆる蝦夷地は、武士にとって重大な敵地でなければならなかった。本邦に敵対する夷に備えるのが武士にとって究極の存在意義であり、その最高位が征夷大将軍であることは江戸時代にいたるまで変わりない。

北奥羽の住人、そして雲平のいうカイノー、すなわちアイヌは、ともに蝦夷人とひとくくりにされ、何百年もの間、恐るべき敵であり、本邦の風習に馴染まない異人として攻撃されつづけたのである。

討ち取るべき敵という考えが感情にまで染みこんだがゆえに、和人たちは平気でカイノーをないがしろにしてきた、と雲平はいう。

家康が幕藩体制を敷き、松前藩となったあたりから蠣崎氏は松前氏と名乗るようになった。このとき、蝦夷島全土を領地として認められなかった松前氏だが、交易権の掌握を盾に取り、他藩や商人たちが蝦夷人と勝手に通商するのを許さず、すべては松前藩を通さなければならないようにした。一方、家臣たちには蝦夷島を細分化してそれぞれの土地で獲れる魚や動物、そのほかの特産品を売り、収益とすることを許して主従関係を築いていった。これが商場知行制である。

当初は、各商場の産物はすべて松前城下に運ばれ、米、酒、煙草などと交換するようになっていた。アイヌたちが運んでくるのは、熊の皮や胆、鷹、鮭、鰊、海馬の獣脂、ほかに手織の布や衣類などであった。

やがて松前だけでなく、各場所でも交換市が立つようになる。それでも将軍家に献上する鷹や、高価に売れる砂金、ラッコやオットセイなどの獣皮だけは藩主専売とされていた。

交換市が立ちはじめたころには、単なる商取引ではなく、アイヌの礼法に則った儀式という意味合いもあったし、また、アイヌたちには北奥羽まで自分たちの舟で出かけていき、商売をする自由も認められていた。だが、ときが下るにつれ、すべての取引は松前藩が直接行うものとされていき、アイヌたちの渡航にも制限が加えられるようになった。

また、アイヌたちを討伐すべき敵とみなしていた松前氏の家臣たちは、知行地代わりに割り当てられた商場において勝手放題を始める。たとえば、アイヌたちの食生活は川を遡上してくる鮭を捕獲することによって成り立つ部分が大きかったが、家臣たちは漁場に入りこみ、鮭を乱獲するだけでなく、邪魔なアイヌたちを追い出してしまった。また、商取引においても需給関係を一手に握る松前氏や家臣たちが藩の財政強化を理由に取引条件を変えていく。

知行地代わりといっても大半の家臣たちは松前に住み、現地には運上屋という差配人をおいて管理を代行させていた。中には自分の土地に一歩も足を踏みいれたことのない家臣もいたのである。

　家臣が直接管理せず、運上屋をおいたことでアイヌと和人の関係が複雑、微妙になる。運上屋たちは阿漕な中間搾取を行っただけでなく、城下から離れた場所ともなると暴虐のかぎりを尽くした。強盗、強要、強姦、目をつけた女が人妻なら亭主を他の場所へ移し、命令に従わない場合は殺してしまう等々やりたい放題に振る舞った。

　アイヌたちの我慢にも限界があった。

　寛文九年（一六六九年）、日高の乙名シャクシャインを中心として、アイヌたちは一斉に蜂起し、松前藩に迫った。深い山林での戦いで優勢となるものの、松前藩の奸計に次ぐ奸計によってついに後退を余儀なくされる。その機を逃さず松前藩は和議を申し出、シャクシャインを含む首謀者を城内に入れると、酒や食事を振る舞った。そして彼らがすっかり酔ったところで皆殺しにし、争乱を鎮圧したのである。

　さらに時代がくだると商人たちが跋扈しはじめる。借金のかたに商場を商人に譲り渡す家臣が出てきたり、商人の方が賄賂をつかって商場の権益を手に入れたりし、実質的な経営者となっていく。

　商場知行制は崩れ、商人による場所請負制が台頭してくる。

　商人たちは、狩猟の民として生活していたアイヌたちを無理矢理集め、海岸や川縁に定住させて漁労民としてこき使った。漁獲量は格段に増えたものの、アイヌたちが守りつづけた文化や生活は破壊されてしまう。結束力を失い、かつての勇猛さ、戦闘力を喪失したアイヌたちに対して、運上屋どもの狼藉ぶりはますます目に余るものとなっていった。

雲平は沈痛な面持ちで言葉を切った。

「蛮人の国と聞いてやって参りましたが……、はて、いずれが蛮人やら」

内藤は濁った声でいいつつ、両目から大粒の涙をこぼしていた。

交易所における運上屋の理不尽な振る舞い、一方的に殴られ、奪われていくアイヌの話、いずれも、山深い寒村に育った藤次にはさほど珍しくはなかった。所詮、刀か金をもっている者には勝てないというだけの話だ。

医者の子に生まれ、自らも医者となった内藤は、今まで百姓に目を向けたことなどないのだろう。武家か、商家かはわからないが、おそらくは雲平も恵まれた家の出に違いない、とも思った。

哀れみなど、金をもっている者が天から見おろしているときにのみ湧いてくる感情で、貧乏人には縁もゆかりもない贅沢品のようなものだ。

毎日夜明け前から深夜まで働きづめに働いて、そばもみをひいた粉の団子を食い、あとは寝るだけという生活しか知らないとすれば、苦しいとか辛いとか感じようもない。

藤次にしたところで、今でこそ寒村だけでなく、町場での暮らしも多少見聞きしているから百姓の暮らしがどれほど悲惨か理解していたが、郷里（さと）にいたころは当たり前だと思って日常を送っていた。

雲平と内藤の会話を聞きながら鼻白む思いを殺しきれずにいたのである。

ただ、雲平という男が何者であるのか、気にはなった。

諸国を流れ歩き、九州から朝鮮半島に渡ろうとして果たせないと、きびすを返して北へ向かい、蝦夷地にまで達している。アイヌたちの言葉に通じているというところにも驚かされた。

すでに利尻行きの話は内藤から通じてあったようで、藤次が切りだすまでもなく、明朝にも松前を出港し、江差、岩内（イワナイ）、小樽内（オタルナイ）と経由して留萌（ルルモッペ）まで行きましょうといわれた。そこで利尻に渡る手配をするという話である。いとも簡単にいうので、思わず大丈夫でございましょうかと訊ねると、何とかなるでしょうとの返事である。

いささか心許（こころもと）なかったが、とにかく雲平と打ちあわせた内容を源右衛門に伝え、最終的な判断をあおがなければならない。入港後はおだやかな天気がつづいており、素人目にも明朝の船出に問題はないように思われたが……。

少し前を歩いていたえんが一本道を右へ逸（そ）れていった。何かを見つけて駆けだしたというのではない。ただまっすぐ歩くのに飽きたといった風情である。

艀（てんま）を降りてからもえんはつねに藤次とともにいる。

武家町を外れ、問屋、小宿が軒をつらねる商人町へつづく一本道で、左手には小者（こもの）や武家奉公人たちが住む長屋がまばらに建っていた。道の右側は田か畑になっているのだろう、残雪の中、堂がぽつりとあるばかりである。

道を外れたえんは、少し足を速め、堂の裏手に回りこもうとしていた。

柳行李を背負い、少しばかり前屈(まえかが)みになった藤次は、えんに目をくれるでもなく、歩調も変えずに歩きつづけていた。

しかし、ほんの一瞬堂に目をやり、格子のはまった扉の向こう側に人の気配を感じとっていた。堂の中は真っ暗で姿が見えたわけではない。

おそらくは格子の間から見つめているのだろう。まとわりつくような視線を送ってきていた。

今のところ殺気はない。柳行李をゆすりあげて、肩の力を抜く。

えんは堂の裏側で足をとめ、うかがっているが、歯を剥(む)きだすわけでも唸るわけでもない。

背中に視線を感じたまま、商人町に入り、まっすぐ大黒屋に向かった。

えんは商人町の入口付近で後方をうかがっていた。

宿に戻って玄関で声をかけたとたん、足音を響かせて六郎平が飛びだしてきた。

足早な北の夕暮れが近づきつつあるとはいえ、往来にはまだ明るさが残っている時分というのに、六郎平は真っ赤な顔をし、満面にだらしない笑みを浮かべている。

「藤次さん、あんたを待ってたんだよ。でも、なかなか帰ってこないもんだからひと足先にはじめてたんだ」

面食らった藤次は、目をしばたたき、六郎平を見あげた。

「はあ、あいすみません。ところで、何をお始めになったんですか」

「祝い酒だよ。目出度(めでた)いことがあったんだ。さ、早く早く」

裸足のまま三和土(たたき)へ下りた六郎平が藤次の肩を抱こうとする。

「ちょっ、ちょっとお待ちください。足元をゆるめないと」

視線をさげた六郎平が顔をしかめる。

「何だって、また、邪魔くさい恰好(かっこう)をしてるもんだな」

「申し訳ありません。先にいらしてください。私もすぐに参りますから」

「そうしてくれ。入って、右奥にある座敷だ。頭もいるし、ほかの皆もそろってる」

「へい」

ふたたび足音を響かせて六郎平が奥へ引っこむと、藤次はしゃがんで四品一足をほどきにかかった。

玄関わきに並べてあるフカグツをみとめて、手が止まった。

豊勝丸の乗組員たちの履き物は、別のところにひとまとめにして置いてあった。宿の人間は裏手から出入りするので玄関に履き物を置いておくことはない。

新客のようだ。

ウソ、キビスカケも外し、四品をひとつにすると、玄関の隅に置き、座敷に向かった。

「遅くなりました」

声をかけ、座敷に入ったところで藤次は棒立ちになった。

細長い座卓を囲んで、六郎平、七郎平兄弟、金蔵、政八、巳三郎が顔をそろえ、もっとも上座で源右衛門があぐらをかいている。豊勝丸に残っている亥吉の姿はなかった。源右衛門のとなりにある顔を見て、藤次は目を見開いていた。

「どうだい、びっくりしたろ」

六郎平が胴間声を張りあげる。誰もがにやにやして、藤次を見ていた。

「ささ」源右衛門が手招きする。「荷主の藤次さん抜きではじめちまって申し訳なかったが、何しろこいつらと来たら、目出度いんだから酒を飲ませろとうるさくてな。何が目出度いんだか、本当のところ飲みたいだけじゃないのかとも思ったが、目出度いには違いない。それではじめてたんだ。悪く思わないでくれ」

男たちの後ろをまわって、藤次は上座へ進んだ。座りこみ、風呂敷の結び目をほどいて柳行李をかたわらに置く。

炊の利久平が藤次に向きなおり、両手を床についた。

「いろいろご心配をおかけしました」

「いや……」

よくご無事で、という言葉がつづかない。

目をしばたたいて、藤次は利久平を見、次いで源右衛門に目をやった。

「ごくたまにだが、こんなのがおる」源右衛門は猪口を手にした。「海に投げだされたんだが、生きて浜に流れつくのが、な」

「浜、でございますか」

呆(ほう)けたようにつぶやき、視線を利久平に戻した。

「あい。目が覚めたときには、漁師さんの家で寝かされておりました。どこをどんな風に流されたのか、どのようにして助かったのか、皆目見当もつきませんが、助けてくださすった漁師さんの話では朝早く浜を通りかかったら打ちあげられている私を見つけたそうでございます」

「よく命があったもんだ」

頬骨あたりを朱に染めた源右衛門がつぶやく。目が濡れているように見えた。源右衛門に背を向けている利久平は、気がつきもしない。

「そこが鯵ヶ沢(あじがさわ)の近くだったものですから、ご飯をよばれたあと、すぐ鯵ヶ沢湊に向かったのです。そうしたら運良く松前へ行くという弁財船が入っておりまして」

便乗させてもらって松前まで追いかけてきたという。藤次は玄関で見かけたフカグツを思いだした。

本来であれば、冬場の日本海に弁財船は往来しない。それが豊勝丸を追いかけるようにもう一隻あったことは、利久平の無事はうれしいながら疑念を抱かざるをえない。

追っ手か、と藤次は思った。

そんな藤次の思いを押しのけるように源右衛門が盃を差しだした。

「さあ、一杯だけ。利久平の祝いなんだ。今夜だけはかたいことをいわず、一杯だけ付き合ってやってくれんか」

四

夜具を敷きのべた藤次は、かたわらに置いた柳行李の紐を解き、風呂敷を開いた。

部屋の隅で寝そべり、じっと藤次の手元を見ていたえんが大きな欠伸をし、だらりと舌を伸ばした。口を閉じる寸前、鼻先をひと嘗めして舌が引っこむ。

「お前はお気楽だな」

四つんばいになっているえんの肩は、人の太腿ほどの高さにあったが、後ろ肢で立ちあがり、前肢をかけてくると鼻先は胸ぐらいにまで達する。馴れた人間相手なら咽や口許を嘗め、親愛の情を示すものの、藤次にはよそよそしく、手を伸ばそうものなら不機嫌そうに唸った。

咽や口許を嘗められるというのは、喉笛に食いつくのも簡単ということだ。

豊勝丸に乗りこむひと月ほど前のこと、父が一人の少女とともにえんを連れてきて、蝦夷地行きの供にしろといった。今まで犬といっしょの生活など経験したことがない藤次は、まるで気が進まなかった。

それでなくとも生まれて初めて蝦夷地にわたり、ふだん持ちつけない多額の金を運ばなくてはならないのだから、とてもじゃないが犬の世話などしてはいられないというと、えんを連れてきた少女が憤然と食ってかかってきた。

『世話なんか何も要らん。こいつは餌も自分で見つけてくるし、病も怪我も独りで治す』

こまっしゃくれた少女の物言いにかちんと来た藤次は、一度もえんに餌を与えなかった。だが、えんは一向にひもじい様子を見せない。もっとも一緒にいる間、大半は洋上にあり、船中では利久平や六郎平が残飯や魚のはらわたなどを与えていたようだ。

えんの毛は、頭の天辺から背中にかけて少し赤みがかった濃い茶、胴の両脇が明るい茶で、腹の部分は白かった。爪は黒い。

黒い爪の犬は珍しく、とても賢いんだと少女は自慢したが、本当のところはわからない。

少女とえんは幼なじみみたいにじゃれ合っていた。少女がえんの顔を両手でつかみ、もみくしゃにしても、ずらりと牙の並んだ口深く手を突っこんでも、尻尾を持って引きずり回してもなすがままにさせている。

人懐こい犬だなと思って、藤次が手を出したとたん、さっと躰を低くし、鼻の両脇にしわを寄せて太く唸ったものだ。

『あんたが嫌いみたい。手を出すと、咬むよ』

人と犬の間にも相性があり、藤次とえんとは合わなかったようだ。

『役に立つ。連れていけ』

父は素っ気なく命じた。

一族の頭領である父の命には逆らいようがない。忌々しくも犬連れの旅を承諾するしかなかった。

意外な思いがしたのは、船頭の源右衛門がえんを乗せることを嫌がらなかったばかりか、水手たちも気に入ったことだ。手すきの水手が呼ぶと、えんは飛んでいって尻尾を振り、愛想良くじゃれかかる。

そこもまた気に入らなかった。

えんは寝仕度をする藤次に興味を失ったようで、重ねた前肢の上にあごをのせると目を閉じた。

苦笑を漏らして、藤次は最上段の柳行李を開いた。斜めにして入れてある矢立を取りだし、敷き布団の下へ差しいれる。右手で探れば、すぐ手に取れる位置だ。次いで高さ二寸ほどのひしゃげた円筒を取りだす。

片手拝みをして、小さな突起を押すと、観音開きの扉が開き、仏像が姿を現す。小さな仏壇を持ち歩く売薬商は少なくない。加賀、能登、越中は真宗王国と呼ばれるほど浄土真宗が根づいていた。

開いた仏壇を枕元におくと、両手を合わせ、瞑目した。

仏壇は金属製でずしりと重く、南無阿弥陀仏と記された油紙で上下を封印されている。

子供のころから朝夕仏壇に手を合わせ、念仏を唱えるよう強制されてきたが、心底手を合わせ、一日の息災を感謝するようになったのは、旅に出るようになってからだ。

一日の終わりに手を合わせ、目蓋の裏側に広がる闇に身をゆだねると、朝からの出来事が脳裏を駆けぬけていく。一通り反芻し終えると、なぜか心おだやかに眠れた。

灯りを吹き消し、着物をつけたまま夜具にくるまる。

潮騒が途切れることなく聞こえている。

大きく息を吐いた。

躰の内側で酒が渦巻いているのを感じる。源右衛門は一杯くらい付き合えといったが、水手相手に酒を酌んで、たった一杯で解放されるはずがなく、お祝いだからと押しきられ、杯を重ねた。

どれほど飲んだのか、はっきり憶えていない。

船頭の源右衛門が明朝の出港を快諾し、留萌までの航海を請け合ってくれたことで安心したせいもあるだろう。酒はいつになく旨かった。

闇の中でえんがのっそりと立ちあがる気配がした。布団に上がると、ごろりと横になって藤次の左脚に背をおしつけてくる。呼吸によってえんの腹がふくらみ、しぼむのを知覚した。夜具を通して、ほのかな温もりが伝わってくる。

湯たんぽ代わりにもなるか。

薄れゆく意識の底で藤次は思った。

石井長久郎は手にした筵の包みを雪の上に放った。中から三振りの刀が転がりだす。長脇指であるが、いずれも拵えはちゃんとしている。

早速、蝮が手を伸ばし、一振りを手にすると鞘を払って切っ先を天に向けた。

風のない、おだやかな夜、澄みきった空に月が輝いている。寒気はしんしんと降りそそいでいたが、ひと月前に較べれば、厳しさは薄れている。北国の遅い春もようやく兆しを見せはじめていた。

月光によって雪原は蒼く染まっていた。

空に向かってまっすぐ伸びる刀身が白く輝いている。

三人の破落戸は言葉を失い、刀に見入っていた。

「斬るな」

刀に見とれている男たちに石井がいった。

「斬らずに突け。薬屋を突き殺してしまえ」

剣術の心得など露ほどもない三人が脇指を振りまわしたところで、相手を殺すどころか傷つけるのも難しい。振りまわすより直線的に突いてくる刀の方が避けにくい。

「馬鹿にするな」目を剝いて、蝮がにらむ。「おれたちは素人じゃない」

　目尻をさげた石井が両手を広げ、顔の前に出した。

「勘違いしないで欲しいな。儂はお前の腕を買っておる。蝮の兄ぃと見こんだからこそ、こうして頼みに来ておる。難があるのは、刀の方なのだ」

「刀がどうしたっていうんだ」

　相変わらず吠えるような蝮の声音ではある。抜き身を手にして、早くも亢奮を抑えきれなくなったらしい。

「急なことだったし、いささか手元不如意でな」

「旦那の手元はいつも不如意だ」

　つぶやいたのは唇の傷跡も生々しい手下である。あとの二人が笑い、石井も苦笑を誘われる。

「身も蓋もない話になるが、とにかく二束三文の代物でな。充分に人が斬れるかどうかわかったものではない。だが、突くなら大丈夫だ」

　河口屋が用意した刀を見て、さすがに石井もがっかりした。使うのが蝮たち三人組だから腕前も期待できない上、なまくら刀ではどうにもならない。

　それに三人を一瞬のうちに叩きのめしたという薬屋も不気味である。

　せめて一太刀でも浴びせ、薬屋を少しでも傷つけてくれれば、石井の仕事は楽になる。

　三人組は気づいていなかったが、石井はいつもの長剣のほかに脇指を差していた。柿色の道服を着た老人から渡されたもので、無銘ながらこちらは業物である。

屋内で斬り合うには、長大な剣は邪魔になるばかりだ。薬屋を殺したあと、蝮たちも始末してしまう腹づもりでいた。

「とにかくそういう事情だ。汲んでくれ」

両手を合わせて拝むようにして石井は頼みこんだ。

しかし、大黒屋の裏手にある離れに忍びこんだとき、蝮たちの頭からは石井の頼みなどきれいさっぱり消え失せていたらしい。

あるのは、漲る殺意のみ。

音もなく夜具のそばに近づいた蝮は、頭上に構えた脇指を真っ向から振り落とした。

えんの重みが足の上から消えると同時に藤次は覚醒した。

犬は、人間の数万倍も鋭利といわれる嗅覚、聴覚をもって群れの周囲に結界を張る。父が役立つといったのは、まさに警戒装置としてである。

薄い板壁などえんの聴覚にとって何の妨げにもならない。

吠えもしなければ、唸り声すら発することなく、えんは藤次から離れていった。

頭上から襲いかかってきた第一撃を、藤次は右前腕の内側で受けた。夜具ごとすっぱり右腕を斬り落としそうな刃勢だが、重い打撃音があったのみで刀身は止まる。

藤次は前腕の内に沿って、矢立を逆手に握っていた。

刃は矢立に食いとめられている。

くすんだ焦げ茶色の矢立は、見た目では樫木（かしのき）の六角形にすぎないが、鋼の円筒を内包している。諸国を旅する売薬商たちが持ちあるいた護身用の仕込矢立である。

夜具ごと襲撃者に当て身を喰（く）らわせて倒し、身を起こすと、藤次の手にした矢立が弧を描いた。

三人、と読んだ。先夜襲撃を受けたときと同じ躰の臭い、息づかいだ。

否。

電光のように戦慄が背を駆けぬける。敵は四人、しかも最後に離れへ入ってきた相手は他の三人とは較べものにならない剣気を放っている。

えんが飛びすさり、唸っていることでもわかった。ふだん吠えも唸りもしないえんが声を発しているというだけで、警戒を要する。

二人目の襲撃者の顔面を矢立で打ったとき、藤次は先夜のような加減をしなかった。余裕がなかったからだ。

一撃で頭蓋を砕き、昏倒（こんとう）させるや床を蹴り、躰を低くして転がった。

左方で一人目の襲撃者が夜具を払いのけ、起きあがる気配がする。

四人目の、もっとも恐るべき相手が入口を塞いでいる以上、屋外へ逃れるすべもない。

そのとき、野太い叫び声が起こった。えんが三人目の男の足へ咬みついたのだ。のけぞりながら男は水平に刀を払った。

ぶんという鈍い刃風を頭を下げて躱しつつ、藤次はよろけた男の腰に体当たりをくれ、四人目の襲撃者に向けて突き飛ばした。

よろけた男の刃先はほぼ円を描いた。それを躱しつつ、四人目の襲撃者が抜き撃ち、逆袈裟に斬りあげる。たたらを踏んで身を寄せてきた仲間を斬ろうとしたのではなく、藤次に打ちこむべく振りあげた刀の軌道内に哀れな男が踏み迷った恰好だ。

闇の中、血飛沫が噴出し、濁った悲鳴が破裂する。

生臭い空気がむっと押しよせる。

すでに藤次は床に転がり、最初に襲いかかってきた男の内懐に飛びこんでいた。驚いた相手が振りあげた右の手首をつかみ、骨を砕かんばかりに締めつける。同時に矢立を相手の鳩尾に叩きこんだ。

湿った声を漏らし、脱力した男と、躰を入れ替えた。

右手首と帯代わりの荒縄をつかみ、自らは躰を低くして男を盾とする。間髪を入れず、四人目の襲撃者の打撃が襲いかかってきた。

盾とした男の首筋で受ける。

袈裟がけに食いこんできた切っ先が藤次の鼻をかすめた。顔をのけぞらせ、かろうじて躱す。

生温かい血がどうっと降りそそぎ、骨を断ちきられ、支えを失った首が前に垂れてくる。

ひたい同士が衝突した。

すでに死骸となり、しなだれかかってくる男の躰を右肩で突きあげ、第四の襲撃者に押しつける。

相手は死骸ごと藤次に斬りつけようと、返す刀を逆袈裟に振りあげたが、足を滑らせた。床一面、血塗られているのだ。

かろうじて後ろへ飛んだ藤次は、両手で矢立を握り、手拭いを絞るようにして矢立の本体と蓋とを半回転させた。

蓋を引き抜こうとした刹那、刃風を聞いた。

いや、感じたといった方が正確か。耳が感知するより先にほおが冷たくなった。

とっさに首を縮め、顔の前で矢立を縦に構える。

金属音。

眼前に火花が散り、足元に小柄が突き刺さった。

何とか矢立で小柄を防いだときには、敵は戸口の筵を斬り落とし、小屋の外へ飛びだしていた。

月光の下、駆け去る敵の後ろ姿がちらりと見える。

だが、藤次は追いかけようとせず、その場に尻餅をついてしまった。肩が大きく上下している。

いくら息を吸いこんでも肺は灼けつくようで、きりきりとした痛みは治まらない。

ゆらゆら揺れる筵の断片を見つめたまま、どうしても動くことができない。寒風が吹きこんできているというのに藤次は全身汗まみれになっていた。

夜はふたたび静寂を取りもどした。

のろのろとした動作で矢立を持ちあげると、蓋と本体をふたたび半回転させ、放りだした。

乾いた音にえんがびくりと反応する。

まだ、息が荒かった。咽がひどく渇いている。

脇指には三カ所の刃こぼれがあった。人二人の骨を断ったのだから無理もない損傷といえる。

刀身も血脂に汚れ、曇っていた。

研ぎなおさなければ、使い物にはならなかった。

柿色の道服をまとった老人は、脇指を鞘に収めると、ひざまずいてうなだれている石井に目を向けた。

長い顔は真っ白で、ところどころに返り血がこびりついている。

「それほどの手練れであったか」

「は」

「だが、何としてでも始末をつけなければならない。わかっておるな」

「儂が乗ってきた船が湊にある。あの者どもが出港したら、すぐにあとを追いかけい。そして必ず討ち果たせ」

「は」

「必ず」

地面の一点を見つめる石井の目には、追いつめられた野獣（けもの）の光が宿っていた。老人がかすかに顔をしかめる。

「行け。仕度をせい」

うなずいた石井が立ちあがり、裏庭から河口屋の店先に通じる通路を駆け去っていくと、積みあげられた荷の間から番頭が姿を現した。

「凄まじい顔つきでありましたな。石井のあのような顔をはじめて目にしました」

「あれでは……」老人はふっと息を吐き、言葉を継いだ。「駄目かも知れぬ」

番頭は沈痛な面もちでうなずく。老人がふたたび口を開いた。

「それにしても何者であろう。ただの薬屋ではない。調べよ。調べ、薬屋の正体をたしかめよ」

「かしこまりました」

「石井のほかには」

「すでに二人放っております」

「そうか」

老人は瞬(まじろ)ぎもせず、石井の長身が消えた通路に立ちこめる闇を見つめていた。

五

松前浦。

海面はなだらかでさほどうねっているようには見えなかったにもかかわらず艀(てんま)は持ちあげられてはすとんと落とされた。くわえて艫(とも)で櫓(ろ)を使うのにあわせて左右に傾(かし)ぎ、揺れは複雑になっている。

咽もとに熱い塊がせりあがってきたのを感じて神代又兵衛(かみしろまたべえ)は奥歯を嚙(か)みしめた。

艀の中央にどっかとあぐらをかき、ひたすら表情を消して前方をにらんでいたが、顔つきほど心中おだやかではない。

ぐらりと揺れるたび、ひっくり返って冷たい海に投げだされるのではないかと戦々恐々としていた。

「もうちょっとで着きやすから」

「うむ」

櫓を使う気のいい水手(かこ)が声をかけてきても、又兵衛には生返事をするのがようやくという有様である。

「こっちへ来るには風に逆らって間切り走りせにゃならんかったですが、戻りは早いです。四、五日ありゃ、長崎ですよ」

「そうか」

誰が長崎くんだりまで行くものかと思いつつも短く返事をする。

冬の荒海を四苦八苦して蝦夷島までやってきた。その往路を考えれば、蝦夷地から長崎まで四、五日で行けるなどとうてい信じられなかった。だが、少なくとも水手が気を遣ってくれているのはわかる。

「嘘じゃありませんよ、神代様。南へ向かうときは、陸が見えなくなるくらい沖を走るんです。どっこも寄らにゃ、ほんとうに四、五日で……」

陸が見えないというひと言が又兵衛の胸の底に黒い影となって巣くい、胃の腑を持ちあげてきた。歯を食いしばったが、間に合いそうもない。

舷側に両手をつくと、海の上に顔を突きだした。

ぐえっと咽が鳴ったものの、出てきたのは熱くて臭い吐息のみ、空っぽの胃袋が身もだえした。

「あーあ」

水手の嘆息が耳に入った。

航海の間中、ほとんど食事が咽を通らなかった。晴天に恵まれ、風も強くはなく、船頭や水手たちは口をそろえて今時期には珍しいほどおだやかだといったが、又兵衛には信じられなかった。

ようやく松前浦に到着したと思ったら、はるか沖合で波間に突きだす杭に舫綱を結んでしまい、浜までは艀に乗っていくといわれた。五百石積みの北前船の揺れさえ怖かったというのにちっぽけな艀は輪をかけて怖い。

浜に近づくと、漁師らしき男たちが集まってきて舫を引っぱってくれた。

「神代様、陸に上がったら足元をしっかりなされてください」

揺れない地面に立って、どうして足元をしっかりしなければならないのか、と思ったが、砂浜に足をつけると水手のいった意味が理解できた。

踏んばった両足の下で浜がゆらりゆらりと傾いでいるのだ。

呆然と立ちつくす又兵衛の背に、またしても水手が声をかけてくる。

「揺れているのは神代様の方です。大丈夫、すぐにもとに戻りますから」

ふり返らずに手を挙げただけで返答とし、又兵衛は歩きだした。

足元がひどく頼りなく、すっかり肉が落ちてしまった躰はふわふわ浮いているようにさえ思えた。しかし、空腹は感じない。食い物のことなど考えたくもなかった。

浜にほど近い集落が商人町で、目指す河口屋がすぐに見つかったのがせめてもの救いといえた。

中に入ると、手代の一人が気づいて近寄ってこようとしたが、帳場に座っていた番頭が声をかけ、自ら立ちあがってやってきた。

「いらっしゃいませ」

「それがし、神代又兵衛と申す。こちらに……」

「はい、承っております。遠路はるばるようこそお越しになられました。手前がご案内いたしますゆえ、こちらにおかけになられて、ほんの少々お待ちを」

又兵衛はうなずいたものの、立ったまま待つことにした。まだ目がまわっていて、一度腰を下ろせば立ちあがるのに難儀しそうだからだ。

河口屋の店内には番頭以外に手代が二人、小僧が四、五人いて、誰もが忙しそうに立ち働いている。番頭は中年の手代をつかまえると、耳元で指示を下している。

ほどなく戻ってきた番頭が草履をつっかけながらいう。

「こちらでございます」

「うむ」

番頭と又兵衛はそろって河口屋を出ると、少し歩いたところにある商家に入った。

「手前どもの店はあまりに汚くしておりますので、こちらにお泊まりいただいておりまして」

勝手知ったる商家らしく、番頭は案内も請わずどんどん奥へ進んでいった。商家の者は番頭を見かけるとていねいに辞儀をしたが、番頭は鷹揚（おうよう）にうなずくのみだ。

縁側を進み、奥まったところの障子の前で番頭はひざをついた。

「神代様が参られました」

「おう、待ちかねたぞ」

中から返事が聞こえ、番頭は両手を添えて障子を開く。又兵衛は縁側に平伏した。

「神代又兵衛、ただ今着到いたしました。思いのほか日数がかかり……」

「堅苦しい挨拶は抜きだ。それに寒い。さっさと中へ入って、そこを閉めてくれんか」

又兵衛が座敷にはいると、河口屋の番頭は障子を閉めて立ち去った。

床の間を背にし、柿色の道服を着た老人が脇息にもたれかかっている。

「ご隠居様におかれましては大変ご機嫌麗しゅう存じ……」

ふたたび又兵衛が両手をつこうとすると、老人は露骨に顔をしかめ、手を振った。

「よいといっておるではないか。まったく又兵衛といい、石井といい、ちっとは融通を利かせたらどうなんだ」

「申し訳ございません」

「そんなことより萬屋の動きはどうだ。薩藩の者は出入りをしておるようか」

「江戸詰の堂園という者がちょくちょくと訪ねております」

目蓋を半ば下ろした眠そうな目を宙に据えた老人に報告をしながら、又兵衛はふと思わずにいられなかった。

まったく何をお考えやら……。

一年ほど前、又兵衛は目の前にいる老人に呼ばれ、横浜にあるこぢんまりとした雑貨商『萬屋』を見張れと命じられた。主の名は善右衛門という。

命を受けた又兵衛は早速配下の者どもを使って萬屋を張りはじめた。店は、間口が二間ほどしかなく、善右衛門のほかには店番の小僧がいるだけで、客もあまり多くはなく、とても流行(はや)っているようには見えなかった。

だが、たまに上等な身なりをした武士が訪ねてくるのを見かけ、店と客の格に大きな差があることに疑念をもった又兵衛は、さらに善右衛門について調べてみることにした。

善右衛門は四十がらみの男で髷を結わずに頭をつるつるに剃(そ)っている。僧籍にあるわけではなく、髷も結えないほどに頭髪が乏しくなり、やむなく残りを剃っていると善右衛門自身がいうのを、客を装った配下の一人が聞きおよんできた。

偶然を装い、又兵衛も通りで善右衛門とすれ違ったことがある。善右衛門の名に似合わず細く開いた目蓋の間からのぞく眼(め)には鋭い光が宿っており、抜け目なさ、狡猾(こうかつ)さが横溢(おういつ)していた。

たった一度だが、又兵衛は善右衛門が不在のときを狙って店に入った。せいぜい二間四方ほどしかない店内には三方の壁に設(しつら)えられた棚をはじめ、空間という空間のすべてに雑多な道具類、衣類が積みあげられていた。中には蘭語らしい文字が刻まれ、何に使うか見当もつかない道具類まであった。応対した小僧は、店主が長崎に出向き、仕入れてきた品で別にご禁制ではないという。

しかし、善右衛門について調べていくうちに小僧の言葉が額面通りには受けとれないことがわかってきた。

善右衛門は堺湊(さかいみなと)近辺の生まれと自称していたが、言葉に上方訛(なま)りはなく、経歴どころか正確な年齢を知るものが近辺におらず、唐人ではないかとさえ噂されていた。

たった一つ、善右衛門についてははっきりしていることがある。

遡ること十八年前、文政十一年（一八二八年）のこと、石見国（現在の島根県西部）の沖合で一隻の弁財船が嵐に巻きこまれ、難破した。その船、越中富山は放生津に籍を置く『神速丸』といった。

積み荷の大半を失い、水手にも死者を出しながら浜に流れついて助かった者もいる。そのうちの一人が善右衛門である。

神速丸の事故は、嵐の海を突っ切ろうとしたことが原因とされている。あまりに無茶な航海に幕府は抜け荷の疑いをもった。さらに堺湊で居船頭をしていた善右衛門が放生津の船に乗りこんでいたこと自体不自然で、これまた抜け荷疑惑を一層深めたのである。

だが、救出されたときの善右衛門は半死半生、おまけに全財産を注ぎこんだ荷を失って茫然自失状態にあり、吟味にあたった富山藩の問いにも満足に答えられなかった。そして何より肝心の証拠となるべき荷が失われていたため、うやむやの内に沙汰やみとなった。

世の中、何が機縁になるかわからない。

石見の難破がもとで店を潰したが、このとき善右衛門は富山藩との間にただならぬ関係を持つに至った。そのことが横浜に店を出すきっかけとなったのである。

事故のあと、善右衛門の吟味にあたったのが富山藩の富田兵部であり、今は江戸家老という重職に就いている。

善右衛門の店に出入りする上等の身なりをした武士を、又兵衛は尾行したことがあった。そのとき、武士が富山藩の下屋敷に入っていくのを見届けている。のちの調べで、くだんの武士こそ、富田兵部そのひとであることがわかった。それで十八年前に起きた海難事故の調べが中途半端に終わった理由が見えてきた。

富山藩が吟味を打ちきったのは、事故の真相だけでなく、善右衛門の抜け荷そのものを隠蔽しようとしたためではないか、と。

腑に落ちない点は、今、目の前に座って又兵衛の報告を聞いている柿色の道服を着た老人にもあった。老人は、萬屋を見張る理由を口にしなかったし、そもそも隠居の身である老人が又兵衛に見張りを命じたこと自体、異例といえる。

半年ほど前から萬屋に、また別の見慣れぬ武士が出入りするようになった。それが江戸薩摩藩邸詰の堂園元三郎(もとさぶろう)であるとわかってから、老人は厳重に萬屋を見張るように命じる一方、さらに冬場であるにもかかわらず二隻の弁財船を仕立てるよう命じた。

そのうちの一隻に老人自ら乗りこみ、松前に行くと聞かされたときには、腰が抜けるほど驚かされたが、二隻目には又兵衛が乗り、後を追うよう命じられたときには、ついに困惑の泥沼に陥ってしまった。

又兵衛にできることは、一つしかなかった。無用な詮索をせず、命令に従うことである。

　老人が江戸を出たのちの萬屋善右衛門、富田兵部、堂園元三郎等の動きについて又兵衛が報告を終えると、老人がようやく口を開いた。

「そろそろ堂園が動きはじめる頃ではないか」

「ほどなく江戸を出立することになりましょう。お公儀に願いが出されておりますゆえ」

「行き先は」

「願いでは長崎となっております。出立は遅くとも今月中には」

「そうか」

「ただ、このたび発つのは堂園一人のようにございます」

「ほう。供はなしか」老人はあごを撫で、にやりとする。「秘事は見知る人間の少ないほど露見しにくいからな。それに堂園とかいう男、お前の報告では冴えない顔をしておるらしいが、なかなか食えない男のようだ」

「御意」

　又兵衛の脳裏を堂園の風貌がよぎった。頭の鉢が広がりすぎており、大きく空いた眉間と垂れ下がった目尻が相まっていかにも間の抜けた顔つきに見えた。

　ふいに老人は身を乗りだし、鼻をうごめかした。又兵衛は思わず息を止め、わずかに後ずさった。

「だいぶやつれたの、又兵衛」

「は」

自分の息がとんでもなく臭うことに気がついた又兵衛は尻をもじもじさせ、さらに後退した。

「逃げぬでもよいではないか。一刀流免許皆伝の神代又兵衛にしても船には弱いと見える」

「面目次第もございません。何しろ海に慣れた水手どもでさえが船酔いでのたうちまわるほど時化ましたもので」

「水手どもまでが、か。それは難儀だった」

言葉とは裏腹ににやにやする老人の顔を直視できず、又兵衛は顔を伏せた。

背中に汗が噴きだしてくる。

「まあ、よいわ。又兵衛には気の毒だが、またすぐ船に戻ってもらわなければならん。せっかく蝦夷地まで来たのだから地場で獲れる珍しい魚でも食わせてやりたいところだが、儂ものんびりしていられなくなった」

「は、かしこまりました。それではかねて打ち合わせの通り……」

「いや」老人の表情が厳しくなった。「又兵衛には気の毒だが、また長崎まで戻ってもらう」

「はあ」

そもそもの命令では二隻目の船で松前まで老人を迎えに来て、老人を乗せたあと越中伏木湊まで同行するようにいわれていた。だが、今一度、長崎まで戻るようにといわれたのである。

艀の櫓を使っていた水手は四、五日で長崎だといった。気休めにすぎないとわかっていても今はすがりつかざるをえない。往路と同じだけの日数がかかったのでは、今度こそ干乾しになってしまう。

「薬屋だが、少々厄介な奴らしくてな。実は、石井め、一度しくじっておる」

「石井が、でございますか」

石井長久郎といえば、又兵衛も一目置く使い手であるだけに売薬商風情を斬るのに失敗するとは思えなかった。

老人が渋い顔をする。口をすぼめると、梅干しそっくりのしわがよった。

「実は石井本人が手を下したのではない。ここらあたりにたむろしておった破落戸（ごろつき）をつかったのだが、返り討ちにあった」

「されば」

得心がいき、又兵衛は大きくうなずいた。

「一度に三人だ。破落戸とはいえ、三人を打ち倒したとなると、石井といえども手こずるかも知れん」

「まさか。石井ほどの男であれば、薬屋の一人や二人、簡単に斬って捨てましょう」

「ふむ。しかしな、石井の話を聞くかぎり、どうもその薬売り、我らと同じ匂いが

「する」

「まさか」

我らと同じ匂いとなれば、忍びということになるが、又兵衛にはにわかに信じられなかった。

老人がつづける。

「それに伏木では加賀の手の者が動こう。黒羽織を着たうらなりどもが小賢しく立ちまわっておるでな」

「しかし、そうなると割り符はいかがいたしますか」

「加賀の者どもには割り符のことまで知られていないようだ。加賀の者が伏木で無事薬売りを討ち果たせば、我らの手の者がぬかりなく動く。そっちの方は案ずるな」

「我らの手の者とは……、それは」

又兵衛が問いかけると、老人は自分を指さしてにっこり頬笑む。

「まさかご隠居様御自ら」

思わず間の抜けた大声を発して、又兵衛は顔に血が昇るのを感じた。

「ご無礼仕りました」

「応よ」老人がうなずく。「越中富山は実に魚の旨いところであるし、米どころゆえ、酒もまた格別だ。それにいささか旧交を温めたい御仁もあっての」

又兵衛ははっとした。目の前にいる老人は、馬廻組組頭の役にありながら藩命――

実際にはお公儀の内々の依頼であることが多かった——によって諸国に潜入し、さまざまな事件、事情を内偵してきた。今では家督を嫡男に譲っているが、行動力はまだまだ衰えていない。調べた内容は藩に報告するのを常としていたが、ごく稀に調査対象に報せ、その結果、くだんの藩の重役のみならず藩主にまで目通りが許される場合もあった。そうした中の一人として第十代富山藩主前田利保公の名を耳にした憶えがあった。

老人がつづける。

「又兵衛、お前はまだ我々がお公儀の大役に復帰できると考えおるか」

柳生藩にとって公儀大目付職への復帰は、最大の悲願といえる。

「御意」

「そうか。しかし、お公儀は……」

老人は言葉を切ると、小さく首を振り、目を閉じた。又兵衛は瞬ぎもせずに老人を見あげている。

老人の顔には深い憂悶が漂っているように見える。

しばらくの間、老人は瞑目したまま唇を動かしていたが、ついに言葉となることはなく、ふたたび目蓋を開いたときには元通りの強い眼光が戻っていた。

「それより堂園だ。あ奴が長崎に入ったところで、蔵ごと押さえ、動かぬ証拠としたい。さすれば薩摩の奸策を明るみに引きずりだすことも容易になろう。又兵衛には堂園の始末を頼みたい」

薩摩藩がここ数年で急速な藩財政の立て直しに成功していることは又兵衛も耳にしていた。今また蝦夷島の昆布を唐国(からくに)との抜け荷にもちい、さらに莫大(ばくだい)な財を掌中にしようとしている。

薩摩の藩庫が潤えば、その先に何が待っているか。

又兵衛には、それ以上想像することができなかった。

だが、お公儀にとって、ひいては柳生(やぎゅう)藩にとって禍々(まがまが)しい事態が起こりそうなことはぼんやりと感じられる。

「かしこまりました」

両手をついてひたいを畳にすりつけた又兵衛の背は戦慄していた。

第三章　留萌場所

一

四品一足でかためた左脚を踏みだすと、かかとから爪先、足の甲、くるぶしとあっという間に沈んでいき、脛の半ばまで軟らかな泥に埋まってしまう。

泥は、底なしと感じさせるほどの軟らかさでありながら、藤次がいざ足を引き抜こうとすると一転、脛や足首にまとわりつき、意外に強い力で引っぱる。

右足を持ちあげようとしただけで、今踏みこんだばかりの左足がさらに一、二寸土の中へめりこんでいく。

できるだけぬかるんでいないところを選んで足を踏みだしているつもりなのだが、どこへ爪先を置こうとずぶずぶ埋もれてしまうのに変わりなかった。

風はほとんどなく、陽光を浴びていると、肩といわず背中といわず綿入れの内側がじっとり汗ばむほど暖かいというのに泥の冷たさは骨に滲み、這いあがってきては奥歯を浮かせるほどだ。

「ひゃあ」

後ろから聞こえた奇声にふり返ると、知工の金蔵が泥の中に両手をついている。

裸足になった片足だけ後ろにはねあげており、よく見ると脱げたフカグツが泥に没していた。

背負子に荷を載せた六郎平が金蔵に目をやってげらげら笑いだす。

笑っている六郎平も頭の天辺まで泥のはねをつけており、綿入れも刺し子もいたるところ汚れていた。

「何て恰好だい、知工さん。まるで犬が小便でもしているみたいだ」

「ダボ」

立ちどまった源右衛門が大声で叱る。

「金蔵が往生してるってのに笑う奴があるか。助けてやれ」

「おおい、何とかしてくれ」

両手で躰を支えている金蔵は顔も満足に上げられない。細い声で助けを求めていた。

「しようがないな」

背負子を揺すりあげた六郎平が近づくが、泥のせいで簡単には進めない。

「蝦夷地の春はこんなもんです」

藤次のかたわらに立っていた雲平がつぶやく。

松前の医師内藤主膳宅で会ったときと同じく西川春庵の名を入れた半纏を羽織ってい
る。足元はフカグツのようだが、源右衛門や金蔵が履いているような藁製ではなく、魚
の皮で作られているのか表面に鱗が見えている。
目を向けた藤次に、雲平はにっと笑みを見せた。
「土ン中まで凍るんですよ。藤次さんも雪深い越中の人だから雪なんぞは珍しくもない
でしょうが、蝦夷地は寒さのけたが違います。土が凍るなんて、地元じゃついぞお聞き
になられたことがないでしょう」
「ええ」
藤次はうなずいた。
たしかに畑につもった豪雪を掘れば、その下の土は柔らかく、保存食用の大根や種芋
などを埋めて保存しておくこともあった。
「ここらじゃ土そのものが二尺でも三尺でも凍る。それこそがちがちに凍ってしまうん
です。そいつが春になると全部解けるもんで、ぬかるみが深い」
なるほど、と藤次は思った。
たちの悪いぬかるみと、歯の根が浮くほどの冷たさの理由がわかった気がした。
「それにしても……」雲平は空を仰いで目を細める。「お天道様ってのはありがたい。
どんなにシバレあがった土地でも春になれば、全部解かしてくださる」
ようやく六郎平に助け起こされた金蔵が今度は泥に埋まったフカグツを引き抜こうと

した。片足立ちし、尻をつきだしている。

「太った案山子」

雲平がつぶやき、藤次は吹きだした。

泥に埋まったフカグツはなかなか抜けない。業を煮やした金蔵はついに両手でつかむと、うんと唸って引っぱった。

六郎平だけでなく、源右衛門までがにやにやしながら眺めている。

湿った音とともにフカグツが抜けた。

「ひゃあ」

勢い余った金蔵は悲鳴とともに尻餅をつき、せっかく引っぱりだしたフカグツも泥の中に放りだしてしまった。

男たちが大笑いする。

ただ一匹、えんだけはうずたかく積みあげられた雪の上から藤次たちを見おろしていた。残雪を踏んで歩いてきたので、明るい茶の体毛にはひとかけらの泥もついていない。

足を取られ、罵りながら一行は、ふたたび歩きだした。

豊勝丸から降りてきたのは、船頭の源右衛門、知工の金蔵、荷物運び役として六郎平、それに荷主の藤次と案内人の雲平の五人である。

雲平と会った日の夜、利久平の無事を祝って酒宴が催された。真夜中に襲われたことを、藤次は誰にも口外していない。いたずらに皆を不安がらせ旅程に支障が出るのを恐れたからだ。また、利久平を救ったという弁財船の存在にも腑に落ちない点がある。誰が襲ったのか、わからない以上、口をつぐみ、耳をそばだてているに越したことはない。

　翌朝、源右衛門は留萌までの水先案内人と交渉し、航海を引きうけさせている。仕事のない冬場だけに背に腹は代えられなかったのであろう。荒天の恐れがあったのに二つ返事で引きうけたそうだ。

　ただ、問題は留萌から利尻に行くときの水先案内人だと源右衛門はいった。雲平に心当たりがあるといっているが、と藤次が口にしたものの源右衛門の眉間にただよう憂悶ははれず、あの仁は、陸の人じゃからとつぶやいた。

　しかも雲平自身は留萌に止まり、江差からやってくる雇い主西川春庵たちを待つことになっていた。

　藤次には、雲平が途中で放りだすような真似をする人間とは思えなかった。だが、船頭の源右衛門は航海の先を見通す力があり、何より責任がある。

　とにかく先へ、と藤次はいった。留萌まで行き、そこで雲平のいう伝手を頼ってみる。それがうまくいかなかったときには、また別の手だてを考えるしかないと説き、ようやく源右衛門がうなずいた。

　松前浦を発して五日が経過していた。

　蝦夷地にたどり着くまでの暴風浪が嘘のようにおだやかな海を帆走し、江差、岩内、小樽内と寄港して留萌場所までやって来た。

古くから蝦夷島の入口として栄えた松前には問屋が軒を並べ、また、途上の湊（みなと）にもそこそこの集落があった。そして今、留萌に着いてみると、茅葺（かやぶ）きの小屋ばかりとはいえ四、五十ほども並んでおり、蝦夷地は、聞いていたほどには辺境の地でなかった。

ただし、ぬかるんだ道には閉口せざるをえない。

豊勝丸から見たときには、集落までつい目と鼻の先と思ったものだが、歩くのに難渋し、金蔵などはあごを出しかけていた。平気な顔をしているのは雲平とえんばかりである。

前を行く雲平の背を眺めながら藤次はあらためて内藤宅で聞いた話を思いやった。

ようやく人が行き交うことができる幅しかないとはいえ、曲がりなりにも道がついている。それでも難儀は並大抵ではないというのに、雲平は道なき荒野を突き進み、ほぼ一年で蝦夷地の半分以上を踏破した。

ほどなく一行は、十数人の男たちが道普請をしているところに出会った。

先頭を行く雲平が背を向けている男に近づく。どうやら監督らしく一人背を伸ばして立ち、手には竹製の鞭（むち）を持っていた。

男たちはいずれも髪をぼさぼさにしていたが、背を向けている男だけは縮れた髪にべたべた油をぬり、一本にまとめて頭の上に載せている。髷（まげ）を結っているつもりであろう。

「もし」

雲平に声をかけられ、こちらをふり向いた男を見て、藤次は度肝を抜かれた。

頭こそどうにか髷らしい体裁を整えていたが、顔の下半分が黒々とした髯に覆われている。髯は、胸一杯に広がり、先端は鳩尾にまで届いていた。

何より藤次を驚かせたのは、落ちくぼんだ男の目に宿る炯々とした光だ。大きく横に広がった鼻と相まって今にも襲いかかってきそうな面魂と見えた。

「すみませんが、こちらの請負人のお屋敷を訪ねようと参ったものでございまして」

男は、しかし、何もいわずに雲平を見かえしていた。

男が着ているのは刺し子のように目の粗い布でつくられた単衣の着物だが、くすんだ紺色の地に大きく白い波模様が織りこまれていた。藤次が一度も目にしたことがないような柄だ。

男たちが手を止め、藤次たちを見ている。

どの男も艶やかに輝く髯をたっぷりと蓄えていた。陽に灼けて赤銅色の顔をし、体格がよく、力が強そうだ。シャクシャインの蜂起に松前藩が手を焼いたのもうなずける。

蝦夷地の人々か、と藤次は思った。

男が返事をしないのを見て、雲平が言葉を改める。聞き慣れない言葉で、藤次には何をいっているのかまるでわからなかった。

これが内藤のいっていた蝦夷人たちの言葉かと思った。

雲平が話すのを黙って聞いていた男は、やがて集落の一角を指さして何ごとか答えた。

そこにはひときわ大きな一軒家が建っている。男の声は、魁偉な相貌に似合わず優しい深みがあった。

ふたたび雲平が何かいうと、男は笑みを浮かべてうなずいた。

真っ白な歯がこぼれ、笑うと人なつっこい顔つきになった。

一行は、男たちのかたわらを通りすぎ、集落に向かった。男たちが普請をしたあとは、丸太を埋めてあるためにぬかるみに足を取られることもない。

「いや、大したもんだ」源右衛門が感に堪えないといった顔つきでいう。「蝦夷たちとあんなふうに話せる御仁をはじめてみました」

「いや、ほんのひと言、二言わかるくらいのものですよ」

先夜、内藤宅で耳にしたのと同じ答えを口にし、雲平は照れくさそうな笑みを浮かべた。

「私も何度か蝦夷地に来てはいるが、彼らの言葉でちゃんと話をしている人に会ったのは初めてです」

源右衛門はさぐるように雲平を見る。

「でも、運上場所では蝦夷たちも我らと同じように話すことになっておりませんか。たしか藩の達しが出てるはずだが」

「こっちの言葉がわかるのは、小遣い役くらいのものです。今の男はどうやら山から下りてきたばかりのようですな」

「ほう、また何のために」

「間もなく春告魚(にしん)漁がはじまるようで」

少し歩いたところで目指す場所に到着した。

六郎平が見あげて、嘆息する。

周囲の小屋とは較(くら)べものにならない巨大さで御殿と呼びたくなるほどである。

冷たい泥にすっかり熱を奪われていた足指に血が通いはじめると、今度はたまらなく痛がゆくなってきた。藤次は尻の下に敷いた両足の親指を上下入れ替えてみたり、もぞもぞと動かした。

囲炉裏を囲む男たちの躰からは盛大に湯気が立ちのぼっている。藤次も赤々と燃える薪(たきぎ)に差しだした掌(てのひら)に温(ぬく)もりを感じ、ようやく人心地がつきはじめた。

ただフカグッツを引っぱりだそうとして泥にすっぽり埋もれた金蔵だけは例外で、素っ裸の上に請負人の屋敷で借りた丹前を羽織り、襟元掻(か)きあわせ、虚(うつ)ろな目をして焰(ほのお)を眺めている。

顔は青白いのに目許(めもと)だけぽっと赤いのは発熱しはじめている証拠であろう。

豊勝丸の一行は、火鉢しかない客間ではなく囲炉裏を切ってある居間に通され、取りあえず濡(ぬ)れた着物を乾かし、躰を温めるようにいわれた。

それぞれが脱いだ衣類は、居間の梁(はり)に渡された竹竿(たけざお)にかけ、広げてある。

若い女が両手で盆を捧(ささ)げ持ち、囲炉裏端にやってくるとひざをついた。

床に置いた盆には、五合も入りそうな徳利と、伏せた湯呑みがいくつか重ねてあり、丼に盛った大根の漬け物が添えられていた。

早速、六郎平が身を乗りだす。

「酒か。骨の髄まで冷えきってたんだ。こりゃ、ありがたい」

「こら、さもしい真似するな」

源右衛門が低声でたしなめる。

湯呑みが男たちに渡され、女が徳利を手にすると、まずは六郎平が湯呑みを突きだした。満面に笑みを浮かべている。しかし、女は六郎平をあっさり無視して源右衛門の後ろにひざまずき、徳利を差しだした。

白濁した酒が源右衛門の湯呑みに注がれると、囲炉裏端にぷんと甘い香りが漂う。

女は伏し目がちで、男たちの誰とも視線を合わせようとしなかった。秀でたひたいに眉がくっきり弧を描き、大きく澄んだ眸は漆黒で、肌はやや浅黒かったものの、唇は血の色そのままの紅である。

源右衛門に次いで、躰を揺すって待つ六郎平のところへ行き、酒を注ぐ。

六郎平は注ぎおえるのを待ちきれない様子で口の方を近づり、ひと息に飲みほすと、立ちあがった女の裾に手をかけ、空にした湯呑みを突きだした。

「すまんのぉ、もう一杯。咽が渇いて、寒くて、どうにもならんで」

濁り酒を口にふくんだ源右衛門が横目で六郎平をにらんだが、六郎平は気づかない振りを決めこむ。

　女に注いでもらった二杯目の酒を、六郎平はほんのひと口すすり、ようやく太い息を吐く。

「うまいなぁ」

　雲平のそばに来て、女がひざをついたときになってようやく藤次はずっと女を目で追いつづけていたことに気がついた。さすがに気恥ずかしくなり、目を逸らしかけ、今度は雲平に目を留めた。

　おや、と藤次は胸のうちでつぶやいた。

　雲平がひどく浮かない顔をしている。

　酒を注いでもらい、礼をいった雲平が蝦夷人の言葉で女に話しかける。はっと瞠目して雲平を見た女の眸に、藤次はまた目を奪われた。

　蝦夷の女。

　旅から旅へと暮らす藤次は行く先々でさまざまな女を見てきたが、蝦夷の女はいまだかつて一度も目にしたことのない容貌をしており、硬質で凛とした美しさがあった。

　雲平に何をいわれたものか、女の澄んだ眸が翳った。

　実に哀しげな色であるにもかかわらず胸が高鳴るのをおぼえた。藤次は狼狽え、囲炉裏の縁に視線を落とした。

　女がかたわらにひざまずく。酒を注いでもらっている間も顔を上げることができなかった。

しかし、女の手だけはしっかりと見ていた。あかぎれができ、ひび割れ、荒れている。

女は、最後に金蔵のところへいった。しかし、金蔵は湯呑みを手にすることもなく、呆(ほう)けたように焔を見つめつづけている。見開かれた瞳にまたたく焔が映っていた。

女は困惑し、源右衛門をふり返った。しかし、源右衛門にしたところで困り果てた顔をしているだけだ。

藤次は腰を上げた。

「水を一杯、茶碗(ちゃわん)に汲(く)んできてもらえませんか」

「はい」

女がすんなり返事をし、居間を出ていく。言葉が通じることがわかって、藤次は幾分ほっとした。

湯呑みを置いた藤次は立ちあがり、柳行李(やなぎごうり)をくるんだ風呂敷に手をかけた。足の裏がじんじんしている。

風呂敷を解くと、五段重ねになった柳行李の三段目を開いた。

ふだんの行商であれば、三段目は得意先に配置して一年以上経過した古薬を入れるため空にしてある。だが、蝦夷行きに際してはできるだけ大量の薬を持っていった方がいいと父、於菟屋主人の双方からいわれていたのでぎっしりと新薬を詰めてある。

真新しい紙製の薬袋を指先で選(よ)りわけ、熱冷ましを探す。

「薬屋さんの匂いがする」

　顔を真っ赤にした六郎平が鼻を動かし、嬉しそうにいった。

　風呂敷を解いたことで柳行李に忍ばせてある麝香の芳香が広がったのだ。

　熱冷ましの散薬を見つけると、金蔵のわきへひざをつく。相変わらずぼんやりとした目で囲炉裏を眺めている金蔵のひたいに手をあてて、眉根を寄せた。睨んだ通り、尋常ではない熱を帯びている。

　女が運んできた茶碗の水に散薬を溶かすと、金蔵の首筋に手をかけた。

「ささ、金蔵さん、これを服んでくださいよ。とにかく躰の熱をとらないことにはまいってしまう」

　どんよりした目が動き、藤次を見る。

「さあ、服んで」

　金蔵の目が物憂げに下がり、茶碗を見たところで唇に茶碗をあてがってやり、糸底をそっと持ちあげた。

　薬を口にふくんだ金蔵が顔をしかめ、躰を強張らせる。藤次は金蔵の首筋にあてていた手に力をこめた。

「とにかく躰から熱をとらなきゃ、金蔵さん。皆、あんたを頼りにしてるんだから」

　宥め、すかし、何とか薬を服ませ終えると、藤次は女に頼んで居間の隅に夜具をのべてもらった。

総掛かりで金蔵を寝かしつけ、布団をかける。そのときには、青ざめていた金蔵の顔が真っ赤になっていた。苦しげな呼吸が往復し、目蓋は固く閉じられている。

心配そうにのぞきこんだ源右衛門が訊いた。

「どうだい」

「汗が出てくればしめたものなんですが」

しかし、苦しげな呼吸をつづける金蔵は目をつぶったまま、躰を震わせるばかりで、顔に汗の浮かぶ気配がなかった。

金蔵を寝かせて間もなく、縞の着物にきちんと羽織をつけた男が居間にやってきた。年齢の頃なら三十前後、細面ですっきりとした顔立ち、目許が優しげである。ひざをそろえ、両手をついてていねいに辞儀をした。

「ご挨拶が遅くなりました。俵屋の主、貞次郎にございます」

二

囲炉裏端に両手をつき、ていねいに挨拶をした俵屋貞次郎が顔を上げた刹那、藤次は背筋に冷たいものが走るのを感じた。

ほんの一瞬、貞次郎は客たちを値踏みするような目つきをし、すぐ笑顔で覆った。抜け目ない眼光が藤次の背を戦慄させたのである。

真っ先に雲平が口を開いた。

「実はこちらをお訪ねすれば、エクマに会えると聞いてうかがったのですが」

しかし、貞次郎は首をかしげる。

「エクマとおっしゃられましたか、はて」

「はい。元々は留萌の在ではなく、利尻のカイ……、いえ、蝦夷でございましたが、こちらに移って働くようになったと聞いております。利尻では乙名(オトナ)をしておりまして、背丈はそれほどございませんが、胸板が厚く、見るからに頑丈そうな躰つきをしているとか」

「若い男でしょうか」

「いいえ、年寄りでございます。六十をいくつか出たところでございましょうか。ただ、何分にも蝦夷のことゆえ、本当のところはいくつになるのか、ひょっとすると当人でもわからないかも知れませんが」

「六十くらい……、背丈は低く、頑丈そうな男」

宙に目線を漂わせていた貞次郎の表情が輝いた。

「それなら熊八(くまはち)のことではありませんか。たしか昔は利尻におったという話を聞いたことがございます。住まいもここではなく、もう少し山上(かみ)に行ったところで、山の中に小屋を建てて住んでいるといっていませんでしたか」

「たぶんその者に間違いございません」喜色を浮かべた雲平がひざを進める。「すると、今は熊八と申しております」

「当地では役付きになる蝦夷は皆ちゃんとした大和名を名乗らせる決まりになっておりまして……」

しかし、貞次郎の表情は沈んだ。雲平も眉をひそめ、上目遣いに貞次郎を見る。

「どうかなさいましたか」

「まことに残念ではございますが、熊八は昨年の暮れ、病を得て他界いたしました」

「死んだ……」

流行病と貞次郎はいった。

どのような理由によるものかはわからないが、蝦夷人ばかりが罹患し、留萌場所だけでも死んだ者が八名を数えたという。

「頑丈な質と申しましても熊八も結構な歳でございました。相応に弱っていたのでございましょう。当地で死んだのも年寄り、赤ん坊ばかりでございまして」

あまりに雲平が落胆した様子を見せたためか、貞次郎は取りなすように言葉を継いだ。

「ひょっとしたらエクマと申す者は熊八とは別人かも知れません。何しろ山奥に住んでいる者どもとなりますと、請負人とはいえ、手前でもすべての消息に通じているわけではございませんので」

昔ながらに山野に住む蝦夷人たちは少なくない。そうした中、山中でひっそり息を引き取った者に至ってはどうしたって知りようがないと貞次郎は首を振る。

「果たして十人死んだものか、二十人になるのか。しかし、もう間もなく大方の消息は知れるようになりましょう」

「ニシン漁がはじまるからでございますね」

「ええ」貞次郎がちらりと笑みを見せる。「春先になると、近隣の蝦夷たちがやってきてニシンを獲ります。蝦夷たちだけでなく、津軽あたりからも手すきの百姓どもがやって参りますが」

「ほう、津軽から」

「あちらも雪深い土地でございますから冬場には満足に仕事もありません。田植えがはじまるまでの間ではございますが、当地に稼ぎに参ります」

「そうですか」

腕を組んだ雲平は囲炉裏に目をやり、わずかの間考えこんだ。焔の照り返しが陽に灼けたこめかみの血管を浮かびあがらせている。

顔を上げた。

「エクマには家族がおるはずですが、妻と子供らが……、何かお聞きおよびではございませんか」

「さあ、私にもそこまではわかりかねます。何でしたら当地の蝦夷たちに訊ねてみましょうか。あれらなら私などよりよっぽど熊八のことを存じておるかも知れません」

「はあ」

雲平は目を伏せ、浮かない顔でうなずいた。

「それにしてもわざわざこんなところまで蝦夷に会いにいらっしゃられたのですか。まだ、バイ船が来る季節でもございませんし」

問われた雲平は、口を開く代わりに藤次に顔を向け、目顔で訊ねた。

どうする、と。

藤次は素早く源右衛門を見やる。源右衛門がかすかにうなずくのを確かめて、貞次郎に顔を向けた。

「私は越中から参りました於菟屋の藤次と申します」

「越中から」

くり返した貞次郎が開いたままの柳行李に一瞥をくれた。

「売薬さんでございますね」

「さようでございます。実は、利尻産の昆布が大層評判がよく、とくに冬を越したばかりのものは滋養豊富で薬種として役立つということでございまして、私どももこの時期の昆布を手に入れて大々的に売り出そうと考えた次第にございます」

「春先のものでなければならないんですか」

「へい。そのためこの季節に狐原屋のお頭に……」藤次は傍らにいる源右衛門を手で示した。「無理をいって船を出していただいた次第でして」

「昆布から薬……、初耳ですな」

「へえ」藤次は声を低くした。「まだ、秘中の秘でございますゆえ」

温かな湯にあごまで浸かり、藤次は目を閉じた。

ニシン漁が始まるのに合わせて作られた浴場は集落のほぼ中央にあった。大人数が一度に入れるよう湯殿も大きく、何より新しい材木の香りが心地よかった。

お寒かったでしょう、と貞次郎がいい、わざわざ風呂をたててくれた。

豊勝丸一行の宿としては、空いている番小屋が一軒あてがわれている。

風呂、宿ともに無料というわけではなく、俵屋への土産として六郎平が背負子に載せてきた米俵が功を奏しただけのことである。

『海の中にも川のような流れがあることはご存じでしょう』

貞次郎にいわれたときには、蝦夷にくわしい雲平も航海は専門でないだけに困った顔つきになった。貞次郎は利尻までの航海が並大抵でないことを説明しはじめた。

聞けば、貞次郎自身、もともと沖船頭として買積船で商いをしていたという。商人あがりの源右衛門と違って水手から叩きあげて表仕となり、ついに自分の船を持つに至った。

根城は津軽の鯵ヶ沢とし、ほかの弁財船同様、奥羽や北陸と大坂を往復し、やがて蝦夷地にも足を延ばすようになった。しかし、蝦夷地での商売も大手の船問屋に独占され、船が一隻しかない弱小船頭の貞次郎が日の目を見るのは難しかったという。

『それで新しい商いを求めて北へ北へ、できるだけ人のいないところへと船を進めていくようになりまして』

人跡も稀な地であれば、海産物にしろ獣皮にしろただ同然の値で仕入れることができ、また、その土地の蝦夷たちが織った布はよそでは見られない図柄であったため人気を呼んだ。

だが、長くはつづかなかった。

『実は私も利尻に目をつけましてね。といっても何年も前のことになりますが……』

海の中に思いもしない激しい流れがあったと貞次郎はいった。

『そいつに船が巻きこまれて北蝦夷の果てまで運ばれてしまったんです。挙げ句、船は氷に圧しつぶされるし、手前も水手たちも流氷の上を歩いて蝦夷島までようやくに戻ってこられた次第で』

表仕の巳三郎が同行していないのが悔やまれた。

源右衛門も金蔵も商人あがりで、六郎平は海が読めるほど経験を積んではいない。貞次郎がいう海の流れという話が嘘か真実か判断できるのは巳三郎だけだ。

『ところが捨てる神あれば拾う神ありでございまして、縁あってこうして交易所をまかせてくださる奇特な方にお目にかかったのでございます。私などは北蝦夷に流されても命があっただけめっけものと申せましょうに』

だからこそ雲平はエクマという男を頼りにしようとやって来たに違いなかった。

『実はうまい具合に北蝦夷から利尻を回りまして戻ってくる船がございます。昆布も積んでいるはずですから、あと幾日か、こちらでお待ちいただけるのでしたら私の方からお話ししてみましょう』

『お願いします』

話を聞きおえた藤次は手をつき、頭を下げた。

湯殿の戸が開く音がして藤次の思いは断ちきられた。立ちこめる湯気の中へ入ってきたのは雲平である。

浴槽の縁にしゃがみ、掛け湯をする雲平に藤次は目を瞠(みは)った。

着物の上からではわからなかったが、雲平は小柄ながらも鍛えぬかれた躰つきをしている。藤次の視線などまったく意に介さない様子で雲平はゆっくりと湯に浸かり、目を閉じるとううっと声を漏らす。

やがて雲平が口を開いた。

「あ奴の話なんぞ、これっぱかりも信じちゃいないでしょう」

「は」

目をしばたたいた。

雲平は目蓋を閉じたまま、言葉を継ぐ。

「カイノーばかり選んで死なす流行病なんてあるはずがない。ねえ、藤次さんは売薬商だからおわかりになるでしょう。カイノーだって私らと変わるところがないんです。あいつらが病に斃れるんなら、請負人たちだって罹る。それが道理でしょう。そうは思いませんか」

「はあ」

「流行病など見え透いた嘘を並べたもんです。おそらくエクマはあの男に殺されたに違いありません。奉行所は遥か彼方だし、だいたい、役人にしたって請負人にしたってカイノーのことを牛や馬ほどにも思ってやしない。邪魔になれば、さっさと殺しちまうんです」

息を詰めて雲平を見つめていた。

しかし、雲平はそれ以上いわず両手で湯をすくうと、顔をこすりはじめた。怒りを撒き散らすような荒々しい仕種に湯が跳ねとぶ。

手を止めた雲平が藤次を見た。

目が赤い。

「そうだ。明日、ちくっとお付き合い願えませんか。船が入るまでまだしばらくかかりそうだって話だし、知工さんがあんな加減じゃどの途動けやしないでしょう」

「へえ、私はかまいませんが、どちらへお出かけで」

雲平は答えず、ふたたび顔をこすりはじめた。

前日のうららかな春の陽射しを裏切り、明くる朝は空一面が鉛色の雲に閉ざされ、雪が舞っていた。

風も出はじめている。

エクマの未亡人を雲平とともに訪ねたいと申しでると、貞次郎は呆れながらも菅笠と蓑、カンジキを貸してくれた。

カンジキは、藤次が越中で使っていたものに較べると前後に細長く、大きかった。蝦夷地の雪はさらさらしており、内地と同じ形だと埋まってしまって役に立たないのだという。

昨夜、貞次郎の手配によって何とか昆布を手に入れる算段がついた。昆布と交換する荷を下ろす準備があるため、源右衛門と六郎平はいったん船に戻ることになり、朝早く出かけていった。金蔵は幾分小康を得たもののまだ熱は去らず、藤次は昨日から世話をしてくれている蝦夷の女に熱冷ましを渡し、昼と夕方に服用させてくれるよう頼んできた。

交易所を出るとすぐにカンジキを使わざるをえなかった。四品一足の上から細縄でカンジキを固定し、歩きだす。内地用のカンジキでさえ、履くとがに股で歩かなければならないのに、経験したこともない長大なカンジキにさらに労苦を強いられる。

少し歩いただけで太腿が鈍く痛みだしたのは我ながら情けなかった。

案内は、交易所にいた蝦夷人の一人に頼んだ。エクマの妻が住んでいる山奥に居を構えているという青年で、蓬髪で見るからに精悍な貌をしている。湊から集落までの道普請をしていた人足のうちに混じっていたのかも知れないが、藤次には判別できなかった。

雲平が男の名を教えてくれた。しかし、やたら長ったらしい上に発音が難しくとてもおぼえきれなかった。短く縮めて、ロクでいいと雲平は笑った。

先頭をロクが歩き、雲平、藤次とつづく。しんがりにえんがついてきた。

道などなく、凍った沢のわきを登っていった。ところどころ雪が割れ、氷が解けて澄みきった流れがのぞいている。

春が近い、と雲平はいった。真冬であれば、沢は完全に凍りつき、分厚く雪が積もっていて、その上を何人もの大人が歩いてもびくともしないらしい。

細長いカンジキを履いているために足をできるだけ高く上げなければならなかった。その上、一歩ごとに太腿が胸につくほどきつい登りがつづく。

藤次は、ロクや雲平の足跡をたどっていたが、それでもカンジキが雪にとられ、引き抜くのに余分な力を必要とした。躰は汗まみれとなり、息が切れる。

先頭を行くロクは、何の印もない雪の斜面を読み、雪をかきわけて進まなければならない。それでも平然と登りつづけている。丸めたロクの背が降りつもった雪で真っ白になっている。

時おり、藤次は立ちどまって、あごを伝う汗をぬぐった。ロクと雲平は、まったく歩調を乱さず登りつづけている。舌を巻かざるをえなかった。

時には、雪から突きでている樹木に手をかけ、躰を引きあげなければならない難所もあった。

胸に風呂敷の結び目が食いこみ、あらためて柳行李の重量を思い知らされる。それでも番小屋を出発する前に中味を半分ほどに減らしてはいるのだが。

最初は金子（きんす）と諸道具の入った最小の行李だけを持っていこうとしたが、薬も持参して欲しいと雲平に頼まれた。エクマの妻が老いていることを思い、一通り持っていくことに同意した。

顔に吹きつけてくる風に雪が混じっていた。笠を被（かぶ）っていても氷でできた鏃（やじり）が突き刺さってくるようだ。頬骨といわず目蓋といわず痛み、そのうちあまりの冷たさに皮膚の感覚が鈍磨していった。

それだけ冷気にさらされているというのに汗はとめどなく流れ、目に入ってちかちかと痛む。

汗がまた厄介の種となった。着物を濡らし、冷え、躰の熱を奪っていく。

できるだけあごを引き、笠で吹きつけてくる風をよけようとしたが、下方から舞いあがる雪片が視界を白濁させ、時として目がくらむほど真っ白に輝く。

どこを歩いているのかはもとよりわからない。どれほどの時間歩いているのかすら定かではなくなっていた。

白い光の中を盲（めし）いたまま歩く、いや、登りつづけているので精一杯である。

「あっ」

頭上から叫びが降ってきた。

だが、朦朧としていた藤次は反応が遅れた。

どんと胸を突かれ、もんどり打ってひっくり返る。次いで重いもので胸を圧迫されていくのを感じた。躰を横たえると妙に温かく心地よい。

眠くなってきた。

はっ、はっという生臭い息に目を開いたのは一瞬の後だ。えんの黒い鼻先が目の前にあった。

「大丈夫か」

のぞきこんでいるのは雲平だ。ロクの顔も見える。

何とかうなずいた。

腰を伸ばした雲平は周囲を見わたして、それからロクに話しかけた。ロクが何ごとか答えるのを藤次はぼんやりと聞いていた。

焚き火から立ちのぼる煙が洞穴の天井を伝って外へ流れだしている。

雪あかりのせいで洞穴の中は思いのほか明るい。

「こう雪が張りだしたところに……」

そういって雲平は掌を伸ばし、差しだした。

「いきなり手を掛けたもんだから、こりゃ危ないと思いました。木の枝も何もなくて、棚みたいに張りだしているだけの雪だった。それを手がかりにしようとされたんだから崩れて当たり前ですよ」

「面目ありません。何だかぼうっとしちまってて。これでも雪道には馴れているつもりだったんですが」

「いくら藤次さんが越中の産でも蝦夷地の寒気は桁が違いますからね」

なぜか雲平は嬉しそうにいい、焚き火に枯れ枝を放りこんだ。

火を囲んだ三人は交易所で作ってもらった握り飯を食べていた。ロクが自分の握り飯を取り崩し、えんの鼻先に突きだす。寝そべったままえんはロクの掌にのった飯粒を食べ、尻尾を振った。

自分以外の人間には愛想のいいえんが小憎らしい。

「武士も百姓もない。和人も蝦夷人もない。人も犬もない」

えんを眺めて、雲平がいった。

「いいとは思いませんか。私も藤次さんもロクもえんも同じところに座り、同じものを食べている。いつか蝶園様に聞いたことがあります。南蛮といわれている国々ですが、百姓の子でも船乗りになりたいと思えば、船乗りになれるんだそうです。百姓の子だからといって百姓にならなければいけないという法はないそうで……」

雲平は藤次を見た。

「薬屋以外の仕事をしたいと思ったことはありませんか。別に薬屋を悪くいうつもりはありませんが、生まれついたときにいずれは薬屋になると定められているのはつまらないと思いませんでしたか」

「さあ、私は親父にいわれたことをやってきただけで、あまり小難しいことは考えなかったんですよ」

「懸場です」

ふたたびえんに視線を移し、おだやかに頬笑んだ雲平がつぶやいた。

「ここが命の懸けどころ、実にいい響きじゃありませんか。私は、蝦夷地に来てよかったと肚の底から思っているんですよ。カイノーたちは実に慎み深く、片時も孝を忘れません。土産にもっていった酒を渡したときにもすぐに飲もうとはせず、両親と一緒に酒宴をする。親が亡くなっている者は、墓所に持っていって、そこで酒宴です。生きているうちにと、まず親に飲んでもらう。人として当たり前の姿を、私はカイノーに教えられました。自分がつくづく親不孝だったと思いましたよ」

雲平の口調はしみじみとしていた。

「でも、蝦夷地には貞次郎のような輩がたくさんおります。奴らがどれほどあくどいことをやっても藩の役人どもは見てみない振りだ。請負人というのは、そりゃひどいことをしている。やりたい放題ですよ。カイノーを虐めている連中さえ満足に取り締まれないなら、藩なんぞ無くなっちまった方がいい」

ふたたび藤次をふり返った雲平の目には、底知れぬ光がたたえられていた。

「男にとって一番の幸せは、自分だけの懸場を見つけることじゃないんでしょうかね。私にとって、カイノーたちがまさに懸場なんですよ」

三

道標としてきた沢のほとりの、傾斜がゆるやかになって、わずかに開けたところにある雑木林の端にエクマの小屋はあった。

小屋といっても自然木の一本を柱として、そこへ直接梁を結わえつけ、屋根を茅で葺いているだけの代物（しろもの）で、壁も小枝や茅を張りめぐらせてあるにすぎない。大黒柱にそって斜めにかしいでいる。

壁にできたいびつな三角形の隙間が出入口となっており、雪が掘りさげられている。降りつもった雪がようやく風を防いでいた。

最初にロクが小屋に入っていった。

蓑を外したロクの背には荷が背負われていた。洞穴で握り飯を食べている間も蓑を外そうとはしなかったので今まで気づかなかったが、自分の背にある柳行李よりはるかに大きく、重そうに見えた。歩いている間中、風呂敷の結び目が胸に食いこむことを恨みがましく罵っていたことを恥じた。

ほどなくロクが小屋から顔をのぞかせ、雲平と藤次を招き入れた。

ひどい臭いだ。

眼球を圧迫するほど濃密な悪臭が立ちこめている。魚のはらわたばかりを集めて腐らせた中に放りこまれたようだと藤次は思った。

舌の根に苦い唾がわき上がってくるのを無理矢理嚥(の)みくだす。

雲平もロクも唇を結び、眉間にしわを刻んでいる。

悪臭の元がわかって、藤次は躰を強張らせた。

小屋の奥まったところに寝床らしき一角があり、誰かが寝かされている。一目で死骸と知れた。

茅を立てこめて作られた壁にはいくつもの隙間ができており、光が射しこんでいた。一条の光が死骸のひたいあたりをやわらかく照らしている。

死んでどのくらいになるものか、藤次には見当がつかなかった。

眼窩(がんか)は落ちくぼんで二つの暗渠(あんきょ)となり、唇が乾いて縮んでしまったために歯を剝(む)きだしにしているように見えた。しわのよった皮膚は飴色(あめいろ)に染まり、不気味な光沢を宿している。死骸の顔には鼻がなかった。

赤茶けた髪が長いので女だと知れる。だが、しわだらけの皮膚はところどころ剝がれ落ちており、年齢を推しはかるのは難しかった。不思議なことに髪だけはきちんと整えられている。

女である以上、エクマでないことだけは確かだが、いったい誰なのか。藤次は視線を移した。

　死骸を背にして、躰の小さな老婆がちょこなんと正座し、雲平はその前にあぐらをかいた。蝦夷の言葉に通じている雲平も老婆と話すのには苦労しているようで、ぼそぼそとした声より沈黙の方が長くつづいた。二人の背後では、ロクが石を丸く並べただけの粗末な竈に火を熾し、土鍋をかけていた。竹筒の水を張り、握り飯の残りを放りこむと、持参した荷物から干し魚を取りだし、細かくほぐして入れていた。

　薪が湿気っているのか、大量の煙が立ちのぼり、小屋に充満する。壁の隙間から射しこむ光が灰色の帯となって宙を横切った。目が痛み、涙があふれてきて、何度もまばたきをした。

　それでも死臭の凄まじさは変わらない。

　藤次にできたのは、息をひそめ、見つめていることだけだ。

　やがて粥が煮え、死臭と煙が充満する中にわずかながらも温もりを感じさせる飯の匂いが流れた。

　鍋を手にしたロクが老婆に近づき、声をかける。何をいっているのかはわからなくとも声にこもる思いやりは藤次にも伝わってくる。

　老婆がしぼんだあごをあげた。左目が青白く濁り、何も見えていないのは明らかである。右の目玉もそっぽを向いていた。

　老婆の前に鍋を置いたロクは、手を取って木の匙を握らせた。しわくちゃになった老婆の手は爪が伸びていた。爪は茶色になってゆがんでいる。

老婆のそばを離れた雲平に目顔でうながされ、藤次は小屋の外に出た。冷たく澄んだ外気が今さらながらありがたく、何度も吸いこんでは白い息を吐いた。

「ひどい話ですよ、まったく」

雪から顔をのぞかせていた切り株に腰を下ろすと、雲平は帯にたばさんだ煙草入れを手にした。

「あの婆様がエクマの……」

「そう。女房です」

煙管に煙草の葉を詰めようとしていた手を止め、雲平が藤次を見あげる。

「ヒシルエはサンノの娘なんです」

わけがわからず藤次は雲平を見かえした。

「サンノというのがエクマの女房で、ヒシルエは、ほら、昨日から私たちの面倒を見てくれているでしょ、運上屋にいるあの女ですよ」

くっきりとした目鼻立ちが浮かんできた。同時に昨夜ひどく沈んだ顔つきをしていたことにも合点がいった。

「エクマとサンノには子供が三人おりました。貞次郎の奴はすっとぼけてましたがね」

懐中の火種入れから煙草を吸いつけた雲平は白い煙の塊を吐きだした。

「ヒシルエはこの辺りの生まれなんです。評判の美人だったそうですが、それは藤次さんもお認めになるでしょう」

「へ、へえ」

彼女にぼんやり見惚れていたところを見つかったような気がして、藤次は口ごもった。

雲平は淡々とつづけた。

「ヒシルエはイチヤンに嫁いだのです」

イチヤンは石狩浜にある運上屋から船で八日もかかって川を遡ったところにある集落だと雲平は説明してくれた。だが、蝦夷地の地理に暗い藤次にはぴんと来ない。

「嫁いだ先は、乙名の長男の家です。乙名とはいっても年寄りでしたから、息子が乙名のようなものだったといいます。ヒシルエは美人というだけでなく大変な働き者で、亭主を助け、いっしょになって魚や羆の皮や着物なんかを運上屋に運んでいたそうです。働き者だったことがかえって災いを呼ぶなんて、そんな馬鹿な話、あるもんじゃありませんよ」

運上屋の番人が蝦夷人たちに混じって働くヒシルエの美しさに目をつけるまで長くはかからなかった。番人は亭主を無理矢理寿都の漁場へ働きに行かせ、一方、ヒシルエには亭主を待てとして手元にとどめた。

亭主がいなくなって間もなくヒシルエをてごめにし、妾にしたのである。

もちろん、ヒシルエの父エクマと二人の息子は黙っていなかった。何度も番人のところへ行っては、亭主を寿都から戻し、二人をイチヤンに帰して欲しいと頼みこんだ。

ある夜、事件が起こった。

酒に酔った息子の一人が交易所に住みついていた無頼の輩と喧嘩になったのだが、所詮多勢に無勢、エクマの息子は男たちが振るう棍棒で撲殺されてしまった。

事件の顚末は、交易所の責任者である番人から報告され、喧嘩両成敗という結果となり、エクマも無頼漢どももとりわけお咎めは受けなかった。無頼漢は番人の手下たちである。

本当のところ何があったのか、誰にもわからない。

もう一人の息子も場所に残しておくと面倒を引きおこしそうだと難癖をつけ、天塩にある交易所に追いやられてしまった。

煙草を喫い終えた雲平は、大きな音をさせて痰を切った。

「去年のことになります。イチヤンに参りましたとき、村の者にヒシルエの話を聞きました。留萌に連れてこられていることがわかったのは、最近ですがね」

「それでは、すべては貞次郎が……」

「いや、石狩の番人は死んでいます。おそらく貞次郎はカイノーたちを何人か譲り受けたんでしょう。下働きや漁夫として、ですよ。鮭何本かでカイノーたちは買われてくる。哀れなものです」

ふたたび煙草を詰めはじめた雲平は沈んだ声でつづけた。

「石狩の番人というのは梅毒持ちだったそうです。毒が脳に入って、それで死んだ。サンノの小屋に寝かされていた女の骸、あれもヒシルエと同じころ留萌に来たそうです。ところがこちらに来てすぐに病気が出てきた。ヒシルエに負けないくらいの美人だったという話ですがね。でも、顔にあばたができて、鼻が欠け落ちたんじゃ誰も見向きもしない。貞次郎はだまされたと大変な剣幕だったそうで。女は交易所の外れに建てられた小屋に閉じこめられましてね、薬も食い物も与えられないままうっちゃっておかれた」

煙管をくわえ、大きく吸いこむと、雲平は大量の煙を吐いた。

「女を憐れんでここへ連れてきたのはエクマでした。自分の娘を助けられなかったせめてもの罪滅ぼしだったんでしょうか。ですが、女の方は死にたいんだから放っておいてくれと連れてこられるのを嫌がったそうですよ。そこをエクマが妻の面倒をみるのを手伝って欲しいんだと何度も頼んだそうです。サンノは若いころ木の枝があたって左目をツブされてますし、右の目も年寄りになってから段々と薄くなって、今じゃほとんど見えないといってました。腰が曲がったのにくわえて近頃は足もすっかり萎えてしまって、この辺りじゃ唯一の食い物になる木の根を掘るのも小便に行くのも四つんばいでいかなけりゃならんそうです」

時おり、ロクのように仲間が訪ねてきては食べ物を置いていってくれ、何とか生き延びている、と雲平はいう。

もっともロクにしても自分の仕事があるだけに頻繁に来るわけにもいかない。以前に訪れたのはふた月以上も前だという。

「女はまだ息があったそうです。素人目にも長くはないなと思ったらしいですがね。サンノは指で雪を掘っては木の根っこを取りだして食いつないでいたってことですが、このところはもう何日も食べていなかったそうです。泣いてましたよ、死にたいって」

独りぼっちの老女を思いながら山を登ってきたであろうロクや、母を気にかけつつも動けないヒシルエ……。

やり場のない鬱屈が藤次の胸を圧しつぶしにかかっていた。

言葉を尽くし、背負って連れていくとまでロクが申し出たものの、サンノは頑として小屋を出ていくのを拒んだ。どうにも仕方なく、藤次たちは女の遺骸とともにサンノを残し、さらに山奥にあるというロクの家族が住む家に行くことにした。

十軒ほどの家が肩を寄せあうようにして建っている集落に、ロクの家はあった。サンノが住むゆがんだ小屋に較べれば多少見てくれはいいものの、藤次にはどの家屋も粗末な掘っ建て小屋としか映らなかった。

一軒の家にロクの両親、兄夫婦と子供たち、未婚の妹二人、それにロク自身の妻と一人息子が住んでいた。

妻に年老いた両親の世話をさせるため、ロクは独り身と偽り、留萌場所で働いているという。人手がいくらあっても足りない折りがら、もし、妻子があるといえば、働き手として駆りだされてしまう。

夕餉には、団子と肉の入った汁が木の椀で供された。藤次の顔をのぞきこんで、雲平が訊く。

「獣肉なんぞ、大丈夫ですか」

「へえ。山育ちで、まわりに猟師も多かったもので」

肉食には慣れていた。一片を口に入れて、嚙んだ。みっしりと身が詰まっていて、固い。嚙みしめると、今まで味わったことのない獣臭さが口中を満たした。

怪訝な顔つきをしたに違いない。雲平がにやりとしていった。

「羆の肉ですからな」

「くっ」

まの字が出てこない。熊肉を食べるのは、初めてだ。

団子は、ウバユリの根を水にさらして、乾かし、粉にしたもので作られているという。

味付けは塩だけだが、熊肉から出汁が出ているのか濃厚な滋味があった。

「お口に合いませんか」

「いえ、旨いです。自分でも驚いているのですが、旨い」

立派な白髯を生やした父としわくちゃの母はロクが荷の中に忍ばせてきた酒を飲んで上機嫌になった。

陽が落ちると一気に寒くなる。

朝から降っていた雪は午過ぎにはやみ、夜になってからは雲も切れたのだが、寒気はふもとの請負場所とは較べものにならないほど厳しかった。前の晩は、新築なったばかりの俵屋の浴場でゆっくり躰を温められたが、ロクの家では望むべくもない。元々家には一室しかなく、石で作られた竈を一家で丸く囲み、横になった。

藤次には、雲平の隣が与えられた。脂臭さが残る獣皮には閉口したが、夜が更け、大気の冷たさが増していっても、いがらっぽい煙が立ちこめる家の中は存外暖かく、頭からすっぽり毛皮にくるまっているとうっすら汗ばむほどである。一日のうちでもっとも気温が下がる夜明け間際にもまったく寒さを感じないでぐっすり眠ることができた。

もっとも安眠できたのは、家の中が暖かかったせいだけではない。

金子を入れた柳行李を枕頭に置いていたが、藤次は微塵も不安を感じなかった。丸一日ともに歩いてきたことから、ロクの人柄は信用できたし、ロクの家族といっしょにいるとむしろ自分が守られているような気分にさえなった。家に入れられたえんもすっかり警戒心を解いた様子で、藤次の足元に身を横たえると一晩を通して身じろぎひとつしなかった。

翌朝、ユリ根を煮、味噌で味付けした汁を食べさせてもらい、藤次たちはロクの家をあとにした。昨日と違っていたのは、鍬を担いだ三人の男が付き従っていたことだ。サンノの家で死んだ女を葬るためである。

「昨夜(ゆうべ)はよくやすまれましたか」

　晴れわたった空に負けないくらいすっきりとした顔をして雲平が訊ねてきた。

「いくら売薬で旅慣れていらっしゃるとはいっても、チセで寝るのは初めてだったでしょう」

「チセというのは、家のことですか」

「ええ、カイノーの言葉で住まいをチセといいます。いかがですか、正直なところ、あまりにボロなんで驚かれたんじゃありませんか」

「たしかに」藤次は素直にみとめた。「ですが、思いのほか暖かかったもので、かえって交易所の番小屋より眠れたくらいです」

「カイノーの知恵ですよ。カイノーたちは代々蝦夷地に住まってきました。私らには思いもよらないほど寒い土地で生き抜いてきたんです。運上屋だけでなく、松前にしても屋敷だろうが番小屋だろうがすべて和人たちの流儀で造られている。どんなに立派な造りになっていても、寒いんです。本当のところ、私らはもっと謙虚にカイノーの知恵に学ばなくてはならないんじゃないでしょうか」

　しばらく歩いたところで、雲平が手を挙げ、かたわらにある一軒のチセを示した。

「ほら、ご覧なさい」

　ほかの家屋より一回り大きく、何より藤次の目を引いたのはチセのわきに立っている柱に動物のものらしい頭蓋骨(されこうべ)が突き刺さって並んでいることだ。

「羆の首ですよ。ここは乙名の家だそうで、乙名はまた村で一番の知恵者であり、一番勇気のある男でなければならないんです。乙名がわざわざ外に出て、我々を見送ってくれてますよ」

チセの前には痩せた老人が立っていた。

早朝の冷気が張りつめたままだというのに老人は単衣を着ているだけで、しかも右腕と脛を剝きだしにしている。

「乙名には左腕がないんです」

懐手をしているかに見えたが、いわれてみるとたしかに左袖がぺしゃんこになっていた。

「羆獲りの名人でしたが、一度に二頭の羆に襲われたんだそうです。一頭目は何とか射殺したんだが、二頭目に射かけるのが間に合わず、突進してきた羆が弓を持った乙名の左腕にがぶりと咬みついた。羆はくわえたものを振りまわして、地面に叩きつけるんだそうです。そうなると、万に一つも助からない。とっさに乙名は腰に差した山刀を抜いて、ためらいなく自分の左腕を斬り落とし、返す刀で羆の心の臓を突き刺したという話でした」

思わず雲平の顔を見た。雲平がいたずらっぽい笑みを浮かべている。

「そのとき何があったのか、本当のことを知っているのは乙名だけです。腕は羆に食いちぎられただけかも知れない。でもね、ロクの父親は腕の付け根から血を流してうずくまっている乙名のそばに二頭の羆が倒れているのを見たといっておりました」

「それは……」

言葉を失い、藤次は今一度チセの前に立つ痩せた乙名に目をやった。

立ちつくす乙名は、相変わらず微動だにせず、また無表情のままである。

「髷を結わないから、髯を剃らないから、カイノーたちが蛮人だなんて誰が決めたんでしょうね。カイノーたちには知恵があり、勇気があり、孝心がございますよ」

雲平は前を見つめたまま、深みのある声でつぶやいた。

男たちはサンノの小屋にたどり着くと、女の遺骸を地中深くに埋め、さらに沢に降りつもった雪の下から大きな石をいくつも掘りだし、墓所の上に敷きつめた。

羆や狐にほじくり返されないようにするためという。

これまでにも集落の男たちは、ひとり暮らしをつづけるサンノを心配し、村でいっしょに住もうと説きつづけたらしいが、彼らの言葉に耳を貸そうとしなかったようだ。ロクも昨夜来熱心に説得を試みていたが、どうやら諦めた気配である。藤次が目を向けると、ロクは雑木林の一角にある雪の小山を指さした。

エクマが眠っていると、わきに立つ雲平が低声で教えてくれた。

藤次、雲平、ロクは、男たちと別れて山を下り、男たちは集落へと登っていった。

サンノは独りぼっちで夫のそばに残った。

サンノが住む山から戻って三日が過ぎたころ、満面に笑みを浮かべた貞次郎が番小屋にやって来た。

「吉報ですよ、於菟屋さん。今日の午過ぎに利尻から船が戻って参りました。昆布も間違いなく積んでおりますし、少しばかり色をつけてくれるなら喜んで於菟屋さんに売りましょうといってくれました」

利尻産の昆布が手に入れば、旅の目的は半分がところ達成できる。その上、金蔵の熱もようやく下がり、起きあがれるほどに回復していた。

これで南へ向かうことができる。そう思うだけで藤次の胸はおどった。

思わず貞次郎の手を取り、何度も頭を下げていた。

四

夜も深まったころ、番小屋で寝ていた藤次の足元から、えんが起きあがる。藤次は目をつぶったまま柳行李から矢立をそっと抜いた。

番小屋の木戸をそっと開き、土間に入ってきた影が暗がりにたたずんで中の様子をうかがっている。

一人のようだ。

土間から一段高くなった板の間の奥の方に夜具が敷かれ、金蔵と雲平が寝ている。二人のいびきが競いあうように聞こえていた。

戸口のわきで闇の底にしゃがんだ藤次は、矢立を両手で持ち、蓋を半回転させた。気配を探る。

番小屋の外には誰もいない。

音をたてずに影の背後から襲いかかると、左腕を相手の首に巻きつけ、締めあげた。矢立をもった右手はだらりと下げたままでいる。

もがく影を押さえつけ、番小屋の外に連れだすと、踏みかためられた雪の上に放りだす。影は転がりながら小さく悲鳴を上げた。

中天にかかった月が周囲を蒼白（あおじろ）く照らしている。

相手の首に腕をまわした瞬間、柔らかな感触と、うなじあたりから立ちのぼるむっとする蠱惑（こわく）の気のせいで、藤次には相手が誰か見当がついた。

乱れた裾を素早く直し、雪の上にひざをそろえると、両手をついて頭を下げた。

ヒシルエである。

「このたびは母が大変にお世話になりました」

雪にひたいをすりつけたヒシルエがいった。

「介抱していただいた上、大事なお薬まで頂戴いたし、ウエンマツまで懇（ねんご）ろに葬っていただいたそうで、重ねて、厚く厚く御礼申しあげます」

ウエンマツというのがサンノの小屋に寝かされていた女であろう。

「お立ちになってください」

後ろ手で矢立を半回転させ、帯に差した藤次は片膝をついた。

「すべては雲平さんのなさったことで、私はただ後ろをついていっただけでございます。それに、母上のところで亡くなった可哀想な女子を埋葬したのはロクの村の方々ですよ」

「ロク……」

顔を上げたヒシルエがかすかに眉を寄せる。

月光を反射する黒い眸に藤次は胸がうずくのを感じた。

ヒシルエの口許に白い歯がこぼれる。

「ロクの名は、内地の方には憶えにくいですね」

「へい」藤次も頬笑んでうなずいた。「ささ、とにかくお立らください。下は雪だ、冷たすぎる。私の方こそ乱暴な真似をして申し訳ありませんでした」

「いいえ……、あのように入ってくるのは盗人と決まっております」

二人は立ちあがった。

「相手があなただとわかっていれば、あんな真似はしなかったのに……、いや、わけはともかく勘弁してください。それにしても何だってこんな夜中に」

「はい」

ヒシルエの顔から瞬時にして笑みが引いた。

「是非とも内密にご覧いただきたいものがございまして、人目を忍んで参りました」

「見せたいものとは、はて」

「これから私についてきてくださいますか」

「へい」

先に立ったヒシルエは足早に歩きだした。

月光が照らしているとはいえ、足元は定かではないにもかかわらずヒシルエの歩みは速い。かなり急いでいる様子と見えた。

藤次があとを追いはじめるのと同時に、番小屋の戸口から黒い影が躍りだす。えんが藤次とヒシルエを追って雪の上にすべりでたのである。

入江につづく道も丸太を埋けて普請がなされ、また夜ともなればぶり返す寒気で凍りつく。歩くのに支障はなかった。一歩ごと、草鞋の下では氷の砕ける音がしゃりしょりと響いた。

間もなく入江と思われたころ、ヒシルエは足をとめ、藤次を見ると右を示した。道を逸れるという意味らしい。

うなずき返すと、ヒシルエはさっさと雪の中へ踏みだした。

道からは外れたものの、人一人がようやく通れるほどには雪が踏みかためられている。躰を低くしたヒシルエはさらに足を速めた。並大抵ではない脚力に藤次はひそかに舌を巻いていた。

ほどなく黒々とした岩場に差しかかると、ヒシルエは藤次に身を寄せてささやいた。

「岩はすべります。それにところどころ凍ったところもございますから気をつけて私のあとにしたがってください」

「わかりました」

この先に何があるのか訊く前に、ヒシルエは背を向けて岩場に踏みこんだ。藤次がつづく。

じっとり湿った岩肌に手をかけ、足を踏みだすときには一歩ずつ爪先で足場を確かめながら進んだ。わずかも行かないうちに指が痺れ、痛みすら感じたが、息を吹きかけてやる余裕もない。岩場に来てもヒシルエの動きは速かったのだ。

いくつ目かの岩場を乗りこえようとしたとき、思いがけず目の前にヒシルエの白いふくらはぎが浮かびあがった。またしても心臓がきゅっと握られたようになる。

生唾を嚥んだ藤次は、胸のうちで自分を叱った。

巨大な岩に達すると、ヒシルエはその上で腹這いになった。藤次もヒシルエに並んで岩に伏せ、じりじりと前進する。

岩の冷たさが腹に滲み、小便がしたくなってくる。

やがて崖のふちに達し、下をのぞきこめるようになった。

まず目についたのは、四、五人の男たちが手にした松明だ。揺らめく焔に照らしだされているのは、小さな入江で、艀が三艘、あるかなきかのうねりに上下している。艀の二艘にはすでに膨らんだ叺が満載されていて、海面は今にも舷側を乗りこえそうになっている。最後の一艘に荷が積まれている最中だ。

着ているものからすると、松明をもっているのが和人、叺を運んでいるのが蝦夷人のようである。

目を凝らした。

一艘目の艀のそばで松明を掲げている男のわきに貞次郎ともう一人、大刀を腰に差した男が立っている。

腕組みした男は黒っぽい着物にだらりとした袴を穿いていた。

牢人者か。藤次は男を観察しながら胸のうちでつぶやいた。

「叺の中味は昆布でございます」

ヒシルエの声が震えている。寒さのせいばかりではなさそうだ。

「利尻から運ばれてきたんですね」

「いいえ」ヒシルエはきっぱりといった。「俵屋の船は昆布を積んでおりません」

驚いてヒシルエに目をやると、まっすぐに見つめ返してうなずいた。

「この辺で掻きあつめたものにございます。それも波で浜に打ちあげられた、どちらかといえば、屑。それでも干すのに五日ほどもかかりましたが」

闇の中でヒシルエの指が弧を描き、貞次郎の方を示した。

「あの男、わかりますか。俵屋のとなりに立っている侍姿の男です」

「へい」

「船に乗っている俵屋の手下にございます。船といっしょに帰ってまいりました」

圧し殺した声で、牢人風の男は乱暴者で危険だとつぶやいた。

「船にはエケシユク……、私の兄も乗っております。兄は今でこそ天塩の交易所で働いておりますが、昔から漁師をしておりました」

エクマとサンノには二人の息子がいて、一人は和人に撲殺され、もう一人は天塩へ追いやられたと聞いた。

「お兄さんのエケ……」

「エケシユク」

「エケシユクさんは、何度も利尻へ行かれているのですか」

「はい」ヒシルエが怪訝そうに眉を寄せる。「それがいかがいたしましたか」

ひょっとしたら利尻までの水先案内をヒシルエの兄に頼めるかも知れない、と藤次は考えた。いずれにせよ源右衛門や表仕の巳三郎に判断を仰がなくてはならないが。

「いえ、今のところはまだ……」

藤次は首を振った。


翌朝、貞次郎が牢人者をともなって番小屋を訪ねてきた。迎えたのは、金蔵、雲平、藤次の三人である。

「たいへん長らくお待たせを致しましたが、昨日申しあげましたとおり、利尻からの船が着到いたしました。積み荷の昆布につきましてもそちら様にお譲りしていただけるということで話もついております。ご紹介が遅くなりましたが、こちらが船頭の檜垣(ひがき)様でございます」

「船頭と申しても、代理だが。以後、お見知り置きを」

檜垣は懐手(ふところで)をしたまま、いい、藤次たちは手をついて頭を下げた。

満面に笑みをたたえた貞次郎がひざを進める。実際、笑いが止まらないといった顔つきをしていた。

「さて、昆布の値の方でございますが、そちらの船にお積みになられている米のほか、金子で五十両ご用意願いたいのでございます」

「五十両」

素っ頓狂な声を発したのは、知工の金蔵だ。

「米のほかに五十両も」

金蔵が跳びあがりそうになったのも無理はない。五十両といえば、銀に直すと三貫七百五十匁(もんめ)になる。豊勝丸にある銀をほとんど差しだすことになるのではないか、と藤次は思った。

貞次郎は相変わらず笑みを浮かべていたが、檜垣は明らかにむっとしたようで、すぼめた目蓋の間から射すくめるような視線を金蔵に送った。

着物も袴も粗末で、かぎ裂きを乱暴にかがった跡が見られたが、わきに置いた黒鞘（くろざや）の大刀だけは手入れが行き届いていた。

右手で口許を隠した貞次郎がいう。

「何しろ於菟屋さんのお話は急でございましたからな。利尻の昆布はたいそうな人気で、入る前から売り先が決まっているようなものなのですよ。それで俵屋も苦労いたしました」

「それはまことにありがたいことで、お礼の申しようもございません」

貞次郎の手の内がわかっているだけに慇懃（いんぎん）に頭を下げる振りなど藤次には造作もなかった。

貞次郎が膝を乗りだす。

「ただし、物に間違いはございません。正真正銘、利尻の極上物でございます。江戸はもとより京、大坂にお持ちになられましても買値の三倍や四倍でお売りになれますよ。それこそ羽が生えたように品物がなくなること、請け合いでございます」

何が請け合いなものか。藤次は一切表情を変えず肚の底で毒づいた。

「そうですか」金蔵はうなずいた。「お話は承りました。これから船に戻りまして船頭の源右衛門と話をしてまいります」

「おや」

貞次郎の笑みが消えた。とたんに酷薄そうな顔つきとなる。おそらくこちらが地顔だろう。

「これは異な事をおっしゃられる。利尻昆布を買いつけにいらっしゃったのは、こちらにいらっしゃる於菟屋さんではございませんか。商いの話はこちらで済ませ、あとは湊で船に荷を積むだけの方が手間がかかりませんよ」

「いいえ」金蔵は背筋を伸ばし、きっぱりといった。「船での商いはすべて船頭が仕切るのが定法でございます。俵屋さんがいわれるように於菟屋さんが荷主ではありますが、間違いなく荷を買いつけ、大坂に運ぶまでは狐原屋が責めを負うところ」

「しかし……」

「いえ、お手間を取らせるようなことはいたしません。今日の昼には私が船に戻りまして、明朝、船頭ともどもこちらに戻ってまいります。大きな商いともなれば、当方といたしましてもそれなりに仕度もございますれば」

不承不承という色は否めなかったが、それでは明日と言い残し、貞次郎と檜垣は番小屋を出ていった。

板の間に残った三人が顔を見合わせる。

昨夜目にしたことは、すでに金蔵、雲平に話してあり、貞次郎との受け答えは金蔵が行うと申し合わせてあった。

金蔵は厳しい顔つきで雲平を見やった。

「船で発つ私どもはいいとして、ここに残る雲平さんはただでは済まないでしょう。いかがです、私どもと途中までいっしょにいらっしゃいませんか」

だが、雲平はけろりとした顔つきで答える。

「お心遣いはありがたく頂戴いたします。しかし、留萌場所で待ち合わせておりますゆえ、この地を離れるわけにはまいりません。何、雲平たった一人、名前の通り、あっちへふわふわ、こっちへふわふわしていれば平気でございます。ただ……」

雲平の表情が曇った。

藤次と金蔵がちらりと目を合わせる。藤次はひざを進めた。

「やはり私どももといっしょに参りましょう」

「いえ、私の気がかりはヒシルエやほかのカイノーたちなのです。あの者どもは船であれ、自分の足を使ってであれ、この地より逃げだすわけには参りません。いつでも、どこでもむごい目に遭わされるのはカイノーばかりで」

声音は重く、暗かった。

深夜、むくりと起きあがったえんが藤次の足元で身を低くしたまま、動かなくなった。ぴんと立った両耳をさかんに動かし、戸口の方を探っている。

矢立を手にした藤次は夜具の上に片膝をつき、えんを見おろしていた。

気配を察して雲平も躰を起こした。

「ヒシルエが参りましたか」

「いえ」

だらりと下がったえんの尾を見て、藤次は首を振った。

「どうやら厄介な連中が来たようですね」

帯に矢立を差し、枕頭においた小さな仏壇をふところに入れると、夜具を蹴り、梁に飛びついた。腕を縮め、音もなく躰を引きあげる。

えんは土間におり、戸口のわきに身を沈め、藤次は梁の上を移動して出入口の真上に設けられた三角形の煙出しに近づいた。

茅葺き屋根の傾斜が交わる直下に設けられた煙出しは、細竹で簡単に囲ってあるだけであり、外を見るのに造作はなかった。

前夜と同じように月が雪上を蒼く染めている。

影が動いた。

一つ、二つ、三つ、少し離れたところに第四の影。

人相も着物も見分けられはしないが、手に手に得物を持ち、番小屋の出入口を囲んで近づいてくるのを見れば、相手の意図を推しはかるのは難しくない。

誰かが無理矢理侵入しようとすれば、まずはえんが襲いかかるだろう。

しゃがんだまま、躰を反転させた。反対側の煙出しが蒼い三角形となって屋根裏の暗がりに浮かんでいる。

裏手に誰もいなければ、戸口を囲んでいる連中に気づかれることなく屋根の上へと出られるかも知れない。

梁の上を行きかけたとき、雲平が低声(こごえ)で呼んだ。

「藤次さん」

間髪を入れず雲平の手が弧を描き、藤次の顔めがけて何かを放ってきた。

左手で受けとめる。雲平がふだん腰に差している革製の煙草入れで、ずしりと重い。

手を入れると、刻んだ葉の間に冷たい感触があった。取りだしてみる。掌に落ちてきたのは、椎(しい)の実をふたまわりほど小さくしたような金属球だ。重さからして鉛製のようである。

目を向けた。

まだ、夜具に足を突っこんだままの雲平がうなずく。

金属球を五、六粒取り、煙草入れを雲平に投げかえすと、片手で拝んで一礼した。

戸口とは反対側にある煙出しに近づき、顔を寄せて外をうかがう。

裏手に人影はなかった。

金属球を口にふくみ、煙出しを囲っている細竹を外しにかかる。

舌の上に煙草の苦みが広がった。

五

躰を低くし、屋根の峰を素早く移動した藤次は、敷きつめられた茅にべったりとはいつくばった。

北の果て、極寒の蝦夷地とはいえ、春は確実に近づいており、屋根の雪がすべて落ちていたのは有利といえた。雪に足を取られていたのでは、襲撃を防ぐなどできなかっただろう。

じりじりと身を乗りだし、下をのぞきこむ。

四つの影は果たして番小屋への距離を詰めていた。

いや、一人だけ、やや離れたところに陣取っている四人目は、先ほど煙出しのうちから見たのと位置を変えていない。

雲平が渡してくれた指弾(しだん)を二つ、掌に吐きだし、一つは右手、もう一つは左手に持ち、どちらも人差し指と中指の間に挟んだ。

売薬商於菟屋藤次は、あくまで表の顔にすぎない。藤次は、戦国の世に生まれ、立山連峰の奥に今も生きつづける忍び一族の血と技を受けついでいる。

印字打ちは、物心ついたころから父に仕込まれた技の一つであった。

飄々(ひょうひょう)とし、どちらかといえばおだやかな相貌の父ではあったが、師としてはまさしく鬼以外の何ものでもなかった。

最初は、二、三間先にぶら下がる柿の実を礫を使って打ち落とすことから始まった。

礫はなかなか届かず、まっすぐにも飛ばなかった。当たるようになると、今度は距離が伸ばされていき、終いには十間離れたところからでも自在に柿の実を落とせるようになった。

おかげで柿を食いたいと思っても木に登る手間だけはなくなった。

次は、木々を縫って飛ぶ雷鳥や茂みを駆けぬける野兎を礫で仕留めるようにいわれた。

食料を一切持たず、自分が仕留めた獲物以外口にしてはならぬと戒められた上で山中をさすらったこともある。飢えに耐えかね、木の根や実で腹を満たそうとすると、どこからともなく礫が飛んできて藤次の手を打ちすえた。

父の仕業であるのは疑いがない。だが、森に溶けこんだ父を見つけることはついぞできなかった。

鳥も兎も一撃で仕留められるようになって、はじめて渡されたのが指弾である。

指弾を二粒持っただけで熊と対峙させられたときの恐怖は忘れようがない。相手はまだ若い母熊で、父がわざと小熊にちょっかいを出したがために猛り狂っていた。

首尾よく熊の両目を指弾でつぶしたものの、母熊はまったく怯まず藤次に襲いかかってきた。

『獣は匂いと音で獲物の居場所を知るでの』

父はしゃあしゃあといってのけたものだ。その後、熊の急所を教えてくれ、指弾の一撃で倒せなくてはならないといった。

指弾を両手に持ち、屋根から下を見おろした瞬間に藤次は狙いを定めた。

一投目は番小屋からもっとも遠い位置にある影、二投目は次に遠い影だ。

屋根を蹴って宙に躍りでる。音は消しようがなく、影たちが一斉に顔を上げたが、それは狙いのうちに入っていた。

青白く浮かびあがる顔は、かっこうの的になる。

右腕、左腕と一閃させる。

左で放った指弾を喰らった影はくぐもった悲鳴を上げ、雪の上に転がったが、最初に投じた指弾は相手の顔あたりで火花を散らした。

得物に命中してしまったのだ。

指弾を口にふくんでいるために舌打ちすらままならない。

雪の上に着地し、ひざを使って衝撃をやわらげると、そのまま前方へ転がる。はずみを利用して立ちあがり、番小屋へ向きなおったときには矢立を逆手にかまえ、三粒目の指弾を左手に持っていた。

板戸に手をかけようとしていた影の顔面へ指弾を投じておき、そのすぐ後ろにいた影に身を寄せると矢立で一撃をくわえた。

二人とも声もなく、昏倒する。

首筋がぞっとする。

考えるより先に躰が反応していた。

地面に転がり、右前腕の内側にそえた矢立で振り落とされた大刀を受けた。やはり番小屋からもっとも離れたところにいたのが檜垣という牢人者である。

地面についた左手を軸にして足払いをかける。手応え。檜垣がもんどり打ってひっくり返る。立ちあがると同時に矢立で打ちかけようとした。

だが、尻餅をつきながらも檜垣が大刀を水平になぎ払ってきた。

「ひょっ」

思わず声が漏れた。

腰を引き、何とか躱したところで地を蹴ると、後ろへ飛んだ。地面をとらえようとした左足の親指が滑り、思わずひざをつく。

矢立を構えなおす暇もあらばこそ、起きあがった檜垣が真っ向から打ち下ろしてくる。

何とか矢立で下から迎え撃つ。

大刀と矢立が衝突する刹那、藤次は右肘を返していた。

矢立が大刀の鎬にまとわりつき、さらに刀身を半ばほどのところで二つ折りにする。

牙折り——八咫一族伝来の技である。

剣先が飛び、ふいに手応えを失った檜垣がたたらを踏む。

信じられない光景でも見たように、飛びだしそうに見開かれた檜垣の目が鼻先にあった。

左の肘を曲げ、檜垣の咽に叩きこむと、躰を入れ替え、首筋へ矢立を叩きつけた。鈍い衝撃を右手に感じる。

頸骨を砕いていた。

雪に突っ伏した檜垣は二、三度躰をのけぞらせ、痙攣させると、そのまま動かなくなる。

どっと汗が噴きだし、息が切れた。

冷気をむさぼるように吸いこむものの、肺腑の灼けつくような痛みはなかなか治まらなかった。

いつの間にか開いていた番小屋の戸口から雲平が姿を現し、近づいてくる。

なかなか息が整わず、肩を大きく上下させていた。

「お怪我はありませんか」

「へい」

何とか声を圧しだし、唾を嚥む。立ちあがってひたいの汗をぬぐった。

「とんだ船頭の代理だ」

雲平はぴくりともしなくなった檜垣の背に吐きすて、さらに倒れている三人の男を見まわした。

「どうせ貞次郎の手の者でございましょう」

「お蔭様で助かりました」

「何の。藤次さんがいてくれなければ、今ごろ私がなますに刻まれてましたよ」

ふいにえんが吠えた。警戒ではなく、藤次を呼んでいる。いつの間にかえんは番小屋から離れたところにいる。

二人が駆けつけると、雪に半ば埋もれるようにして男が倒れていた。アツシを着ており、裸足だ。

雲平がひざをついて抱き起こす。

男の目蓋は腫れあがり、鼻血が唇からあごをつたって胸元まで汚していた。うっすらと目を開いた男は、雲平に顔を寄せ、早口に何かいったが、蝦夷の言葉なので藤次には何といっているかわからなかった。

雲平の顔色がさっと変わり、藤次を見あげる。

「ヒシルエが貞次郎に囚われているそうです」

えんが雪中で見つけ、雲平が抱き起こした男こそ、ヒシルエの兄、エケシユクであった。

交易所で働く蝦夷人の中には、請負人貞次郎と通じ、酒や食い物、住まいといった面で優遇されている者もいる、とエケシユクはいう。

交易所に集められた蝦夷人たちは全員が同じ集落の出身ではなく、一つにまとまっているわけではなかった。ましてニシン漁が始まろうとしている折り、人数も増えている。

交易所内では、同じ集落の出身者同士がかたまり、集団を作っているだけでなく、それぞれ互いの利得をめぐって反目しあっていた。

争いを好まないと雲平がいっていた蝦夷人だが、交易所というかぎられた中に押しこめられ、また、貞次郎がたくみに蝦夷人たちを操作し、反目をあおっているようである。

エケシユクのかたわらにひざをついた雲平が藤次をふり返る。

「どうやらヒシルエは見張られていたようですな」

「貞次郎に、ですか」

「いや、ヒシルエたちの一派と反目しあっている連中が見張っていて、貞次郎に密告したようです。ヒシルエがおかしな動きをしている、と」

藤次は言葉に詰まった。ヒシルエに案内され、偽物の昆布を積みこむところを盗み見たが、二人でいるところを別の蝦夷人に見られてしまったのかも知れない。

雲平はエケシユクに視線を戻し、淡々とつづけた。

「貞次郎はヒシルエを捕らえ、それから私らを殺せと命じたそうです」

急を告げるため番小屋に向かったエケシユクは、途中で檜垣たちにつかまり、さんざんに打ちすえられたという。

声音こそ低かったが、雲平の目には凄まじい憤怒が宿っていた。

「ヒシルエが怪しい動きをして、そのあと、金蔵さんが昆布を買うのを渋った。偽昆布のからくりが割れたと気づいたのでしょう。私らを殺しておいて、蝦夷人を下手人に仕立てあげる。奉行所ははるか遠くにあります。ここでは貞次郎が定法なんですよ」

吐き捨てる雲平の口調が荒々しい。

雲平の表情をうかがっていたエケシユクが短く何かいった。雲平の表情がさらに厳しさを増す。

「船が危ない。奴ら、船の積み荷をそっくりいただいたあと、火を点けて沈めてしまうつもりだ」

ふたたびエケシユクが短くいう。とたんに雲平が怒鳴りつける。

「たわけっ」

それから雲平はエケシユクに向かって蝦夷人の言葉で早口にいった。エケシユクは何も答えず涙を溜めた目で見かえしている。

雲平が言葉を切ったところで藤次が口を挟む。

「今度は何といっているのですか」

「逃げろといってます。貞次郎には恐ろしい手下がたくさんいて、私らが手もなく殺されるといってます。たしかに手強い連中でしょう。ヒシルエをどうするつもりだといってやったんです。この男にできるのは泣くことだけですよ」

ゆっくりと藤次に顔を向け、雲平はさらりと訊いた。

「どうされますか」

もし、藤次がエケシユクを連れて豊勝丸に戻れば、おそらく雲平がヒシルエを助けに行くだろう。だが、藤次と雲平がそろってヒシルエ救出に向かい、二人とも殺されてしまえば、すべては貞次郎の思惑通りに運んでしまう。

「貞次郎のところへは、私が参ります」

きっぱり答えると、藤次は得物を求めて檜垣の死体を探った。折れた大刀のほかは小柄が一本あったのみだが、何もないよりはましだ。

駆けだそうとしたとき、雲平が藤次を呼びとめ、また煙草入れを差しだしてきた。

「これを」

「ありがとうございます」

藤次は煙草入れを受けとり、帯にはさんだ。

「私はこの男を連れて船に戻っております。藤次さんが戻り次第船出できるよう源右衛門さんにお話ししておきましょう」

「お願いいたします」

神妙にうなずく藤次を見て、雲平がにやりとする。

「終わったら煙草入れは返してください。すっかり悪癖が身につきまして、それがないと一日といられないので」

「へい」

まず藤次が向かったのは、留萌に着いて最初に訪れた屋敷である。ほんの数日前の出来事ながらはるか昔のように感じられた。

屋敷の表戸はかたく閉ざされていたが、裏からは中をうかがうことができた。皿に満たした油に灯心を差した灯台には火が灯(とも)され、土間や水場を照らしていたが、人の気配はまったくない。肚をくくって屋敷にあがり、部屋をのぞいてまわったが、いずれもしんと静まりかえっていた。

屋敷から出たものの、近隣の村や津軽などから来た百姓たちが住まう番小屋はいずれも寝静まっており、灯(あか)りすら見られなかった。

左右をうかがいながら交易所の外れまで来たとき、板塀で囲われた一角に突きあたる。入口近くでは、篝火(かがりび)よろしく盛大に焚き火が燃えていた。塀の内側には、三棟の蔵が建っている。いずれも木造ではあったが、番小屋とは較べものにならない立派な造りだ。

そのうちの一棟の前に男が二人たち、火にあたって話をしている。二人とも腰に山刀らしきものをぶら下げていた。

指弾を使えば、音もなく二人をうち倒すこともできたが、蔵の中に何人いるのか、ヒシルエが本当にその場所にとらえられているのかがわからなかった。

藤次はふたたび誰もいない屋敷に戻った。

水場を探り、灯台につかう油が入った瓶(かめ)を見つけると、屋敷に上がりこみ、廊下といわず、居間といわず、手当たり次第にぶちまけはじめた。

煙硝でもあれば、とちらりと思ったものの無い物ねだりをしてみても始まらなかった。

裏口に戻り、火のついた灯台を手にすると廊下に広がる油の上に放り投げた。

焔が一気に膨れあがり、轟音(ごうおん)を発する。

予想をはるかに上まわる勢いで、あおりを食った藤次は吹き飛ばされ、裏庭に尻餅をついた。

「煙硝なんか使ってたら命はなかったな」

ひとりごちて冷や汗を拭う。

駆けだした。

蔵に戻ったころには、屋敷から巨大な火の手が上がっており、交易所のあちこちで叫び声が交錯していた。藤次が目をつけていた蔵からも数人の男たちが飛びだしていく。その中には貞次郎の姿もあった。

塀を乗りこえて内側に降りたつ。

一つだけ扉が開かれた蔵では、男が一人、炎を吹きあげる屋敷の方角を心配そうにうかがっていた。

躰を低くして男の背後に忍びよると、首筋に矢立を叩きつけた。

蔵の中をのぞきこむ。動く人影はなく、奥まったところに揺れる火影がひとつあるばかりだ。

駆けよった藤次は思わず立ちすくんでしまった。

ヒシルエがいた。

柱を背にして荒縄でぐるぐる巻きにされ、一糸まとわぬ姿にされていた。

目をかたく閉じ、うつむいていたヒシルエだが、幸いに怪我はなさそうである。

「兄さんに話を聞いて、お助けに参りました」

ヒシルエは目を閉じたまま、小さくうなずいた。

近づいた藤次は、小柄でヒシルエの二の腕に食いこむ荒縄を切りにかかった。だが、その手がすぐに止まる。

姿を目にするより先に、煙硝の燃える禍々しい臭いが鼻を突いたからだ。

蒼白の顔を引き攣らせた貞次郎が蔵の奥へと入ってくる。右手に握られた短筒は、火縄がくすぶり、青い煙を立ちのぼらせていた。

「放火の上に盗みとあっちゃ、磔刑はまぬがれないぜ」

藤次は小柄を持った右手をだらりとさげた。

黒々とした銃口はぴたりと藤次の胸を狙っている。彼我には一間ほどしかなく、目をつぶっていても弾丸は藤次を引き裂きそうだ。

跳べば、あるいは弾を避けられるかも知れない。しかし、縛られたままのヒシルエは動かしようがなかった。

「あんた、ただの薬屋じゃなさそうだな」

貞次郎は探るような目を向けてきた。

左手には指弾を一粒握りこんでいたが、それにしても貞次郎が撃つより先に放つのは難しそうだ。

「小柄を捨てな。ゆっくりと」

いわれるままに小柄を落とす。尖(とが)った刃が地面に突き刺さった。

「大人しく昆布をもって帰ればいいものを、蝦夷女なんぞにたぶらかされて」

貞次郎は舌打ちし、首を振る。

「あんたぁ、何にもわかってない。蝦夷がどんなところか。土地土地に定法(おきて)がある。蝦夷どもなんか、おれたちがいなければ、満足におまんまもいただけないし、ろくな着物もないんだ。そいつらに飯を食わせ、風呂に入れてやり、その上、着るものやら住まうところをあてがってやって、人の言葉を話せるようにまでしてやってるんだぜ。ここまで来るのにおれがどれほど苦労したか、あんたにゃ、わかるまい。藩の役人と来た日にゃ、上から下の下まで考えてるのはたかることばかりだ。そりゃ、少しは阿漕(あこぎ)な真似もしたさ。きれいごとだけじゃ、蝦夷地なんぞで生きていけねえ。いいか、米も育たなきゃ、鳥も通わないような土地なんだぜ、ここは。おまけに蝦夷どもはうすのろのくせに怠け者で、嘘つきと来てる。まったく犬畜生にも……」

まさしく犬畜生が後ろから貞次郎の足首に咬みついた。

えん、だ。

よほど激しく咬んだらしく貞次郎はのけぞって絶叫した。

間髪を入れず、藤次は指弾を飛ばした。

風を切った鉛弾は、狙い過たず短筒の火皿を粉砕する。

閃光。

轟音。

驚いたえんが跳びすさる。

屈みこんで小柄を抜いたとき、白っぽい硝煙が散り、こぼれ落ちんばかりに目を見開いた貞次郎の顔があらわれた。

突きだされた右手は三本の指を失い、血まみれになっている。すでに色を失っていた唇がわなないたが、声にはならなかった。

砕けた火皿の破片が貞次郎の首筋に突き刺さっている。黒い奔流となった血が天井に達しそうな勢いで噴出していた。


「本当にいっしょに来られないんですか」

「はい」雲平がうなずいた。「ここで人を待たなくてはなりませんし、奉行所の役人に交易所での顚末を話す人間も必要でしょう。ここに残っているのはカイノーばかりですし、和人といってもほんの少し、どれもまともに話なんぞできやしません」

「しかし……」

「なに、藩にとってはかえって都合がいいくらいですよ。留萌場所の権利は元々借金のかたにとられたもんだし、俵屋から取り戻せれば御の字です」

　雲平の眉間が曇った。

「ですが、また、同じことのくり返しでしょうな。貞次郎のような奴が現れて、カイノーたちをむさぼる」

　そのとき、背後の豊勝丸から金蔵が声をかけてきた。

「薬屋さん、早う」

　すっかり元気になった金蔵を見て、雲平の表情が少し明るくなった。ふたたび藤次に視線を戻した雲平が照れ笑いを浮かべた。

「松前で大見得を切って皆さんをお連れしたというのに役立たずでまことお恥ずかしい」

「とんでもない」藤次があわてて手を振った。「雲平さんのおかげでヒシルエとエケシユクに会うことができました。そうでなければ、ここで立ち往生していたでしょう」

　利尻への水先案内人としてエケシユクを使ってはどうか、と藤次は源右衛門に話をした。ところが、源右衛門は相手にしない。

　蝦夷人が使っている船はあまりに小さく、五百石の豊勝丸とは船体の大きさも吃水も違いすぎ、蝦夷人に案内させるのはとても無理だと源右衛門はいった。蝦夷人の船が行き来できる湊でも豊勝丸ほどの大きさがあれば、海中に隠れている岩に船底を破られ、悪くすれば沈む恐れがあるのだ、と。

二人の会話を聞いていたヒシルエが口を挟み、エケシユクは貞次郎の仕立てた弁財船でも何度か利尻に行ったことがあるといった。

さらに雲平が進みでる。

「カイノーたちは、海の民です。丸木舟と馬鹿にしなさるが、はるか昔から津軽、秋田はいうに及ばず唐国やおろしあまでも出かけていって交易をしておりました。おそらく貞次郎のいっていた海のながれもカイノーたちから教わったものでしょう。エケシユクであれば、読むことができますよ」

エケシユク本人に確かめると、利尻の沖合まで行ったら大きな船を案内できる人間を連れてくるから大丈夫だと答えた。どのような人物なのかと源右衛門が訊ねてもエケシユクは教えようとしなかったが、とにかく経験を積んだ船乗りだという。

実際に源右衛門と表仕の巳三郎が会って、その人間が水先案内人として信用できないときは利尻の目と鼻の先まで達していても入港を諦めると、藤次はそう約束させられ、ようやく出帆が決まった。

船を見て目を細めた雲平が静かにいった。

「藤次さん、ヒシルエとエケシユクのこと、よろしく頼みましたよ。ヒシルエはエケシユクのいる天塩まで送り届けてやれば、あとはカイノーたちの船で亭主がいる寿都へ行けるでしょう」

「へい」

うなずいた藤次は帯にはさんだままになっていた煙草入れを抜き、差しだした。だが、雲平は手を振って受けとらない。

「昆布を手に入れたあと、長崎に行かれるご予定でしたね」

「へい、首尾よくいきますれば」

「その煙草入れは、津川蝶園様にお渡しくださいませんか。蝦夷地における雲平からだといって」

「かしこまりました」

藤次は煙草入れを両手で押しいただくと、懐にしまいこんだ。

「ついでといっちゃ何だが、もう一つ、頼まれてくれませんか」

「何でございましょう」

「越中にお帰りになられて、もし、蜘蛛八という男に会うことがありましたら、松浦武四郎という者がよろしく申していた、と」

蜘蛛八は藤次の父の名前である。雲平の顔を、改めて見つめた。

伊勢の出といっていたのを思いだした。伊勢の地は忍びの里甲賀と隣り合わせである。指弾を持ち歩き、一夜に二十里の山道を歩き抜く小柄な男にして、父の知り合いとなれば、おのずと素性は知れる。

「もしや……」

問いかけたが、言葉は途切れた。

雲平、あるいは松浦武四郎は何も答えずにやりとする。

六

蝦夷島留萌。

春が近いとはいえ、まだ風には冷たさが残っている。石井長久郎はふところに入れた右手を襟の間からだし、長いあごのわきを掻いていた。左手は長剣の柄頭（つかがしら）に載せている。火事の跡を前に立ちつくしていた。

集落の中でもとりわけ巨大な一棟であったことは、燃え残った柱や壁を見ただけで推察できた。家が崩れ、屋根が真下に落ちたらしく、瓦が整然と並べられたまま焼けこげている。

立ちのぼる煙は見えなかった。だが、周囲には濃密にきな臭さがたちこめている。瓦礫（がれき）の下では、まだくすぶりつづけているのかも知れなかった。

焼け跡のそこかしこで蝦夷人たちが数人ずつかたまり、瓦を抛（ほう）り投げたり、瓦礫を掘り起こしたりしていた。蓬髪や髯、アッシ、手足を煤（すす）で真っ黒に汚しており、中には噴きだした汗で顔が縞模様になっている者もいた。

焼け跡のかたわらで和人の男が三人、腰を下ろしているのが目についた。

両腕を袖のうちへ引っこめ、石井は男たちに近づいた。

「火事のようだな」

「見りゃわかるだろ」

枯れた笹の茎をくわえたまま、一人の男が答えた。三人の内の大将格らしく一際太々しい顔をしていた。どことなく松前にいた蝮の某を思いださせた。

男の態度にもかかわらず石井は精一杯の愛想笑いを浮かべていた。

「留萌場所の請負人を探しているんだが、この近くにいないのか」

「請負人だと。ああ、それならすぐ近くにいるよ。ほれ、そこだ」

大将格の男があごをしゃくり、瓦礫を示した。

「真っ黒焦げになってな」

大将格が馬鹿笑いし、あとの二人もにやにやしている。

「お前たちは請負人の手下だったのか」

「誰が手下だって」

大将格の男の声が凄みを増し、初めて石井に目を向けた。右目がそっぽを向いている。

「冗談いうねえ。おれはケチな男だが、上州の辰だ。誰の風下にも立ったことはねえ。相手を見てものをいわなきゃ、侍だって怪我ぁするぜ」

「それは失礼した。それで辰殿、請負人が死んでしまったからには貴公がこの場所を取り仕切ることになるのか」

「こんな魚くせえところ、さっさとおさらばだね。ただこのまま出ていったんじゃ、貞次郎の奴にただ働きさせられたことになるからよ、いただくものをいただいて、それからだ」

「役人が来るまで待たないのか」

「役人なんかいつ来るかわかったもんじゃねえ。ここは蝦夷地も外れだからな」

「ほう。そりゃ火事場泥棒にゃ都合が良さそうだ」

「な……」

辰は口を開きかけたが、声は一瞬漏れたのみである。

石井の右腕が一閃し、抜き撃ちに放った長剣が水平に首をなぎ払ったからだ。咽を裂かれ、頸骨まで断ち斬られた辰の首はぽかんと口を開けたまま、背中側にだらりと垂れさがる。

血潮が天にむかって噴出するのを残った二人が呆けたように見つめていた。

辰の躰がゆっくり崩れおちると、二人は夢から覚めたような顔つきになった。だが、そのときすでに長剣の切っ先が一人のあごにぴたりとあてられていた。

剣の先端からしたたる血が男の襟を汚している。二人残ったうちの年かさに見える方に石井は剣を向けていた。

二人とも腰を抜かしたようで立ちあがろうとしない。剣であごを撫でられた男が失禁し、異臭が広がった。

焼け跡を掘り起こしていた蝦夷人たちも手を止め、石井たちを見つめている。

「少々ものを訊ねたいだけだ。わかるな」

男はうなずこうとしたが、刀をあてられたままなので首から上が痙攣したようにしか見えなかった。

「さて、ついこないだのことだ。この地へ北前船が来たはずだ。利尻昆布を買うといってな」

「き、来て、来てた」

男は目をつぶったまま答える。

「浜に船はなかったが、もう昆布を買いつけて出ていったのか」

「いや。貞次郎がここらで掻き集めたくず物を渡そうとしたんだが、うまくいかなかった」

「くず物だと気づかれたわけか」

「わからねえ。火事があった夜、陽が昇る前に船に乗ってきた連中はいなくなってた。おれたちが集めた昆布は手つかずでうっちゃられたままだった。あとは何も知らねえ。本当だ。信じてくれ」

刀を突きつけたまま、石井はもう一人の男に目をやった。男はだらしなく垂れさがったほおをぷるぷる震わせて首を振る。

手首をわずかに返し、長剣を刃鳴りさせるとふたたび訊いた。

「蝦夷どもが何か知ってはおらぬか」

「わからねえよ。貞次郎の妾に一人、おれたちの言葉がわかる蝦夷がおったが、その女もいなくなった。あれがいないことには、蝦夷どもが何いってるかなんてわからんよ」

ふいに男が目を開く。

「そうだ」

「何か思いだしたか」

「一人だけ残った奴がいる。印半纏を着てた奴だ。襟のところに何とかって染めぬいてあったけど、おらぁ、字が読めねえ」

「どうしてそ奴だけが居残ったんだ」

「人を待つといってた。それから役人が来たらその男が顛末を話すんで、おれたちにはよけいなことをいうなといっていた」

「役人がいつ来るのかわからぬと申していたではないか」

「実は、印半纏の奴が蝦夷を役所にやったんだ。だけど、あと四、五日はかかるはずだ。奉行所まではかなりある」

印半纏といわれても思いあたる節はなかった。だが、残ったのがその男一人というなら話を聞かなくてはならない。

刀身を汚している血を拭うため、男の肩に切っ先をあてた。ひっと短い悲鳴を漏らし、白目を剝いた男が後ろ向きにひっくり返る。

鼻を鳴らした石井は倒れた男の着物で刀を拭い、鞘に収めると、残った最後の一人に声をかけた。

「印半纏を着てたって奴だが、この近所にいるのか」

だが、またしても返事はほおを震わせ、首を振るだけだ。

舌打ちし、ため息をつく。

辰の死骸に目をやった。首はすっぱり斬り落とされており、切り口が平らになってい
る。おのが手並みながら見事だとみとめた。

「お前たちが火事場泥棒をしようと、おれの知ったことではない。相方が息を吹き返し
たらさっさと逃げだすんだな」

そう言い捨てると、石井は懐に両手を引っこめ、浜を目指して歩きだした。

昆布を手に入れていない以上、売薬商たちは利尻に向かったのかも知れないが、定か
ではない。印半纏を着た男を探して話を聞こうかと思ったが、留萌場所でいたずらに時
を過ごし、利尻昆布を手に入れた売薬商に南へくだられたのでは目も当てられない。

「ボロ船め」

低く罵った。

石井が乗ってきた船は、船首付近から激しく浸水し、小樽内への寄港を余儀なくされ
ていた。

ふいに物音がし、石井は後方へ跳んだ。空中にある間に鯉口(こいぐち)を切っている。

しかし、わきから飛びだしてきたのは二人の蝦夷人で、どちらも素早く石井の前に平(ひれ)

伏した。

一人が顔を上げる。不恰好ではあったが、髷を結い、髯も剃っていた。

「ヒシルエです。ヒシルエが全部やったことです」

蝦夷人が怒鳴る。

「何の話をしている」

「ヒシルエは殿様の女なのに、殿様を殺して、船で逃げました。ここにおりますアチヤエタクが何もかも見ておりました」

先ほどの男がいっていた請負人の妾というのを思いだした。ヒシルエというのがその妾で、殿とは貞次郎という請負人のことだろうと察しがつく。蝦夷人相手とはいえ、交易所の請負人ごときが自らを殿と呼ばせているのが笑止である。

「その女どもだが、どこへ向かったかわかるのか」

「利尻にございます」男は両手をついたままいった。「お侍様のお力添えがあれば、案内できる者を何とか探してまいります」

第四章　蜘蛛の倅

一

北の果て蝦夷地とはいえ、松前には春の色が濃く、留萌においても陽が射せば、見る間に雪が消えていった。だが、利尻では一転吹雪に見舞われた。

横殴りに吹きつのる風に雪が舞い、音をたてて頬骨に砕け、皮膚を痺れさせている。懐手に見せかけつつ、その実、石井長久郎は、おのが躰を抱きしめている。どうしても震えが止まらない。人目がなければ足踏みでもはじめたかった。

留萌を出て、途中天塩の交易所に船をつけたが、売薬商たちを乗せた船が立ち寄った形跡はなかった。

利尻の昆布は天塩場所に集荷されるという。とくに冬の間、利尻、礼文の両島には蝦夷人しか住んでおらず、彼らの収穫物はすべて天塩に運ばれていた。

売薬商たちが天塩に姿を見せていないということは、直接利尻に乗りこみ、蝦夷人たちと取引するつもりなのだとしか考えられなかった。

だからこそ石井は、船頭が反対するのを押しきり、鉛色に煮えたつ海を越えさせ、利尻島の東端にある石崎浜までやって来た。だが、ここにも売薬商たちの姿はなかった。

留萌の交易所が焼けおちた跡で出会った蝦夷人は、自ら邦吉と名乗った。元の名は、棄てたという。

邦吉が利尻まで案内すると申し出、石井は受けた。蝦夷人との通辞としても役立つと考えたからだ。

集落につくと、邦吉は乙名らしい白髯の老人と話しこんでいた。

雪混じりの強風が吹きつけてくる中、蝦夷人たちが何を話しあっているのか見当もつかない石井には待つ間がことさら長く感じられる。

船頭や水手、それに邦吉までもが綿入れか厚手の刺し子を羽織っていくように勧めたが、石井は頑として従わず、松前にいたときと同じ袷の小袖とたっつけ袴姿で通している。

重ね着で丸々となった恰好がいかにも野暮ったく思えたのもたしかだ。しかし、いざ薬屋を見つけたとき、動きにくい恰好のせいで不覚をとりたくなかった。足指が赤くなっているにもかかわらず草鞋履きなのも同じ理由による。

松前での夜、小宿の離れを襲撃した際の出来事は、石井にとって悪夢以外の何ものでもない。

すべては闇の中でのこととはいえ、音と気配で何が起こっているのか、手に取るようにわかった。

わかったからこそ臆した。

肉を打ち、骨を砕く音に肌は粟を生じ、血の気が引いて耳の先まで冷たくなっていた。何とか小柄を放ったものの、あとは入口にぶら下がっていた筵を斬り飛ばして逃げだすのが精一杯であった。

幼いころから剣術の稽古に明け暮れ、技の研鑽一途に励んできた石井だが、蝦夷地に来るまで一度も人を斬った経験がなかった。松前の旅籠に薬屋を襲ったとき、たまたま目の前に飛びだしてきた破落戸を斬ったのが初めてである。しかし、無我夢中で振りおろした脇指が相手の躰に食いこんだだけのことだ。

だが、今はもう大丈夫、と石井は胸のうちでつぶやいた。

留萌場所で辰と名乗った男の首を刎ねた。呆気ないほどの簡単さに、むしろ石井は驚いていた。巻き藁を斬る方がよほど膂力を要するとさえ思ったし、残った二人の首も落としてしまいたくて仕方なく、自分を抑えつけるのに苦労したくらいだ。

今も邦吉と話している蝦夷人たちを見ていて、躰内に疼きが宿っているのを意識していた。

破落戸とはいえ、辰はまだ和人である。それでも簡単に斬れたのだから相手が蝦夷人ならば、もっと気楽に斬って捨てられるであろう。まして請負人もなく、役人たちが足を踏みいれることすらない離れ島なのだ。

石井は、掌の感触を渇望していた。刀身から柄を通じて伝わった、肉を斬り、骨を断つ感触は、巻き藁や青竹を斬るのとは違う、生き物を斬ることでしか味わえない独特の手応えである。辰の首を刎ねたとき、留萌場所を離れてからも幾度となくうっとり思いかえした。今なら血に酔うという意味を心底理解できる。

また、売薬商を襲った夜、臆したおのれを許すこともできなかった。海岸ぶちの離れを飛びだして逃げだした自分を思うたび、躰が火照る。

汚名を雪ぐには、臆したことを知っている二人のうちの一人、売薬商を殺さなければならない。首尾良く売薬商を始末すれば、事情を知るもう一人、つまり自分も死ぬまで沈黙させておける。

大刀の柄に手をかけたとたん、躰の震えがぴたりと止まる。躰内をめぐる血の熱によって、寒さに強張っていた肩からすっと力が抜けた。

話を終えた邦吉が戻ってくる。冴えない顔つきを見れば、返事は聞く前から察しがついた。

「来ておりません。ここの蝦夷どもが弁財船を見たのは、昨秋以来、我らの船がはじめてだそうで」

我らの船と聞いて、石井は吹きだしそうになった。また、邦吉が平気で蝦夷どもというのも笑止である。

　長いあごで建ちならぶ集落の家々を示した。

「あれに昆布が仕舞われておるのか」

「さようでございます。時化がおさまりましたら天塩へ運ぶと申しております」

「石崎のほかに昆布を集めている場所はないのか」

「島の南、西、北、それに礼文にも昆布干場がございますが、いずれにせよ島中の昆布がここに集められているそうです。それぞれの漁場に残っていたとしてもほんのわずかだそうで、全部掻き集めてもとても船一パイ分には足らないだろうと申しております」

「ここなら一隻の船でも積みきれないだけの昆布がそろうというのか」

「はい。今なら」

　腕を組んだ石井は、集落を見やり、次いで集まってきている四、五人の蝦夷人をひとわたり眺めたあと、邦吉に視線を戻した。

「時化で船が沈んだかな」

「考えられぬこともありませんが、我らの船が来られたことを思えば、必ずしも沈んだともいえませんでしょう」

「待つ……」石井は一瞬唇をへの字にした。「しかないのかな」

「では、いったん船に戻られますか。ここは寒うございますれば。それとも乙名の家にでも行かれますか」

「ふむ」

思案していたところだ。一度襲われている以上、浜に別の船があるのを見れば警戒するだろう。船をどこかへやり、集落に潜んでいた方が確実に襲撃できそうに思えた。

沈思しつづける石井を見て、邦吉はまったく別のことを考えたようでへつらうような笑みを浮かべた。

「何分蛮人の住まいゆえ、決して石井様には心地よいとはいえませんが、和人(シャモ)たちが使っている番小屋は冬の間捨て置かれておりましたので、普請をしないことにはとても泊まれるような状態ではございません」

「いや、乙名の家に厄介になろう。それより邦吉、どこか別の浜なり入江なりに我らが船を移すことはできまいか」

石井の意図を素早く察したのか、邦吉がにやりとする。

「いくつか入江がございます。私も以前、別の弁財船できたときに停(と)めたことがございます。早速船頭に話をして、案内(あない)いたしましょう」

「手数をかけるな。すまぬ」

「何を申されます」

ふいに邦吉があらたまった顔つきになった。

「ところで、石井様、私の方からも一つお願いしたいことがございまして」

「石井様のお仕事が片づきましたら、蝦夷どもにはもう何の御用もないかと存じますが」

「何だ」

「ああ、その通りだが、それがどうかしたか」

「ヒシルエめにございます。彼奴、殿様に助けていただいたご恩を足蹴にするような真似をしくさって、私にはそれが許せません。どうあってもきちんと償いをさせなくてはなりません。どうか、石井様、御用がお済みになられましたらヒシルエを私にお下げわたしくだされ」

「そのことか。焼くなり煮るなりお前の好きにするさ」

「ありがとうございます。これで私も亡き殿のご恩に報いられましょう」

「殿ね」

石井は口許に皮肉っぽい笑みを浮かべた。だが、邦吉はそわそわ、にたにたしているばかりで、石井の言葉など明らかに耳に届いていなかった。

蕎麦が食いたい、と石井は思った。

市中あまねく知れわたる名店の蕎麦でなく、しょぼくれた親父がかついで歩く夜鳴き蕎麦が食いたかった。道場での稽古が深夜に及ぶと、仲間と連れだち、夜鳴き蕎麦を食べたものだ。

旨い、不味いではなく、江戸の空気の中で蕎麦をすすりたかった。

昨秋、松前に来て以来、一度も蕎麦を口にしていない。出汁の匂いが鼻の奥に甦り、舌に湧きだしたつばを洗いながすように酒を口にふくんだ。

酒は船に積んであったもので、決して水っぽいような代物ではなかったが、ひたすら苦かった。

石を並べただけの囲炉裏の向こう側では、邦吉ともう一人の蝦夷人が木の椀を抱えている。ずずっ、ずずっと粥をすすりこむ音がし、時おり、ひと言二言ぼそぼそと語っていたが、蝦夷人の言葉を使っているので、石井には理解できなかった。

何を話しているのかと訊けば、邦吉は説明しただろう。

しかし、口を開くのが億劫で、また蝦夷人同士の会話にも興味は湧かなかった。

石井は、椀が冷えていくのにまかせ、酒をすすりつづけていた。胃の腑に落ちた酒が溜まり、腹の底で澱んでいる。酔いはまるで感じなかった。

「やはりお口に合いませんか」

手つかずのままおいてある椀を見て、邦吉がいった。黒い瞳に囲炉裏の炎がちらついている。

「気にするな。おれはこれがあればいいんだ」

湯呑みを持ちあげて見せたが、邦吉の表情は緩まない。

「島には蝦夷しか住んでおらぬものですから誰も内地の料理などできません。明日になれば、私が何か工夫をいたします」

「ほう、お前、料理ができるのか」

「殿のところで何度か厨の手伝いをしたことがございますれば、少しは」

また、殿か、と石井は苦笑した。

「期待してる」

湯呑みの酒を飲みほし、手酌で注いだ。徳利に手を伸ばすたび、邦吉がさっと腰を浮かせるのが鬱陶しかった。気づかない振りをして、とろりとした酒を口にふくむ。舌の根元が膨れあがり、咽をふさごうとしているように感じる。

逆らって飲みくだした。

げっぷをして、言葉を継いだ。

「我らが船は、いかがした」

「北の入江に隠しました。ここから一里も離れてございます上、まわりこんだ岩場の陰へと入れて参りましたので、たとえ沖合からでも人目につく心配はございません」

「そうか。ご苦労だった」

「いえ」

会話はそれきりとなり、石井はまた物思いの中へ沈んでいく。

まず浮かんでくるのは、辰の最期の姿である。

手応えからすれば、辰の首はすっぱり斬り落とされていたはずなのに、実際には首の皮一枚が残り、背中の方へだらりと垂れた。

辰の姿につづいて浮かびあがってくるのは、腕組みし、人を小馬鹿にしたようににやついている神代又兵衛である。

歳が三つ上というだけでなく、道場の先輩であり、竹刀を取って相対してもまったく歯が立たなかった。稽古のたびに打ち負かされている。

いいすんでのところまで追いつめることはあっても、石井の剣先は紙一重で躱され、あっと思ったときにはしたたかに小手を打たれていた。

『両の手首が落ちたぞ、石井。それでは戦えまい』

高らかな勝利宣言を頭上から浴びせられ、熱くなった顔をあげられなかった。似たようなことは、二度、三度ではない。

ふと思いたち、かたわらに置いた長剣を手にした。

親指で鍔を押し、鯉口を切ると、すらりと抜く。

差料二尺二、三寸が決まりといわれる風潮の中、石井の剣は掛け値なしに三尺ある。戦国時代であれば、二尺六寸でふつう、三尺に達する刀も珍しくなかったといわれるが、太平の世では文字通り無用の長物と見られていた。

『ふつうでいいではないか』

又兵衛に何度いわれたか知れない。

『存念がございますれば』

かたくなに又兵衛の言を拒みつづけた。

長い腕に長い剣を組みあわせれば、剣同士の戦いにおいて絶対に有利であると思い定めていた。石井にいわせれば常在戦場こそ侍の心構えであり、実戦を想定しない剣など全然意味がないことになる。

囲炉裏に燃える薪（たきぎ）の光を頼りに刀身を子細に観察していた石井は、刀身の一点に目を留め、ぽつりとつぶやいた。

「やはりな」

切っ先から二、三寸下がったところに刃こぼれがあり、うっすらと血の曇りが見えた。打ちよせる波飛沫（なみしぶき）を連想させる美しい波紋に一カ所だけ黒雲がわいた印象だ。

松前で破落戸（ごろつき）を一人斬ったが、人を斬ったうちに入らぬ、と思っている。

しかし、辰を斬ったときは違った。斬ろうという意図があって刀を抜いた。

ただし、斬ろうと意識していたのは最初の一瞬にすぎず、あとは躰が勝手に動いていた。その境地を胸のうちに再現しようとして果たせずにいる。

一つだけ、違和感を憶（おぼ）えたのが刃こぼれの位置だ。

長剣の傷ついている部分は物打ちであった。辰を斬った瞬間を何度も脳裏に描きだしているのだが、鍔元の近くで斬ったようにしか思えずにいた。

物打ちと鍔元近くの差が辰の首がすっぱり落ちなかった理由であり、又兵衛の躰に石井の竹刀が触れなかったのも同じ理由による。

おのれの感覚と、刃先との間に紙一重の差がある、と石井は考えた。

もう一度、誰かを斬って試したい。人が無理であれば、せめて生きた獣でも斬れれば、紙一重の差を埋められそうな気がする。

緊迫した空気に我に返った。

邦吉たちが石井を凝視していた。二つの貌にははっきり恐怖が刻まれている。

「すまん、すまん」

苦笑いを浮かべた石井は剣を鞘に戻すと、二人に背を向け、ごろりと寝ころんで手枕をした。


うとうとしたものの結局眠らないまま一夜を明かすことになった。

辰や又兵衛の姿が入れ代わり立ち替わり浮かんできたからでもあるが、それ以上に辰といっしょにいた二人の破落戸を斬らなかったことへの後悔が石井の後頭部を熱くさせていた。

その場で残った二人を斬っていれば、紙一重の差を体得していたに違いない。

極意を逃した、と悔やんでいたのである。

薬屋が相当の手練れであることも石井の焦燥をあおっていた。できるならば、紙一重の隙間を完全に埋めてから対峙したい。

朝早く目を覚ました石井は朝食もそこそこに乙名の小屋を出た。

どこへ、と問う邦吉には、少しあたりを歩いてくるとだけ言い残していた。

さくさくと音をたてて崩れる雪を踏みながら石井は集落を離れ、山に分け入っていた。吹雪が去り、雲一つない蒼天が広がっているとはいえ、大気は張りつめ、刺すように冷たい。

懐手をし、うつむき加減で歩いていると、足は自然と雪に残された人の通った跡をたどる形になった。一面の雪で、足跡でも頼らなければどこが道やらわからなかった。集落には犬、猫は見あたらなかった。山に入れば、狐か狸にでも出くわすのではないかと期待していた。

もし、何もなければ、木の枝でも相手にするしかない。

自分に欠けていた一点を自ら発見した喜びに肉は躍り、血が滾っている。

山中をおぼつかない足取りで行く石井の脳裏では、思いがどんどんと膨らんでいた。考えていたのは、石井流剣術の創始である。

自らの名を冠した流派を歴史に刻むなど、あまりに大それており、昨日までは考えたことすらなかった。だが、今は具体的な絵となって次から次へと浮かんでくる。

道場の門柱に掲げられた巨大な看板、掛け声をそろえて長大な竹刀を振る門弟たち、麗々しい指南書……。

思いは止まるところを知らない。

山道の途中、わずかに開けた場所に来ると、わき上がる衝動を抑えきれずに刀を抜きはなった。

まずは上段に構え、踏みこみつつ振りおろす。右からの袈裟斬りだ。返す刀で逆袈裟を斬りあげる。ふたたび上段に戻り、今度は左からの袈裟斬り。つづいて青眼に転じ、胴を払い、逆胴を抜く。

刀身が空気を切り裂くごとに躰に力が漲ってくる。

いつしか寒さを忘れ、流れおちる汗をまばたきで払うようになっていた。

柄を握る右手の人差し指と親指の付け根で叩きこむのではなく、刀自体を投げだすように打ちこみ、支えるのは左手の小指一本とする。

一寸……、五分……、紙一重……。

何かをつかみかけた気がしていた。

ふと気配を感じ、手を止めた。

山の静寂が一斉に襲いかかってくる。

木々の間に立ちつくしている蝦夷人の女の姿が目に入った。十歳くらいか。少女と呼ぶに相応しい。

黒い目を見開き、唇をわななかせている。

顔は血の気が引いて真っ白になっていた。

次の瞬間、雪を蹴った石井の躰は、宙に躍りあがっていた。

二

向かいあった二人の蝦夷人が互いの二の腕に触れ、優しく撫(な)でている。

そのうちの一人、藤次に背中を向けているのはエケシユクであり、相手は集落の乙名と教えられた。

蝦夷人同士が会い、最初に互いの躰に触れるのがオムシャと呼ばれる儀式の一つであることはヒシルエから教わっていた。

留萌場所を出た豊勝丸は、エケシユクの進言をいれ、まずは礼文島に向かった。天塩の交易所や利尻島石崎に目当てとする昆布が集められているのだが、請負人たちが跋扈(ばっこ)する地域であり、留萌の貞次郎のように騙(だま)しにかかるかも知れないという懸念があった。

まずは周辺をまわり、蝦夷人と直接交渉してできるだけ昆布を集めてしまおうということになったのである。

それにはエケシユク、ヒシルエ兄妹の意向も強く働いていた。

請負人を通せば、昆布と米の交換比率は蝦夷人にとって著しく不利になる。直取引(じかとりひき)であれば、藤次が請負人に払うつもりでいた対価を受けとることができる。蝦夷人にとっては破格の取引条件となる一方、藤次にも異存はない。

しかし、名目上にすぎないとはいえ、蝦夷地全土は松前藩の知行地であり、直取引は抜け荷に等しい。露見すれば、藤次はもとより船頭の源右衛門、蝦夷の人々もなべて仕置きをまぬがれない。

構うことはない、やりましょうといいだしたのは、知工（ちく）の金蔵であった。

留萌で高熱を発して伏せっている間、ヒシルエの手厚い看病を受け、船に乗ってからはヒシルエの話を聞いて涙していた金蔵である。商取引の決定権は知工にはないが、源右衛門も藤次が望むならいかようにも協力しようと申し出てくれた。

藤次は直取引を決めた。

「昔は和人（シャモ）ともちゃんとしたオムシャをしていたそうです」

つぶやいたヒシルエの横顔に藤次は目をやった。

光線の加減で彼女の大きな眸（ひとみ）が琥珀色（こはくいろ）に輝いて見えた。もともと澄んだ、美しい眸だが、斜めに射す陽光が睫毛（まつげ）に宿り、黄金色（きんいろ）の縁取りを施していた。

ヒシルエの目が動き、藤次に向けられた。

「父から何度となく聞かされております。松前からお殿様がいらっしゃられて、村の乙名とオムシャをしていたんだと」

今、目の前で行われているオムシャで、エケシユクの代わりに松前藩主を置いてみようとした。だが、そもそも生まれてこの方、一度も殿様などと呼ばれる輩（やから）を目にしたことがないのだから思い描けるはずがない。

もっとも頭がうまく働かないのは、ヒシルエに見惚（みと）れていたせいでもある。

礼文についてすぐエケシユクは女物のアッシを手に入れなければといった。ヒシルエは丸裸で助けだされ、船に乗っている間は似たような体格の利久平に借り着していたのである。

アッシをまとい、髷を解いて髪を下ろしたヒシルエは、初めて会ったときより活き活きしており、女ぶりが数倍増していた。

「段々と形ばかりになっていったそうですが」

ヒシルエの眸が翳った。

昔は、商いではなかった。松前藩主と集落の乙名たちとは対等の立場にあり、藩側は土産として米、酒、煙草などを持参、蝦夷人が返礼として海産物や獣皮、アッシなどを贈った。これが交易の始まりとなったが、やがて彼我の軍事力に圧倒的な差があったことから交換される物品の意味合いが変化していった。

すなわち藩から蝦夷人には恵んでやるということになり、蝦夷人からは献上物として差しだすという具合に。

オムシャに藩主が出向かなくなり、代理が送られ、儀式そのものも簡素化の一途をたどった。松前藩の財政が窮乏し、交易場所の実質的な経営権が請負人に譲渡されるとオムシャは死滅、完全な商取引となってしまい、交換比率は段々と蝦夷人に不利になっていった。

雲平から聞かされた通りだ、と思う。

「いずれは利尻にもたくさんの和人が来るでしょう。アイヌの中にも昔ながらの暮らしを嫌う者はおりますし」

長い物には巻かれろとばかり、蝦夷人の中にも髷を結い、髯(ひげ)を剃(そ)り落として名前を改める者も少なくないとヒシルエはいう。

エケシユクと話をしている乙名は、ちらちらと藤次に目を向けていた。その瞳に映る猜疑(さいぎ)の光は深い。

無理もなかった。

交易が始まったころ、交換に使われる俵には八升の米が入っていた。それが五升、四升と減っていき、このごろでは二升、ひどいときには一升五合というときさえあり、俵が見るも無惨にぺしゃんこになっている。

だが、豊勝丸からおろされた俵にはぎっしり米が詰まっている。蝦夷人にはそれだけでも信じられない光景なのだ。

「一つ、お訊きしてもよろしいですか」

あらたまった口調でヒシルエがいった。

「何でございましょうか」

「どうしてこれほどまでして利尻の昆布を手に入れようとなさるのですか」

「薩摩に持っていくんです」

できるだけヒシルエには隠し事をしたくなかった。

「サツマ、でございますか」

小首をかしげるヒシルエに藤次は説明を試みた。

「南にある国です」

「津軽よりもっと南でございますか」

「津軽どころか京、大坂、長崎よりももっともっと南にございまして、船に乗っても何日も行かなくてはなりません」

蝦夷地を離れたことのない人間には想像がつかなくて当たり前かも知れなかったが、幸いヒシルエは貞次郎のところで弁財船でやって来る客たちの応対をしており、船に関する知識があった。

藤次の説明がおぼろげながらにも理解できた様子だ。

「それにしても、どうしてそれほど遠いところにまで昆布を運ばなくてはならないのでしょう。薩摩に昆布はございませんか」

ヒシルエにすれば当たり前の疑問であろう。

北の果てから南の果てへ千里もの波頭を越えて運んでいくのがたかだか昆布なのだ。

「先様がご所望でございまして」

藤次はちらりとエケシユクと乙名に目をやり、ふたたびヒシルエに視線を戻した。

「於莵屋には薩摩組がございます。私ども売薬商にとって、一番の御法度(ごはっと)は一つの家、一つの国に何人もが行商に行くことなのです。たとえば、薩摩に行って行商できるのは二十六人と決まっていて、皆薩摩組に入っております。ところが、数年前に薩摩国への出入りが差し止めになりまして」

「どうしてそのようなことを……」

「掛け売りのせいでございましょうね。ご存じかどうか、私どもはお得意先に薬を置いてまいりまして、一年のちにまたお訪ねした際、お使いいただいた薬の分だけお代をちょうだいする仕組みになっております」

「存じてますよ」ヒシルエが白い歯を見せる。「俵屋にも越中の売薬さんがお見えになられてましたから」

俵屋と口にしてもヒシルエの表情には一点の曇りもなかった。胸が痛むこともあるだろうに、と藤次は思いつつ言葉を継ぐ。

「聞いたところによりますと、薩摩国においては越中売薬だけでなく、全部の掛け売りができなくなったそうでございます。お百姓さんたちが掛けでいろいろな物をお買いになり、代金を払ってしまうと年貢が滞るのだとか」

ヒシルエは唇を結び、何度もうなずいていた。

「先ほど申しましたとおり、一つの国に入れる売薬商は数が決まっておりますから、薩摩国が駄目になったからといっておいそれと他の国へ出かけるわけにもまいりません。このままでは薩摩組が干乾しになってしまうというとき、昨夏のことでございますが、薩摩国が昆布を欲しがっていて、それを土産にすれば昔通りの商売が許されるという話が出て参りました。ただし、利尻の昆布にかぎるというお話で」

「そういえば、あのお方も利尻の昆布が良いものだとおっしゃられていましたね」

四日前になる。

初めて礼文島を訪れたときのことだ。

入江へ案内するため、近づいてきた艀(てんま)を見て、藤次は仰天してしまった。小山のような巨漢が乗っていたのである。エケシユクは、あれが水先案内人だといった。

その男とは、上陸後に話ができた。

ヒシルエのいうあのお方である。


男は、ほかの蝦夷人と同じアツシをまとい、髷は結わず、伸ばし放題にした髯が胸元に広がっていた。髪も髯も燃えるような赤で、顔は血の色が透けるほど白い。目が空を映したように青く、透明なのが藤次には不思議でしようがなかった。

まさしく赤蝦夷と呼ぶに相応しい。

そもそも雲平が唐国(からくに)に渡ることを断念し、蝦夷地へやって来るようになったのは、長崎で蝶園という老人から聞いた話がきっかけであった。赤蝦夷が蝦夷地を切りとるべく動きまわっているという。

その赤蝦夷が目の前にいる。

いまだかつて一度も目にしたことがない魁偉(かいい)な相貌もさることながら、藤次が息を嚥(の)

んだのは赤蝦夷が豊勝丸に乗りこんで来た瞬間だ。

藤次の背丈は五尺を少し超える程度だが、赤蝦夷は巨漢で七尺近くはあった。短い裾からは毛むくじゃらの脛(すね)がのぞき、鮭(さけ)の皮でつくったフカグツを履いていた。鬼、天狗(てんぐ)といった言葉が藤次の頭で乱舞したが、いざ陸(おか)にあがって話をしてみると、表情はおだやかで人なつっこい。しかも、蝦夷人の言葉を解すらしく、ヒシルエを通じて会話ができた。

自分は商人(あきんど)だと赤蝦夷がいい、ヒシルエが藤次も行商人だと伝えると、青色の目を見開き、毛が密集した両手を差しだし、藤次の手を握ってきた。

自分の手をすっぽり包んでいる巨大な掌は気味が悪かったものの、存外温かく柔らかかった。

「ウラジと呼んでくださいといってます」

「浦路さんでございますか。何だか私どもに似た名前ですね」

通辞をしてくれているヒシルエに向かってつぶやく。

ウラジが何をいっているかまるで理解の外だが、ウラジがトウジと口にしたときはかろうじて自分が話題になっているのだとわかった。

「藤次は薬を売っているらしいが、こんなに遠くまで商いに来るのか」

「いえ、昆布を買いつけに来たんです」

一瞬、ウラジは怪訝(けげん)そうな顔をした。

込み入った事情を説明してもわかるまいと思われたので、ヒシルエには昆布を薬種にしようと考えているのだと伝えてもらった。

にやりとしたウラジがいう。

「昆布が薬になるなんて聞いたこともない。おそらくお前は唐国にでも売るんじゃないのか。彼の国じゃ、高く売れるからな。おれも商売人だから利尻の昆布がどれくらい儲かるかは知っている」

「唐国など知りません。私はただ店の主人から昆布を仕入れてこいと命じられてきただけです」

「商売敵には手の内を明かせないってことか」

そういってウラジは片目をつぶって見せた。どのような意味がある仕種なのかはわからないにしても親しみの情がこめられているのは伝わってきた。

「実はおれもここで昆布を仕入れて、唐国で売りさばくんだ。そのために島で冬を越すことにした」

集落には十戸ほどのチセが寄り集まっているだけで、人の姿はなく、閑散としていた。松前や留萌とは較べものにならないくらい寒そうな土地と映る。

「よくこんなところで冬を越す気になられましたね」

「なぜ」

「ずいぶんとお寒いでしょう」

「おれの生まれ故郷に較べたらずっと暖かいさ」

ウラジは太い声で笑ったが、藤次には信じられなかった。現に今も春とはとても思えないほど空気は冷たく、大地が雪に覆われている。

「それにしても役人が来たらどうするつもりですか。捕縛されてしまうでしょうに」

「これを着て、アイヌたちといっしょにいれば大丈夫だ」

アツシの袖を引っぱり、ウラジは胸を反らせた。

まさか、と思う。

いくらアツシを羽織ろうとウラジの容貌はほかの蝦夷人とは似ても似つかず、よしんば頭からすっぽり被（かぶ）っていたとしても飛び抜けた巨軀（きょく）が人目を引いてしまうだろう。

「奉行所の役人が来たら、どうするつもりです」

「ここまではなかなか来ないな。万が一やって来たとしてもおれは鼻が利くから十里先にいても役人を嗅ぎわけられるよ」

また、ウラジが片目をつぶる。

「あんたたちが来たときもおれは逃げなかっただろう。役人の匂いがしたら一目散に山へ駆けこんでいたよ」

どんな匂いだと訊（たず）ねると、ウラジは大仰に顔をしかめて見せただけだ。

「ところで、先ほどいっていた昆布の話だが……」

ウラジの口調が改まった。

すでにエケシユクが乙名と話をしており、蝦夷人にとって決して損な取引ではないと説いていたが、乙名はなかなか納得しない様子でいる。

ウラジがあごをしゃくった。

「あんたら和人にはさんざんひどい目に遭わされているからだろう。よし、おれからもひと言口添えしてやろう」

「あなたは商売敵と仰（おっしゃ）ったじゃありませんか。私が昆布を買いつけてしまったら困るのではありませんか」

「おれの船が来るまでにはまだまだ間がある。昆布なんかいくらでも集められるさ。それで藤次はどれくらい欲しいんだ」

「あれに一パイ分」

豊勝丸を指さしてみせると、さすがにウラジが渋い顔つきになった。

「困ったな。昆布は量がまとまると天塩の交易所に持っていってしまってるから手元にはいくらも残っていないだろう。今ある分だけでいいか。船一隻分となると、これから集めるには何日かかるかわからん」

「お手元にある分だけで結構でございますが……」藤次はウラジをまじまじと見た。

「どうしてそんなに親切にしてくださるんですか」

「あんたに親切にしているつもりはない。乙名はおれにとって父親みたいなものだし、村の連中はおれの家族だ。アイヌたちはおれに優しくしてくれる。おれも自分にできることで家族の役に立ちたい」

「私どもがインチキな取引をしようとしているかも知れないとは思われないのですか」

「おれは人を見る」

ウラジはぐっと顔を近づけてきた。甘ったるい体臭が鼻を突く。

「あんたの目を見れば、正直な人間かどうかはわかる。いざとなれば、これを使う」

懐を開いて見せた。帯の内側に短筒をはさんでいるのがわかった。三度ウラジが片目をつぶって見せた。

ウラジの口添えが功を奏し、また、金蔵が自分らの帆待分として積みこんでいた煙草が役に立った。米と煙草を合わせ、昆布と交換することで交渉が成立したのである。

「和人たちはアイヌに煙草の味を教えたが、絶対に自分たちでは栽培させなかった。内緒で畑をつくろうもんなら火をつけるわ、アイヌたちを殴りつけるわ、そりゃ、ひどいものだった。何日も冷たい海に浸かって集めた昆布やら海鼠やらを一握りの煙草と交換しちまうアイヌもいる。煙草なんか、腹の足しにもならんだろうに」

豊勝丸から米俵が下ろされ、代わりに昆布が積まれるのをながめながらウラジがいった。

そのとき、ヒシルエが何かいい、ウラジが心底嬉しそうな顔をした。

「何といわれたのですか」

「私どもの言葉がお上手ですねと申しあげたのです。この島に来てから学ばれたということですが、本当にお上手ですよ」

　今の今まで赤蝦夷も蝦夷人と同じ言葉を話すのだとばかり思っていた藤次は意外の念に打たれた。

　ヒシルエがつづける。

「ウラジさんは唐国の言葉も使えるそうです。いずれは和人の言葉も学んで蝦夷島だけでなく江戸や大坂にも行ってみたいといってます」

　いろいろな国の人に会うのは、実に楽しいとウラジはいう。

　つづけてウラジは、蝦夷島の人々は航海術に長けているといった。雲平が同じようなことをいっていたのを思いだす。

「松前の殿様の禁令によって、舟を出せなくなったが、今でも利尻、礼文あたりまでなら小さな丸木舟でも自在に行き来できる」

　実際、エケシユクの案内で礼文にやってきた藤次には納得がいった。

　さて礼文での取引は首尾良くいったが、それでも手に入った昆布は予定の十分の一にも満たなかった。

「やはり天塩に行かなければならないか」

　藤次はため息まじりにつぶやいた。

　しかし、天塩場所に行ったとしても、取引がうまくいくとはかぎらなかったし、万が一、奉行所の役人とでもかち合えば厄介なことになる。

「極上の昆布が手に入って、しかも役人なんか来ないところがあるといってますが」

ヒシルエがウラジの言葉を伝えてきた。

「北蝦夷だそうです」

チシマ、カラフト、カムチャツカまで行けば、昆布を手に入れられるというが、赤蝦夷がうようよしているともいう。

源右衛門に相談してみたが、北蝦夷にまで行ったことはないと答えた。その点は、さすがのエケシユクも同じで、もし、さらに北上するなら新たに水先案内人となる蝦夷人を雇わなければならない。

話し合いの結果、ひとまず利尻に行き、石崎浜以外の漁場で昆布を集めてみようということになった。その上でどうしても足りないとなったら次の手を考えればよい。

一行はそうして礼文を出て、利尻に乗りつけたのである。

三

『ここはいい場所だ。アイヌたちから鮭を取りあげていくおろしあ人も和人もいないからな』

ウラジはやはりおろしあ国の人であった。

北蝦夷よりさらに北にあり、唐国より大きな国だといわれたが、藤次にはぴんと来なかった。

『鮭はアイヌたちにとって一番大事な魚だ。アイヌたちは鮭を食って生きているようなものだから、和人の米と同じだ。おれたちおろしあ人やお前たち和人がやってくるまで、アイヌたちは自分が食べる分しか鮭を獲らなかった。熊も、ユリの根も、食べる分だけをとって、山の神様に感謝したあと、魂は山や川に返した。また、食べなきゃならないからな』

脳裏に浮かんでくるのは、おだやかな表情で語りつづけるウラジの横顔だ。最初は鬼か天狗と見えたものが、慣れれば特別変わった造作にも感じられなくなった。

ただ、ウラジがつづけて口にしたことは藤次に少なからぬ衝撃を与えた。

『おれはずいぶんと人を殺してきた。和人もアイヌも殺した。おれたちの船にはつねにたくさんの薪(まき)と水が必要で、水手(かこ)たちには食い物が必要だ。それぞれ行った先々で手に入れなきゃならない。うまく交換できりゃいいけど、中には話のわからない奴(やつ)もいる。食えなきゃ死ぬしかない。船が動かなくなりゃ、やっぱり飢え死にだ。死ぬのがいやだったら力ずくで奪いとるしかないだろう。話しあっても埒(らち)があかないんだから仕方ない。だけど、アイヌたちに出会って、自分たちが食べる分だけ獲っていればいいんだと気がついた。欲深いのは罪だ。海の水をいくら飲んでも渇きが癒えないのと同じで、結局は自分で自分の首を絞めることになる。腹が一杯になれば充分だと思えばいい。それ以上何が要るのかってね。でも、商売で大儲けした奴がいると聞くとうらやましくなる。次はおれが、と思う。商売のためには船が必要で、船には薪と水が要る。だから人を殺さなければならなくなる。人を殺して、また商いをつづける。同じことのくり返しだ。毎日毎日毎日、人を殺す、商いをする。腹が一杯になるほど食い物がなくても、いっときのことなんだよ、本当は。鮭が獲れなければユリの根っこで我慢すりゃいい。明日にはまた鮭が獲れるんだから。たぶん、おれがこの島に住みたくなったのは、もう人を殺したくないと思ったからだろう』

いつかウラジの話をわが身に置きかえて聞いていたので、最後のくだりは忘れられなかった。

『でも、春になって仲間の船が迎えに来れば、おれはまた商いをしに出かけていくだろう。そしてまた殺すことになる。どうして同じことをくり返してしまうのか、過ちだとわかっていてくり返すのか、いつかその理由を知りたいと思っている』

それが業というものか藤次は訊いたが、間に立つヒシルエにうまく説明ができず、ウラジには伝わらなかった。

蝦夷人を虐めつくす幕府も藩も要らないといい、また蝦夷地こそ命の懸場だといった雲平、人を殺すことに飽き飽きして、礼文に住みつきながらまた旅に戻るだろうというウラジと、およそ似たところのない二人ではあったが、少なくとも蝦夷地に来たことで何かを見いだそうとしている点は似ていた。

おれはどうだろう、と思う。思わざるをえない。

何かを見つけたか。
何のために蝦夷地に来たかを本気で考えたか。
えんが鼻を鳴らした。

ふり返ると、ヒシルエが近づいてくるのが見えた。えんはヒシルエにもすぐ慣れ、ときに仰向けに寝ころんで無防備な腹さえのぞかせた。

相変わらず藤次に対しては愛想がなかったが。

今もしゃがみこんだヒシルエの手をさかんに嘗めている。

「こんなところにおられたんですね。お寒いでしょうに。チセでお待ちなされ」

「もうそろそろ戻ろうと思っていたところです」

寒いといわれ、あらためて躰が冷えきっていることに気がついた。

入江を見おろす小さな丘の上にいた。陽射しは強く、風はほとんどなかったにしろ、戸外でじっとしているにはまだ寒い。

「行商で外を歩いてばかりいるものですからうちの中にいると、何だか気詰まりなもので。ところで、エケシユクさんは戻られまいたか」

「いえ、まだでございます。おそらくは日暮れてから。ひょっとしたらもっと遅くなるかも知れません」

ヒシルエが立ちあがると、えんもさっと身を起こした。藤次ではなく、ヒシルエの足に背中をつけ、後ろ肢で首筋を掻きはじめる。

「エントヌシも一日中外で働いておりました」

入江に目をやったヒシルエの表情が翳りを帯びる。時おり見せる憂いは、ヒシルエの眸を蒼く染め、美しさに凄みを加えた。

ヒシルエの顔つきを見て、エントヌシというのが寿都に追いやられたというヒシルエの亭主だと想像がついた。

「ヒシルエさんは……」唇をなめ、何とか言葉を圧しだす。「今回のことが終わったら寿都の交易所へ行かれるのですか」

眸が動き、藤次に向けられる。ヒシルエは控えめに頬笑み、そっと首を振った。思わず手を差し伸べたくなる儚げな微笑である。

「もうエントヌシには会えません。私は夫を裏切ったのですから」

「そんな馬鹿な。ヒシルエさんが自ら望んだことじゃないでしょう。ご亭主だってちゃんとわかってくださるだろうし、ヒシルエさんが迎えに来るのを首を長くして待っておられますよ」

「母のところへ、世話をしに行かなくてはなりません。母は一人です。生きてはいかれません」

「三人でお暮らしになればいいじゃありませんか。三人いっしょに住めるならどこだって構わないでしょう」

そういいながら藤次は背中に汗が浮かぶのを感じていた。

まだ会ったことのないエントヌシの代わりに自分がヒシルエといっしょになり、老母ともども越中で暮らしている情景が浮かんできたからだ。

どこだって、の中には、越中も含まれる。

貞次郎に穢された躰ではもう亭主のもとに戻れないというのなら、いっそのこと、自分の妻にしてもいいのではないか、と思った。

蝦夷女たちを妾にしている請負人たちとは違い、藤次はヒシルエを正妻として迎えようと思っていた。

ヒシルエがちらっと笑みを見せていった。

「私には業がございますゆえに」

ウラジに説明するとき、藤次は、業とは生涯逃れえないものだとヒシルエに伝えたが、首を振ってわからないといったのではなかったか。

「業ですか」

つぶやきつつ、はっと思いあたった。

ヒシルエの母が住む小屋で見た女の遺骸だ。その女が死んだ原因は梅毒にある。

明るい表情に戻り、ヒシルエがいう。

「帰りましょう。私も寒くなってまいりました」

夜もだいぶ深くなってから、ようやくエケシユクが戻った。

豊勝丸が乗りいれた入江近くの小集落から石崎浜までは海岸沿いに二里ほど歩かねば

ならなかった。朝早く出発したエケシユクは、石崎に集荷されている昆布の量を確かめ、乙名に取引を打診する役目を果たして戻ってきたのである。

肝心なことはもう一つ、石崎に和人の姿がないことを確認してくることだ。

礼文から利尻にわたり、昆布の採取場をまわったが、まだ予定量の三分の一ほどにしかなっていない。

「昆布は充分あるし、和人たちもおりません。乙名によれば、しばらくは来ないだろうということです」

エケシユクの言葉をヒシルエが通訳する。

チセの囲炉裏を囲んだ源右衛門と金蔵の表情が明るくなり、藤次もほっとした。石崎で昆布が手に入らなければ北蝦夷に向かわなくてはならなかったからだ。

赤蝦夷人は交易所の請負人たちよりも厄介な相手である。

しかし、エケシユクの表情は暗く、蝦夷人の言葉で話すうち、ヒシルエの眉間にも深いしわが刻まれた。

「どうかされまいたか」

藤次は兄妹を交互に見て、どちらにともなく訊ねた。

ヒシルエが答える。

「邦吉を見たと申しております」

「邦吉というのは、どなたでございますか」

「留萌場所の近くにある村で重役をしている男の息子です。名を邦吉とあらため、貞次郎の下で働いておりました」

「では、留萌からここまで来た、と」

ふたたびエケシユクが口を開き、きっとなったヒシルエが語気鋭く言い返した。大声、しかも早口となれば中味はともかく言い争いであることはわかる。

会話が途切れると、ヒシルエはしばらくの間黙りこくっていたが、やがていいにくそうに説明した。

「実は、邦吉が以前から私に言い寄ってきているんです。貞次郎が私に手を出さないのをいいことに……」

ヒシルエはうつむいたまま、小さく首を振り、言葉を継いだ。

「エケシユクは心配しています。邦吉のことだからおそらくは一人では来ていないだろうと。悪知恵が働くくせに意気地がないので、いつも誰かを頼りにしているんです」

「和人を、ということですか」

藤次の問いにヒシルエがうなずく。

「船は……」源右衛門が口をはさんだ。「船はどうだった。留萌からなら歩いてくるわけにはいかねえ。船ならいやでも目につくだろう」

「私もそういいました。船はなかったそうですが、どこにでも隠せるし、いったん天塩に戻したのかも知れないというのです」

「では、村に和人が潜んでいる、ということですね」

「姿は見かけなかったといっておりますが」

源右衛門、金蔵、藤次は互いに顔を見合わせた。

「それとももう一つございます」

三人はヒシルエに顔を向けた。

「アイヌにとってあまりに分のいい取引を持ちかけたものですから、乙名がエケシユクの話を信じなかったそうです」

「船を乗りつけて、目の前に米俵を積んでみせるしかない、ということか」

「あるいは……」ヒシルエはまっすぐに藤次を見た。「私にひとつ考えがございますれば」


赤茶けた剛毛が密生する獣皮でフカグツは作られていた。驚くほど温かい。海岸沿いの湿った雪を踏んで、すでに一里以上も歩いているというのに足は乾いており、爪先までぽかぽかしていた。

藁でできた四品一足ならとっくに冷たい水が滲みとおり、足指の感覚など失せているに違いなかった。

羆の皮だという。改めて蝦夷人の知恵に舌を巻いた。

温かいだけでなく、剛毛のせいか氷を踏んでも滑りにくく、踏ん張りが利く。

フカグツは藤次の足より一回り大きかったが、ふくらはぎの上とくるぶしとに荒縄を巻きつけて固定してあるので脱げる心配もなく、水を吸わないのでいくら歩いても軽いままである。

ひたすら足元を見つめ、うつむいて歩きつづける藤次の首筋にひやりとするひとしずくが落ちた。

「ひゃっ、ははぁ」

思わず悲鳴を上げる。

前を歩くヒシルエとエケシユクが足をとめ、ふり返った。

「どうされました」

「いや、何でもありません」あわてて手を振る。「首に解けた雪がかかって、びっくりしただけです。いや、もう、本当に何でもありませんで」

しどろもどろにいいつのる藤次を見て、ヒシルエが吹きだし、エケシユクもにやにやしている。

「さあ、参りましょう」

顔をうつむけた藤次が歩きだすと、二人もふたたび歩きはじめた。

二人の口許に笑いの残滓(ざんし)がこびりついているに違いないと思うと、満足に顔を上げられなかった。

夜明け前から空は、重く垂れこめる雲に覆われていた。小集落を出るときにもちらちら雪が舞っていたが、歩きだしてほどなく風が出はじめ、雪も激しさを増してきた。

今や風と雪は、悪意があるかのように正面から吹きつけてくる。

それでいて首筋にたったひとしずく落ちただけで思わず声を発してしまうほど躰が温かいのは、蓑の代わりにまとっている羆皮の外套のおかげだ。

藤次は目を上げ、一面真っ白な中を歩く兄妹の後ろ姿を見やった。

頭に巻き、髷をすっぽり覆っている髪飾りの縁が視界の上半分を隠している。吹きつけた雪が頭の熱で解け、それが流れて目の前でふたたび凍りつき、小さいながら氷柱ができていた。

フカグツも外套もヒシルエが借りてくれた。

昨夜、小集落に戻ってきたエケシユクが石崎浜で邦吉という男をみかけたといった。

確証はなかったが、和人たちが身をひそめ、待ちかまえている恐れがある。

しかも、石崎浜の乙名は必ずしもエケシユクの話を信じていない。あまりに話がうますぎ、警戒心を引きおこさせた様子だ。

ヒシルエが解決策を提案してくれた。

まず藤次が石崎に出向き、エケシユクの話が嘘ではないことを保証し、交渉がうまくまとまったところでエケシユクが戻り、豊勝丸とともに石崎へ乗りこむ。

『だけど、藤次さんが行ったんじゃ、目につきやせんか』

源右衛門が心配そうにいった。

和人である藤次はいやでも周囲の目を引き、取引どころではなくなるだろうというのである。

『おまかせください』

ヒシルエはにっこり頬笑んだ。

『藤次さんにはアイヌと同じ恰好をしていただきます』

蝦夷人の装束に身をかため、乙名のチセに入ったところで正体をあかし、交渉に移るという計画を立てた。

早速ヒシルエは蝦夷人の装束を借りてきてくれたが、すべて女物であることに唖然とした。

『だって藤次さんは髯を生やしていないでしょう』

男姿は無理、という。

ヒシルエは、外歩きに必要なひとそろい全部を借りてきたが、髪飾り、外套、フカグツだけで勘弁してもらった。乙名のチセに入るまで脱がなければ、偽装としては充分のはずだからだ。

吹雪の中を歩いてみて、あらためてアイヌの恰好をさせるといったヒシルエに感謝していた。

午を過ぎ、さらに雪が強くなった。

足をとめたエケシユクが前方を指さす。白一色の中、かすかに黒く地平があった。目を凝らすとチセがいくつか見える。

石崎浜の集落にたどり着いたと知ったとたん、腹の底からため息が漏れた。

乙名は歯のない口をぽかんと開けていた。

男一人に女二人、いずれも蝦夷人を迎え入れたと思ったら、そのうちの一人は男、しかも和人なのだから言葉を失うのも無理はなかった。

驚きはさておき、乙名は三人にユリ根の粉で作った団子の汁をふるまってくれた。羆皮の外套のおかげでいつになく寒さ知らずで歩いてきたとはいえ、やはり躰は芯まで冷えきっている。湯気をあげる汁が何よりありがたく、椀をもつ手に温もりが滲みた。

食事を終えたところで交渉が始まった。

話をするのはエケシユクと乙名で、ヒシルエが解説してくれた。

「昨日、乙名に申しあげたことは本当です。このお大尽が昆布と米を交換してくれますが、交易所に持っていくよりずっと得になります、とエケシユクはいっています」

途中、ヒシルエがぷっと吹きだした。

ちょうど乙名が藤次の顔をしみじみと眺め、その後、エケシユクに何かいった直後のことだ。

「何といわれたのですか」

「女の恰好をしているが、本当にこの御仁は大丈夫かと訊かれたのです」

ため息を嚥みこんだ藤次は、持参した柳行李を開いた。五段のうち、上段の二つを持ってきている。

二段目には、金蔵に譲ってもらった煙草の葉がぎっしりと詰めてあった。

藤次は柳行李を乙名の方へ押しだし、ヒシルエに向かっていった。

「乙名にお伝えください。これは取引用ではなく、乙名への土産としてお持ちした、と」

だが、ヒシルエはすぐに通訳しようとせず、藤次の袖をつかんだ。

「そんなにたくさんの煙草、勿体(もったい)ないですよ。土産であれば、少しでいいじゃありませんか」

「いいんです。昆布と交換してもらうための煙草はまだ船に積んでございます。米と煙草、さらにこの土産とくれば、乙名にとっても村の皆さんにとっても決して損のない取引だと思います。それをわかっていただきたいのです」

ヒシルエが蝦夷の言葉に直して話しはじめると、見る見るうちに血相を変えたエケシユクが目を剝(む)き、唾を飛ばして食ってかかる。

ヒシルエも負けずに言い返し、二人は激しい口調で応酬したが、乙名はまるで自分とは関係ないといった顔つきで煙草の詰まった行李を眺めている。

やがてヒシルエとエケシユクの言い争いが一段落すると、乙名がぼそぼそといった。

エケシユクはそっぽを向き、ヒシルエが藤次に乙名の言葉を伝えた。

「夜になるのを待って船を持ってこられるようにいっています。浜に極上品を用意して、すぐに積み込めるようにしておく、と」

「よかった。ところで、もう一つ、和人が潜んでいないか……」

藤次の言葉を途中で遮るようにして、男が一人飛びこんできた。藤次たちなどまるで目に入らない様子で乙名に向かい、早口にまくしたてる。

乙名も血相を変えて立ちあがった。

「何があったんですか」

腰を浮かしかけた藤次が訊いた。

「さあ」ヒシルエは首をかしげる。「よくはわかりませんが、何でも娘が見つかったといっているようです」

乙名が男とともにチセを飛びだしたので、藤次たちも事情がわからないままついていった。

集落から山の方へほとんど駆けるようにして入っていく。しばらくいったところで林が切れ、少しばかり平らな土地があった。

蝦夷の男たちが十数人、手に手に弓や山刀をもち、眼光鋭くあたりを警戒している。男たちの足元の雪が掘り返されていた。雪はところどころ真っ赤に染まって、固まっていた。

半裸の死体が転がっていた。少女のように見える。損傷が激しい。躰中に嚙み傷があり、両腕と左足が食いちぎられている。

「数日前から姿が見えなくなった村の娘だそうです」

かたわらに立ったヒシルエが低声(こごえ)で教えてくれた。

「どうやら狐にやられたようで」

「狐か」

死体の肩口を見つめたまま、藤次は抑揚のない声でつぶやいた。

「どうやらその狐はダンビラを持ち歩いているようですよ」

四

「その恰好を見ていると……」

あごに手をあて、にやにやしている源右衛門がいった。

「すっかり蝦夷になったみたいだね」

「女の恰好をしろといわれたときにはどうなることかと思いましたが、やはりその土地に住む人間の知恵にはかないません」

うなずいた藤次は、羆皮の袖なしを羽織り、同じく毛皮でできたフカグツを履いている。袖なしは煙草の返礼だとして乙名がくれたものである。

風もなく、晴れ上がった空に月がかかり、夕方まで降りつづいた雪を蒼く照らしている。

言葉を発するたび、二人の口から息が白い塊となって立ちのぼっていった。冷気はほおがちりちりするほどである。

浜につけられた豊勝丸からは、藤次が大坂で買いととのえた米俵が次々と下ろされ、代わりに昆布や干した鰊、海鼠、そのほか獣皮やアツシが積みこまれている。

昆布以外の産物は、源右衛門以下乗組員たちの帆待、切出の分と交換され、大坂まで運んで売りさばかれることになっていた。

利尻産の昆布がいかに高値で売れようと、出所をたどられるとまずい。

じっと藤次の顔をのぞきこんでいる源右衛門の視線に気がつき、顔を上げた。

「何か私の顔についておりますか」

「ようやく商いがうまくいったというのに浮かない顔をしているね」

「そうですね。うまくいきすぎるとかえって怖くなるものでございます」

「何か邪魔が入るとでもいわれるか」

「わかりません。ただ、昼間見つかった娘の躰にはたしかに刀傷がございましたもので。狐に食い散らかされてはおりましたが、肩から胸にかけて袈裟がけにばっさりとやられておりました。おそらく一太刀で息が絶えたものと思います」

沈痛な顔つきとなった源右衛門は口の中で念仏を唱えてから言葉を継いだ。

「蝦夷がやったのではないがけ」

「あまりに見事な手練れでございました。蝦夷たちが使っている山刀ではあそこまで深く斬りこめないでしょう」

「蝦夷たちは、何と」

「あくまでも狐の仕業にしております」

「無理もないかな。彼ら(あい)は顔つきこそ恐ろしげだが、付き合ってみりゃ存外気だてのいい連中と知れる。それに年端(としは)もいかない娘を殺す道理がない」

源右衛門は顔を上げ、薄気味悪そうにあたりを見わたした。

月の光が強い。松明(たいまつ)は船上に二本あるきりだが、俵をかついで浜と船とを往復する男たちの姿をはっきり見てとることができた。

作業を監督している金蔵や、舳先(へさき)に立って見つめている巳三郎の顔も見分けられる。

ふたたび源右衛門が口を開いた。

「荷積みが終わったら早速船を出そうと思っている。巳三郎も今夜くらい穏やかなら夜のうちに船を出しても大丈夫だというんでな。あんた、構わないか」

「もちろんでございます。今度は長崎までの長旅、少しでも早い方がよろしいに決まっておりますよ」

「船の方はまかせてくれ。ただし、ここを出ても天塩や留萌には寄れない」

「心得てございます。ヒシルエさんとエケシユクさんとはここでお別れします。あの人らは、蝦夷人の船で地元に帰る手筈(てはず)になっておりまして」

「そうか」

源右衛門は顔を寄せ、藤次の目をのぞきこんだ。

「あんたが浮かない顔しているのもそれが原因なんだろ」

「え、いや……」

図星を指され、狼狽してしまった。

「あの蝦夷の女さ。わしだって木石というわけじゃない。十も若けりゃと思わんでもない」

「まさか。ヒシルエさんにはご亭主がいらっしゃいます」

「船ならなぁ」

源右衛門は豊勝丸に視線を戻し、目を細めた。

「風に逆らってでも走らせられるが、人の心はなかなか思うように動かせん。自分の心でもな。なあ、こうしちゃ、どうだい、於菟屋さん。ヒシルエには皆世話になった。お礼に薬を少しばかり分けてやっちゃ。あんたの商品だからおいそれとくれてやれとはいえないが、餞別代わりということにしちゃ」

ヒシルエは船積み作業から少し離れたところでしゃがんでいた。えんが地面に寝そべり、腹をさすってもらっている。

「へい。お頭のおっしゃる通りだと思います。ヒシルエさんにお礼を申しあげてこなくてはなりませんね」

一礼した藤次は、足元に置いてあった柳行李を持ちあげ、そそくさとヒシルエに近づいていった。

えんが顔を上げ、不機嫌そうに唸る。その首を撫でながらヒシルエがいった。

「そろそろ船積みも終わりですね」

「間もなくということでございました。お頭は荷積みが終わったらすぐにも船を出すとおっしゃっております」

柳行李を置き、風呂敷をほどいた。蓋を開けると、かすかに麝香の香りが立ちのぼる。しかし、藤次の胸を締めつけているのが慣れ親しんだ芳香のせいでないことはわかっていた。

紙製の薬袋を取りだし、ヒシルエの前にかざした。

「これは腹痛の薬でございます。中に小袋が入っておりまして、一度に一包み服んでください」

ヒシルエは大きな眸をぱちくりさせた。いつもと違い、ずいぶん幼く見える表情に出くわし、どぎまぎする。

藤次は感情の乱れを表に出さないように気をつけながら行李の中に収めてある薬を一つひとつ説明していった。

黙って聞いていたヒシルエだが、藤次が話し終えるとすぐに訊きかえしてきた。

「お薬のことはだいたいわかりましたが、一体、どういうことでございましょう」

「ヒシルエさんには大変にお世話になりました。あらためてお礼を申しあげます。これは私の気持ちです。置いて参りますので、どうぞお使いください」

「でも、お代をどうするのですか。私どもには薬代などお支払いする余裕がございません」――

先用後利。

先に薬を置いていき、一年後再訪したときに使った分だけ代金を回収するという越中の売薬商法についてヒシルエに話したことを思いだした。

苦笑する。

「いいえ、お代は結構でございます。餞別にございますれば、どうか受けとってください。おっ母さんのところへ参られるでしょう。そのとき、この薬が少しはお役に立つと思います」

「藤次さん」

ヒシルエの目に見る見るうちに涙が溜まってきた。見ているうちに胸が詰まってきた藤次はあわてて言葉を継ぐ。

「おっ母さんだけじゃない。これだけあれば、村の方々にも使っていただけると思いますよ。少しばかり手前味噌になりますが、煙草などよりよっぽど値打ち物でございます」

乙名のチセで、エケシユクとヒシルエが言い争ったことを当てこすっている。

ヒシルエが泣き笑いの表情となった。涙を払い、小さく首を振る。

「お気持ちはありがたいのですが、お薬は藤次さんの大事な商品、やはりいただくわけには参りません。ご迷惑になります」

「迷惑だなんて、そんな……」

「だから、お預かりしておきます。藤次さん、代金を取りに、また来てください。貧しい村のことですから昆布になるか鮭になるかはわかりませんが、使わせていただいた分はちゃんとお支払いします」

「へい。必ず参ります」

そのときである。

えんがさっと身を翻し、頭を低くして唸る。えんの視線の先を見やった藤次はヒシルエの腕をつかんで立たせようとした。

「早く、皆のところへお戻りください」

いいながら羆皮の袖なしを脱ぎ捨て、腰骨の後ろに差してあった矢立を抜いた。

雪原をまっすぐ藤次たちに向かって走ってくる影があった。

次の瞬間、銀の弧が閃く。

鞘走らせた刀が月光を映したものに違いなかった。

「早く」

走り寄る影を睨みつけたまま、藤次が怒鳴る。

ヒシルエが動こうとしたとき、奇声が響きわたった。ぎょっとして声のした方へ目をやると、蝦夷の男が一人、山刀を振りかざして影に向かって駆けていくのが見えた。

「あれは……」

ヒシルエが震える声でいう。

「死んだ娘の父親です」

申し訳ございませんと声を張りあげ、両手を支えて詫びる邦吉の言葉を、石井は草鞋の紐を締めながら聞いていた。

留萌からいっしょに来たもう一人の蝦夷も邦吉の後ろで両手をついている。

石崎の乙名のもとへ蝦夷が訪ねてきていたが、それが石井の追っている薬屋と関わりがある者だとは思わなかった、という。邦吉が執心している女も蝦夷の身なりに戻っていたので見落としてしまったらしい。

『幸いにもいまだ船は浜にあり、荷を積んでいる最中であれば、すぐにお出かけくだされば充分に間に合います』

立ちあがって腰に長剣を差したところで、邦吉が顔を上げ、目が合った。

何の感情があったわけではない。ただ、斬れると確信しただけのことだ。

長剣が一閃し、邦吉の首がごとりと音をたてて落ちた。

もう一人の蝦夷があわてふためいて小屋から飛びだそうとしたところを背後から斬りつけた。右の肩口から入った刃が背骨を両断する。

まるで切っ先に目がついたような心もちがした。

狭い小屋の中であるにもかかわらず三尺の長剣は柱にも梁にも引っかからなかった。

さらに蝦夷の背骨を断つ瞬間には、骨と骨の間の髄を切り裂くところまでまざまざと見えたものだ。

のけぞった蝦夷の姿は、山中で斬った少女を連想させたが、ひどく昔の出来事にしか思えなかった。

昼下がり、邦吉は娘の死体が見つかって村では大騒ぎになっていると報告しに来た。話を聞いてもとりわけ気にはしなかった。村人たちは狐に食い殺されたと噂していると、いいながら石井に向けられた邦吉の眼光には疑惑の色があった。

しかし、そのために殺したのではない。特別な理由などなかった。純粋に、斬れると確信し、躰が動いただけである。

邦吉の着物で剣を拭い、小屋を飛びだした。

駆けながら石井は冷静に思いかえしていた。少女を斬り、たった今さらに二人を斬った、その手応えについてである。

骨を断ちきったはずなのに刃先が固いものに衝突した感触はなく、まるで何もない空間を剣が通り抜けていったようにしか感じられなかった。

そして邦吉の首は落ちた。

皮一枚でつながり、だらりとぶら下がった辰のときとは違う。

究めたか、と胸のうちでつぶやいた。

叫びだしたいほどの歓喜が突きあげた。剣客として名を馳せるおのがが姿さえ彷彿としてくる。

薬屋だけでなく、薬屋が乗ってきた船の水手（かこ）ども、石崎浜の蝦夷たちまで一人残らず斬り殺してしまえそうな気がしてきた。

眼前に浜が広がった。今朝からの雪で一面白くなっており、月明かりが加わって蠢（うごめ）く人の姿がはっきり見てとれた。

薬屋は意外と近くにいて、しゃがみこみ、誰かと話をしているようだ。

まさにおあつらえ向きとばかり、一直線に薬屋に迫りつつ、抜刀した。

わきから奇声がほとばしったのは、そのときだ。蝦夷人が一人、山刀を振りあげて走ってくるのが目に入った。

何者なのか、なぜ自分に襲いかかってこようとしているのか、とは考えなかった。邦吉たちを斬り捨てたとき同様、感情にはさざ波も立たない。

走る方向をわずかに変え、迫り来る蝦夷人に正対した。凝視していたのは、突きだされた山刀の切っ先である。

間合いが一気につまり、切っ先が目の間めがけて飛んでくる。

すれすれで躱した。左のほおをかすめていく刃風を感じつつ、躰を入れ替え、蝦夷人の背中から斬りつけた。

またしても剣は、すんなり蝦夷人の躰を通りぬけ、首と左腕が飛んだ。

間髪を入れず、薬屋に向きなおったときには青眼にかまえていた。

血が冷たいままに沸きたっている。

薬屋は石井の顔を見て、こぼれ落ちんばかりに目を見開いていた。

視線をわずかに下げ、薬屋が手にした得物を見た。一尺二、三寸の棒状のものだが、十手(じって)や小刀ではなさそうだ。

矢立か、と石井は胸のうちでつぶやいた。とうとう薬屋が本性を露(あら)わにした。

間合い、約十間。

薬屋が躰(たい)を低くして突進してきた。石井も雪を蹴った。一気に間合いが詰まる。薬屋がほんのわずか左へ揺れる。

突いた。

一度突きをくれ、長い腕をたわませて、さらにもう一度突きを入れる。

二段突きは、石井の得意とする技でもあった。

刀を投げだすように突いた先にわずかながら手応えがあった。

薬屋がふっ飛び、雪の上を転がるのが見えた。

月光の下、いっさんに駆けてくるのが石井長久郎だと気づいたとき、藤次には松前で襲われた夜の、四人目の正体がわかった。

殺された娘の父親は、勇敢にも山刀を振りあげて突っかけていったが、所詮、剣術を身につけた石井に敵しようはない。

石井の大刀がきらめくと、父親は首と腕を一度に斬り飛ばされていた。

三尺を超えそうな長剣ながら闇に光の弧を刻むほど迅速に動いた。それ以上に藤次を戦慄させたのは石井が見せた見切りの峻烈さである。

山刀は石井の顔面を貫いたようにしか見えなかったというのに、転瞬、躰を入れ替えた石井が蝦夷の男を斬り捨てている。

恐るべき使い手といえる。

ヒシルエは藤次の足元にうずくまったまま動かなかった。腰が抜けているのかも知れない。このままの状態で石井に踏みこまれれば、ヒシルエまで刃風のうちに巻きこまれかねない。

矢立を躰の前にかまえると、駆けだした。

見る見るうちに間が詰まっていく。

豊勝丸が松前に着いたとき、漁民たちに混じって舫綱を曳いた人懐っこい石井とは、相貌がすっかり変わっていた。白目の中に小さく瞳が浮かび、返り血が顔に幾筋も流れおちていた。

躰中から湯気をあげているというのに息は微塵も乱れていない。

人を斬るところをたった一度見たくらいで太刀筋が読み切れるはずもなかった。わかっているのは、長大な剣でありながら恐るべき速さで打ちこまれることだけだ。

その上、見事なまでに間合いを見切る。

両手で握った矢立の蓋を半回転させた。

すでに間合いは二間となない。

左足を半歩前に出し、半身となり、どっしり青眼にかまえた石井の真正面から飛びこんでいく。

ひたすら待っていたのは、石井が変化することだ。

右か、左か。石井の変化を見届け、後で先を制して長剣のうちへ飛びこむ。まさしく死中に活を求めるしか勝機はない。

だが、石井はびくともしなかった。

右か、左か、左か、右か。

ままよとばかり右へ変わりながら矢立の蓋を引き抜きかけた。

藤次がふらりと動くのに合わせ、石井が突きを入れてくる。左右どちらからでもなく、まっすぐに突いてきた。

刃の下をかいくぐろうとしたとき、切っ先がくるりと円を描き、もう一度突きが来た。あまりに速かったために長剣がしなったように見えた。まさにとぐろを解きつつ獲物に飛びつく蛇さながらの動きである。

雪を蹴り、かろうじて右へ飛ぶ。

間に合わなかった。

左脇腹に激痛が走り、血が霧となって飛散するのがちらりと見えた。

懸命に雪中を転がる。痛みを気にしている余裕はない。

考えていたのは、ただ一点のみ。

追い撃ちを喰らえば、ひとたまりもなく殺される……。

五

切っ先が目となり、鎬が肌となれば、敵に負わせた手傷の深浅も容易に読める。

二段構えの突き、その第二の剣が薬屋をとらえた。

おそらくは左の脇腹、それほどの深手ではない。だが、焦ることはなかった。

血煙が立った以上、わずかでも肉を切り裂いているに違いなく、だからこそ薬屋も雪上に血の跡を残しつつ、必死にまろび逃れたのだ。

傷ひとつ分だけ自分が有利になり、薬屋が不利になる。

長い腕を利し、迅速に切っ先を転回させる二段突きが有効であるならば、二度、三度、いや幾十回でもくり出していき、徐々に薬屋を弱らせていけばよい。

道場においても石井の二段突きを避けられる者はほとんどなかった。きれいに外すのは兄弟子神代又兵衛くらいのものだが、手の内を知り尽くされていなければ、又兵衛であれ、石井の突きから逃れられなかったはずだ。

二段突きで小手を打たれた同輩たちは悔しまぎれにいった。

『その剣では、深手を負わせられないだろう』

一撃で相手を仕留めるだけの威力を秘めていなければ、実用の剣として役に立たないのではないか、というのだ。

たしかに同輩の腕に残る竹刀の打撃痕は、うっすら赤いだけで腫れてもいなかった。くるくるっと剣先を返すゆえに打撃が深くならない憾(うら)みがある。手先の技、目くらましにすぎぬとまでいわれた。

真剣を使ってみろ、と今の石井ならばいえる。かすり傷一つあるかないかで形勢はじりじり傾き、やがては決定的となる。

しかし……。

石井は青眼にかまえた長剣の切っ先を薬屋に重ね、睨みつけながら自分にいい聞かせた。

努々(ゆめゆめ)油断はなるまいぞ。

間合いに入った刹那、薬屋は右に変化しようとし、そこをとらえて突いた。体得したばかりの極意に従い、剣を投げださんばかりにしていたからこそ、ほんのかすり傷とはいえ、薬屋をとらえることができた。今まで斬ってきた破落戸(ごろつき)どもとは動きがまるで違った。

八咫(やあた)め、と胸のうちでつぶやく。

忍びの技がどれほどのものか知らなかった。生まれて初めて対峙しているのである。迅速な動きはやはり瞠目(どうもく)せざるをえなかったが、所詮逃げまわるだけであり、外道の技にすぎず、剣技に遠く及ぶものではないと確信しつつあった。

薬屋に体勢を立てなおす暇を与えることなく、石井は肉迫した。

ようやく立ちあがりかけた薬屋の咽もとめがけ、剣をくり出す。

薬屋が矢立で応じ、横殴りに払った。長剣が金の響きを残して、はじかれる。同時に腕をたわませ、切っ先で小さな円を描いて二の突きを入れた。

手応え。

薬屋の右腕から血が飛び、斬り落とされた袖が舞った。

何とか一撃目を払ったものの、生き物のごとく身をくねらせ、襲いかかってくる第二撃は躱しきれなかった。

右腕に走った激痛に、思わず矢立を離してしまう。

もし、二段突きを知らなければ、肘の辺りから斬り飛ばされていたに違いない。

真後ろに跳ぶよりなかった。

石井の攻めに対して一直線に後退したのでは、次の攻撃を呼びこみ、いずれ進退が谷まるのはわかっていたが、間合いを取ることでしか刃勢を避ける術がない。

いや、とっくに進退は谷まっており、間もなく降りそそいでくる致命的な一太刀も、もはや避けようがないのかも知れなかった。

左手に持った矢立を水平に構え、痛む右腕をあげて何とか胴筒をつかむ。

袖がなくなり、剥きだしになった腕に夜気が冷たかった。

傷は手首から肘にかけ、差し渡し二、三寸くらいのものかと見当をつけた。深さはわからなかったが、痛みは激しかった。とっさに腕を返し、内側を切り裂かれるのをまぬがれたもののそこまでが精一杯、とても牙折りを仕掛ける余裕はない。

ただの一度でも石井が上段に振りかぶってくれたなら内懐へ飛びこみ、一矢報いることもできるだろうが、どっしりと落ちついた構えを見れば、飽くことなく同じ攻撃をくり返してくるつもりでいるのがわかった。

石井は焦る必要がない。わずかずつでも藤次を傷つけ、追いつめていって、身動きならなくなったところでとどめをさせばよい。

一方、藤次は焦燥に炙られていた。左脇腹と右腕の傷から絶えず流れだす血とともに躰の力が失われている。冷気がいや増し、躰中の関節が軋みはじめていた。

動きが緩慢になるのをどうすることもできない。

雲平からもらった指弾は煙草入れの革袋ごと船においてきたし、小仏壇は柳行李の中に仕舞ったままだ。

武器は手にした矢立しかない。

目の高さで水平に構えた矢立の蓋をわずかに開いた。

躰にどれほどの力が残っているのかわからなかった。あと一度跳べるか、自信はなかった。

矢立越しに石井が踏みこんでくるのが見える。

やはり真後ろに引いたのは失策だ。

石井の剣先が微動だにせず突いてくる。一撃だけなら躱すことも弾くことも難しくはなかったが、次の変化が読めない。

だが、もう下がるわけにはいかなかった。

一か八か。

身を低くしたまま、雪を蹴った。

何かの誘いだろうかと疑ったほど無造作な後退であった。しかし、薬屋の貌を見れば、追いつめられた小動物のごとくまるで余裕の失われているのがわかった。一太刀のもとに斬り伏せられそうな気もしたが、焦りは禁物であるし、なぶるのも一興だと思いはじめていた。

剣先に薬屋をとらえ、残り二間を跳んだ。

同時に薬屋が頭を地面すれすれにまで下げて向かってくる。

無駄なことを、とちらっと思った。

突く。

薬屋が両手で持った矢立で剣を弾きあげる。逆らわずに切っ先を上げ、二段突きに入るべく腕をたくしこみかけた。

そのとき、踏みだした左足が雪に滑った。

ほんのわずかにすぎなかったが、一撃と二撃の間に髪一筋の遅れが生ずる。

あっと思う間もなく、薬屋が跳躍し、宙でトンボを切った。

広げた両腕の間で何かがきらめいた。

銀の糸が月光を反射している。


一撃目をはねあげると同時に藤次は跳ぼうと決めていた。伸びあがり、さらけ出す恰好となる腹に二撃目を喰らうのは必定と思われたが、ほかに残された道はなかった。

空中で躰を反転させ、矢立の蓋を抜いた。

胴筒と蓋の間に鋼の白糸が走る。

見あげる石井と、瞬時目が合った。肝を奪われ、きょとんとした長い顔は、松前で初めて会ったときに戻っている。

左右の手首を交差させ、白糸を輪にして石井の頸へ飛ばす。

飛びまわる蠅さえ捕まえられるように仕込まれた技だ。

腕を開き、躰を反転させつつ、石井の頭上を飛びこえた。雪の上に着地する。跳んだ瞬間、羆皮でつくられたフカグツのありがたさが身にしみた。

腕力と、藤次の躰の重さ、跳躍の反動があいまって白糸は一気に引き絞られる。絹糸よりも細い鋼の糸は、石井の頸に食いこんでいる。皮膚を破り、肉を斬り、骨を断っていくのがふり返らずともわかる。

銀糸（ぎんし）舞い――八咫の技である。

両腕を胸の前で交差させていた。矢立を握った拳を両肩の上に置いて、藤次は片膝をついていた。

石井の躰を通りぬけ、手応えを失った白糸がはらりと落ちるのを感じる。

わずかに間があった。

石井の躰が雪中にくずおれる鈍い音を、藤次は背中で聞いた。

夜目にもあざやかな白い帆は、微風（そよかぜ）をはらみ、いっぱいに張りつめている。

海は穏やかに広がっている。破片となってちりばめられた月光がただよう洋上を豊勝丸はすべるように進んでいく。

見る見るうちに遠ざかっていく浜には、いまだ数十人の蝦夷人が立ち、豊勝丸を見送っていた。夜が深まるにつれ、寒気が厳しくなっているというのに誰一人立ち去ろうとしなかった。

目をすぼめた藤次は、アツシをまとったヒシルエを見つめつづけていた。ほっそりとした姿はすでに芥子粒（けしつぶ）ほどの大きさとなり、あの美しく澄んだ眸をみとめることはかなわなかった。

しかし、目を逸（そ）らすことはできない。

知らず知らずのうちに右腕にきつく巻かれた晒しを指先でなぞっていた。ヒシルエが涙を流しながら巻いてくれたものだ。

蝦夷人の間に伝わる傷によく効くという薬草を使った。右腕と左脇腹の傷は熱をもっていたが、薬草が効果をあらわしはじめたのか、痛みは薄らぎ、かすかに脈打っているにすぎない。

行李の薬ではなく薬草を、といったのはヒシルエである。

蝦夷人の知恵に幾度も驚かされ、心服するようになった藤次は素直に従った。

背中が温かい。石崎浜の乙名からもらった羆皮の袖なしのおかげである。松前に着いたとき、袷の着物を着ていても刺すような冷気を防ぎきれず、とんでもないところだと感じたことを懐かしく思いだす。

往路、白波が飛びかい、大うねりに翻弄されていたのと違い、海はあくまでも静まりかえっていた。絶え間なく舷側を打つ波の音に帆桁や船体の軋みが時おり混じる。

舳先に立った巳三郎は闇を透かして前方をにらみ、そのすぐ後ろで七郎平が引き揚げた錨の潮気を拭っている。親仁の政八は亥吉と利久平に指示を出し、早くも夜食の仕度に取りかかろうとしていた。

そういえば、腹が減ったと胸のうちでつぶやいた。

実際に対峙していたのはわずかの間にすぎない。とはいえ、命のやりとりは、藤次をひどく消耗させている。

最初、松前の小宿で襲撃されたときには、金目当ての破落戸どもの仕業だと思った。留萌の貞次郎も結局は金目当てに襲ってきた。

しかし、石井は違う。藤次が利尻昆布を手に入れ、薩摩に向かおうとしていること自体を阻止しようとしていたのだ。

あらかじめ松前で待ちかまえていたことからすると、藤次がやって来ることを事前に知っていたことになる。どこから漏れたのかわからなかったが、昨秋には松前にいたという石井の言葉を信ずるなら、藤次が源右衛門を訪ねる以前、つまりは計画が立てられた段階から知っていたことになる。

何者なのか、どこから来たのか、誰に命じられたのか。思いを巡らせたが、答えは見つからなかった。

石井の剣は、牙を剝いて襲いかかってくる毒蛇そのものとしかいいようがない。今思いかえしても背筋がぞっとする。

刀身が目に見えて撓うはずなどないのに、藤次には長剣が身をくねらせて迫ってきたようにしか思えなかった。

最後の瞬間、第二撃で腹を切り裂かれることを覚悟して跳んだ。勝算などあるはずもなく、追いつめられ、仕方なく選んだだけのことだ。

なぜあのときにかぎって石井が一度しか突かなかったのか、今もってわからない。いずれにせよ藤次にすれば僥倖以外の何ものでもなかった。

石崎の浜は、純白の雪に覆われ、波間にぼうっと浮かんでいる。

この世のものとは思えないほどに美しかった。

雲平はどこにいるのだろう、と思った。

留萌で待ち合わせるといっていた江差の医師たちには会えたのだろうか。もう陸路を北上しはじめたのだろうか。

ほとんどの行程を自分の足で踏みしめている雲平は、藤次にとってやはり眩しい存在である。流暢に蝦夷の言葉を操り、蝦夷の料理に舌鼓を打ち、蝦夷とともに笑い、涙していた。

蝦夷地は、雲平にとって懸場だという。

言葉も、人としての在りようもまるで違うが、おろしあ人のウラジも同じようなことをいっていた。

二人とも旅を塒とし、おそらく死ぬまでさすらいつづけるであろう。

『でも、春になって仲間の船が迎えに来れば、おれはまた商いをしに出かけていくだろう。そしてまた殺すことになる』

不思議な、青い目には憂悶が現れていた。

『どうして同じことをくり返してしまうのか、過ちだとわかっていてくり返すのか、いつかその理由を知りたいと思っている』

おれはどうだろうかと自問していた。

「六郎平」

帆柱の根元で、知工の金蔵と話をしていた源右衛門が顔を上げ、艫に向かって声をかけた。

艫では、六郎平が楫棒をとっている。

「へい」

「居眠りなんかこいてるんじゃねえぞ」

「へい」

素直に返事をしたところをみると、楫をとりながら舟をこいでいたのかも知れない。

金蔵と話し終えた源右衛門が近づいてきて、かたわらに腰を下ろした。

「傷、まだ痛むかい」

「いえ、ずいぶんと楽になりました」

「薬屋のあんたが蝦夷の薬草を使うとは思わなんだが、それも惚れた弱みってことか」

「まさか」

苦笑し、目を逸らした藤次は、また浜を見やった。

押し黙ったままの源右衛門がじっと見つめているのを感じて、視線を戻した。源右衛門はいつになく厳しい貌をしていた。

「儂も元は薬売りをしておった。水橋浦には、薬売りから船頭になった者が何人かおる」

「ああ、それで……」

いつか柳行李をのぞいた源右衛門に懸場帳がないねといわれたのを思いだした。

「薬を売って歩くより船を動かした方がなんぼか儲かるで、それで船頭になった」

一つ息を吐くと、源右衛門が圧しだすようにいった。

「あんたが蜘蛛八の息子とはなぁ」

「ええ」

鋼の糸で石井の頸を斬り落として見せた以上、今さらとぼけることもできない。

それにしても雲平といい、源右衛門といい、父を知っていることには驚いた。

「親父さんは達者かえ」

「へい、お蔭様で。今ではすっかり年寄りになりまして、暇さえあれば、ぼんやり日向ぼっこなどしております」

藤次は探るような視線を源右衛門に向けた。

「お頭はうちの親父をご存じなんで」

「昔々だ。おれがまだ売薬商をしていたころ、懸場が隣り合わせだったことがある。何度か会うたことがあるし、何べんかはお堂でいっしょに寝たよ」

「そうでございまいたか」

「蜘蛛八に息子がおるというのは聞いていたが、それがあんたとはねぇ。世間は狭いもんだ。いや、縁があったというべきか」

「へえ」

父が狐原屋源右衛門を訪ねるように命じたわけを、藤次は今はじめて知った。

「ときに於菟屋さん、巳三郎とも話をしたんだが、あんたさえよければ、このままっすぐ長崎に向かいたいと思ってるんだ。越中に寄らないというのは不都合かえ」

「いいえ。早く着くならそれに越したことはございません」

「そうか、そいつはよかった。まあ、風と潮に相談しなくちゃならないが、うまくいけば、五、六日で長崎に着く」

「そんなに早くに着くのですか」

「そうだ。だけど、潮の加減さえよければの話だよ」

「よろしくお願いいたします」

うなずいた源右衛門が艫に目をやった。視線は船のさらに向こう、利尻をとらえているようだ。

「あんた、また蝦夷地に来ることがあるかね」

「へい。売掛がありますれば」

「ほう。たしか蝦夷地は懸場じゃないといってたんじゃないか」

「今は私にとっても懸場でございます」

艫小屋の屋根に寝そべり、首だけ持ちあげているえんの背を月光がやわらかく照らしていた。

密命売薬商

第五章　蠢　動

一

一日のうちでもっとも蒸し暑いとされる夕間暮れがようやくに過ぎ、障子を開けはなした間から流れこむ夜気も幾分ひんやり感じられるようになってきた。

くっきりした二重瞼の、やや目尻の持ちあがった大きな目を細め、妓は笑っていた。曲げた手首を口許にやっている。

横顔なので小振りながらもつんと尖った鼻と、丸いあごが見てとれた。紅を差した唇からは艶々した白い歯がこぼれている。

長崎丸山花街、料亭『蛍火楼』の座敷を彩る灯火を映した琥珀色の眸が見つめる先では、でっぷり太った男が小柄な芸者と並んで舞っていた。

男は、白の襦袢が透けて見える黒い絽の小袖を着ていてさえ暑苦しい印象を与える肥満体ながら、元々器用な質かよほど遊び慣れているらしく巧みに舞っている。指先の表情などはともすれば本職の芸者を食ってしまった。

太った男の顔は真っ赤で、びっしょりと汗をかいていた。それでも目深に被った帽子をとろうとはしない。茶人、俳人が好みそうな焦げ茶の帽子は、へりに汗が滲み、黒くなっていた。

「堂園様」

しっとりとした声に堂園元三郎は、目を動かした。

となりにはべる妓、菊代が徳利を差しだしている。きりりとした顔立ちだが、包みこむように柔和な表情をしている。

「うむ」

目を伏せ、差しだした盃がかすかに震えていた。

菊代の細い手首には碧玉を連ねた腕飾りがあった。深い緑の光沢が腕の白さを際だたせている。珠は翡翠で唐物だという。

初めて顔を合わせたとき、数珠を巻くのは何かの願掛けか、と訊ねてかろやかに笑われた。

ひと息で盃を空け、もう一杯注いでもらう。

「さすがに……、お強ういらっしゃって」

「これが好きでの。困っておる」

三晩つづけて通い、菊代が同席するのも三度目だが、薩摩という言葉は一度も出なかった。つとめて江戸言葉を使うようにしていたものの、菊代は堂園がどこの生まれなのかすぐに見抜いたようだ。

見れば見るほどいい女だ、と堂園は思う。だが、おのが風貌の冴えないことを自覚しているだけに、ため息は酒とともに飲みくだすよりなかった。

菊代は遊女である。遊女である以上、望めば朝までいっしょにいることもできた。国許に妻子がある……、貧しい下級藩士の給与では遊女遊びなどとてもおぼつかない……、何より一世一代の大事の真っ最中である……等々と菊代と床をともにしない理由を並べたててはいたが、本当のところは同衾している菊代と自分の姿を思いえがき、菊代に較べてあまりに貧弱で醜いおのが姿に打ちひしがれているだけにすぎない。気後れ、である。

また、菊代が徳利を差しかけ、堂園は受けた。

翡翠の珠が輝いている。唐物を遊女が身に着けるなど、よその土地ではとうてい考えられないことだ。

さすが長崎、と思わざるをえない。

菊代だけでなく、座敷をにぎわす遊女、芸者のことごとくが唐物の布地であつらえた着物に身をつつみ、装身具を着けていた。中にはオランダ人が持ちこんだ南蛮渡来の宝飾品をこれ見よがしに首にかけ、髪に挿している女もいた。

いずれもご禁制の品々である。

舞いを終えた男が大笑いしながら床柱の前に戻り、どっかと腰を下ろした。ともに踊っていた小柄な芸者は男のわきにべったりと座り、早速酌をする。

上座に太った男、となりに堂園、下座には横浜から堂園に同行してきた雑貨商萬屋善右衛門、長崎の貿易商西屋宗左ヱ門の二人が並んでいた。

太った男が声をかけてくる。

「堂園先生、たっぷりと召しあがられてますか。せっかく長崎までおいでなされたのですから酒も料理もそれから……」

太った男はちらりと菊代に目をやり、視線を戻してきた。

「とにかく存分にご堪能されませんと、一生の不覚にもなりかねませんぞ」

円い唐風の卓袱台にいくつかの大皿に盛られた郷土料理が並び、酒は地元の銘酒が選ばれていた。いずれも堂園が今まで味わったことがないほどに旨い。

「腹一杯味わっております。それにしても歳はとりたくないものですな。せっかくの料理も酒もほんのちょっと口にしただけで胃の腑が満杯になってしまいます」

「なにをおっしゃられますか。堂園先生は手前より二つも三つもお若くていらっしゃる。何につけ、本当の味わいがわかるようになるのはこれからでございますよ」

「いやいや、鉢屋殿がうらやましい」

鉢屋伍兵衛と名乗ってはいるが、実態は唐人、本当の名は張仲伯といった。五十をいくつか超しているはずだが、顔の色つやは堂園とは較べものにならず、三十前後といっても通りそうである。

　過去二十年にわたって、張は長崎に出入りしてきた。そして五年前、ついにこの湊町を第二の故郷と定め、住みつくようになったのである。言葉には唐人らしき訛りはまったくなく、身なりもちょっと気取った豪商風にしている。

　しかし、決して髷を結おうとしなかったので屋内外にかかわらず帽子を取ろうとはしなかった。

　張は懐に手を入れ、上体を堂園に向かって傾けた。

「今宵は堂園先生に心ばかりの土産を持参いたしました」

「ほう。それはまた」

「これにございます」

　そういって張は小さな袱紗の包みを懐から取りだした。

「何でございますか」

　身を乗りだした堂園には答えようともせず、張は掌にのせた包みを開いていった。堂園、善右衛門、西屋、そして女たちが張の手元をのぞきこむ。

「あら、いい香り」

　張にしなだれかかっていた芸者のお駒が匂いに誘われてつぶやく。十六、七のお駒は張が贔屓にしている芸者で、本来売るのは芸だけだが、張が相手のときのみは朝までいっしょにいることが多いという。

うっとりした顔つきで目をつぶったお駒が鼻から息を大きく吸う間に、座敷にはえもいわれぬ蠱惑の香が広がった。

袱紗の中には和紙の封筒がおさめられていた。

目顔で訊ねた堂園に向かって、張は隙間の空いた長い前歯を剝きだしにして告げた。

「麝香にございます。本物でございますよ。ほら女子衆の顔つきをご覧なさい」

包みの真上に顔を突きだしていたお駒のあごに手をやると、張はそっと仰向けさせた。

小鼻を広げたお駒の瞳はとろんとしており、ほおがほんのり上気している。

麝香は香料として使われるほか、女性に対しては催淫の効果があるとされていたが、本物は滅多に手に入らないといわれていた。

ちらりと菊代の横顔を盗み見する。凛とした表情はいつもと変わりない。それでも張の手元を見つめる目はいつになく真剣そのものに見えた。

ひょっとすると菊代にも……、と期待がふくらみかける。

「さあ、どうぞ、お取りください」

引きずられるように手を伸ばし、包みを受けとった。

張の手から堂園へと包みが移動するのを追って女たちの視線が動く。お駒などは引きずられるように張から離れ、菊代に押し返された。

菊代の横顔をふたたび盗み見し、こりゃ駄目だと胸のうちでつぶやいた。

たしかに菊代の目は真剣そのものだが、宿る光は、情に流されることなく品物を値踏みする商人そっくりといえた。

「今朝ほど到着したばかりの品にございます」

堂園、善右衛門ははっと緊張したが、西屋はまるで表情を変えなかった。

いくら長崎とはいえ、唐人が自由に歩き回れるわけではない。唐人の代わりに渡海してきた品を売りさばいたり、国外へ持ちだす品々を買いつける西屋は、張の荷を扱う船の出入りには通じていた。

堂園は目を上げた。張の顔からはいつの間にか笑みが消えていた。

手水場に立っている男は、絽の着物に焦げ茶色の帽子というどこかちぐはぐな恰好をしており、それが神代又兵衛の目を引いた。又兵衛が近づいても顔を上げようともせず左手に持った柄杓で右手に水をかけている。

水は床の一部を切り欠いてはめた竹の簀の子に落ちていく。手水場に近づくにつれ、杉の葉の香りが又兵衛の鼻をついた。

男は柄杓を持ちかえ、左手もていねいに流していた。武士には見えなかった。だが、肥満しきった躰から滲みだす圧迫感は、ただの商人とも思えない。

廓の法に従い、又兵衛も帳場に大小を預けてはいたが、身に寸鉄も帯びていないわけではなかった。懐には小柄を忍ばせてある。

しかし、肥満した男には得体の知れないところが感じられた。

壁に掛かっていた手拭いを使うと、肥満漢は渡り廊下を歩きだした。あまりに無造作な足の運びを見れば、武芸の心得などまるでないことが知れたが、それでいて太刀をもって斬りこんでいってさえ、たちまちの内に又兵衛の方がのっぴきならない状態に追いこまれそうな、いやな感じがした。

すれ違う刹那、肥満漢がかすかに会釈し、又兵衛も黙礼を返した。

男の鼻の頭に浮かぶ汗の小粒を見てとったが、相手は又兵衛に目をくれようともしなかった。

庭に埋められた踏み石をわたっていく。大便所の引き戸の手前に設えられた朝顔の前に立つと、着物を広げた。小便をしながらあたりを見まわす。

江戸における又兵衛の住まいは町民が多い長屋で、一軒ごとの厠など望むべくもなく、路地の突き当たりにある共同便所を使っていた。

今、ぐるりと眺めわたして確かめられたのは、おのが住処よりも料理屋の厠の方が広いという事実だ。

同じ長屋には、石井長久郎も住んでいた。

いかにも暢気者といった風情の長い顔をしていたが、その裏には苛烈な性質を秘めていた。負けず嫌いでは人後に落ちず、道場での稽古中に打ち負かされれば、一瞬にして顔が白くなり、凄まじい目つきとなった。

何かというとすぐむきになる石井を相手にしていると、ついからかいたくなるのが又兵衛の悪い癖。だが、決して嫌っているわけではない。とくに石井の剣の腕前は認めており、うかうかしていると自分も追いこされてしまうと危機感を募らせることもあった。

「何をやってるかのぉ」

つぶやきは自然と漏れた。

脳裏に浮かんだ石井の面影に引きずられて、売薬商づれの始末に窮しているという話が思いだされた。

手水場で手を洗い、渡り廊下をわざとゆっくりと歩いた。

一室の前を通りすぎながら耳を澄ませる。閉めきった襖越しに聞こえてくる妓たちの歌、嬌声に酔客のだみ声が混じっていた。先ほどの肥満漢が入っていった部屋だ。

中庭をぐるりと囲む回廊を進み、階段を登ると、ほの暗くひっそりとした廊下を進んだ。両側に並ぶ小部屋は遊女と寝るためのものであり、宵の口とあってはさすがに人気はない。

突き当たりの左手にある部屋の引き戸を開けた。

引き戸は、二重になっていて、半間幅の板の間をはさみ、もう一つの戸があった。戸を開け閉めした際、廊下から中をのぞかれないために工夫されている。

部屋は六畳で、入口のわきには艶めかしい紅い布団がたたんで積み重ねてあり、行灯には灯が入っていた。もっとも待っていたのは男が二人である。

一人は黒い紋付きの羽織姿で、部屋の真ん中にどっかとあぐらをかいて手酌で飲んでいる。男の前には丸い盆が置かれ、丼に盛った香の物が酒肴、二合徳利が一本に猪口は三つあった。猪口は二つまで伏せられたままになっている。

ほおが殺げていて、酒気に赤く染まったこめかみには血管が浮いていた。

ぎょろりとした目で又兵衛を見る。

「見ましたか」

「うむ」

男は満足そうにうなずき、ふたたび猪口を口に運んだが、ひと息にあおるような真似はせず、ほんの少しだけすすった。

長崎奉行所西役所の同心で、江久間源治郎といった。

又兵衛は江久間の前を通りすぎると、窓辺に近づいた。

もう一人の男は、障子を一寸ばかり開けて外をうかがっていた。

又兵衛も障子の隙間から外に目をやる。

窓の下は中庭になっており、ちょうど肥満漢が入っていた部屋が真向かいにある。

窓辺に腰を下ろした男は額から頭頂部にかけて禿げあがっており、そのせいで髷も細かった。よく陽に灼け、細い目をしている。

荒尾兵馬は、柳生江戸藩邸詰の藩士で又兵衛とは同輩にあたった。この半年ばかり横浜の雑貨商萬屋を見張っており、萬屋が南へ下ったのを追って自らも長崎まで来ていた。

「お前が前を通りすぎてから人の出入りはない」

「そうか」

「顔、見てきたか」

「しかと、な。何だか得体の知れない感じだったが、あれで本当に商人なのか」

「たしかに居船頭ですよ」

そう口を挟んだ江久間だが、窓側に目を向けようともせず手酌をつづける。豪快な飲みっぷりにはほど遠く、猪口一杯をそれこそ嘗めるようにすすっていた。

「元は自ら船に乗ってたんですがね、四、五年前、長崎に住みつきました。若い女といっしょにね。女といっても芸者あがりなんだが。そんな女がいながら、一人じゃとうてい足りないらしく毎日ここへ来ちゃ遊んでる。唐人の精力ってのは、我々とは違って底無しのようですな」

又兵衛は江久間に目をやったが、荒尾は障子の間から向かいの部屋を監視しつづけていた。

「鉢屋某なんぞともっともらしい看板を揚げてはいるが、本当の名前は張仲伯といいましてね。おかしな帽子をかぶっていたでしょう。どじょう髭を剃って、着るものもあらためてはいるが、髷だけは結ってない。そのせいで帽子も脱がない。唐国じゃ盗賊の頭目をしてたって噂もあります」

血走った目を動かし、江久間は又兵衛を見た。

「あくまでも噂にすぎませんがね」

腹に抱えた屈託が表情に露わになっている。

江久間の屈託は昨日今日のものではなく、何年もかかって降りつもった澱のようだ。長崎には、幕府から奉行、勘定方など役人が派遣されてはいるものの、他所では泣く子も黙る役人も自治制を敷く商都長崎にあってははなはだ肩身が狭い。政治、経済、行政とあらゆる分野にわたって実権を握っているのは九人の町年寄以下、豪商たちである。長崎奉行から末端の小役人まで、抜け荷などの違法行為を見逃す代わりに豪商たちから賄賂を受けとっており、私腹を肥やすのに汲々としている。

江久間とて例外ではなかったが、下っ端ゆえ手にする金は微々たるものにすぎない。だが、屈託の元凶は江久間の生真面目さにあった。目をつぶりつづけるのがどうしても性に合わないらしい。

鬱々とした思いを酒で晴らそうとするが、口にできる量はたかが知れていた。

「だいたい唐人が丸山に出入りすること自体御法度なんですがね。金さえあれば、何でもできるといういい見本だ」

耳元で空になった徳利を振っている江久間は繰り言をつづけていた。

二

すっかり冷めた茶をすすった。もっとも茶とは名ばかりで葉は出涸らし、味も香りもなく、少しばかり色のついたぬるま湯にすぎなかった。

又兵衛は掌に握りこんだ湯呑みを、小さく円を描くように揺すっていた。

窓際では相変わらず荒尾が堂園たちの部屋をうかがっている。

目を転じた。

行灯のわきでは江久間が布団も敷かず、手枕で横になっている。かすかないびきが間断なく聞こえていた。羽織の背に入った丸に二の字の紋所がよじれ、いびつになっている。

ふたたび荒尾に視線を戻すと、低い声で訊ねた。

「まだ堂園は出てこないのか」

「ああ、座敷を出たのは張仲伯だけだ。萬屋も西屋も中にいる」

「せっかく悪所に来たというのに不思議な連中だな」

「堂園という男、薩藩では勘定方におるそうだ。九州随一の雄藩とはいっても御台所事情は切羽詰まっているんじゃないか。女遊びどころではないのかも知れん」

「どうせ払いは西屋か萬屋だろう」

目だけを動かし、又兵衛を見た荒尾がにやりとする。

「堂園の相方は菊代といってな、すこぶるつきのいい女だ。あまりにいい女なんで、堂園の奴め、臆してしまったのかも知れん」

「用はないんだから女はとっくに帰っただろう。一銭にもならない客のところにいたって仕方がない」

「ところがまだ座敷にいるんだな。堂園にべったり張りついている」

「商売にならないのにか。そんな殊勝な妓がいるものか」

「おれが頼んだ。あの薩摩っぽからはなれないでくれとな。銀一枚払うことになってる」

「銀一枚」又兵衛は目を剝いた。「そりゃ豪気な話だが、女にはうとい兵馬にしちゃ、珍しく気の利いた手回しをしたもんだ」

「女にうといは余計だ。おれは又兵衛と違って真面目な質でな。いっしょに寝るのは女房だけだ。いずれにせよ、堂園はこの三日菊代には指一本触れとらん」

「堅物か。つまらん」

「ところが、そうでもない。なかなか好き者でな。よく日本堤を渡ってるよ」

「吉原通いをしている男が何だって長崎で据え膳を食わん」

はからずも力のこもりすぎた又兵衛の声に、荒尾が眉を上げた。

「何もお前が怒ることはないじゃないか。大事の前だからだ。そろそろ蝦夷島から船が着くころじゃないか」

「石井が首尾よく仕事を片づけていれば船は来ない」

「ご隠居様は、石井がうまくやるとは考えていないようだぜ。だから又兵衛を長崎によこしたのだろうし、おれも萬屋を追って来ている」

荒尾はちらりと窓の外に目をやってからふたたび視線を戻した。

「それにしても何だってご隠居様は富山前田家をお訪ねになられたんだろう。薩藩、富山藩と雁首（がんくび）そろえて突きだした方がお公儀（かみ）のおぼえもめでたいだろうに。お前、そのわけを考えたことがあるか」

「ご隠居様がお考えになられていることなんか、おれにわかるもんか。大事なのは、自分の仕事をちゃんと片づけることだ」

あごを胸に沈めるようにしてうなずいた荒尾は、しばし沈黙し、寝入っている江久間に目をやった。江久間は眠ったまま尻を掻（か）き、うんと唸（うな）りを漏らしたが、それきりまたいびきをかきだした。

夜半をとっくに過ぎ、そろそろ夜明けが近づく刻限になっていた。

階下にいくつかある座敷から聞こえていた嬌声は途絶え、廊下の両側に並ぶ小部屋から漏れていた妓たちのいささかわざとらしいあえぎも聞こえなくなっていた。あたりはしんとしている。たまに廊下が軋（きし）むのは、厠に立つ客の足音だろう。

荒尾はさらに声を低くした。

「ところで又兵衛、富山前田家はほどなく今の殿が隠居するという。聞いているか」

「いや」

「すでに若殿が藩主になっているとも聞いた。その若殿だがな、飛騨の天領を自国領にしようと、幕閣でいろいろ画策しているという噂だ。しかし、何をするにせよ、まずは先立つものが必要だ」

荒尾がじっと江久間の背を見つめている意味を、又兵衛はようやく悟った。

長崎奉行所の木っ端役人とはいえ、江久間が商人たちから受けとっている金は、おそらくは江久間自身の扶持を上まわっているだろう。

同じことが幕府の中央でも行われているということだが、動く金は較べものにならないほど莫大になる。

飛驒の天領を手に入れる運動に必要な軍資金をまかなうため、富山藩は薩摩藩と組んで密貿易に手を染めようとしている。

荒尾の声は、苦々しげに響いた。

「御台所事情がのっぴきならないのはいずこも同じだ。だが、飛驒の天領を富山藩が手に入れるのには別の意味もある」

荒尾の目が又兵衛をとらえる。蠟燭の灯が瞳の奥深くにまで射しこんでいた。

「加賀藩からの独立よ。富山藩は長い間宗藩から無理難題を押しつけられてきた。だが、我慢にもかぎりがある」

言葉を切った荒尾は畳の上においてあった湯呑みを取り、冷えた茶を咽を鳴らして飲みほした。

「若殿や江戸詰家老たちは躍起になっているが、一人だけ、加賀藩からの独立などとんでもないことととしている御仁がある」

「大殿というわけか」

「ご隠居様と富山前田の大殿は昔から昵懇の間柄と聞いたことがある」

「ご隠居様が富山前田家に与しようとしているというのか。そんなはずはないだろう。第一、我らの目標は公儀大目付への復帰、そしてお家の復興にあろう。兵馬はまるでご隠居様が……」

はっとして又兵衛は声を嚥んだ。蝦夷地松前で会ったとき、ご隠居がお公儀は、といいかけ、それきり黙りこんでしまったのを思いだしたからだ。

荒尾が目を動かし、江久間の背を指す。又兵衛は腕組みし、そのはずみで手にした湯呑みから茶がこぼれた。

首を振る。

「理屈が通らん」

「どんな大船も海に浮かぶかぎり絶対に沈まぬという保証はない」

大船とは、幕府を指すのか。思わず声が出た。

「馬鹿げておろう」

「自分の耳で聞いたことを手前勝手につないでみただけのこと、本当のところなどおれにはわからん。だがな、又兵衛、そうとでも考えないとご隠居様がわざわざ富山前田家に立ち寄られたわけがわからんだろう」

「政の話だ。おれには考えることもできんね」

「そうだな」

ぎゅっと寄せていた眉を開き、荒尾はいった。

「ところで我らが仕事だが、このあとどうする。なるほど堂園が取引をしようとしている相手が張仲伯だとは知れた。だが、どこでどのように蝦夷の昆布を渡すのか、我らには何ひとつわかっていない」

腕組みしたまま、又兵衛は唸った。

ふっと息を吐いた荒尾が言葉を継ぐ。

「少々手荒いが、拐かしでもするよりないだろう」

「拐かすって、誰を、だ。まさか、堂園ではあるまいな」

「さすがに薩藩とことをかまえるわけにもいかない。それにあの男、見た目よりははるかに腹が据わっていよう。死ぬほど責めたてたところで何一つ喋りはすまい」

「じゃあ、誰を……」

「おれに考えがある。明日、菊代から話を聞くことにしよう」


明くる日、荒尾に連れられてやってきた店の軒先にしるこ、だんごと染めぬかれた暖簾がさげられているのを見て、又兵衛は首をかしげた。無骨一辺倒に見える中年侍の荒尾と甘味処という取り合わせがどうしても不似合いに思えたからだ。

入口で荒尾が菊代の名を告げると、すぐに奥まった一室に案内されたが、応対した女中が不躾な目つきでじろじろ眺めてくるのには閉口した。

夜明けから降りだした雨は、強くなったり弱くなったりしながら午をすぎてもやむ気配を見せなかった。湿気がべっとりと肌にまとわりついてきたが、さほど蒸し暑くはなく、かえってひんやりしのぎやすく感じたほどだ。

障子が開けはなたれており、中庭が見てとれる。雨に洗われた葉の緑が鮮やかで、雑草までが活き活きしている。

「兵馬がこのような店を知っているとはちょっと意外だった」

腕を組み、瞑目していた荒尾が片目だけ開き、又兵衛を見る。

「知るものか。おれは甘い物が苦手だし、長崎へ来るのも今度が初めてだ。菊代あてに伝言を頼んだ。会って話がしたい、とな。折り返し返事がきたんだが、この店に来るようにとあっただけだ」

ほどなく部屋へ案内してきた女中があらわれ、二人の前に抹茶と、小皿にのせた羊羹をおいていった。女中は何もいわなかったが、またもじろじろと二人を眺めていく。

女中が出ていったあと、襖をにらみつけて荒尾がぼやいた。

「男二人で来るのがよっぽど珍しいのかの」

羊羹は分厚いのが三切れ、切り口を少しずつずらして立ててある。又兵衛は添えられていたくろもじで突きさし、ひと口齧りとった。きれいに歯形が残る。噛むとしっとりした柔らかさの中に小豆粒がつぶれる歯ごたえがあって、甘すぎず、抹茶にもよく合った。

甘い物が苦手といいながら菓子皿を手にした荒尾は、一切れ口に放りこむとむしゃむしゃやっていた。さらにつづけて、二切れ、三切れと食い、抹茶を飲みほす。舌にまとわりつく甘みを洗いながしているようにも見えたが、格別辛そうな顔つきとは思えなかった。

又兵衛は小皿をおき、訊ねた。

「ところでゆうべの払いはどうなっている」

食事とはいっても湯漬けが一杯だけであとは出涸らしをすすっていたのだが、江久間は寝につくまで酒を飲みつづけていた。

「今朝、出てくるときに主が江久間に懐紙にくるんだものを渡していたんだが、お前、見なかったか」

「そういえば……」

朝、江久間が二階から降りてきたのは、堂園と萬屋が連れだって出ていき、駕籠に乗った張に西屋が付き添って出るのを見送った、そのあとのことだ。

店の奥から出てきた中年男が江久間が腰にあてていた手に背後から何かを渡していた。

口許を拭った荒尾が言葉を継ぐ。

「妓たちは唐国の反物で着物をこしらえたり、南蛮から渡ってきた飾りを髷に挿している。どれもこれもご禁制だよ。あの店には、張のように唐人も来れば、オランダ人も来る。連中、気に入った妓に土産をもってくるんだ。それを妓たちは道具屋に売り、主は上前をはねる。江久間は西役所の同心で、あの店を見まわることもないが、主にしてみれば仲良くしておいて損はない相手だ」

「なるほど」

うなずいた又兵衛は、ふと荒尾のわきにおかれた差料に目を留めた。

「お前、使ってるか」

又兵衛の視線が自分の大小に注がれているのに気がつき、問いの意味がわかった荒尾はいささか憮然とした顔つきになった。

「ここ何年かは人を斬ってないが、腕は錆びついとらん」

「勘違いするな。おれは兵馬を疑っているわけじゃないんだ。昨日、ふと石井を思いだしてな。あの男、一度も人を斬ったことがなかったはず」

「太平の世だからなぁ。お前やおれのような人斬りの方が数は少ないだろう」

又兵衛、荒尾ともに表向きは柳生藩馬廻組の一員だが、実際には松前で会った道服姿の老人の配下として働いてきた。その間、何人も斬っている。しかし、荒尾のいう通り太平の世がつづいているため刺客仕事はほとんど必要とされなくなっていた。そこへ今回のように江戸、横浜、蝦夷地、そして長崎と広範な活動が必要になると、どうしても経験に乏しい者を引き入れざるをえなかった。

胸騒ぎがして、と口にする前に足音が近づいてきた。

「お連れ様がお見えでございます」

「おう、入ってもらってくれ」

荒尾が答えると、襖が開き、女が一人正座していた。襖を開けた女中に軽く会釈をすると、女はひざをすべらせるようにして部屋に入り、手をつく。頭を下げるのと同時に襖が閉められた。

「菊代でございます」

「わざわざご足労だった」荒尾は硬い口調でいった。「こちらにいるのは私の同僚で神代又兵衛」

「お見知り置きのほどよろしくお頼みもうします」

「こちらこそ」

遊女と聞いていたので知らず知らずのうちに派手でどことなく崩れた感じのする女を思いうかべていたが、菊代は化粧っ気もなく、着物も地味で髪はありふれた島田に結っていた。眉も剃らず、鉄漿(かね)もつけていないにもかかわらず、落ちついた人妻を思わせる風情さえ漂っている。

澄みきった大きな眸には、凛とした気高さすら感じられた。

長崎の街並みや気候について取り留めもなく雑談をしているうちに女中が椀(わん)を運んできた。三人の前それぞれに小さな箱膳を置き、椀、箸、三粒の小梅を盛った皿をならべていく。

入口の前で両手をついてていねいに辞儀をし、部屋を出ていったが、女中はまたしても怪訝そうな顔をしていた。

眉間にしわを刻んだ荒尾がつぶやく。

「どうもあの目つきが気にいらんな。男二人で甘味屋というのはそんなにおかしなことかね」

はじかれたように菊代が笑いだした。荒尾は目玉を動かし、じろりとにらみつけた。

「何がおかしい」

「荒尾様はこの店がどのように使われておるか、ご存じではありませんか」

「知らん。だいたいおれは甘い物が苦手なんだ。女子供の食いもんだからな」

「ここは……」

意味ありげな微笑を浮かべて、菊代は、世間の目をはばかる男女が密かに会うところなのだと説明した。

目を剝いた荒尾が腰を浮かす。

「そんなところへ、おれたちを……」

「あら」

見開いた菊代の眸がきらきら輝いている。

「美味しいお菓子を食べさせるお店には違いありませんよ。界隈じゃ有名なんです。私はここの栗ぜんざいが大好き。さあ、冷めないうちにいただきましょう」

そういうと菊代は椀の蓋を取った。立ちのぼった湯気が荒尾の機先を制した恰好になる。

蓋を取り、椀を手にした又兵衛は小豆と栗を煮た、ほっこりとした湯気を吸いこみ、早速箸をつけた。羊羹同様ぜんざいも甘すぎず、上品な味に仕立てられている。

下唇を突きだしたまま箸を手にした荒尾は、ひと口食べるなりいった。

「こりゃ、旨い」

「おや」菊代が形の良い眉を持ちあげた。「女子供の食いもんですが、お口に合いまして」

荒尾は返事もせずに箸を動かしつづけ、あっという間に平らげると、さっさと椀に蓋をした。菊代に顔を向ける。

「堂園と萬屋について少々聞きたい。あの者どもは張……、いや、鉢屋とどのような話をしておった」

「さあ」

ほんのふた口三口食べただけだが、菊代はあっさりと箸を置いた。

「大したお話はされてませんね。ほとんどはお天気の話でございました。今時分の海は荒れるとか荒れないとか」

「昆布について話はしておらなかったか」

「昆布って、あのお出汁をとる昆布のことですか」

「そう、その昆布だ」

わずかの間菊代は小首をかしげ、思いを巡らしている様子を見せたが、やがてきっぱりと答えた。

「いいえ、一度も聞いたことはございません」

又兵衛が口をはさむ。

「今時期の海が荒れるというのは長崎近辺のことか。蝦夷地あたりのことをいっていたのではないのか」

「いいえ。皆さまの口にのぼりましたのは長崎、壱岐、対馬とか」

そこまでいいかけた菊代がまっすぐに又兵衛を見て、言いそえた。

「そういえば一度だけ奄美のお話をされていたことがございました」

「奄美」

又兵衛と荒尾は互いの目を見交わした。

奄美か、と又兵衛は腹の底でつぶやいた。

ずいぶんと南にある島であることは知っている。そこまで行かれては、さすがに手出しできない。

荒尾は、菊代に視線を戻した。

「ところで、堂園だが、宿はどのようにしておるといっていた。何か聞いてはおらんか」

「銅座近くの薩摩様お屋敷に止宿されている由にございます。何でも武張(ぶば)った御方ばかりで息が詰まるとこぼされておいででした」

「萬屋も薩摩屋敷におるのか」

「いいえ。萬屋さんは湊近くの船問屋に部屋を借りているとおっしゃってました。何でも横浜からお持ちになられた品物を預けるのに都合がいいと……、それにせっかく長崎まで来たのだから何ぞ珍しい物でも仕入れたいとおっしゃられて」

「船問屋か。屋号は何と申す」

「たしか浜田屋(はまだや)さんとか」

「湊近くの浜田屋な」

つぶやいた荒尾はあごの先を掻いた。

ようやくにして又兵衛は、荒尾が誰を拐かすつもりでいるのか察しをつけることができた。

三

知らず知らずのうちに下唇の裏側を噛んでいた。はっと気がつき、顔をしかめる。

舌先で探ると唇の裏側が腫れていた。でこぼこになっており、薄皮が剝けて鉄臭(かねくさ)い血の味さえする。子供のころから考えごとに囚われると唇の内側を嚙む癖があった。

馬渕洋之進は口許を引き締め、歩きだした。

宏壮な屋敷を思わせる白壁の塀をめぐらした敷地が関所と知って目を瞠った。万石取り、つまりは大名以上の扶持をとる家臣が八人いるため九人の殿様がいると陰口をたたかれる加賀百万石から来た身にすれば、立派な塀などに驚きもしないが、それが関所となれば話は別になる。

見あげるほど巨大な木戸を抜けると、正面に二棟の蔵が建てられている。蔵と蔵の間は丸太を立てた柵で閉ざされ、一部開いた出入口の右側には羽織姿の役人が二人並んで床几に腰を下ろしていた。

蔵と、白壁塀の間にも柵が設けられ、出入口のわきにはやはり役人が控えている。大木戸から入ってきた旅人たちは、三方を柵に塞がれた場所に自然と誘導されるようになっていた。

何より洋之進を打ちのめすのは、往来する人の多さだ。その中には、いまだかつて目にしたこともない珍妙な恰好の人間が多数混じっていた。

天辺を紅く塗った笠をかぶり、ぞろりとした着物をまとった男たちが二、三人ずつかたまって歩いていた。帯のない着物がひどくだらしなく映る。彼らは今まで耳にしたこともない言葉で話をしていた。

あれが唐人か、と見とれているうちにまたも洋之進は唇の裏側を嚙んでいた。

どんと背中を突かれ、よろける。褌一丁の丸裸で、真っ黒に日灼けした男が傍らを通りすぎていった。肩に米俵を担いでいるところを見ると荷揚げ人足のようだ。詫びもせずに遠ざかっていく人足を、洋之進は呆然と見送った。人足の背は汗に濡れ、筋肉が躍動している。鬢はほつれ、頭の天辺まで埃まみれ、通りすぎたあとにはむっとする体臭が残った。

その人足は正面の柵を過ぎると、右側の蔵へと入っていった。洋之進も引かれるように人足の後につづいて正面の出入口に近づく。

「これ……、そこのぼうっとした奴。これといってるのに聞こえぬのか」

声のした方に目をやると、中年の役人が洋之進を睨み、たたんだ扇子を振りまわしている。

「どこへ参るつもりか」

訊かれて洋之進は正面の出入口を指した。

「こっちは荷揚げした品がある者だけだ。その方、何か荷揚げ品があるのか」

両手を広げ、首を振った。持ち物といえば腰に差した大刀と唐刀を改造して拵えた鎧通し『流星』、それに懐にねじこんである二つ折りの笠くらいしかない。

露骨に顔をしかめた役人が聞こえよがしに舌打ちする。

「田舎者はこれだから困る。ほれ、そっちだ」

役人は扇子で右の方を指した。ふり返ると蔵と白壁塀の間に作られた塀の一部が切れ、その奥に筵（むしろ）を敷いた一角があった。旅装の人々は筵に座り、照りつける太陽に灼かれていた。

「そちらに座って詮議の順番がまわってくるのを待て」

軽く会釈をしてきびすを返した洋之進の背へ、役人はもう一度、田舎者め、と浴びせかけた。もっともやたら威張り散らす役人のおかげでようやく関所らしくなったように感じられた。

筵の上には、入国したばかりの者が二十人ほど座っている。苛烈な陽光をさえぎるものなど何もない場所で、誰もが大人しく待ちつづけていた。

商人風の男が多い中、洋之進と同じように袴（はかま）を着け、刀を差した若い侍も数人混じっている。洋之進は手続きを待つ人々の最後尾、商人風の男のとなりに座った。

鬢に白いものの混じった男は手拭いでしきりに汗をぬぐっていたが、洋之進に目を向けると声をかけてきた。

「お暑うございますな」

「暑いですね」

「手前は上方（かみがた）から参ったのでございますが、お武家様は……」

「加賀から参りました」

「へえ、加賀から。ご公務でございますか」

「ええ、まあ」

答えをはぐらかすと、洋之進は右に目をやった。白壁の塀の前は一段高くなっており、板を張った上に緋色の毛氈が敷かれていた。吟味役らしき役人が三人並んでいる。もっとも彼らは筵に座る旅人たちを見おろすばかりで、実際の詮議は筵が敷かれた場所の前方にいる書役が行った。

書役は、入国者が差しだす手形や通行証を受けとり、話を聞いた上でひざの上の台帳に何ごとか書きつけていた。通行証を返すときにも顔を上げようとしない。ひたいから月代にかけて汗の粒が浮いている。

無造作に通行証を返されても、旅人たちは押しいただくようにして受けとり、後方にある別の窓口に向かう。窓口を越えた先にも柵がめぐらされており、番人が立っていた。

洋之進の前にいる人間はわずかずつ少なくなっていったが、次から次へと旅人が到着するために筵の上の人数は一向に減らない。その間、脳天をじりじり炙られている。

「ほんにもう手際の悪い……、さっさと済ましたらええやないか……」

上方から来たという商人はぶつぶつつぶやきつづけていた。

四日前、伏木の船宿にいた洋之進のところへ柏屋与左衛門が訪ねてきた。

渡部様の指示を携えてきた、という。

『馬渕様におかれましては、これよりただちに長崎へお発ちくださるように、とのご指示にございます。幸い明朝早くに出る船がございますれば』

まさに藪から棒といえた。

理由を訊ねても渡部の指示一点張りで埒があかない。たしかに渡部の下命であることは、与左衛門が差しだした通行証を見ればわかった。内容はでたらめだが、正式に作成されたもので藩の御印も捺されている。

取るものも取りあえず洋之進は長崎に行くという弁財船に便乗した。もちろん自宅に帰る余裕はなく、与左衛門に言づてを頼んできた。父豊之進の世話はお亮がしてくれるだろうから心配はなかったが、お亮の出入りが長引くことはちょっと気がかりではあった。

ひょっとして領内で売薬商を斬ることをはばかったのか、と思ったのは船上の人になってからである。

三日の航海を経て、長崎へやって来た。

『長崎には手前どもの支店がございます。清兵衛と申す番頭にこちらをお渡しくだされば、万事遺漏なくお取りはからいさせていただきますので』

そういって与左衛門は封書と、路銀とを差しだした。

上方から来た商人の吟味がようやく終わった。

「次」

顔も上げずに役人が声をかける。洋之進は役人の前に進むと、通行証を取りだして渡した。

書面を広げた役人は唇を尖らせてざっと目を通す。

「漢方医木下典膳、相違あるまいな」

「いかにも」

役人が洋之進をじろじろ眺める。漢方についてひとつでも訊かれれば、たちまちぼろが出る。背中に汗が噴きだすのを感じたが、表情を変えないように努めた。

「これから蘭方の医学を学ぶとあるが、その方の歳では楽ではなかろう」

「主命なれば」

「蘭学流行りとはいえ、その方、あの連中の言葉がわかるのか」

「全然」

「そうか」ふいに役人が破顔する。「実は儂もだ。およそ人の言葉とも思えない。ひょっとしたらその方とは丸山あたりでまた会うことになるかも知れんの」

役人は人の好さそうな笑みを浮かべ、ひざに置いた台帳に筆を走らせると、通行証を戻した。ついでに洋之進の後方を指さす。

「そこに見える二番口で入国許可の印をもらえ」

一礼して通行証を受けとったとたん、役人は元の浮かない表情に戻り、声を張りあげた。

「次」

二番口で通行証に長崎奉行所西役所という書き付けと印をもらい、丸太の柵を抜ける。右手に木戸の門があり、ようやく白壁の外へと出られた。

荷を背負った人足や旅装の人々が行き交っている。相変わらず唐人の姿が目についた。門を出るとすぐ右側が岸壁になっていて、打ちよせる波が浜に転がる岩を洗っていた。天然の良港長崎だけに停泊している船は二、三百艘もありそうで壮観の一語につきる。いずれも帆を下ろしているが、中には帆柱が三本も立つ巨大船もあった。弁財船を見慣れた目にはいかにも奇異に映る。

岸壁のすぐそばを荷や人を積んだ艀がいくつも行き交っていた。

関所の白壁に沿って筵が敷かれ、薄汚れた身なりの男や女が煙管、細工物、陶器などを並べていた。旅人や唐人相手に土産物を売っているのであろう。褌だけの丸裸で入れ墨をいれた背を見せ、ぼんやり座りこんでいるのは仕事にあぶれた人足らしかった。真っ黒に日灼けした上、埃と垢にまみれているので背中の虎もくすんで見える。

それにしても暑い。洋之進はふところから二つ折りにした笠を出すと、二、三度顔を扇いだあと、目深にかぶった。

『湊を右手に見ながら岸に沿って五、六町お歩きくだされば、じきに見つかります』

与左衛門の言葉通り、船問屋が軒を並べる一角に柏屋長崎支店はあった。

支店であるせいか、ほかの船問屋から見れば間口は狭かったものの、一歩店内に入ると奥行きはかなり深そうに見えた。

店先にいた小僧に加賀から来た馬渕だと告げ、清兵衛への取り次ぎを頼んだ。

ほどなく三十前後の精悍な顔立ちをした男が出てきて帳場の縁に両手をついた。

「手前が番頭の清兵衛にございます」

「馬渕と申します。実は金沢の柏屋さんからこれをあずかってまいりました」

与左衛門に託された封書を渡すと、清兵衛は表書きを一瞥しただけで納得した顔つきになる。

「遠いところまでようこそお運びくださいました。船旅でお疲れでございましょう。早速すぎをさせます。まずはお上がりいただいて一服なさってくださいまし」

近くにいた小僧に声をかけようとした清兵衛を、洋之進は制した。

「勝手をいって申し訳ないが、できれば、井戸端をお借りしたい。この通り埃まみれの汗みずくなもので、水を浴びたいんです」

陽はだいぶ西に傾いており、ひどく蒸し暑かった。こめかみといわず首といわず絶え間なく汗が流れつづけ、顔は汗と脂でできた分厚い膜で覆われている。着物もところどころ黒く濡れている。

「それは気がつきませんで失礼いたしました。ささ、こちらでございます」

清兵衛自ら立って案内するのに従い、裏庭に出ると、御免とひと声かけるなり下帯ひとつとなった。

車井戸の傍らに立つと、つるべを引っぱって水を汲みあげ、頭からかぶった。冷たく澄んだ井戸水が心地よく、たてつづけに十数杯も水をかけた。頭の芯まできんと冷え、汗や埃、疲れまでが洗いながされる思いがする。

桶を置き、太く息をついたところで傍らに立っている女中にようやく気がついた。顔にあどけなさの残る娘で、ひたいが広く、目は細かったが、愛想の良い笑みを浮かべている。

「番頭さんにこれをお持ちするようにいわれました。よろしければ、こちらをお召しいただいているうちにお侍様のお着物を洗濯いたします」

女中が両手で捧げもっているのは、きちんと折りたたんだ着流しである。帯も添えられていた。

水浴びですっきりしたために汗臭い着物をもう一度身につける気にはとうていなれない。素直に好意を受けることにした。

「かたじけない」

自分の手拭いで手早く全身を拭い、着流しに身をつつむ。その間、女中は平然と洋之進を見ていたが、男の裸を意識する年端には達していないのだろう。

ふとお亮を思った。

自宅の裏庭で水を浴び、お亮が差しだす着物を受けとるとしたらどのような心もちがするだろう、と。

だが、すぐに井戸水よりはるかに冷たい何ものかが胸に流れこんできて、思いを断ちきった。お亮と夫婦になるどころか、二度と加賀の土を踏むことさえかなわないかも知れない。

父の話からすれば、相手はただの売薬商ではなく、恐ろしい使い手のようだ。だからこその流星であり、胡蝶剣（こちょうけん）なのだが、所詮勝負は時の運、売薬商を絶体絶命に追いこんだ上で斬りかかったとしても、敵の息の根を止めるまでは何が起こるかわからない。

一方で自分は幸福だとも思っていた。遠く離れた地で命を落とす羽目に陥ろうと、寂れゆく道場を背負い、朽ち果てていくのではなく、一人の剣士として生きられる。

自分の着物は井戸端に捨て置き、大小だけを手にした。女中に案内され、座敷に入る。間もなく清兵衛が現れた。

清兵衛はひざの前に与左衛門の手紙を置いた。封は切られている。

「馬渕様はこのたびの話をどの程度お聞き及びでございますか」

「富山藩が薩藩と謀（はか）り、密貿易を企てている、と。それに蝦夷地の昆布が使われ、昆布を運んでくるのが越中の売薬商だと聞いています」

「さようでございますか」

沈痛の面もちでうなずいた清兵衛は腕組みし、与左衛門の手紙にじっと目をやっていた。しばらくの間黙りこんでいたが、はっとした顔をして腕をほどく。

「これは馬渕様の前でとんだ粗相を致しました」

「いえいえ、お楽に、どうぞ」

洋之進は穏やかに答える。清兵衛はひとつ頭を下げ、話をはじめた。

「横浜に雑貨商を営む萬屋善右衛門と申す者がございます。今でこそ、この善右衛門、小さいながらも自分で店を構えておりますが、元を正せば手前どもと同業」

「ほう、横浜ですか。よくご存じですね」

「へえ」

うなずいた清兵衛は、柏屋には金沢の本店のほか、支店が酒田、十三湊、下北、長崎、大坂、江戸、そして横浜にもあるといった。

「善右衛門は居船頭を致しておりましたが、かれこれ十七、八年前、石見国の沖合で大風に遭いまして、無一文になったのでございます」

「無一文からまた店を持つまでになったのですか。なかなかのやり手のようですな」

「後ろ盾に富山藩がついておりますれば、小さな店の一軒や二軒、造作もないことにございます」

「何故富山藩が」

「因縁の始まりは、善右衛門の船が放生津に籍を置いていたことでございます。そのため難破しましたときにも捨て置くわけにいかず富山藩のお調べがございました。当時の吟味役が富田兵部様、今は江戸詰のご家老様にございますが」

洋之進は目をすぼめ、じっと清兵衛を見つめていた。

「実はこのたびの密貿易の絵図、その善右衛門が描いたものにございます。善右衛門という男、元から密貿易に手を染めていたという話がございまして、横浜近辺では唐人ともいわれております。石見国で船を流されたのも、大方お公儀の目を逃れるため嵐をついて出港したのが災いしたのでございましょう」

障子越しに男たちの声が聞こえる。到着した荷物を蔵へ運びはじめたようだ。だが、声そのものは遠く、洋之進たちの会話を邪魔するほどではない。

「しかしながら善右衛門一人ではこのたびの絵図、とうてい描ききれるものにはございません。先ほど申しあげた富田様のお力添えなくしてはとてもおぼつかなかったでしょう」

「しかし、富山藩ともあろうものが一介の船問屋にすぎない善右衛門とやらの口車に乗るものかね」

清兵衛は洋之進の疑問にすぐに答えようとせず、廊下を隔てる障子に目をやり、声を低くした。

「若殿様にございます。富山藩におかれましては、この春、先代利保公がご隠居せられ、利友公(としとも)があとを襲われました。この利友公と富田兵部様は、若殿が幼少のころより昵懇の間柄にございまして」

そこまで聞くと、今度は洋之進が腕を組み、清兵衛を見つめた。

幾分おもねるような口調となって清兵衛がつづける。

「重ね重ねのご無礼、まことに申し訳ございませんでした。お殿様のお話など、下々の者が口にすべきことにはございません。ところで、馬渕様は伏木湊よりいらっしゃられたのでございますね」

「いかにも。蝦夷地に参ったのは水橋浦の船頭と聞きましたが、伏木の湊に寄るとのことで、そこで帰港を待っておりました」

「狐原屋源右衛門にございます。実は源右衛門は元が商人でございまして海にはそれほど詳しくありません。ただ、源右衛門の下には巳三郎という表仕がおりまして、この男が航海のすべてを取り仕切っております」

「それがどうかしたんですか」

「この巳三郎、腕はたしかでございまして、沖走りの巳三郎との異名もございます。とくに蝦夷地からの戻り船ではひと息に長崎まで船を走らせるのが得意でございまして」

「長崎まで、と。まさか」

「まことのことにございます。それがために馬渕様には急遽伏木湊から当地までお越しいただいたような次第で」

清兵衛がひざを進めた。

「もうそろそろ当地に源右衛門の船が入りそうなのでございます」

「蝦夷地から長崎までであれば、半月やひと月はかかるでしょう」

「風にさえ恵まれれば、五、六日で到着いたします」

途方もない話に洋之進はついに絶句してしまった。

やや上目遣いになった清兵衛が洋之進の目をみつめて圧しだすようにいう。

「間もなく船が来る証拠に、先ほど申しあげた萬屋善右衛門が長崎に参っております。手前どもの三軒となり、浜田屋の方へ……」

四

長崎という土地にまるで不案内な上、湊に出入りする船の見分け方も知らない洋之進とすれば、すべて清兵衛を頼りとするしかなかった。船問屋仲間を通じて入港する船を毎日確かめているという。

そもそも売薬商の乗る船が豊勝丸という名であることさえ清兵衛に聞かなければ知らなかったのだ。

強い雨が降っていた。

呉服商の軒先で雨宿りをしている洋之進は、下唇の内側を噛み、弄んでいた。目深に被った笠の縁からしたたる雨だれ越しに小間物屋を見つめている。橘多屋と屋号を染めぬいた暖簾が雨に打たれ、重く垂れさがっていた。

橘多屋から小僧が一人出てきた。

土砂降りの雨の中、小僧は、往来の左右を透かし見たあと、急ぎ足で近づいてきた。着物の裾をからげており、草履をつっかけた足は往来に踏みだしたとたん、泥まみれになった。めくりあげた袖を肩口に縫いつけているので生白い腕が剝きだしになっている。

小僧の名は捨吉(すてきち)といい、十四になる。目端が利くということで清兵衛が洋之進の供としてつけてくれた。捨吉の案内なしに洋之進は街中を満足に歩くこともできない。

赤子も同然だな、と皮肉な思いが脳裏をかすめていく。

こんなていたらくで薬売りを斬れるのか、とも思う。斬れるさ、ともう一人の自分が応じる。売薬商のいるところまで手を引いてもらい、売薬商が目の前にひざまずいて首を差しだし、じっと動かずにいてくれるなら斬ってみせる、と。

捨吉は洋之進に身を寄せるようにして立つと、ささやいた。

「萬屋さんは商いの話を始められたばかりで、今しばらくは店におられるようです。橘多屋の御主人がお茶とお菓子を出されたようで」

さらに捨吉が子細ありげにつけくわえる。

「よほど大きな商談ですよ」

「どうして大きいとわかる」

「橘多屋さんは吝(しわ)いことで有名なんです。お茶にお菓子までついたとなるとよほどの儲(もう)け話に違いありません」

こまっしゃくれた物言いをしているが、捨吉がどこまでも真剣であるため嫌味な響きはなかった。

「お前、橘多屋が茶菓でもてなすところを見たのか」

「いいえ。貞どんから聞いてまいりました。こっちが何も訊いちゃいないのに、貞どんがびっくりして教えてくれたんです」

　どんがつくところから丁稚仲間と察せられた。

「萬屋さんは南蛮の品を買いつけに長崎までいらっしゃったのでしょうか」

「何故、そう思う」

「橘多屋さんは買い物使いをしてらっしゃるんです」

「何だ、その買い物使いというのは」

「唐人も蘭人も市中で勝手に商いをすることはできません。代わりに商いをするのが買い物使いなんです。実は……」

　はっとするほど重々しい捨吉の声音に、洋之進は思わず幼い相方を見た。

　眉間に深くしわを刻み、口許をへの字にした捨吉は橘多屋に目をやっていた。

「どうしたんだ」

「申し訳ありません。噂を聞いていて、それが気になったものですから。でも、いい加減なことを口にしてはいけませんね」

「おいおい、もったいをつけるんだな」洋之進は苦笑した。「出かかったものを途中で引っこめるのが一番躰に良くないんだ。いってしまえ」

「へえ」

　ちらりと洋之進を見あげた捨吉が低声でいった。

「橘多屋さんが小間物を商うだけで今ほどの大店になれるはずがない、というお話でございまして」

「陰で何かよからぬことでもしてるって口振りだな」

「噂があるばかりでございます」

「くどいなぁ、捨吉は。お前が何をいおうと、おれは自分の胸に納めておくだけで誰にもいわないよ」

「へえ」

　捨吉の声がさらに低く、聞きとりにくくなったので洋之進は身を屈めねばならなかった。

「南蛮渡来の鉄砲を商ってらっしゃるという噂があるんです。でも、本当に噂だけで、私としても真実かどうかはわかりません。申し訳ございません。よけいなことを申しあげました」

　背を伸ばした洋之進は壁にもたれ、腕をくんだ。

　丁稚たちの間にまで吝嗇で通っている橘多屋だが、萬屋との間に鉄砲を商う相談が成立したのなら茶菓くらい出したい気持ちになって当然だろう。鉄砲は高価であり、まして新式銃ともなれば文字通り値千金、誰もが買える代物ではない。それだけにあらかじめ売り先が決まっていなければ仕入れることもできない。売れ残れば、豪商であっても屋台骨を揺さぶられてしまう。

萬屋善右衛門は鉄砲を誰に売るつもりなのか。

これまでの経緯からすれば、富山藩か薩摩藩ということになろう。しかし、あくまでも小僧の耳に入った噂にすぎない。頭から信じるわけにもいかなかった。

雨は一向にやむ気配を見せない。蒸し暑さにもかかわらず躰が冷え、捨吉の唇も色が変わりそうになったころ、橘多屋の軒先に二人の男が出てきた。一人は見事なまでの禿頭である。

「あれです。つるっ禿げが萬屋さん、見送りに出られているのが橘多屋の御主人です」

背中を向けているので萬屋の人相、表情ともにわからなかったが、禿頭はいい目印になる。一方、橘多屋は満面に笑みを浮かべ、番傘を差しだしていた。うまく商談がまとまった証であろう。

番傘を受けとった萬屋は一礼し、傘を開くと雨中を歩きだした。

すぐにも萬屋を追いかけようと飛びだしかけた捨吉の腕を、洋之進がつかむ。見あげた捨吉に向かって前方にあごをしゃくって見せた。

路地から二人の侍が現れた。

ぶらぶらと歩いてはいたが、萬屋のあとを尾けているように見える。二人とも深編笠を被っていた。雨を避けるためともいえそうだが、顔を隠すにも都合がよい。

「あのお侍方は」

「さあな」

首をひねった洋之進は自分の腰に目をやった。

大刀、流星ともに柄から鍔元まですっぽりと革袋で覆ってあった。雨の中を歩くときに柄を剝きだしにしていたのでは目釘から水が入り、刀身に錆が浮きかねない。しかし、革袋をつけたままでは素早く抜刀するなどできない相談だ。

取りあえず革袋の口を閉じている紐をゆるめただけで洋之進は雨の中へと踏みだした。捨吉が無言でつづく。

正体不明の侍たちは、萬屋の背後を一定の間隔をおいて追った。雨が気配を消しているためか萬屋も侍たちも一度もふり返ろうとしない。洋之進だけは辻を曲がるたび、四方に視線を飛ばし、ほかに尾行している人間のいないことを確かめていた。

奇妙で静かな行列はやがて船問屋が並ぶ一角に差しかかった。二人の侍が問屋街の入口で姿を消し、萬屋はそのまま浜田屋に入っていった。洋之進と捨吉は浜田屋の前を通りすぎ、柏屋に入った。

雨に濡れた着流しを自分の着物と袴に換えると、洋之進は早速座敷で清兵衛に相対し、萬屋を尾けていた二人の侍について話をした。

清兵衛の表情が見る見るうちに暗くなっていく。

「何か心当たりがおありか」

「へい」

清兵衛はうなずき、落ちつかない様子で両手をこすり合わせていた。洋之進は何もいわずに待った。

「横浜から報せてきたことにございます。ちょいと気がかりがございまして。実は萬屋さんは以前から見張られている節があるようでございます」

「見張られているとは、お公儀の目付にということですか」

「それがどうも柳生の手の者だとか」

柳生と聞いて、洋之進は息を嚥んだ。

柳生新陰流といえば天下に聞こえており、馬渕月心流のごとき田舎剣法で太刀打ちできる相手ではない。

小さく首を振った洋之進が口を開いた。

「ちとおかしな話ではないか。すでに柳生家は公儀大目付の役を退いておろう。今さら萬屋をつけ回す理由などないではないか」

「手前には何もわかりません。ただ横浜からそのように報せてきたことを馬渕様に申しあげているだけでございまして」

雨がさらに強くなった。屋根を打つ音が重く立ちこめている。

橘多屋は、店舗をかまえているので土産探しを装えば洋之進が訪れても不自然ではない。萬屋が店内に姿を消してから思い切って中に入ってみることにした。捨吉は店の前に残し、見張りを命じておく。

外から見るより店内は狭く、雑多な品々を並べた陳列棚がおかれていた。埃くさいような、薬草のような匂いに満たされていた。

かつて目にしたこともないような珍妙な形をした道具類や、青や緑のギヤマン製の簪、器など見て歩くうちに左手に提げた大刀に気がついた。

一歩店に踏みこみ、狭さを見てとると、洋之進は大刀を鞘ごと帯から抜いていた。尻の方へ突きだした鞘が棚を引っかけてしまうのを用心したわけではない。

狭い場所においていざという事態になれば大刀を捨て鎧通しだけで戦うという月心流の教えが骨身に染みこんでいた証拠である。

『柳生の手の者だとか』

清兵衛の思い詰めた表情と声音が甦ってくる。

何が馬渕月心流か、と内なる声が聞こえた。

奥歯を嚙みしめる。

鬼の形相をし、身の丈を超える大剣を振りかざす男に、針の刀を持って挑むおのが姿が一幅の戯画となって浮かんでくる。

針先が相手に触れるはるか手前で洋之進の躰は両断されていた。噴きあがる血煙さえがまざまざと見え、全身の力が抜けていきそうになる。

柳生と決まったわけではなかろう、と自分にいい聞かせてみた。清兵衛にしたところで横浜からの報せを語ったにすぎず、確信はないといっていた。

それに斬るべき相手は売薬商であり、柳生ではない。要は富山藩の奸計が天下に露呈するのさえ防げればいいことだ。

足が止まった。

棚ひとつ隔てたところに萬屋がいる。橘多屋の主と、二人の唐人を相手にしていた。洋之進はとっさに大刀を棚に立てかけ、手近にあった和綴じの書物を手にした。読むつもりなど毛頭ない。

唐人の一人が手にしていた道具を萬屋が受けとった。黒い筒を二つつなげた奇妙な道具を目に当て、まわりを見まわして感嘆の声を漏らす。

驚いたのは、唐人が早口でまくしたてるのに萬屋がうなずき、短いながらも返答をしていることである。橘多屋の主はにこにこしているばかりで通辞をしている気配はない。飛びかう唐人の言葉は、洋之進には隻句もわからなかった。

やがて萬屋が何かをいい、唐人二人は互いに顔を見合わせると大笑いをする。双胴の道具を手渡した唐人など萬屋の肩をぽんと叩いている。

首を振り、照れくさそうな笑みを浮かべた萬屋は道具を棚においた。

四人が移動していく。

手にした書物を元の場所に戻そうとした洋之進は、すぐそばに男が立っているのにぎょっとした。男は三十年輩で羽織を着けているところからすると手代であろう。

「南蛮のお料理に興味がおありですか」

目をしばたたく洋之進に向かってにっこり頰笑むと、手代は書物を示した。

「今お武家様がお手にとられている書物でございますが、南蛮料理指南と申します。南蛮船の炊が丸山のさる料亭にやって来まして、そのときに板前が聞いた話をまとめたものにございます。ちょっと失礼いたします」

そういうと手代は洋之進に書物を持たせたまま頁を繰った。

「ここにございます。これが南蛮料理人の正装だそうで」

南蛮の料理人と聞いて思わず引きこまれた。

見開きになった書物の右側の頁に太った男の絵が描かれている。筒袖の上衣に、極端に細い袴を着け、前掛けをしていた。筒状の帽子をかぶっている。頭の天辺から爪先まで真っ白なのでかえって顔にさした赤みが目立った。鼻の下には左右に張りだした立派な髭をたくわえ、右手に巨大な包丁をもっていた。

「くっくと申す男で、大変な名人ということでございました」

手代の狙いが萬屋の様子をうかがっていた洋之進の注意を逸らすことにあったとしたら見事に成功したといえる。はっと気づいたときには店内に萬屋の姿はなく、二人の唐人と橘多屋の主は陳列棚の前にいた。

「御免」

書物を手代に押しつけ、刀をつかむと洋之進は橘多屋を飛びだした。

店先で往来の右方を見、次いで左方に目をやったが、雨が強く降るばかりで人通りはほとんどなかった。

見張りに残しておいた捨吉の姿もない。

「南無(なむ)……」

ひと言つぶやくと船問屋街の方角へ駆けだした。当てがあるわけではない。

しかし、間もなく雨を突いて駆けてくる捨吉に出会った。

「大変でございます。萬屋さんが……」

「どこだ」

「こちらへ」

後戻りする捨吉につづいて洋之進も走りだした。

二町ほどで橋に行きあたると、捨吉が右を指した。

「こっちで……、萬屋さんが……」

息を切らせて告げる捨吉を残して洋之進は右に折れた。

だが、誰もいない。

雨の音がするばかりである。

「ここらあたりでございました」

ようやく追いついた捨吉がひざに手をあてて告げる。肩を大きく上下させていた。

丸い波紋が無数に重なりあう川面(かわも)を見まわしたが、何も浮かんではいない。

「助けて、人殺しぃ」

叫び声が聞こえた。

駆けだそうとする捨吉の襟首をつかみ、洋之進が怒鳴った。

「お前はここで待て」

「しかし……」

「黙れ」

一喝するなり洋之進は悲鳴が聞こえた路地に飛びこんだ。手探りで大刀、流星の柄に被せてあった革袋をむしり取る。

路地を抜けたところでいきなり背中をつかまれ、声を上げそうになった。

棒立ちになった洋之進の目の前に二人の侍が立っていた。

「お助けくださいまし」

背中にしがみついているのは萬屋らしかったが、ふり返って確かめる余裕などない。

「何奴（なにやつ）」

前に出ていた中年の侍が洋之進を睨みつけて訊いた。背は低かったが、がっちりとした躰つきをしている。細めた目からは殺気がほとばしっていた。もう一人は若い侍で、こちらも今にも食いつきそうな顔をしている。

洋之進は何とか声を圧しだした。

「通りがかりの者で」

咽が痺（しび）れて声がかすれる。

「御用である。そこの萬屋善右衛門は抜け荷常習の不届き者ゆえ引っ捕らえる。邪魔だてすれば容赦はせんぞ」

背後で萬屋が負けじと怒鳴りかえした。

「嘘だ、嘘だ。辻強盗のくせしやがってお公儀をかたるとは、盗人猛々しいとはお前らのことだ」

声ばかり威勢はいいが、一向に顔を出そうとはしない。

罵声を浴びた二人の侍の顔から血の気が引く。

まずい、と洋之進は思ったが、舌がもつれ、いたずらにあうあうと意味不明の声が漏れるばかりである。

そのとき、背中に痛みが走った。萬屋が意外な怪力で背中の肉をつかむや、二人の侍めがけ洋之進を突き飛ばした。

目と鼻の先に迫った相手が刀を抜くのが見えた。

世の中、何が幸いするかわからない。

突き飛ばされたおかげで間合いが微妙に狂い、相手が放った抜き撃ちの第一撃を洋之進はからくも躱すことができた。もし、躊躇していれば、一刀のもとに斬り捨てられていたに違いない。

何とか身を反転させ、大刀を抜いて向かいあったものの、状況はさらに悪化していた。

中年侍と刀を構えて対峙しつつ、背後に若い方の侍を負っている。若い侍も抜刀しているに違いなかった。

もっとも背後に気を配るどころか、萬屋がどうなったのか一瞥をくれることもできない。それほどまでに中年侍から横溢する剣気は凄まじかった。後ろに若い侍がいなければ、気圧された洋之進はじりじり後退していたところだ。

青眼にかまえた中年侍の剣先はまっすぐ洋之進の眉間を向いており、微動だにしない。見つめるほどに敵の切っ先が膨れあがり、やがて洋之進の視界を埋めつくすほど巨大になった。

とてもじゃないが、敵う相手ではない。

じりっと中年侍が間合いを詰める。すでに二間ほどでしかない。次の瞬間、洋之進の首は飛ぶ。

息が苦しかった。

相手の切っ先がさらに膨れあがり、気迫だけで頭を割られそうになる。

そのとき、洋之進は周囲の光がすうっと消えていくのを感じた。さらに音が消え、背後にいる侍の気配も感じられなくなる。

洋之進は、懐かしい自宅道場に立っていた。

父の息吹を感じる。ごく身近、いや、父と自分とが一体になっているような思いがした。

両腕が無造作に上がった。あまりに無造作、無作為であったためか、中年侍の気に髪一筋の乱れが生じる。

二人は同時に踏みこんだ。

上段より打ち下ろす洋之進の剣勢がほんのわずか上まわっている。

逆袈裟(ぎゃくげさ)に斬りあげようとした中年侍の顔に苦悶(くもん)が浮かび、真っ向から落ちてくる洋之進の太刀を受けにまわった。

洋之進の左手が太刀の柄を離れ、宙を舞う。

さながら胡蝶のように。

中年侍の瞳が驚愕(きょうがく)に見開かれた。洋之進の太刀は中年侍の脳天を唐竹割(からたけわ)りにしようとしていた。一方、左手は流星にかかるや抜き撃ちで逆胴を払っていた。

このとき、胡蝶剣は完成した。

五

まったくおかしな雲行きだ、と洋之進は思わずにいられなかった。

ひょんなことから二人の侍に襲われた萬屋善右衛門を助けた。一人目をかろうじて倒し、二人目が打ちこんできた大刀を流星で斬り飛ばした。

もし、二人目の侍がなおも脇指(わきざし)を抜いて挑んでくれば勝ち目はなかっただろう。

雨の中、折れた刀を手にして駆け去っていく後ろ姿を見ながら、洋之進はその場に座りこんでしまった。追いかけていくことも、その場から逃げだすことも考えられず、長崎奉行所の同心たちが駆けつけてきたときも呆然と雨に打たれていた。

万事お任せくだされという萬屋の言葉も夢うつつのうちに聞いた。

その後、長崎奉行所西役所に連れていかれ、取り調べを受けたが、死んだ侍の正体は不明のまま、萬屋の辻強盗という言い分が通ってとりわけお咎めはなかった。それでも半日がかりとなり、奉行所を出たときには夕闇が濃くなっていた。

取りあえず宿に戻ろうとした洋之進を引き留めたのは萬屋である。どうしても礼がしたいといってゆずらず、丸山花街にある蛍火楼まで引っぱってこられた。

丸山という地名を聞いて思いだしたのは関所で会った役人の顔だ。蘭語などわからないというと、にやりとして丸山あたりで会うかも知れないといったものだ。

蛍火楼の座敷には先客がいて、洋之進と萬屋を待っていた。

堂園元三郎という侍、居船頭鉢屋伍兵衛、船問屋西屋宗左ェ門、そして越中富山の売薬商於菟屋藤次の四人である。

渡部から斬れと命じられている相手こそ、今目の前にいる藤次に他ならない。

平静を装って初対面の挨拶を交わし、その後はできるだけ藤次を見ないようにしていた。不用意に殺気がほとばしり、気取られるのを恐れたためだ。

座を盛りあげる役は、萬屋が一手に引きうけた。

今朝の事件を多分に誇張して語ったのである。

胡蝶剣の子細を語られては藤次に手の内を知られかねないとはらはらしたが、萬屋はあまりに見事な手練れの技というばかりで具体的な太刀筋について触れることがなかった。素人目に太刀筋など映らなかったのかも知れない。あるいは二人目の侍が去ったあともしばらくの間萬屋は泥の中ではいつくばり、顔も上げなかったくらいだから何一つ目にはしていなかったとも考えられる。

もっとも萬屋が語るところでは、洋之進が劣勢になるや道に落ちていた礫を拾って投げつけ、侍たちを怯ませたことになっている。話すたびに投げる礫の数が増えていくのがおかしかった。洋之進にとっても太刀筋など話されるより都合がよかったので訂正もせず好きに語らせておいた。

さすがに何度もくり返して飽きたのか、萬屋は洋之進の前へとひざを進めてきた。

「本日は本当にありがとうございました。心より感謝申しあげます」

何度同じ事をいわれたかすでにわからなくなっていた。礼は回数を増すほど軽くなり、洋之進は苦笑を浮かべる。

「いえ、大したことではありません。それに萬屋さんが加勢してくださらなければ、私もこうしてここにいられなかったやも知れませんし」

「いえいえ私の助太刀などほんの微力」

しゃあしゃあといってのける萬屋に、洋之進はまた苦笑する。

「それに大したことではないなどとんでもございません。小汚い首ではございますが、胴とくっついていればこそ、まだ一働きも二働きもできるというものでございます。木下先生には何度お礼を申しあげてもとても足りるものではありません。大したおもてなしもできませんが、今宵はひとつ、萬屋の気持ちをお汲みくださりましてごゆるりとお過ごしください」

萬屋が突きだす銚子(ちょうし)を盃で受ける。

奉行所でも萬屋の前でも本名は都合が悪い。とっさに口を突いたのが木下典膳の名であり、蘭方の医学を学ぶため長崎までやって来たといった。

「まあ、お楽にと申しあげても初めての方ばかりが相手とあってはそうもなりませんでしょうが」

初対面の相手であろうと緊張することはなかったが、目と鼻の先に藤次がいることでやはり仕種(しぐさ)がぎこちなくなっていた。

「華やかな場所など何一つ知らない田舎者ゆえ、見るもの聞くものすべて不慣れで、まことに不調法の極み、かえって皆さまにご迷惑ではないかと先ほどから恐縮しております」

「何をおっしゃられます。登楼(あが)れば、皆同じ、ただの男でございます」

座敷の中央では、鉢屋が芸者のお駒と舞っている。なかなか器用な身振り手振りではある。鉢屋が顔にびっしょり汗をかきながらも帽子を取ろうとしないことが少しばかり奇異に感じられた。

女は六人いた。遊女と芸者がいると萬屋に教えられたが、どの女もきらびやかに着飾っており、区別がつかなかった。洋之進には桂花という女がついている。

さらににじり寄った萬屋が洋之進の耳元でささやいた。

「どの女がよろしゅうございますか。お目にかなう者がおりますれば、おっしゃってください。ただお駒と菊代はちと無理でございますが」

菊代というのは堂園のわきにはべっている女だ。大きな目をした、はっとするほどの美女で、ちょっとした指先の動きにも凛とした風情がある。ほかの女たちは客にしなだれかかったり、笑いながら腕や太腿に手を置いたりしていたが、菊代だけは背筋を伸ばした姿勢を崩さなかった。それでいて見るものをとろけさせるような笑みを浮かべ、座を白けさせはしない。

ふたたび萬屋がささやく。

「桂花などいかがでございましょうか。実はこの女、唐国から参った者にございまして、あちらで仕込まれた手練手管といえば、島原、吉原の遊女たちといえども太刀打ちできるものではございません」

自分が話題にのぼっていることがわかったのか、そっと身を寄せてきた桂花が銚子を差しだしてきた。盃を取りあげた。酒を注ぎながら桂花は婉然と頰笑んだ。脳幹を貫かれ、目眩をおぼえそうになった。

そのとき、ふとからかから、からかうお亮の声が聞こえたような気がした。

「申し訳ございません。田舎者ゆえほんに不調法でございまして……」

洋之進は萬屋、桂花のどちらにともなく詫びた。

「まあ、今日はお初めてということでもございますし、そちらの方はいずれごゆるりと」

萬屋はにこにこしていう。

「ところで今宵木下先生にご無理を申しあげておいでいただいたのには、実は少々お願いしたい向きがございまして。先生の腕を見こんでのことにございます」

萬屋の顔から笑みが消え、口調も幾分堅苦しくなった。

「何でしょうか」

「身勝手千万は承知の上で申しあげます。そちらにいらっしゃる堂園様と私の身辺警護を是非にも先生にお引き受けいただきたいのでございます。堂園様も二本差しでいらっしゃいますが、腕の方はからきしでございまして」

「しかし、私のような者ではとてもお役に立てるとも思えません」

「何をおっしゃいます」萬屋は自分の首をぴしゃぴしゃ叩いた。「これが何よりの証拠ではございませんか。蘭学のお勉強でご多忙のこととは存じますが、どうか萬屋めを助けると思ってお引き受けくださいませんか。何、ほんの二、三日のことでございます」

平伏さんばかりに萬屋がいうので、洋之進は不承不承といった顔を見せて受けた。だが、本当のところ、怪しまれることなく藤次に接近するのに好都合でもあった。

それとなく藤次に目をやる。襖の前で西屋と話しているのが聞こえた。

「蝶園先生をご存じですか」

「もちろん。先生は町年寄ですから存じあげてはおりますが」

「実は江差においでの雲平さんという方から言づてを預かっておりまして。是非とも西屋さんにお口利きいただけないかと思いまして」

「雲平様ですね。わかりました。組合を通じてお伝えしてみます」

「よろしくお願いします」

袖を引かれ、洋之進はふり返った。桂花が銚子をもっている。

「さ、お一つ」

酒が回りはじめていた。少し控えなければと思いつつ、盃を持った手が止まらない。座敷の畳がゆっくりと波打っているような気がした。

行灯をわきに置き、端座した又兵衛は右手にもった大刀を目の高さにあげていた。無銘だが、業物（わざもの）であり、同田貫（どうだぬき）である。それが鎺元から五、六寸のところですっぱりと断ちきられていた。刀が固いものに衝突して折れたのではないことは、破断面を見ればわかる。

目を細めた。

まるで竹でも斬ったように見事に一刀のもとに斬り落とされていた。

又兵衛の前では若い侍が床に両手をつき、うなだれていた。

「相手は脇指を使っていたんだな」

「は」若い侍は顔を上げようとしない。「脇指よりはもう少し短く、無反りゆえ、鎧通しのように見えましたが」

「今の世に鎧通しを持ち歩く酔狂な輩がおるかな」

「は。何分にもとっさのことゆえ、私に見間違いがあるやも知れません」

「いや、国城の見たとおりに相違なかろう」

刀身を斬り落とされた刀を鞘に収めると、又兵衛はひざの前に置いた。国城はちらりと自分の佩刀を見たが、手を伸ばそうとはしなかった。灯火を映す鳶色の若い瞳には思い詰めた色が浮かんでいる。

いかんな、と又兵衛は思った。

国城は荒尾兵馬が江戸から伴ってきた男で、蝦夷地に向かった石井と同様、人を斬った経験がない。

唇が震え、苦しげな声が漏れる。

「おめおめと……」

「火花が散らなかったか」

国城の言葉を遮るように又兵衛が押っ被せる。

「散りもうした。目の前いっぱいに火が起こりまして、それで不覚にも尻餅をついてしまい、荒尾さんを……」

「いうな。おのが太刀が折れてしまっては誰だって驚きもする。儂がお前でも同じことだ。ところで、その男、お前の刀を斬ったときにも鎧通しを左手に持っておったか」

問われて国城は眉間にしわを寄せ、部屋の隅を睨みつける。

「いいえ、右手に持ちかえていたと思います」

「兵馬を斬ったときには大刀を抜いていたのであろう」

「それはたしかに見ました」国城がわずかに首をかしげる。「それが身を翻したときには鎧通しのみを手にしていたように思います。ですが、しかと見たわけではございません。重ね重ね不覚の致すところ、面目次第もございません」

「もうよいではないか。済んだことをあれこれ思いかえしたところで兵馬が帰ってくるわけではない」

「しかし、あれではあまりに荒尾さんが惨めで」

ぎゅっと閉じられた目蓋(まぶた)の間から大粒の涙が溢(あふ)れだし、畳の上にぽたぽたと落ちた。唇も震えている。

雑貨商萬屋善右衛門を襲い、返り討ちにあって荒尾が斬り殺された件については、すでに長崎奉行所の調べが入っているに違いなかった。だが、柳生藩士荒尾兵馬の名前が表沙汰になることはない。おそらくは食い詰めた牢人者(ろうにんもの)が辻強盗を働こうとしたとでも決めつけられて一件落着となろう。

遺骸は無縁仏として葬られる。

隠密行動を常とする又兵衛や荒尾、目の前に座っている国城も自分の身許を明らかにするような物を一切身につけていない。また、江戸ならまだしも遠く長崎にあっては荒尾を知るものはなかった。

「もう一度訊くが、相手は最初、太刀だけを抜いていて、二刀を手にしていたわけではないのだな」

「はい、おっしゃられる通りです。その男は萬屋めに突き飛ばされた恰好でよろよろと荒尾さんに近づいてきました。私には荒尾さんが抜き撃ちで斬って捨てるところがまざまざと見え申したのですが」

むしろ突き飛ばされたことで兵馬の間合いに狂いが生じ、それが相手に幸いした、と又兵衛は踏んだ。

「それからそ奴は上段に構えおったのだな」

「はい。荒尾さんは下から胴を払いにいかれて」

「しかし、相手の一太刀の方が早かった」

「荒尾さんはやむなく受けに入られたのです」

「そのとき、相手が鎧通しの抜き撃ちで兵馬の胴を払ったというわけか。左手で、しかも逆手だった」

「そう思います」

真一文字に腹を切り裂かれただけでなく、脳天をもかち割られて瞬時に絶命した、と最初に国城は報告していた。

だが、肝心なところ、つまり大刀を打ち下ろしながら鎧通しを抜くという離れ業を国城は目撃していない。相手は背を見せていたためだ。

又兵衛は宙を見据え、敵の太刀筋を思いえがいた。

術中にはまれば、相手の逃げ道をすべて封じてしまう恐ろしい技といわねばならなかった。

頭上から振り落とされる一撃を受けようとすれば胴ががら空きになる。頭上の一撃を左右に躱そうとしても横殴りに斬りかかってくる鎧通しを同時に避けることはできない。

ならば、二刀をもって立ち向かうか。

だが、相手の鎧通しは国城の同田貫さえ両断している。

退(さ)がるしかないのか。

又兵衛は目をすぼめ、思いを凝らした。

荒尾は相手が上段になったのを見澄まして飛びこんでいった。しかし、それは荒尾を誘いこむための構えであり、同時に後(ご)で先(せん)を制すのが真の狙いであろう。不覚にも荒尾は敵の術中にはまった。

その男と対峙することがあれば、相手が上段になったときに迂闊(うかつ)に飛びこまないことだ。戦う前に相手の太刀筋を知っておくことは有利といえる。

思いをふり払い、国城に目をやった。両手をつき、まだうつむいたままでいる。

「それにしても何者なのだろうな、そ奴は」

「わかりません。萬屋めを追いつめ、あと少しで引っ捕らえるところへ飛びだして参ったのです」

「萬屋が雇った用心棒であろうか」

「あの者は通りすがりと申しておりました。その後もおめきつづけておりましたが、歯の根も合わない始末にして何をいっているのかわかりません。それがあのような使い手とは」

たしかに偶然にしてはできすぎている、と又兵衛は思った。

丸山へ日参する際も萬屋は堂園と連れだち、供を連れている様子はなかった。

「兵馬と儂は小童（こわっぱ）の時分からいっしょにおった。柳生の庄におった頃は魚釣りをしたり、相撲をとったり、毎日泥まみれになって遊んだものだ」

国城が奥歯を食いしばる様子が見てとれる。

又兵衛はつづけた。

「目の前で兵馬を討たれたとあって、お前がどれほど悔しい思いをしているかはわかる。そしてお前が命を捨ててでも恥を雪（すす）ぎたいと考えておることもな」

目に涙を溜（た）め、躰を小刻みに震わせながらも国城は顔を伏せようとはしなかった。痛苦に耐え、又兵衛を見あげている。

「儂と兵馬は物心つく頃からおのが命の捨て場所について何度も話しおうてきた。やはり命を捨てるなら戦だ。わかるか、国城。儂らは戦で死ぬることこそ本望といいあった。戦というのは勝ちもあれば、負けもある。戦にさえ出られれば、どちらも所詮は同じだと兵馬はいっておった。戦場にあることのみが望みだ。それ以外にはない。だからあとはどこに屍を晒そうと知ったことではなかった。儂も兵馬も同じだ。いいか、短絡すなよ」

声に力をこめる。

「お前が短絡し、主命にあらずして行動を起こし、よしんばその男を打ち倒そうと、返り討ちにあおうと、私闘に大義はない。よいな」

語気に負けじと顔を上げていた国城がうなずく。

「船が入った」

又兵衛のひと言に国城は目を瞠った。にやりとしてうなずいた又兵衛が言葉を継ぐ。

「どうやら取引そのものは、この長崎でも薩摩でもなく、奄美の島で行われるようだ。そうなってしまうと、どう足掻こうと我らの手に負えるものではない。だが、本取引の前に唐人屋敷で昆布について検分を行う手筈になっているらしい」

国城のほおは今や紅潮している。

「ほどなく国許より加勢が着到しよう。兵馬が手配しておった者どもだ。戦だ。これから本当の戦が始まる。わかるな」

「心得ました」

「我らは売薬商も萬屋も、そしてよんどころなければ堂園も斬る。その上で唐人屋敷に火を放ち、すべてを灰燼（かいじん）とする。昆布を運んできた船も、とうの昆布ごと沈めてしまう。つまりすべてなきものにするのだ。よいな」

「はい」

「もし、兵馬を斬った男が唐人屋敷に現れたときには……」

国城の咽が動き、生唾を嚥む音が聞こえた。

又兵衛は国城の目を見つめたまま、傍らに置いてあった自らの佩刀を取り、国城の鼻先へ突きだした。

「お前が斬れ」

第六章　炎上、唐人屋敷

一

じっとしていてさえ汗ばむほどの雨あがりだというのに老人は、焦げ茶の羽二重の着物に羽織を重ね、それでいてさらりと乾いた顔をしていた。顔も手の甲もしわくちゃで、まるで躰全体が縮んでしまったように見える。髷も、あごの先端に細く伸ばした鬚も真っ白になっていた。

しばらくの間、手にした革の煙草入れを見ていたが、やがて色の薄くなった瞳を藤次に向けた。

「雲平さんは達者でございますか」

「へい。雪の山道を楽々と登っておられました」

山中に住まうヒシルエの母親を訪ねた折りの光景がまざまざと甦ってくる。小柄で痩せており、あまり力も強そうには見えなかった雲平だが、急な斜面をものともせずに登っていき、藤次は満足についていくことができなかった。

「これは……」

老人は煙草入れを藤次の前に置いた。

革袋の胴には大きく火の用心と書かれてあった。雲平から託されたものである。

「売薬さんがお持ちくだされ」

「はあ、しかし」

「この煙草入れは私が雲平さんに餞別として差しあげたものですよ」

革袋にふたたび目をやった老人は、かすかに苦笑を浮かべた。

「今は雲平と名乗っておいでですか。旅狂いのあの御仁には似合いの名かも知れん。ここにいらっしゃったときには文桂を名乗る雲水でしたがね」

風にまかせて西へ東へ飄々と流れゆく雲という名が、一年足らずで蝦夷地の半分強を踏破してしまう男には似合う、と藤次も思っていた。

「今、売薬さんが座っておいでのところに端座しておられましたな。煙草入れを四つか五つ差しあげました。あの人は無類の煙草喫いらしくて、餞別といえば、誰彼の見境なく煙草入れをくれと申しておったようです」

蝦夷地で出会った雲平が長崎にあって、たった今自分が座っている場所にひざをそろえていたかと思うと、どことなく不思議な縁を感じる。

「もう三年も前になりますか。壱岐、対馬まで行かれて朝鮮まで渡ることを望まれていたが、果たせずに平戸へお戻りになられた頃でございました。たいそう落胆しておられたご様子でしたので、蝦夷地の話をしてさしあげたのです。朝鮮だ、唐国だ、南蛮だと騒いでいるうちに、蝦夷地を盗られてしまうぞ、とね」

それから老人は、目を細め、うなずいた。

「それがもう二度も蝦夷島に渡られたとは」

「へい。蝦夷の人々の言葉も勉強しておいでで、当地の者どもと不自由なく話をしておられました。雲平さんとは、松前の御典医内藤先生にお引き合わせいただいたのです。その内藤先生でさえが何年も蝦夷地にお住まいになっているのに蝦夷人の言葉はよくわからないとおっしゃっておられました。ところが、雲平さんはたった一度蝦夷地を歩かれただけで、ご堪能になられたそうで」

「牛や馬を相手にするわけじゃなし、人の言葉でございましょう。気持ちがあれば必ず通じるものですよ」

穏やかに頰笑んでいう老人の顔を見ながら、この人も、と藤次は思った。

雲平から聞かされていた。目の前の老人、蝶園は唐国の言葉だけでなく、オランダ語にも通じている、と。

『津川蝶園様にお渡しくださいませんか』

そういって雲平は煙草入れを藤次の手に押しつけた。もっとも当の煙草入れが蝶園からの餞別だとはひと言もいわなかった。

本草学に通じ、蝶園と号する津川文作は、代々つづく庄屋の主で、長崎の町年寄を務めている。蝶園と出会ったことで雲平は北辺の地に開眼させられたのだとも語っていた。丸山花街蛍火楼において、貿易商西屋宗左ェ門に蝶園への仲介を頼んだ。蝦夷地は江差の医師西川春庵の雇人、雲平より言づてがございますと伝えてもらった。折り返し蝶園から酒屋町の自宅を訪ねるよう返事が来たのである。

屋敷を訪ねると、庭づたいに案内された。縁側に座って蝶園は待っていた。

煙草入れを藤次に託した雲平の意図は理解できた。蝦夷地にわたり、隅々まで踏破していることを知らせようとしたに違いない。

縁側に手をついた蝶園が腰を上げる。

「汚い庭ですが、少し歩きませんか」

「へい」

煙草入れを懐にねじこんで藤次も縁側を下りた。

贅を尽くしたという趣もなく、一見雑多な草木を茂るがままにまかせているといった風だが、よく見ると細かいところにまで手入れが行き届いているのがわかる。木立の間に入ると空気さえ甘く、ひんやりと感じられる。

蝶園は庭の自慢をするでもなく、そこかしこの木や草に目をやりながら歩いた。ふり返りもせずに訊ねる。

「蝦夷地はいかがでしたか。まだずいぶんと寒かったのではありませんか」

「寒うございました。越中を発つときでさえ桜が咲いておりましたが、蝦夷地はまだ雪に覆われてございました」

「雪か。もう何年も見ておりませんな。そんなところから来られると、この暑さだ、躰の方がびっくりしてしまうんじゃありませんか」

「春を飛び越していきなり夏という思いがいたします」

「蝦夷人には会われましたか」

「幾人かと親しく話を致して参りました」

「蝦夷人というのは、どのような者でしたか」

「親切で素朴な人たちでありました。雲平さんがいわれるには、内地の人間がとうに忘れてしまった孝心をちゃんと持っていて、しかも篤いとのことでございますが、たしかに手前も同じように感じました」

「親切で素朴、孝心に篤いか」

蝶園はぼそぼそといい、小さく首を振る。

「皆が皆、そういう連中ばかりではないでしょう。中には請負人と結んだりして、仲間である蝦夷人をいじめている者などもおりましょう」

「おっしゃる通りでございます」

「どのような者であれ、やはり旨い酒を飲み、旨い物を食い、いい女を抱きたい。それが人情というものではありませんか」

足をとめずに蝶園は小枝を一本手折った。見れば、丸い葉のところどころに虫の食った跡がある。枝を握った手を腰にあて、蝶園は歩きつづけた。

「蝦夷人というのは容貌魁偉と聞きましたが、やはり鬼のような形相をしておりましたか」

「初めて目にしたときは驚きました。何しろ顔つきがまったく違いますし、顔にまで入れ墨を入れている者もございましたから。ですが、見慣れると存外愛嬌のある顔立ちをしているのがわかります」

「愛嬌か。愛嬌は良かった」

天を仰いだ蝶園がからから笑う。

もっとも容貌魁偉といわれた刹那、藤次の脳裏に浮かんできたのは、礼文島で出会ったおろしあ人のウラジである。

「たった一人ですが、赤蝦夷にも会いました」

蝶園の足がぴたりと止まる。ゆっくりとふり返った。

「ほう、赤蝦夷にお会いになられましたか。で、いかな人物でございました」

さすがにどこで会ったかはいえなかったが、ウラジが蝦夷人の言葉を解し、ヒシルエを通じて話をしたこと、それに内容のあらましを語って聞かせた。

うなずきながらも蝶園は厳しい表情を浮かべていた。

「薪や食い物を奪うために時に人を殺めたりしてきたそうですが、もう飽いたと申しておりました。蝦夷人とともにいると穏やかな心もちになるそうでございます」

「そして春が来て、仲間が迎えに来れば、また人を殺しに出かける」

ずばりと指摘され、藤次ははっとした。

「ご賢察の通りでございます」

「同じですな。唐人もオランダ人もエゲレス人もオロシア人も、どいつもこいつも尽きることのない強欲の持ち主だ」

沈んだ声でいい、蝶園は木立の間を指さした。

目をやると、下草の間に長さ五、六尺はあろうかという巨大な筒が転がっているのに気がついた。表面が錆びているところからすると、筒は金属製のようだ。

「オランダの戦船が積んでいた大砲ですよ」

こともなげにいう蝶園に驚かされる。

「長崎に生まれついたおかげで、唐人だのオランダ人だのの言葉に通じ、あの者どもと少しばかりの交わりを持つことと相成りました。それで土産だといって持ってまいったのですが、大きいばかりで何の役にも立ちはしない。ああして朽ちていくのにまかせているような次第で」

大きく息を吐いた蝶園の躰がまたひとまわり縮んだように見える。

「攘夷攘夷と馬鹿の一つ覚えのように大騒ぎしている輩がおりますが、唐人にしろ南蛮人にしろ、あれらがどれほど大きな砲を持っているのか知らんのです。その数にしてもしかり。こんな爺のところへ土産だといってくれてやるほど持っておる。敵を知り、おのれを知らば、などと空念仏ばかり唱えおるが、奴らが使っている言葉ひとつおぼえようとしない」

何が攘夷かとつぶやいて、蝶園は藤次に目を向けた。寂しげな微笑を浮かべている。

「などと偉そうに申している爺は、この歳になるまで長崎よりほかの土地を知りませんがね」

夕刻、藤次は善右衛門を訪れた。

浜田屋の二階にある狭い部屋で萬屋善右衛門は起居していた。部屋の隅には夜具がきちんとたたんで積まれている。

明かり取りの障子を開くと、数百もの船が浮かぶ湊を一望にできた。夕闇が次第に深さを増していたが、船の間を往来する艀の数は一向に減らず、藤次の目にはそれこそ無数と映ったほどだ。

長崎に入るとすぐに藤次は薩摩組仲間の売薬商に会い、浜田屋にいる善右衛門を訪ねるようにいわれた。早速足を運んだが、善右衛門はいなかった。

辻強盗に襲われ、何も奪われず、怪我もなかったものの事件後の詮議で奉行所に足止めされていたという。そうした事情を聞かされたのは、初対面の挨拶もそこそこに引っぱっていかれた蛍火楼においてであった。昨夜のことだ。

「あれ、わかりますか」

目を細めて湊を見ていた善右衛門が指さす。

「帆柱の三本立っている大きな船がございましょう」

いわれて目を向けると、湊の中央付近に停泊している巨船にはたしかに帆柱が三本あった。帆はすべて巻かれており、帆柱の天辺(てっぺん)に取りつけられた細長い旗がだらりと垂れさがっていた。

「あれはオランダの船でございますよ。その右に見えるのが唐人の船です」

三本帆柱の巨大船の右隣に、ひとまわり小さな船が停(と)まっているのが見える。もっとも日が暮れはじめているのと、とにかく船の数が多く、ごちゃごちゃと折り重なっていることもあって唐人の船といわれてもぴんと来なかった。

「弁財船(べざいせん)とあまり変わりないように見えますが」

「帆を下ろしてますからね」

善右衛門が藤次に向きなおる。

「それで無事に蝶園様とやらにはお会いになられたんですね」

「萬屋さんのおかげでございます。あらためてお礼を申しあげます」

「お礼などとんでもありません。私は何もしてませんよ。すべては西屋さんが口利きをしてくださったからでございましょう」

「その西屋さんにお引き合わせくださったのが萬屋さんでございますから」

「蝶園様という方は、実際に会われていかがでございました」

「さすが長崎の町年寄をされている方ですね。たいそうご立派でございました。お庭を拝見させていただいたのですが、ごろんと大砲が転がっておりました」

「ほう、大砲ですか」

目を輝かせた萬屋がひざを乗りだす。

「どのような由来とおっしゃられてましたかな」

「何でもオランダの戦船に積んであったとかで」

「かなり大きなものですか」

「長さで五、六尺もございましたでしょうか。太さは一尺か一尺五分……」

両手を広げ、庭に転がっていた大砲を思い浮かべつつ答える。

「弾は何貫目を使うといってました」

「さあ、弾のことまではお話しになられませんでした。放ったらかしにして、ただ朽ちるにまかせてあるのだとか」

舌打ちした善右衛門は顔をしかめ、勿体（もったい）ないとつぶやいた。しかし、すぐに元の顔つきに戻った。

「それはそうと昨日はせっかくおいでくださったのに丸一日もお待たせしてしまって失礼いたしました」

「お気になさらずに。こちらから船を眺めていれば、まったく退屈しませんでしたから。

それにしてもご無事で何よりでございましたね。木下先生がお助けくださったのだ、とか」

遊女や芸者がはべる華やかな宴席にあって、白い顔を幾分強張らせていた木下典膳の風貌が浮かんできた。西屋宗左ェ門と蝶園を訪ねる算段について話をしているとき、木下はじっとりとした視線で藤次を見つめていたものだ。

「大変な腕前だそうで」

「医者なんぞにしておくのは惜しい」いい置いて善右衛門がにやりとする。「というよりニセ医者でしょうな。お国訛りからすると、加賀からいらっしゃったというのは本当らしいですが。藤次さんも越中の御方だから木下先生の訛りはおわかりになるでしょう」

「へえ。たしかに加賀の方とお見受けしました」

「木下先生ですが、脇指には鎧通しの直刀をお使いですね」声を低くする。「この刀が恐ろしい」

藤次は唇を結び、善右衛門を見つめていた。

「一人目の侍を斬ったときの技は、目にも留まりませんでした。すれ違い、ふり向きざまにお互いが打ちこんだのですが、あっという間に相手が倒れておりまして。驚きましたのは、二人目に立ち向かわれたときでございます。いきなり手にした大刀を地面に捨てて、鎧通しだけになると、それで相手の大刀を斬りました」

「刀を斬ったのですか。払ったのではなく」

「あれは斬りに行ったのでしょうね。星が飛びました。物打ちの少し下あたりで、まさしく両断でございました」

　斬り飛ばされて宙を舞う剣先の様子が藤次の脳裏に浮かぶ。

「実は、唐国の刀には兜を割り、太刀を真っ二つにする刀があるそうでございます。私も唐国の品物はそれなりに扱って参ったつもりですが、残念ながら実物を目にしたことはございません。ですが、海商仲間から聞いたところでは、くだんの唐刀を手に入れた者がいるということにございます」

「そんなものが、本当に……」

「木下先生には私と堂園様の警護役をお願いしたんですよ。最初は渋っておいででしたが、何とかご承諾いただきました」

「あれほどの腕の御方だ。お心強いでしょう」

　しかし、善右衛門の表情は曇った。

「いえ、ちょいと気になることがありましたのでね、それでお願いしてみたんですよ。さきほど申しあげた唐刀を手に入れた船問屋ですが、実は加賀国の者でございまして。木下先生も加賀からお越しです。できすぎているようにも思えるのです。支藩富山が抜け荷などいたせば、宗藩としては放置しておくわけにも参りません」

「そうでございましょうね。それでは……」

「さようにございます。木下先生には取引が成立するまで日の届くところにいていただいた方が何かと好都合でございましょう」

　善右衛門が肩を揺すった。

「ところで、藤次さんが乗ってこられた船の方はいかがされてますか」

「物が物だけにおいそれと長崎に入るわけにも参りません。船頭さんと相談しまして、平戸の少し北にある、寂しい入江に停めることにいたしました」

「物といわれますと」

　問いかける善右衛門に向かって、藤次はうなずいて見せた。

　善右衛門がようやく満足そうな笑みを浮かべる。

「結構ですな。では、早速明朝にも船にお戻りいただき、見本を少しばかり運んできていただきたいのです。行李一つほどで結構ですが」

「かしこまりました」

「蛍火楼で、鉢屋さんというたいそう太った方がいらっしゃいましたでしょう。あのお方、実は張某と申す唐人でございまして、私どもの取引相手ですよ」

「そうだったんですか」

「一度藤次さんと張とが顔を合わせておかれた方がいいと思いました。では、二日の後、張の屋敷におきまして検分と参りましょう。明後日の朝までにここへお戻りください。大丈夫ですかな」

「はあ」藤次は首をかしげた。「唐人屋敷で検分をなさるおつもりでございますか」

「そうですよ」

「たしか唐人屋敷への出入りは御法度とか」

「すべてこの萬屋にお任せください」

善右衛門は自信たっぷりに自分の胸を叩いた。

二

砂浜に漁師たちの舟が数艘引きあげられているだけの小さな入江に、豊勝丸は帆を下ろしていた。

長崎の湊を出た藤次はまず平戸にわたり、そこで猪牙船を雇って豊勝丸にいたった。戻りは陸路を平戸まで出て、長崎に行く船をつかまえなければならない。

雲の切れ間から陽が射し、風はそよとも吹かなかった。ひどく蒸し暑い。藤次が豊勝丸に上がるとえんがどこからともなく現れ、爪先の匂いを嗅いだ。だが、別に尻尾を振ってみせるでもない。鼻面を上げたところへ頬笑みかけたものの、ついと横を向き、そのまま舳先へ行って物陰に寝そべってしまった。

「相変わらず愛想のない奴だ」

苦笑する藤次のわきに立った源右衛門がいう。

「あれでなかなか感心な犬だわ。ここに着いてから何度か艀がやってきて、地元の連中が乗りこんできたこともあったが、一度も無駄吠えせんかった。儂らの残飯を食っては、ああして大人しゅうしとる」

藤次へと視線を移した源右衛門が訊ねる。

「ところで、雲平さんから言づかってきた蝶園さんとやらには会えたがけ」

「へえ、お蔭様で」

長崎市中に入ってから蝶園に会うまでの顚末、会ってみたところが煙草入れは蝶園が雲平に渡したもので返されてしまったことなどを話した。

「きっと雲平さんは蝶園様に蝦夷地探索行の首尾を知らせたかったんでしょうね。それで私に煙草入れを託したんだと思います」

「そいつはどうかな」

源右衛門はあごに手をやり、小首をかしげた。

「雲平さんはあんたに蝶園さんがどんな人物か見せたかったのかも知れない。あるいは、その逆か」

「逆、でございますか」

「ああ。蝶園さんにあんたを見せたかったということさ。雲平さんは、藤次さんに自分とよく似た匂いを感じていたようだからね」

「はあ」

船はゆったりとした間で上下し、舷側を洗う波の音がかすかに聞こえていた。一片の雲が通りすぎ、わずかに陽がかげる。

えんが欠伸をした。

「儂らは船に乗るのが商売だから他人様から見れば、そりゃあちこちへ行っているように見えるかもわからんが、結局は決まりきった場所を行ったり来たりしてるだけでな、船の中におるか、湊町にあがるかだ。湊というのは案外どこでも同じなんだ。行く先々に名物があるいうても二度も食えば飽きる。どこへ行っても安酒あおるだけよ。だけど、雲平さんという人は違う」

「そうですね。お頭のおっしゃられる通り、雲そのもののようなお方です。蝶園様も雲平という名は、いかにもあの人らしいと笑っておられました」

「儂らの行き来は商いだが、雲平さんのは旅だ。そこが藤次さんに似ている」

「私などはとても……、雲平さんの足元にも及びませんよ」

「雲平さんという人にどんな腹づもりがあるのか、儂のような者にはとうていわからない。苦労して蝦夷島を歩いているが、一文にもならんわけだろう。儂らはどうしたって目先の利を拾おうと、それだけしか考えんが、雲平さんはもっと大きなことを目指しているように見える。儂らとは器が違うと思うたよ。藤次さんにもそこらあたりで同じ匂いを感じてるがね」

「そうでしょうか」

雲平について源右衛門のいうところは、理解できた。だが、自分が同じといわれるととんでもないという思いがする。

「それはそうと、蝶園さんというのは町の重役やろ。よくお会いくだされたもんだね」

「へえ。丸山で西屋さんという……」

「丸山ぁ」

背後にいた六郎平が素っ頓狂な声を張りあげる。

「藤次さん、丸山花街なんぞへ行かれたんがけ」

「ちょっと込み入った事情もございまして、引っぱっていかれるような塩梅でございました」

「引っぱられても押されても丸山に行けるんならええやないか。おれもいっぺんでいいから丸山に行ってみたい。なぁ、きれいな女が一杯おったやろ」

うっとりとした顔つきになった六郎平は、まるで藤次の躰から白粉の残り香がただよってくるとでもいうように鼻をうごめかした。

一瞬、藤次の脳裏に宴席の光景が浮かんだ。目にも彩な衣裳をまとった妓たちが笑い、歌っている。

「酒も大そう旨いんだろうなぁ」

目蓋を閉じ、ため息をつきかねない顔をした六郎平の頭を、政八が思いきり張った。

「ダボばっかりこいてないで手ぇ動かせ。お前なんかと違って藤次さんには売薬の掟があるんだ。酒なんか飲めるか」

二、三度まばたきした六郎平がすがるような目つきで藤次を見る。

「飲まんかったって、本当か」

苦笑してうなずくと、鼻先から酒を取りあげられたのが自分であるかのように六郎平は顔をしかめた。

停泊している豊勝丸に残っていたのは、船頭の源右衛門、親仁の政八、それに楫子の六郎平の三人だけでほかは陸にあがっているという。入港した際には留守番を命じられることが多い最年少の利久平も出かけていた。

「利久平さんもたまには陸の風に吹かれたいですよね」

「まあ、あれはいつも船だから少し不憫にもなってな。金蔵につけてやったんだ。だけど、金蔵は吝いからなぁ。饅頭の一つも食わしてもらえればええ方やろうけど」

しっかり者の金蔵の風貌を思いうかべ、藤次は深くうなずいた。

豊勝丸に帆待分として積みこんである蝦夷地の特産品について、金蔵は長崎に着いたら売りさばくといっていた。

政八と六郎平は船の真ん中で、昆布を詰めてある叺を開き、見栄えのいい品物を選んでは柳行李にていねいに詰めていた。

かすかな風に乗って広がる利尻昆布特有の芳醇な香りが鼻をつくと、雪に覆われて真っ白になっていた浜や、手を振る蝦夷人たちを思いだした。

「それで……」源右衛門が口を開いた。「唐人の検分が首尾良く終わって、取引となったら儂らはどうすればええ」

「私がまたこちらに戻って参ります。お頭には平戸まで船を動かしていただき、そこで薩摩様が仕立てられる船に荷を移し替えていただくことになります」

「薩藩もなかなかに慎重だね。もっとも唐人の船があちこち出て回ったんじゃ、目についてしようがないし、儂とて唐船に横付けして荷を移すなんて真似(まね)をしたくはないがな。薩藩のことだ、大方奄美か琉球にでも運んでそこで奴らに渡すんだろうが」

半ば独り言のように源右衛門がつぶやいたが、藤次は肯定も否定もしなかった。源右衛門もとぼけた顔つきを崩さない。

「取りあえず昆布さえ降ろしてしまえば、儂らもお役ご免というわけだ」

「お頭には大変お世話になりました」

頭を下げかけた藤次に、源右衛門は掌(てのひら)を見せて制した。

「礼はまだ早いよ、藤次さん。無事に薩藩に昆布(こぶ)を渡してからで遅くない。それにね、これからがまた大変だろう。薩藩に無事昆布を納めたからといって、売薬さんたちの商売が元通りになるとはかぎるまい。唐国から来るって薬種がどれほど役に立つかも、現物をおがまないことにはわからんだろうし」

「おっしゃる通りでございます」

藤次は洋上に目をやった。彼方(かなた)にかすむ長崎の町で何が起こるかはわからなかった。

善右衛門を襲った輩もいる。

　それに木下様だ、と藤次は胸のうちでつぶやいた。

　ほどなく行李一つに昆布が詰められた。藤次はその上に行商の道具を入れた行李を重ね、風呂敷に包んだ。

　政八と六郎平は艀を下ろす準備をしている。源右衛門が風呂敷包みを背負った藤次を見た。

「気をつけられ」

「へい」

　えんは日陰に寝そべったまま、目を閉じている。

「実は桶屋町（おけやまち）の橋のたもとで襲われた一件につきましては、手前にもまったく心当たりがないわけでもございません」

　回りくどい言い回しをしながら萬屋善右衛門の視線は一点に注がれたまま動かない。

　いやな目だ、と洋之進は思った。

　萬屋の見つめる先には洋之進の大小がある。じっとりと嘗（な）めまわすように見ているのは、流星に違いなかった。

　拵（こしら）えをしてあるものの、刀に多少なりとも心得のある人間が子細に観察すれば、異（い）なものを感じずにはいられない。まして唐物（からもの）、南蛮渡来物を多く扱い、抜け荷に通じている萬屋なら唐刀流星について何か聞き及んでいる可能性がある。

実際に手にとれば、唐刀の造りを感得できるだろうが、武士の佩刀(はいとう)ともなればおいそれと手を伸ばすわけにはいかない。

流星に向けていた目を動かし、萬屋が洋之進を見る。

居住まいを正して、訊(き)きかえした。

「たしか辻強盗に襲われたといわれましたが、奉行所にもその旨届けたはずでは」

「ここは長崎、商人の町でございますよ。奉行所の役人といえども黄金(きん)が目映(まばゆ)ければ目を開いてはいられません」

嫌味なほど自信たっぷりの口吻(こうふん)ではある。だが、一転して照れくさそうな笑みを浮かべ、窺(うかが)うように洋之進を見る。

「お恥ずかしい話ではございますが、木下先生には包み隠さず申しあげておかなければならないと思います。実は、これがらみの話でございまして」

萬屋が小指を立ててみせる。だが、洋之進はまったく別のことを感じた。その手は思いのほか大きく、がっちりしていて指が太かった。手の甲から小指の根元にかけて古い傷跡がついている。袖口からのぞく腕も筋肉が発達しており、やはり白っぽくなった傷がいくつかついている。いずれも古い刀傷に見えた。

「私の店は横浜にございますが、店のすぐ近所に、魚臭い田舎町(いなかまち)にはおよそ不似合いな、あか抜けた後家がおりました。手前のところでは、ちょいと珍しい唐物の簪(かんざし)なども店先に並べておりまして、女の客も珍しくないのでございます。その後家も何度か店にやって参りました」

身じろぎした萬屋は顔をつるりと撫で、ついでに鼻を引っぱって話をつづけた。

「子はないという話でございました。すべて女のいう通り信じたわけでもなく、後家というよりは誰かの囲いもので、金づるの狒々爺にでも死なれたんだろうと、そんな具合に考えていたのでございます。とにかく楚々とした風情の女でございました。こういっては何ですが、木下先生も一目ご覧になれば、萬屋の助平心もおわかりいただけると思います。とにかくそそられるのでございますよ」

早い話、くだんの女といい仲になった。だが、後家というのは真っ赤な嘘で女と抜き差しならぬ関係になったと思ったら、亭主だという牢人者が怒鳴りこんできた。

「破落戸の一人や二人、黙らせる金には不自由しませんが、相手が悪かった。水戸様の何とかいう党の一派だと称して徒党を組んでおりまして」

眉間にしわを刻み、苦いものでも吐きだすような顔つきで話しつづける萬屋は、なかなかの役者ぶりといえた。

もしかすると、女の話に関してはまんざら嘘ではないのかも知れない。禿頭は女好きの証とどこかで聞いたような気もした。

「強談判もあまりにしつこくなりますと、私としてもいちいち相手にはしておれません。そこへ今回の堂園様とのお話が持ちあがりまして、渡りに船とばかり、こうして長崎までやって来たような次第です。今、横浜の店は閉めております。ちょいと出かけるくらいなら近所の子供に店番をさせられますが、本当の商いとなりますと、私一人でやっているような次第にございまして……。いっそのこと、このまま長崎で商売を始めようかとすら思っております」

ますます渋面となった萬屋は低声でつづける。

「ところが、そう簡単に諦める手合いではございませんでした」

「では、先日の」

空とぼけて調子を合わせると、萬屋はあごの先が胸につくほど深くうなずいた。

「長崎まで追いかけてくるとは夢にも思いませんでした。何でございますねぇ、ああいった連中が一番質が悪うございますね」

「ああいった連中といわれますと」

「自分たちが天下国家のために大事を為していると心底信じきっている阿呆どもでございます。何でもお公儀を倒して、主上を拝し奉るのだとか」

萬屋は目をつぶり、躰を震わせた。目つき、声音、仕種の一つひとつがたとえ嘘芝居だとしても真に迫っている。

「何のことはない、ただの強請、たかりでございますよ。それを畏れ多くも天子様を持ちだして。本人たちは正義の行いをして、不逞の輩に天誅をくわえるくらいのつもりで萬屋を追いかけ回す。何が正義なものですか。金が入れば、酒と女に耽るばかり……、ふざけるな」

満面を朱に染め、激昂した直後、萬屋は素早く左右をうかがい、畳に両手をついた。

「とんだ失礼を申しあげました」

「いえ、お気になさらずに。それほどのご難儀を抱えておられたとは存じあげませんでした」

「身から出た錆とは申せ、本当にお恥ずかしい次第で」

手をついたまま、萬屋がふたたび低頭する。

「明日でございます。明日の午下がり、唐人屋敷におきまして取引が相整います。そのときに是非とも木下先生にご同道をお願いいたします。唐人屋敷への出入りについて、手配は萬屋がすべて遺漏なく執り行いますので」

「承知仕りました」

力強くうなずいてみせると、萬屋はようやく眉を開いた。

さすがに大事の前ということで今宵は浜田屋で大人しくしているというのを聞き、辞することにした。

ごく近所の柏屋を宿としていることについても加賀藩ゆかりの船問屋なればという説明に納得したようだし、むしろ、万が一の場合、即刻駆けつけられるところに洋之進がいるのを喜んでいる様子だ。

薩摩屋敷にいる堂園については何の心配もない、という。

柏屋までの短い距離を歩きながら、洋之進はふと思った。萬屋こそ、倒幕の動きをしているのではないか、と。

萬屋は尊皇を標榜する浪士たちの動きに詳しいだけでなく、出入りしていた小間物屋は裏で洋式銃を商っていると小僧捨吉がいっていた。

そのようなことを考えながら柏屋に戻ると、すぐに手代が出てきて、部屋に客が待っていると伝えた。

客が来る予定などなかったし、それ以前に洋之進が柏屋に泊まっていることを知っているのは萬屋くらいしかいない。騒ぐ胸を抑えつけて、ゆっくり階段を登った。あてがわれている部屋の前に立ち、声も掛けずに襖を開く。

湊に面する窓から外を眺めていたのは、旅姿をした女であった。襖を開いた気配に気づいて、ふり返る。

洋之進の口から思わずつぶやきが漏れた。

「お亮さん」

日に何度となく思いえがいた面差しである。夜ごと夢にも見た。この世でもっとも会いたいと願いながらも再会はかなわぬものと諦めていた相手だ。

あまりに唐突な出現ゆえに洋之進は呆然としてしまい、名前を呼んだきり絶句している。だが、胸に重苦しい雲が広がり、ほおがちりちりするのを感じた。

「もしや、父に……」

お亮は、いつになく真剣な眼差しで洋之進を見上げていた。

「大先生には、夜ごと御酒のお相手をさせていただくのですが、私が発つ前の夜に二升近くお飲みになられました」

「二升、ですか」

父らしくない、と洋之進は思った。

父豊之進は酒が嫌いな方ではなかったが、酔って躰の動きが鈍くなるを嫌い、五合以上は飲まなかったものだ。

「大先生から若先生へ大事なお預かり物をして参りました」

「それをわざわざお亮さんが」

「はい」

返事をしたお亮の顔からすっと血の気が引いた。

「若先生、中にお入りになられまして、どうか、そこをお閉めくださいませんか」

「はい」

うなずいた洋之進は部屋に入り、襖を閉めた。自分が借りている部屋でありながら緊張し、手足の動きがぎこちなくなっているのを感じる。

「そちらにお座りいただき、私がよいというまで戸口の方を向いていていただけますか」

「はい」

大小を抜いた洋之進は戸口の前で正座をした。

「これでいいですか」

「結構でございます」

まず障子を閉める音が聞こえた。次いで耳をくすぐる音に、洋之進は顔がかっと熱くなるのを感じた。

しゅっ、しゅっという音は、まぎれもなく帯を解いているのである。

鼓動が咽(のど)もとまでこみあげてくる。

はらりと着物の落ちる音がしたときには、こめかみが今にも破裂せんばかりに膨れあがり、呼吸(いき)すら忘れた。

落ちつけ、落ちつけ、落ちつけ……。

自らにいい聞かせていたが、自分がどこにいるのかもわからなくなっていた。

目の前の襖には鶴と亀が描かれていた。じっと見つめるうち、鶴は羽ばたいていずこかへ飛んでいき、亀はひっくり返った。

三

「大変にご無礼な真似を致しました。もうこちらにお直りいただいてよろしゅうございます」

声をかけられてふり返ったときには、お亮は元通りに着物を身につけ、何ごともなかったような顔つきをしていた。

ほっとしたような、少しばかり惜しいような気がしたが、六分四分で安堵(あんど)が勝った。

「これにございます」

差しだされたのは一通の封書だ。表書きの洋之進殿という字は、間違いなく父豊之進の筆である。

途中で発見されることを恐れたお亮は、封書を襦袢(じゅばん)の腰へ縫いつけてきたという。手にするとほのかに温かい。お亮の肌の温(ぬく)もりが移っていると思うと、どぎまぎする。

豊之進から手紙を預かったのが深夜である上、翌朝に出港する船に乗ることになったので、一睡もすることなく旅の仕度をし、手紙を縫いつけなければならなかったとお亮はいった。

手紙とお亮に対し、一礼してから封を切った。

数行あるのみの短い手紙で、末尾に豊と一文字添えられている。

長崎にて亮殿と祝言を挙げられたる後は、急ぎ金沢に戻る要なく、新月も覚えず胡(こ)蝶(ちょう)も覚えずゆるり逗留(とうりゅう)せよ。余輩も暫時白木山梅光園に遊興する。

豊

しばらくの間、洋之進は時を忘れ、何度も文面を読みかえした。

まず驚かされたのは、お亮と祝言を挙げ、というくだりである。

お亮の実家は生糸商で、洋之進の自宅からほど近いところにあった。そうした関係から洋之進はお亮がよちよち歩きの頃から知っていた。歳は十ほど離れている。

生計の助けとするため、洋之進が私塾の塾頭を引きうけたのは二十二の時で、ちょうどそのころ、お亮の兄二人が塾生として通っていた。今では長男が生糸商を引き継ぎ、次男も暖簾分けをしてもらって自分の店を持っている。

当時は子供相手に恋愛の情など湧くはずもなく、また、身分の違いもあれば、お亮を妻に迎えるなど考えもしなかった。

一人の女として意識するようになったのは二年ほど前、一度嫁いだお亮が婚家から出戻り、同じ頃、弟である三男坊が入塾したときからである。

子供子供していたお亮は、しばらく見ないうちにすっかり大人の女性に変身していた。

しかし、身分の違いは何も変わっていない。すっかり寂れた一門とはいえ、馬渕月心流を標榜し、一応は剣術指南役を務める馬渕家嫡男の洋之進が本気でお亮を妻にしようとすれば、お亮をどこか、馬渕家と親戚筋にあたる武家の養女とし、その上で縁組みをしなければならなかった。

面倒な手続きをすべて踏んだとしても、商家の娘、まして出戻りともなれば馬渕家の親戚縁者がこぞって反対するのは目に見えていた。

親戚がいささか厄介な存在である。

また、家計の問題もあった。豊之進、洋之進の父子二人だけなら微禄と私塾からのあがりで何とか食いつないではいける。しかし、ほんのちょっとでもつまずけば、たちまち食い詰めてしまうのは目に見えている。

万が一の事態に備え、集団で金を出し合い、互いに扶助する頼母子講を親戚たちといっしょに組んでいる。町民と結ぶことは禁じられているため武家同士が協力するよりなかったのだが、武家にしてもめったやたらと結託することは許されなかった。

結局は、家名や血縁を頼りとせざるをえない。武家の親戚は、血と金で複雑に絡みあっているのが実情であった。

一方、親戚間の盆暮れの挨拶や冠婚葬祭にかかる費用も武家の体面を保つため尋常ではなく、ゆえに家計は、どこも逼迫しているのが常で、ますます血縁で組んだ講に頼りがちになるという悪循環を招いていた。

しかし、好悪の情を抱くことなど、洋之進に許されるはずがない。武家に生まれた者の宿命と受け容れざるをえなかったのだ。

縁談を断りつづけ、三十を過ぎた今も独り身でいるのは、一つにはお亮への思慕だが、他方では武家の宿命を甘受していたからでもあった。武家の家計はもはや破綻しており、首に巻かれた縄が徐々に絞られている状態に等しい。

馬渕家を継続させるには、それこそ親戚から養子を迎え、多少恰好がつく程度に剣を仕込めばよい。だが、肝心の剣そのものが世の中から不要とされつつある。

父が亡くなれば、養子を迎えることなく、自らの手で馬渕家の血統を終わらせようと密かに決心していた。

手にした手紙を読みかえすのも、もう何度目になるかわからなかったが、ひたすら父の墨跡を目で追っていた。

金沢から逃げだす、つまり武家の呪縛から逃れたところで、お亮がどのように思っているかがわからなかった。今まで洋之進は思いを告げたことがない。

次の、新月も覚えず胡蝶も覚えずの一行にも衝撃を受けた。

新月剣、胡蝶剣は月心流の中核ともいうべき技で、それを忘れろとは月心流を捨てろという意味に他ならない。

出奔せよ、と豊之進はいっている。しかし、最後のくだり、白木山梅光園に遊興するという意味がまるでわからない。

ようやく手紙を下ろし、前を見た洋之進は息を嚥んだ。

お亮が両手をつき、畳にひたいをすりつけんばかりにして深々と辞儀をしている。

「お亮さん……」

「ふつつか者ではございますが、どうぞ、よろしくお願い申しあげます」

それからお亮は顔を伏せたまま、出立前夜の豊之進の様子を話しはじめた。

「儂はね、一日に飲む量を五合までと定めておるのだよ」

「五合なんてとっくに超えているじゃありませんか、大先生」

傍らに並んだ大徳利を数えて、お亮はいった。酒がよい塩梅にまわり、躰がふわふわ浮かんでいるような心もちになっていた。

「不思議じゃな。今宵はちっとも酔った気がせん」

豊之進は丸いあごを撫でていた。たしかにほおにはほんのり赤みが差しているが、日灼けの跡にも見える。格別目がとろんとしているわけではなく、呂律もしっかりしていた。

「そういわれますと、とても二升も召しあがったようには見えませんね」

片眉を上げてうなずいた豊之進が目を動かし、お亮を見た。

「実は、昨日お亮さんのお父上にお目にかかってきた」

「父にですか」お亮は首を振った。「何も申しておりませんでしたが」

「お亮さんにこれだけ世話になっておきながら、無精をして、お父上には一度もご挨拶を申しあげていなかった」

「そんな勿体ない。だいたい私は好きでこちらに来ているのですよ。大先生や若先生のお世話をさせていただいているのが愉しいんです。お二人ともお優しいし、私などうちにいるよりこちらにいる方がよほど羽を伸ばしております。お礼を申しあげるなら、私の方からです」

居ずまいを正し、お亮は言葉を継いだ。

「若先生にご教授いただいたおかげで、兄二人は立派に商売できるようになりましたし、その商売も順調でございます。出戻りでぶらぶらしている私が少しばかりお手伝いさせて……」

お亮の声へ押しかぶせ、遮るように豊之進がいった。

「きちんとお礼を申しあげたいという気持ちもあったが、本当のところは、お亮さんをね、うちの愚息の嫁に是非ともいただきたいとお願い申しあげてきたんだ」

なぜか腕から背へ疾風が抜けていくように鳥肌立った。いつものように軽口で応じようとするが、口許が強張ってうまくいかない。

豊之進がにっこり頬笑む。お亮の裡へじんわり滲みてくる温かい笑みである。

「儂と家内には、夫婦になって何年もの間、子ができなかった。武家の親類というのはね、これでなかなか口さがない者が多くての、やれ離縁だの、やれ養子をもらえだの、そりゃうるさかった」

豊之進の笑みが少しばかり照れくさそうなものに変わる。

「こんな儂によく尽くしてくれた女は、後にも先にも家内一人だったよ。親戚から何をいわれようと別れるつもりなどなかった。ただ責められるのは儂一人ではなかったからな。家内もやいのやいのいわれておって、それが可哀想になり、養子でもと思っていたところへ授かったのが季丸だった。儂が三十三の時じゃ。儂ら夫婦がどれほど喜んだか、わかっていただけるか」

「はい」

お亮の返事に豊之進は何度もうなずいた。

「季丸が伏木湊に発った翌日から死んだ家内が毎夜夢枕に現れてな」

少なからずぎょっとして、お亮は目をしばたたいた。豊之進は相変わらずおだやかに頬笑み、まるでのろけているようだ。

「あれは生きておる頃から控えめでの。儂には口答え一つしなかった。今も同じだ。ぼうっと光って、儂を見つめておる」

「怖い顔をなさって、ですか」

恐る恐る訊いた。

「いやいや」

豊之進の顔はますます笑み崩れ、愉快でたまらないといった顔になった。

「生前の優しい顔のままじゃ。儂にはあれの声が聞こえてくる。思うとおりにおやりくださいといっている声がね」

懐に手を入れた豊之進は一通の封書を取りだした。

「季丸は長崎の船問屋柏屋におる。これを届けてはくださらんか」

「長崎……、でございますか」

今の今までお亮は洋之進が伏木湊にいるものと思っていた。

「家内が生きておった頃は、毎晩こうして差し向かいで飲んでいたもんだ。季丸が生まれる前の儂は荒れておった。酔いにまかせて言いたい放題、家内にも随分ひどいことをいった。しかし、家内はいやな顔一つ見せずに座っていてくれたよ。思えば、儂には月心流が重すぎたのかも知れない」

「そんな……、大先生」

「一度だけ、家内は儂に逆らったことがある。実はわが月心流には陰陽二巻の免許がござってな、そのうちの陰之巻(いんのまき)だけは季丸に伝授しないでくれというんだ。人殺しのためだけの陰惨な剣でね。儂が毎日鬱々と暮らしていたのも、いつかは陰之巻の剣を振るう日が来るのではないかと恐れていたからなんだろう。家内は、何年もそんな話を聞かされていたわけだ」

ひざを進めた豊之進は、お亮の手を取ると、封書を握らせた。

「家内はね、季丸は私の子ですといったよ。いつの間に忍ばせたものか、帯の間から懐剣を抜いて、季丸の咽にあてたんだ。どうしても人殺しの剣を教えるおつもりなら、この場で季丸を殺して私も死にますといった」

垣間(かいま)見えた。

小さな布団に寝かされている幼子の枕元で、ぎらりと光る短刀を構えている母の姿だ。

ふと浮かんだ疑問を、お亮は口にした。

「わが子を刺し殺せる母親などいるのでしょうか」

「母なれば、皆同じことをしよう。わが子を守るためだからね。家内は儂にそれを教えてくれた。それに家内が救ったのは季丸だけでなく、この儂もだ。月心流に圧しつぶされそうになっていた儂を、な」

豊之進の目には涙が溜まっていた。

「それなのに儂は季丸に陰之巻を伝授してしまった」

「大先生は、私が金沢を発った日のうちに腹を召されると……」

両手をついて話しつづけていたお亮の声がついに途切れた。

畳の上に涙が滴りおちる。

聖護院白梅光大姉。

何より白梅を好いていた母の戒名を、洋之進はようやく思いだした。

草鞋の紐をかたく結わえつけると、洋之進は両足のかかとを土間に二、三度つき、緩みがないことを確かめた。

立ちあがる。

たっつけ袴を着けていた。単衣の小袖の懐には襷を忍ばせ、黒縮緬の羽織を重ねていた。羽織はお亮が国許から持参したもので、父豊之進愛用の品である。

ふり返ると、お亮が胸に抱いていた大小を差しだした。まず流星を取り、左の腰に差した。次いで大刀を落とし差しにする。

「では、行って参ります」

「お気をつけて」お亮が両手をついた。「行ってらっしゃいませ、洋之進様」

「うむ」

鷹揚にうなずいて柏屋を出た洋之進だが、お亮がいつもの通りに若先生ではなく、名を呼んだことがどことなく面映ゆかった。

一夜が明けたところで洋之進の心もちには何の変化もない。しかし、お亮はすっかり妻女然としている。かつて嫁いでいたせいで妻とはどうあるべきかを心得ているからなのか、元々女というものは変わり身が早いだけなのか、よくわからなかった。

雨の中で小間物屋を見張っていたとき、萬屋が店先で傘を受けとるのを見て、出がけにお亮が傘を差しだしてくれたらどのように感じるのだろうと思いをめぐらしたが、実際に刀を受けとっても格別の感慨は湧いてこなかった。

大事の前だからか、とも思う。

自らの命を投げだしてまで洋之進に出奔を勧めた豊之進の意は充分に理解している。息子が出奔したことの責を負って自刃することにより、洋之進を縛りあげている呪縛をすべて解こうというのである。

昨夜、お亮は逃げましょうといった。

『それが大先生の御遺志にございます』

しかし、洋之進は止めた。

『父はああ見えて、なかなかに機略の利く人物です。早計にことを起こすような人ではありません。手紙にああでも書かないと、愚図な私が動かないのを見越しているのでしょう。大丈夫、父はぴんぴんしてますよ。さっさと仕事を片づけて、今日にも金沢行きの船に乗りましょう。金沢に帰って、正式に縁組みをするのです。一度死んだと思えば、何だってできますよ。貧乏はさせますが、皆がそろって仲良くやりましょう』

お亮をかき口説くうち、洋之進も自分の言葉を信じかけていた。だが、家族そろっての平穏な生活など所詮は夢幻にすぎない。

父は、お亮を送りだしたあと、すぐに遺書を認め、介錯もないまま腹を裂き、頸を切っているのは明らかだ。遺書には、不肖の嫡男に対するあらんかぎりの恨み言が書き並べられているに違いない。

湊でお亮が船に乗るころには、雨戸を閉め切った暗い中、仏壇を前にして冷たい骸と化していただろう。

『人と畜生を分け隔てるは、約定を守るか否かの一点にあるんじゃ』

幼い頃、父はくり返し教えたものだ。

『だがな、季丸。誰であれ、命は惜しい。どのような約定であれ、自分の命より重いということはない』

季丸と呼ぶ父の声が耳の底に響く。

『自分が死ぬかも知れない。いや、十中八九命を落とすであろうというときの約定を果たすか果たさぬかで、今度は人と武士を分けるんじゃ』

偉そうなことをいうた、と照れ笑いしている父が浮かんだ。

浜田屋に入ると、式台に萬屋が正座している。晴れやかな顔つきで声をかけてきた。

「お早うございます、木下先生。実におだやかないい朝でございますな」

「お早うございます」

「用意万端整いましてございます。これからちょっとお弔いにお付き合いいただくことになりました」

「弔い、ですか」

意味ありげににやりとした萬屋は何かいいかけたが、途中で言葉を切ると、洋之進の背後に目を向けた。

ふり返ると、ちょうど風呂敷を背負った売薬商が入ってきたところである。

「お早うございます」

売薬商はまず洋之進に挨拶し、次いで萬屋に頭を下げた。

目礼を返しながらも洋之進は、売薬商が腰に一尺以上もある矢立(やたて)を差しているのを見逃さなかった。

四

唐人屋敷が建ちならぶ新地蔵所の一角、荷揚げ所前の埠頭に三艘の艀が次々と横付けされた。

真っ先に降りたったのは、一艘目に乗っていた若い男だ。黒の唐人服を着て、黒い紗の帽子をかぶっていた。男は紐に吊りさげた箱状の香炉を持ち、ゆらりゆらりと振りながら埠頭を歩きはじめた。

香炉から出る薄青い煙が広がるとともに強い香が立ちこめる。それでも甘酸っぱい腐敗臭を完全に消すことはできなかった。

二艘目の艀には、華美な装飾をほどこされた大きな棺桶がのせられていた。樽状の座棺で、緞子で覆われた上から縄を掛けられており、縄には釣り棒が通してあった。

香炉係の若者につづいて太った唐人と羽織姿の小柄な男が降りてくる。荷揚げ所の門に近づくと、羽織姿の男が門番に声をかけた。

「唐船香州丸船頭劉松源、病のため急死、埋葬のため上陸、罷り通る」

羽織姿の小男は通辞である。門番は通辞と太った唐人をじろじろと見て、大げさに顔をしかめた。

「ひどく臭うな」

「船の上に五日もだよ」通辞も顔をしかめている。「まったくこいつらと来た日にゃ、毎日蒸し暑いってのに何日もつづけて葬式だっていいやがる。その上、五日なら短い方だってぬかしやがるんだから恐れ入るね」

鉄の環を巻いた六尺棒を肩にかけ、遠慮のない目つきで唐人を見ていた門番が訊いた。

「許可は」

「これに」

通辞が懐から取りだした書面を門番の前にかざした。門番はちらりと見ただけで手を伸ばそうともせず、門の内側にある番所を手で示した。

「通ってよし」

胸を張って答えたあと、低声で、早よせえと付けくわえた。

太った唐人と通辞が番所で話をしている間、二艘目の艀から棺桶を降ろす作業が進められていた。座棺が大きく重い上に艀が不規則にゆれるので、荷揚げに慣れた人足たちも苦労する。おまけにひどく臭いために罵声、怒号が飛びかっていた。

唐人風の衣服に身をつつみ、緞子で覆われた箱を両手で捧げもっていた藤次は、それとなく番所をうかがった。太った唐人、張仲伯が通辞を介して役人と話をしていた。

通辞も門番も唐人には自分たちの言葉が理解できないと決めてかかっている。長崎暮らしの長い張には二人の話がすべて理解できているはずだが、わざと間の抜けた面を見せていた。

善右衛門と木下も唐人の身なりをし、真っ赤な提灯を手にしている。

大騒ぎの末に棺桶が埠頭にあげられると、葬列が整えられた。

先頭は香炉係、その後ろに銅鑼を持った男がつづく。銅鑼の音が町の空に殷々と響いていった。その後ろが人足たちに担がれた棺桶である。

番所での吟味が済み、張仲伯が声をかけると、葬列はゆっくりと動きはじめた。顔をしかめたままの門番の前を通り、唐人街に入っていく。

通辞は番所に残って列が行きすぎるのを見送り、張のみが最後尾についた。

強烈な香をもってしても消せない腐敗臭を撒き散らしながら葬列は進み、やがて巨大な屋敷の門をくぐった。庭に棺桶が下ろされると、人足たちは帰され、門が固く閉ざされた。

屋敷に向かって張が声をかけると、さっそく幅広の刀を手にした男が駆けだしてくる。

棺桶を縛ってあった縄が切られ、蓋が取りのぞかれた。

やにわに何かが破裂するような音がして、飛びだしてきたものがある。

裸の男。

男は棺桶の縁に手を掛けると、何とか躰を持ちあげ、外へ出ようとした。そのとたん、手を滑らせ、頭から庭に転げおちる。下帯一つで肩を大きく上下させているのは、堂園であった。異臭がますますひどくなる。よく見ると、堂園の躰は頭の天辺から爪先までぬらぬら光っており、至るところに魚の内臓やら骨がへばりついていた。

唐人たちが井戸から水を汲んできて、堂園にかける。悲鳴をあげる堂園に、張がしたり顔でたしなめる。

「冷たいくらい我慢してください。大事の前の小事ですぞ」

「人のことだと思いおって、何が小事か」

恨みがましい目で張を睨めあげたものの、次から次へと水を浴びせられ、堂園も沈黙せざるをえなかった。元結いが切れ、ほどけた髷が肩に広がる。

息も絶え絶えになりながら水を浴びせかけられている堂園を見おろして、善右衛門がぽつりとつぶやいた。

「塩がありゃ、立派な塩辛だ」

ひたいが広く、眉の間が大きく開いていて、目が小さい。鼻もこぢんまりして、おちょぼ口、おまけにあごが貧弱なので、どうしても冴えない顔に見える。

堂園は袖口や襟元の臭いをしきりに嗅いでいたかと思うと、鼻の両側にしわを寄せ、口を開いた。ふあっ、ふあっと間の抜けた声を発して、特大のくしゃみを一発。顔の周囲に飛沫が広がった。

はっと気づいて結い直したばかりの髷に手をやり、元結いが緩んでいないのを確かめた。

頭から何杯もの冷水を浴びせられたので髪はまだ濡れていた。鼻水をすすり上げ、恨みがましい目で藤次を見る。顔が青ざめて、目許が赤らんでいるのは熱が出てきたのかも知れなかった。

「本当に、もう」

「相済みません」

何度詫びても堂園は恨みがましい目つきをやめようとしない。

「まあまあ」

取りなすように善右衛門が間へ入る。

「見本の昆布を持ってくるのに行李を使っちまったんだから仕方ないじゃありませんか」

「商売道具であろう」

そっぽを向いて堂園がいう。唇をとがらせ、まるで子供のような顔つきだ。

「武士が刀を忘れるようなものではないか」

「堂園様だってやっとうがそれほど得意な方ではないでしょう」

「それとこれとは別問題だ。心がけの問題をいうておる。それに私は剣術が不得手なのではない。嫌いなだけだ」

「似たようなものじゃありませんか」

庭で水を浴びせられただけでにわかに体調が悪くなったわけではなく、昨日からみょうな寒気をおぼえていたという堂園が、ちょうどよかったといって風邪薬を求めたのである。間の悪いことに藤次の行李には行商の道具のほかは利尻昆布しか入っていない。

「だいたい、萬屋が悪い。私にあんな真似をさせて」

「それは堂園様が唐人の恰好なんぞできるかとおっしゃったからじゃありませんか。元々棺桶には魚のはらわただけ入れておく手筈になっていたんですよ」

「はらわたなんぞ不要であろう。息が詰まって死ぬかと思った」

「あの中で死んだら手間が省けましたでしょうな」

「何かいったか」

「いえ。いずれにせよあの臭いがあったればこそ、荷揚げ役人だってわざわざ中を見ようとはしなかったんですぞ」

葬列はやはり善右衛門の思いつきであった。唐人屋敷で昆布を検分するといわれていたものの、どのようにして出入りするのか想像もつかなかった。

かつて唐人たちは、思うがままに長崎の町を闊歩していたという。しかし、風紀紊乱の恐れがあるとして一カ所に集められた上、街並み全体を塀で囲われ、一切の出入りが禁止された。内から出られないだけでなく、外からも入れなくなったのだ。

「しかし、萬屋も策士だのぉ」

ひどいくしゃみなどすっかり忘れて堂園がつぶやく。

「嘘の葬式をでっち上げて奉行所をたぶらかそうっていうんだから」

「まんざら嘘でもないんでございますよ。唐人の船中において人死にが出たのはまことにございまして」

「じゃあ、骸はまだ船の中にあるのか」

臭いを思いだしたのか、堂園は今にも反吐を吐きそうな顔をする。

「まさか」善右衛門が笑った。「水手どもは人が死んだからといって一々陸の寺まで運ぶような酔狂はいたしません。水葬が習いでございます」

顔をしかめた堂園がまたくしゃみをする。

張仲伯の屋敷は二階建てで、一階は商品を入れておく蔵、二階が住居となっていた。藤次、堂園、善右衛門、そして木下が通されたのが二階の応接間である。

赤地に金糸を織りこんだ布が壁一面に張られており、卓子と椅子が置かれていた。床の間も設えられており、そこには墨染めの衣をまとった老人を描いた掛け軸が吊られ、台にのせた青色の壺があった。

鼻の下をこすった堂園がぼやく。

「それにしても面倒なことだな。昆布の検分くらい蛍火楼でやれないものか」

「無理をおっしゃってはいけません。張大人は何年も長崎に住まい、市中に妾宅まで持っておりますが、例外中の例外、ほかの唐人は屋敷街から一歩も出ることができないんですよ。それに餅は餅屋といいますからな。昆布が本物かどうか見極めるのは料理人でなくてはできません。だからといってこちらの方からも……」

「わかっておる。唐人街に入れるのは、通辞と唐役人くらいのものだといいたいのであろう。わかっているから魚のはらわたにもまみれたんではないか」

「おや」

善右衛門はにやりとし、片方の眉を上げた。

「ご存じありませんでしたか」

「何を」

「役人と通辞以外にも出入りが許されている者がおりますよ」

「誰だ」

「遊女でございます」

笑みを浮かべつづける善右衛門を見あげているうちに堂園の口許も緩みはじめ、ますますだらしない顔つきになっていった。

「ひょっとして、来ておるのか」

「はい。別の間に控えております」

緩みきった堂園の顔を見れば、来ているのが菊代であることは容易に察しがついた。

咳払い(せきばら)をして、善右衛門が解説をした。

「葬儀のあとはにぎやかに酒宴を催して、故人を偲び(しの)つつ、一方で故人への未練を断ちきるというのが唐国の習わしでございまして」

「いい国だの。儂は以前から唐国が大好きだった。それで、葬儀の方だが、まだ終わらぬか」

「物が物だけにまずは煮出して、それから味見をしてみないことには、と申しておりましたので、今しばらくはかかるかと存じますが」

「何だったら一杯やりながら待っておってもいいぞ。張にしてもその方が心やすかろう」

「何ごとにも順序がございますから」

取り留めもなく喋りつづける堂園と善右衛門から視線を逸らし、藤次は木下をうかがった。

壁際に寄せた椅子に深く腰かけた木下は、背筋を伸ばして瞑目している。微動だにしないために居眠りしているように見えた。

すでに全員が唐服を脱ぎ、元の姿に返っていた。葬列には藤次以外にも緞子包みの箱を手にした男がいたが、偽物の葬儀に供物の必要なはずはなく、衣服や刀が収められていたのである。

木下は開いた足の間に大刀を立て、柄頭に両手をのせていた。襲ってきた相手の刀を両断したという鎧通しは腰に差してある。

二刀を同時に使うことは、善右衛門の話から推察できたが、肝心の所を見ていないために正確な太刀筋を思いえがくのは不可能である。

藤次は、木下から目を逸らした。

どのように打ちこまれても矢立をもって立ち向かうのみ、だ。

蛍火楼で初めて会ったときには抜き身のように殺気が剝きだしになっていたものだが、今日は静かな気配しか伝わってこない。それが不思議といえた。

あれこれ詮索するのをやめた。おのが思いに囚われ、自縄自縛に陥ると、思わぬ不覚をとることがある。

要は目を離さなければいい、と藤次は自分にいい聞かせた。

それから一時ほどして張仲伯が応接間に入ってきた。福々しい顔に笑みを浮かべている。

堂園が勢いよく立ちあがった。

「本物でござったな」

「はい」

張がうなずきかけた、まさに瞬間、腹の底を揺さぶる重々しい音が轟きわたり、床がふわりと持ちあがった。

腰を浮かせたものの藤次は、足元をすくわれた形で危うく卓子に手をついた。

「地震か」

誰かが叫ぶのが聞こえたが、屋敷が鳴動して声はたちまちにかき消されてしまった。

大徳寺の境内に生い茂る木立の中、又兵衛はぼんやりと唐人屋敷街をかこむ白塀をながめていた。

「そろそろでござるな」

傍らに立っていた牢人風の男が声をかけてくる。縞木綿の粗末な単衣を着ているだけだが、襟元には鎖帷子がのぞいていた。

じっと見つめる又兵衛の視線に気がつくと、男は襟を掻きあわせた。手っ甲をつけている。懐には鉢金と襷を忍ばせているはずで、立派な戦仕度といえた。

まわりにはほかに四人の男がいた。いずれも牢人者を装ってはいたが、柳生の庄から送られてきた者だ。若年が多く、又兵衛や死んだ荒尾兵馬のような経験は積んではいなかったが、腕の立つ男ばかりと聞いている。

どの男も目に殺気を表していた。

おそらくは国城も同じような目をしているに違いない、と又兵衛は思った。

又兵衛ほか五名が唐人街の東に位置する大徳寺の森に身を隠しているのに対し、国城たちは白塀の南側をぶらぶら歩いている。

今日、売薬商の持ってきた昆布が唐人の検分を受けることを知らせてきたのは菊代である。

警邏している見張り役人の目をかすめて唐人街に侵入するなど、又兵衛たちにはさほど難しいことではなかった。しかし十二人が同時に飛びこむとなると話は少々厄介になってくる。

もう一つ、不安もあった。何度か張の屋敷に呼ばれている菊代が手ずから地図を描いてくれたものの、一度も足を踏みいれたことのない場所で目当ての屋敷をすぐに探しだせるのか……。

『すべてお任せください』

菊代は自信たっぷりにいい、にっこり頰笑んで見せた。

凜とした風情、清々しささすらおぼえる立ち振る舞い、そして度胸の据わったところと、どれをとっても遊女にしておくのは惜しい気がした。

どこか名門武家の出ではないかと思わせるところもあったが、詮索はしなかった。

無骨一辺倒の兵馬が心を動かされたとしても無理はない、と思った。

唐人屋敷を襲撃する一団に兵馬が加わっていないのが寂しかった。菊代から合図があれば、兵馬なら真っ先に塀を乗りこえていくだろう。

小さく首を振って、思いを断ちきると、又兵衛は自分のしなければならないことを胸のうちで反芻した。

売薬商を斬り、証拠品の昆布を奪いとる。できるならば薩摩藩が関わっていた証も手に入れたいが、無理はしないことになっていた。最低限、売薬商と横浜から来ている雑貨商を倒し、富山藩の目論見をつぶさなくてはならない。

横浜の雑貨商をもっともよく見知っているのは国城だが、あまり当てにはしていなかった。もし、兵馬を斬った男がいたなら国城は何もかもを振り捨て、躍りかかっていくだろう。

それが武士だ。

結局、売薬商、雑貨商を仕留めるのは自分の仕事だな、とあらためて思った。

「神代殿」

さきほどの男がふたたび声をかけてきた。

「あれを」

目顔で示す先を見ると、唐人街の塀沿いに一組の男女が歩いているのが目についた。男は前髪を残した丁稚で、女は町屋のおかみのように見えた。

「いかがいたしましょうか」

「こちらの様子に気がついているか」

「いいえ」

「ならば捨て置け。ただし、気づかれないように充分気をつけてな」

「は」

何者なのか見当もつかなかったが、よほど塀の内側が気になるらしく唐人街をうかがいながら歩いている。おかげで木立にたたずむ男たちは気づかれることがなかった。

男女が通りすぎてほどなく、地面を揺るがす大音響とともに唐人街の一角に白い煙が立ちのぼった。

男たちが一斉に駆けだす。先頭を走っていた男が塀に背中をつけると、両手を組んで股の間に置いた。又兵衛は男の手に足をかけ、跳びあがる。楽々と塀の上へ登り、唐人街の様子をうかがった。

駆けだしていく人々の姿が見えたが、又兵衛に気づいた者はいない。

飛びおりる。

菊代が煙硝蔵に火を放ったに違いなかった。音は襲撃の間合いを知らせ、煙は襲うべき場所を明らかにする。

しかし、大爆発だ。

無事か。

又兵衛は駆けだしながら胸のうちでつぶやいていた。

五

壁に背をあてていたために、どんという衝撃をまともに喰らい、洋之進は椅子から投げだされた。だが、足を踏んばり、倒れるのだけは何とか防いだ。

無意識のうちに大刀の柄に手をかけ、周囲を見まわす。

そこへ二度目の衝撃が来て、床がふわりと持ちあがったのだからたまらない。もんどり打ってひっくり返り、尻をしたたかに打った。

衝撃はさらに三度、四度と襲い、天井の羽目板が割れて埃がざっとばかりに降りそそぐ。もうもうと立ちこめる埃に目も開けていられなかった。

「地震……」

萬屋が叫んだようだが、しかと確かめたわけではない。その声も途中から激しい咳に変わった。

床に手をつき、立ちあがろうとしたとき、洋之進も咽にどうしようもないむず痒さを感じて、咳きこんでしまう。口中がざらざらし、何度も唾を吐くが、砂埃はのぞかれなかった。

どうにか立ちあがったときには、洋之進以外には売薬商だけが立っていた。売薬商も頭から埃をかぶり、髷が真っ白になっている。

衝撃はおさまったのか、あるいは途切れただけなのかはわからなかったが、応接間に静寂が戻った。

立ちあがり、紋付きの埃を払いながら堂園が部屋の中を見まわす。

「とにかくここを出よう。皆、怪我はないか」

張仲伯を抱き起こそうとしていた売薬商が大丈夫というようにうなずいてみせる。

「怪我はありません」萬屋は両手を床について尻を持ちあげた。「地震ですかね。相当にひどかったが」

そのとき応接間の引き戸が開かれ、唐人が飛びこんできた。途轍もない早口でまくしたてる。見る見るうちに張仲伯の形相が変わり、売薬商の手を振りはらうようにして立ちあがった。

張が怒鳴りかえすと、飛びこんできた唐人が甲高い声で何か答えた。もとより言葉はわからない。洋之進は萬屋に目を向けた。

「煙硝蔵に火を点けられたんだそうです」

二人の唐人を見つめたまま、萬屋が答えた。

「煙硝蔵だって」堂園が目を剝く。「そんなものまで商っておるのか」

目玉を動かし、萬屋は堂園を見た。

「鉄砲は大事な商品ですし、煙硝がなければただの鉄の棒にすぎませんからね。ですが、今はそんなことをいっているときではありませんよ。この唐人がいうには、遊女の一人が煙硝蔵に火の点いた薪を持ちこんだとか」

「遊女といったのか」

「へえ。今日来ている中でも一番の別嬪さんだそうで」

「まさか……」

いいかけた堂園をさえぎるように萬屋が大声を張りあげる。

「大変だ。蔵には煙硝だけでなく灯油も収めてあるそうで、そっちにも火が回りかけているといってます」

「と、とにかく出よう」

張仲伯と唐人が応接間を出て、萬屋、堂園とつづく。

売薬商と目が合った。

小さくうなずいて見せると、売薬商が先に立った。最後に部屋を出た洋之進は、転がるように階段を降りる。

一階の倉庫には木箱や菰に包まれた荷物が天井に届く棚に積みあげられている。埃が立ちこめているのは二階と同じだが、むっとするほど空気が熱せられ、きな臭さが鼻をついた。

怒号、叫喚が錯綜している。ほとんどが唐人の言葉なので何をいっているのかさっぱりわからなかった。

一階倉庫の出口に向かって駆けだそうとした刹那、洋之進の耳がか細い悲鳴をとらえた。

声のした方に目をやると、倒れた棚の下敷きになって藻掻いている人影がある。唐人服を着た若い女で、やはり何をいっているのかはわからない。ほかの唐人たちは逃げだすのが精一杯で誰も娘をふり返ろうとはしなかった。

駆けよった洋之進は大刀を腰へ差し、棚に両手をかけた。

「ふん」

声を漏らして踏んばり、棚を持ちあげる。固くて重い樫材の棚である。満身の力をこめるが、ほんのわずか浮きあがっただけだ。

「出ろ」

娘に向かって怒鳴った。

「そこから出なさい」

　言葉は通じなくとも棚を持ちあげているのだから意は通じるはずだ。だが、怪我のためか、躰の一部が棚の下にはさまれたままなのか、娘は泣きわめくばかりで棚の下から這(は)いだそうとしない。

　腕が震えはじめた。こめかみが張り裂けんばかりに膨張する。きな臭さは鼻の奥に突き刺さり、痛みをおぼえるほどで、汗でぬるぬるした指先から棚が今にもずり落ちそうになった。

　助けを求めようにも食いしばった歯の間から漏れるのは弱々しい呻(うめ)きでしかない。

　駄目かと思いかけたとき、駆けよってきた者があった。

　売薬商である。

　売薬商は棚の下から娘を引っぱりだすと、躰を低くして屋敷の外へと連れだす。

　棚から手を放すと同時に後ろへ飛びすさった洋之進はひたいの汗をぬぐった。大きく息を吸いかけ、口と鼻を手で覆う。一階には、埃にかわって煙が満ちはじめていた。

　胸に抱いた娘は、藤次の首根に両腕をまわし、しっかりしがみついていた。声もなく、真っ青な顔をして脂汗まみれになっている。

　ふと目をやると、娘の右足はひざの下二、三寸のところから折れて垂れさがっており、鋭く尖(とが)った骨が脛(すね)を破って飛びだしていた。血で真っ赤に染まった中、骨だけが異様に白い。爪先から滴りおちた血が庭に滲みている。

娘をその場に下ろすと、ふところから手拭いを取りだし、歯をあてて細く四本に裂いた。

そのうちの一本をこよりのように巻き、まずは娘のひざの下を縛って止血をする。

「少し痛むが、我慢しなよ」

声をかけたが、唐人の娘に言葉が通じるかはわからない。いずれにせよ娘は目蓋を閉じたまま返事をしなかった。

娘のひざに左手をあて、右手で足首をつかむと、藤次は思いきり引っぱった。目を開いた娘が大口を開け、咽が張り裂けんばかりに叫ぶ。

構わず力をこめると骨が傷の中へ引っこんだ。さらに折れた骨が一本になる手応えを感じる。

娘は気を失っていた。

二本目の切れ端で傷口を覆い、少しきつめに巻いて端を結わくと、迷わず腰の仕込矢立を抜いた。一尺余の長さがある矢立は添え木としては申し分ない。

矢立をふくらはぎにあて、残った二本の切れ端でしっかり固定した。

顔を上げると、木下がのぞきこんでいた。

「骨が飛び出ておりました。取りあえず縛りあげましたが、出血がひどい。早くお医者様に診せないと命にかかわります」

うなずいたものの、木下は呆気にとられたような顔をして娘の足を見つめている。傷に巻いた手拭いは早くも血に染まって黒くなりはじめていた。娘は気を失ったままで呼吸は浅く、速かった。

張の使用人たちが屋敷の外へ次々に飛びだしていく。屋敷の前に立ち、声を嗄らして張がわめいていたが、足をとめようとする者はなかった。それでも三、四人ほどの黒い唐人服を着た男たちが張を囲んで立っていた。屈強そうな男たちで手に手に幅広の刀をもっている。

堂園と萬屋が駆けよってきた。

「とにかく屋敷を出よう」

堂園が口を切った。

「ぐずぐずしていて火に巻かれないともかぎらないし、ほどなく火消しや奉行所の連中も押しかけてくるはずだ」

少々情けない顔つきながらさすがに肝は練られているようで、堂園の表情はふだんと寸分も違わなかった。

藤次に目を向ける。

「薬屋さん、取りあえず張の検分は終わった。日を改めて連絡をするので、昆布を萬屋が用意する船へ積み替えてくれ。こんな騒動になってしまって、相済まぬ」

「とんでもないことにございます。いろいろありがとうございました。たしかに承りました」

苦り切った顔つきの萬屋が口をはさんだ。

「それにしてもどうして遊女が煙硝蔵に火なんぞ放ったんでしょうな」

はっとした顔つきになった堂園は伸びあがって周囲を見まわした。

屋敷の裏手からよろめきつつ歩いてくる一団がある。鮮やかな赤や黄色の衣裳はどうしても目を引いた。女たちは五、六人いるようだが、菊代が混じっていたかはわからない。庭にもだいぶ煙がまわってきていた。

刀に手をかけ、走りだそうとした堂園を萬屋が呼びとめる。

「旦那、あれを」

指さした方には門があった。開かれた木戸の間をまさに駆けぬけようとした唐人が凄まじい悲鳴を上げてのけぞる。

倒れた唐人を踏みつけにして門内に侵入してきたのは数人の男たちだ。

牢人風の恰好だが、なぜか鉢金だけがそろっている。全員袴の股立ちを取り、大刀を抜いてまっすぐ藤次たちに向かってきた。

「裏門へ」

萬屋が堂園の袖を引き、藤次にも声をかけた。

「ささ、早く早く」

男たちの一団の中から一人が抽んでた足の速さで飛びだしてくる。若い男で、ひたと見据える先にはなぜか木下がいた。

木下は大刀を抜き、男たちに向かって踏みだす。

「木下先生」

萬屋が絶叫したが、木下はふり返らずに怒鳴った。

「早く裏門へ」


抜刀し、まっしぐらに駆けてくる若侍を、洋之進は忘れていなかった。雨の中、橋のたもとで萬屋を襲った二人組の片割れである。

若侍は洋之進以外に目もくれなかった。先日斬った中年侍が若侍の父か兄にでも当たるものか、もしくは背中を見せて逃げだした恥を雪(すす)ごうとしているのか、いずれにせよ、決死必殺の気組みだけは、両眼から迸(ほとばし)っている。

大刀から左手を離すと、流星を抜いた。本来室内格闘用の刀法である月心流は、まわりに何ら遮蔽物のない屋外の戦いには向いていない。だが、事ここに至ってはおのが肉体に血として受けつがれた技を頼りとするほかはなかった。

若侍に少し遅れ、五人の侍たちがやはり抜刀して駆けていた。

橋のたもとで二人組と対峙(たいじ)したときの不可思議な感覚がふたたび洋之進を包んでいた。周囲の明るさが減じ、音が消え、父の息吹(いぶき)を自身の裡に感じる。

片手で支えた大刀をゆったりと青眼に置き、流星は左太腿(ふともも)に沿ってだらりと下げた。

月心流新月剣の真骨頂は、刃の迅速さにあった。元が唐刀である流星はなるほど刀身に粘りがあり、刃こぼれがしにくい。だが、それだけで誰もが兜を割り、太刀を寸断できるのではない。十把一絡げの脇指を使っても洋之進であれば鉄を斬る。

要諦はたった一つ、迅さだ。

若侍を倒した上で後続の者たちをも相手にするのは不可能といえよう。二人目の太刀くらいまでなら何とか躱すこともできるだろうが、次々浴びせられる刀に膾切りにされてしまうのが落ちだ。

しかし、冷徹に先の不利を見越しながら洋之進の胸中は澄みわたり、静まりかえっていた。若侍以外の敵も、屋敷の庭に満ち満ちている叫喚も消え、あるのは父子同一の呼吸のみである。

若侍は疾駆する勢いを一刀にのせ、真っ向から突いてきた。洋之進が無造作に突きだす大刀と刺し違える覚悟の一撃である。

若侍の右足が地を蹴り、速さと体重と技とが切っ先の一点に合一する。

互いの切っ先が交差し、白刃がさながら二匹の蛇のごとく絡みあって、なお、洋之進は動かなかった。

互いの目を見ていた。瞳が見え、虹彩すら見てとれた。

洋之進は微動だにせず、若侍の切っ先を鍔で受けた。大刀の鍔は呆気なく割れ、物打ちが洋之進の右腕を斬り、さらに切っ先が目と目の間に迫る。

流星が、その銘に恥じない真昼の星を生じて一閃したのは、まさにそのときだ。若侍が着こんでいた木綿の単衣、撃剣の胴、鎖帷子をひとまとめにして斬り裂き、はらわたを断ち、背骨を両断、血煙とともに背中へ抜けた。

若侍の躰は止まらなかった。余勢である。二歩、三歩前へ進み、そのまま庭に俯した。

直後、洋之進の右ひざが折れる。鍔を割り、腕を斬った若侍の切っ先は、洋之進の首の付け根まで浅く抉っていた。右腕のみならず右足も萎えてもはや立っていられなかった。

目を上げる。

奇声とともに大上段に振りかぶった二人目の侍が目の前いっぱいに広がっている。流星をもって受ける余裕もない。

振りあげた相手の刀と太陽とが重なり、ひどく眩しかった。

首が落ちるな、と思った刹那、目の前が真っ赤になった。

まさに一刀を打ちこまんとしていた相手の胸が内側から破裂し、血と内臓の断片が噴出する。何が起こったのかわからないまま、相手の血肉をもろに浴びた。

ふり返った。

目を剝き、顔を朱に染めた張仲伯が短筒を突きだしていた。さらにもう一発撃つと、洋之進に斬りかかろうとしていた牢人者が圧しつぶされたような呻きをあげ、ひっくり返る。

直後、張を護っていた唐人たちが残敵に襲いかかり、たちまちに倒してしまう。かろうじて一人が生き残り、大刀を投げだして屋敷の門に向かった。張の短筒が三度目の轟音を発すると、最後の敵は蹴飛ばされたように前のめりに倒れ、そのまま一回転、大の字に手足を投げだして動かなくなった。

「木下先生、皆、裏門へ行った。早く、先生も」

張が短筒を振って叫ぶ。

うなずいた洋之進は、張と黒服の唐人たちのあとについて走った。燃えさかる屋敷のわきを抜け、裏庭に出る。

庭は豪奢な造りでせせらぎが導かれ、塀よりには巨大な池まで作られていた。池の中央には太鼓橋がかけられてあり、橋を渡った先に裏門がある。

張の使用人たちが我先に塀の外へ逃げだしていく中、逆らうように二人の男女が飛びこんでくる。

洋之進はぽかんと口を開け、立ちどまった。

戦場へ飛びこんできたのは、お亮と捨吉の二人である。

屋敷の裏手にある煙硝蔵はすでに屋根の大半が吹き飛ばされ、大きく開いた穴から紅蓮の炎が噴出していた。黒煙が凄まじいのは溜めこんでいた灯油に火が回っているからに違いない。

地響きをともない、またしてもキノコ状の炎がわき上がった。次いで炎は巨大な波となり、すでに火に包まれている母屋に降りかかった。

裏門から侵入した又兵衛が屋敷の裏で真っ先に見つけたのは倒れている女だ。火の粉や甍を舞う瓦が音をたてて落ちてくる中を駆けより、抱き起こしてみると、果たして菊代である。

躰があまりに軽いのにはっとする。左腕は肩口からもぎ取られていた。裾に隠されてはいるが、足も失われているようである。

白絹の地に金糸で刺繍された鳳凰が血を吸い、ぎらついた眼で又兵衛を睨みつけていた。

菊代がうっすらと目を開き、色を失った唇がわななないた。

「しっかりしろ。すぐ医者のところへ連れていく」

言葉は虚しい。とっくに死んでいて不思議のないほどの深手なのだ。

かすかに動く菊代の唇に又兵衛は耳を寄せた。

「ひょう……、さま……」

菊代の躰から力が抜けた。

甘味屋の奥まった一室で会ったときのことが瞬時甦る。理ない仲の男と女が密かに逢瀬を重ねる部屋だと聞かされ、兵馬は怒りだし、菊代はいたずらっぽく笑っていた。

二人の間に何があったのか又兵衛には知る由もない。まして兵馬は横浜からやってきて日も浅かったはずだ。

静かに菊代を横たえると、片手拝みに一礼し、立ちあがった。

燃えさかる屋敷の陰から走り出てくる人影が見えた。又兵衛は目を細め、そのうちの一人に注目する。売薬商だ。女を一人横抱きにしている。

裏門からは男女が飛びこんできた。寺の境内に潜んで見張りをしていたときに通りかかった町屋の女と丁稚に違いなかった。

雑貨商と薩摩藩の侍の姿がどこにも見あたらなかったが、探している暇はない。

走りながら鯉口を切り、同時に叫んでいた。

「売薬商だ。あれにおるぞ。斬れ、斬って捨てい」

又兵衛に従う五人が一斉に刀を抜いた。

六

捨吉め捨吉め捨吉め……。

真っ先に洋之進の裡へわきあがってきたのはやり場のない憤怒である。炎上する唐人屋敷の熱がほおをひりひり焦がしているというのに全身が鳥肌立つほど肌が冷たくなった。

おそらくお亮は、洋之進の行方を心配するあまり捨吉をかき口説いたのだろうが、よりによって戦場のど真ん中に連れてきたことに腹が立った。

次いで後悔の念がわいてきた。密偵よろしく捨吉を連れまわしたのは他ならぬ洋之進自身であり、まだ子供にすぎない丁稚をすっかりその気にさせてしまった。もし、お亮に万が一のことがあれば、悔やんでも悔やみきれない。

裏門から入ってきたお亮と捨吉が池にかかる橋の向こう側から小走りに渡りかけるところで、手前側からは唐人娘を抱いた売薬商が橋にかかろうとしていた。すでに門外に逃れたのか、堂園と萬屋の姿は見えない。

目を剝いた。

池の端を二手に分かれて走る牢人者をみとめた。腹の底がつんと冷たくなる。お亮の側に二人、売薬商の後ろへ三人が回りこもうとしていた。牢人者たちの足は速く、このままでは橋の上で挟撃に遭う。

「お亮」

叫びつつ池めがけて走りつづける洋之進の耳にばりばりという音と悲鳴とが重なって聞こえた。炎に耐えきれなくなった屋敷がついに倒壊してしまったのだ。

屋根が落ち、柱の折れる音に人の悲鳴などたちまちのみこまれてしまう。

あっと声を発する間もなく、前を走っていた張仲伯と護衛の唐人たちの頭上へ火のついた壁が崩れかかった。二人の唐人が張を突き飛ばすようにして塀際に寄せたが、もっとも屋敷に近いところを走っていた一人は間に合わなかった。

崩れてくる炎の壁に魅入られたように立ちつくしている。壁は唐人を跡形もなく圧しつぶし、さらに激しく火炎を噴きあげた。

塀際に倒れている張たちは動こうとしない。だが、そこまで瓦礫は届いておらず塀際であれば駆けぬけられそうに思えた。

ふたたび走りだしながら池に目をやった。

橋の真ん中でお亮と捨吉、売薬商が行き合っている。

「お亮、戻れ。屋敷の外へ戻れ」

怒鳴ったが、声の届くはずもない。かえって煙を吸い、咳きこんでしまう。咽が激しく痛み、目の前の光景が涙に歪む。それでも足はとめず、さらに叫ぼうとした。

そのとき、激しい爆発が起こり、洋之進は爆風に突き飛ばされ、塀に叩きつけられた。

気を失っていたとしてもわずかの間にすぎなかった。

地面に手をつき、躰を起こしかける。いつの間にか大刀を失っていた。あわてて周囲を見わたしたが、散乱しているのは瓦礫ばかりで刀らしきものなど見あたらない。

しかし、左手にはしっかりと流星を握りしめていた。鎖帷子ごと若侍の胴を斬り裂きながら刃こぼれ一つない。ただし、刀身は血脂にまみれ、曇っていた。

『月心流は死なんのじゃ』

父の高笑いが聞こえた気がした。

走りかけた洋之進だが、右の足首に激痛が走り、前のめりに倒れてしまう。

歯がみし、手をついてふたたび立ちあがろうとした。爆発によって噴きあげられた屋敷の残骸が火玉となって次々落ちていた。肩や腰にもあたったが、構わずひざを引きよせて躰を起こした。

痛みは感じない。

走れなければ歩く。歩けなければ這う。何としてでも池まで行き、お亮を助けなければならない。

顔を前に突きだしたとき、前額に衝撃を感じた。あまりの凄まじさに首が縮むほどで、目の前が真っ暗になる。

地面が割れ、地中深くに向かって真っ逆様に落ちていくのを感じた。

脳裏を通りすぎていく光景があった。

背中を向けているのは売薬商だ。娘の足に手拭いを巻きつけている。添え木として例の仕込矢立をあてていた。太刀すら折るという、もっとも警戒すべき武器を投げだすのを見たとき、洋之進は思わずほくそ笑んだものだ。

売薬商は丸腰、と。

そう、売薬商は丸腰となっていた。

闇の中を落ちつづけながら洋之進は絶望の叫びを迸らせていた。

後方を警戒しながら走りつづけていたので、前に目をやったとたん、人影をみとめると反射的に足をとめた。もっとも唐人娘を胸に抱いている以上、藤次には反撃する術（すべ）はなかった。

　前の方から橋を渡ってくるのは、町屋のおかみ風の女と、十三、四歳の丁稚という二人連れのようだ。

　どこから来たのか何者なのかまるでわからなかったが、取りあえず藤次を見ていない以上、敵ではなさそうである。さらに二人連れの後方に目をやって愕然（がくぜん）とした。

　抜刀した牢人者が駆けこんできている。

　裏門は橋を渡りきり、さらに少し行ったところにある。しかし、牢人者はすでに橋にかかろうとしていた。彼らの頭上を跳びこえることも藤次一人なら不可能ではないが、そのためには唐人娘を放りださなくてはならない。

　足をとめ、ふり返った。失神している娘の腕がぶらぶらする。

　しかし、後方には三人の牢人者が迫っていた。

　橋を駆けぬけ、短絡しようとしたことが取り返しのつかない失策となった。

　思わず舌打ちしたが、どうにもならない。自然と藤次たちは橋の中央で寄りそう形となった。

　女は血の気の引いた顔一面にびっしょりと汗をかき、ぽつんと瞳の小さくなった目で藤次を見ると、叫んだ。

「洋之進様……、馬渕洋之進様はご無事でしょうか」

命を落としかねない阿鼻叫喚の場へ飛びこんできた女の正気を疑わざるをえない。それに馬渕洋之進などという名前は聞いたことがなかった。藤次が首を振ると、屋敷側に向かって駆けだそうとしたので思わず女の袖をつかんだ。

「そっちは危ない」

「お離しください。洋之進様は必ずあちらにおいでなのでございます」

もみあっているうちに五人の牢人者は橋の両側をすっかり固めてしまった。女は藤次の手を振りはらった。

池に目をやる。水は深緑色に濁り、底などまるで見えない。おぼろげにさえ水深をつかむことはできなかった。

屋敷側から橋へ一人が踏みこんでくる。刃を上向きにした大刀を下段に構えていた。あごを引き、上目遣いに睨む眼光に恐れをなしたのか、女の足が止まった。後ずさりしてきたが、二歩と下がらないうちに藤次にぴったり身を寄せる恰好になる。

女も丁稚もひどく震えていた。

裏門側から橋に上がってきたのは、若い侍だ。襟元がはだけ、汗に濡れた鎖帷子がのぞいていた。

両側の侍がさらに歩を進めようとした時、張の屋敷が大音響とともに崩れる。しかし、じりじりと迫りくる牢人者たちは、まるで表情を変えない。

唐人娘を抱えたまま、藤次は懐に手を入れた。いつもふところにしのばせて持ち歩いている小さな仏壇をつかむ。手探りで仏壇の上下を確かめた。

仏壇は上部と底それぞれに油紙を貼ってあった。仏壇を握りしめた手を懐から出す。

そのとき、空気が震え、橋が波打つほどの爆発が起こった。燃え残った煙硝蔵がふっ飛び、白い煙の尾を引いて破片が宙で錯綜する。

破片が降りそそぐと、さすがに牢人者たちも腕を上げ、頭をかばわなければならなかった。

藤次は間髪を入れず女と丁稚を池へ突きおとし、唐人娘も抛(ほう)り投げた。

水音に驚いた牢人者たちは左右から一斉に押しよせてくる。屋敷側の三人の方がわずかに早い。

仏壇の上部に貼ってあった油紙を剝がし、口にくわえると、底の油紙に手をあてて三人組に向けた。

人差し指と中指で油紙を破り、息を吹きこむ。

三人の顔めがけ、黄色の粉が煙状に飛んだ。

先頭の男が目を見開き、次いでくしゃみでもするように顔をしかめたが、見届ける間はない。三人組の方へ転がり、反転、足をつくとひざ立ちになる。

鼻先を切っ先がかすめた。裏門側の二人だ。仏壇の底を向け、二人に向かってまた粉を吹きつけると、息を詰めたまま池に身を投げた。

まず三人を投げ入れ、藤次がつづいたので底の泥が掻き回され、水の中はまるで視界が利かなくなった。

深さは藤次の胸ほどである。

息苦しいのを堪(こら)え、唐人娘を投げ捨てた方を見やる。ちらりと明るい色が見えたので夢中で手を伸ばした。指先に触れた柔らかいものを強引に引きよせる。

唐人娘だ。

抱えあげると同時に水面から顔を出した。牢人者たちの刃が襲ってくる恐れはあったが、もう息がつづかない。

破裂するような音をたてて、息を吸いこむ。

目と咽が痛んだ。

できうることなら売薬商、雑貨商ともに生きたまま捕らえたかったが、張仲伯の屋敷が派手に爆発炎上するのを目にして、若い者たちはすっかり頭に血を昇らせてしまった。兵馬なら渋い顔をするだろう、と又兵衛は思った。直後、自分もまた下唇を突きだして眺めていることに気がついた。

裏庭の池に架かる橋の中央では売薬商と町屋の女と丁稚が挟み撃ちになっている。売薬商は唐人服の女を横抱きにしたままだ。

今さら止めて止まるものではない。五人の男たちは、我を忘れて吠えかかる犬と同じで、うっかり手を出そうものなら飼い主にも咬(か)みつくだろう。

橋の上にいる四人はことごとく斬り殺されるに違いない。どこにでも間の悪い人間はいるもので、巻き添えを食った形の三人には諦めてもらうほかはなかった。

売薬商がただの商人ではなく、ある種の技を身につけていることは、国城をはじめ皆に教え、決して侮るなと命じておいた。しかし、忍びとはいっていない。忍びの技など何百年も昔のものでとっくに廃れており、恐るべき技だと口を極めて説いたところで誰一人信じないだろう。

むしろカビの生えた技だとして慢心を引きおこしかねない。

今でこそ又兵衛は二刀を差し、剣客然としているが、先祖代々忍びの技をもって柳生家に仕えてきた。又兵衛自身、物心つく頃から修行を重ね、今も鍛錬を怠らなかったが、忍びの技を実戦で使ったことは一度もなかった。それどころか剣技を用いる仕事さえほとんどなく、日常求められるのは官吏としての能力でしかない。

すでに進退谷まった売薬商より気にかかるのは、雑貨商萬屋の姿が見えないことだ。木戸が開いたままになっている裏門に目をやる。

逃げ去ったか。

門の外に出たとしても国城の率いる一隊が外周、とくに二カ所の門をかためているはずで、うまく脱出できたとしても門を出たところで斬り殺されているだろう。

萬屋の用心棒にして、兵馬を斬った男を見かければ、国城は一も二もなく飛びかかっていくかも知れなかったが、ほかの者には確実に萬屋を殺すよう厳命してある。

売薬商と違い、萬屋はただの雑貨商にすぎない。

橋の上での殺戮が始まろうとしていたとき、屋敷が地響きとともに崩れ、つづいて煙硝蔵が爆発、燃える残骸が中空へ噴きあげられた。

「くそっ、どれだけ溜めこんでおったのだ」

降りかかる火の粉や瓦礫を避けつつ、又兵衛は罵った。

いずれにせよ張仲伯はお終いだ。屋敷は蔵も兼ねているので手持ちの商品をすべて失うことになる。そればかりか大量の煙硝と灯油を貯蔵していた上での火事となれば、よくて長崎追放、悪くすれば捕縛、斬首されよう。

蛍火楼の手水場で見かけた肥満体を思いだした。あの躰ならば、どこにも隠れようがないのは確実である。

橋に目をやった又兵衛は愕然とした。

いつの間にか売薬商一人が残り、五人を相手にしている。ほかの者は池の中へ逃れたのか。唐人服の女はぐったりしていたのだから売薬商が池へ抛ったとしか考えられない。

売薬商の前後から白刃を振りかざして男たちが飛びかかろうとした。

「いかん」

胸騒ぎを覚え、叫んでいた。五人が橋の上に売薬商を追いつめたのではなく、売薬商に誘いこまれたように見えた。

駆けだそうとした又兵衛の鼻先をかすめ、瓦が落ちてきて足元で砕けた。一つ、二つと躱し、三つ目は鞘ごと抜いた大刀で叩き割った。

声を噤んだ。

橋の上で黄色の煙が広がったように見えた。まず売薬商の後ろから襲いかかろうとした三人が顔を押さえる。

目潰しか。

ほとんど同時に売薬商の背へ二人組が斬りかかった。だが、売薬商はまるで背中に目があるように際どいところを前へ転がって刃を避け、ふたたび黄色い煙を吐くとそのまま池へ躍りこんだ。

水飛沫が上がる。

ただごとではなかった。ほんの一呼吸ほどの間に五人が次々とくずおれ、躰を痙攣させはじめていた。誰もが口から大量の泡を吹いている。

呻きを漏らし、又兵衛は大刀を抜きはなった。燃える瓦礫は左手の鞘で払いつつ、池の縁に駆けよる。

売薬商が水面から顔を出した。どうやら足は立つようで、唐人服姿の女を抱いたまま、岸に近づいてくる。泥のせいか、動きはひどく緩慢に見えた。

一歩踏みだすごとに足が泥にめりこみ、その足を引き抜こうとするともう一方の足がさらに深く沈んだ。まるで生きているかのように泥が藤次の足を引っぱる。

二歩三歩と歩いたところで足をとられ、前のめりに倒れそうになる。唐人娘を落とすわけにいかず、無理な姿勢で腕を差しあげた。思わず声をあげそうになった口へ水が流れこんできた。泥と苔の混じった水は臭く、えずきそうになる。

水を吐き、顔を上げた藤次は、刀を手にして迫ってくる侍に気がついた。牢人風ではなく、地味だがきちんとした身なりである。

頭目に違いない。

しかし、矢立は娘の足に縛りつけたままで、懐に指弾はなく、仏壇に仕込んだ毒も使い果たしてしまった。その上、水の中にいて泥に足をとられ、失神した娘を抱えている。泥水に潜って逃れられるかも知れないが、放りだせば娘は沈み、溺れ死んでしまうのは必定だ。

思い迷っているうちに、池に迫っていた侍の足が止まった。

立ちつくす藤次と侍の間に、堂園が悠然と割って入った。

堂園は、刀も抜かず侍に向きあった。

「堂園元三郎と申す。どこのどなたかは存ぜぬが、この売薬商にはもう少し生きていてもらわんと困る。よって下拙がお相手仕る」

「堂園様」

悲鳴に近い声を張りあげ、萬屋善右衛門が駆けよろうとする。

「やっとうなど不得手ではございませんか」

「馬鹿、不得手なのではない。嫌いなだけだ」

ふり返りもしないで、堂園は藤次に告げた。

「とんだことになってしまったが、例の物は国許の皆が待っておる。国許に調所笑左衛門(ずしょしょうざえもん)という者がおるので、その者の屋敷を訪ね、直接渡してくれ。実は絵図を描いたのが調所での。かなり骨の折れる仕事だが、あんたなら必ずやり遂げてくれると信じておる」

調所など聞いたことのない名前だ。

「馬鹿な」善右衛門が目を剝いた。「あのお方が我らごときにお会いくださるはずがありませんよ。堂園様がごいっしょでなければ……」

「会うよ。この堂園元三郎の名代で推参したといえば、ね。頼んだよ、藤次さん。城ではなく、屋敷を訪ねてくれ、ひっそりとな」

「そうはいかん」

黙って聞いていた相手が吠え、左手の鞘を捨てた。

「神代又兵衛、参る」

神代が青眼に構えるのを目にして、藤次は戦慄した。ほとばしる剣気は、今までの襲撃者の比ではなく、蝦夷地で倒した石井長久郎をもはるかに凌駕(りょうが)していた。

堂園が萬屋をともなってあらわれたことにまずは安堵した。こうなれば、まず堂園を倒し、萬屋、売薬商と斬って捨てるしかない。堂園は名乗ったものの藩名を出そうとはしなかった。

抜け荷にかかわることゆえ、薩藩と明らかにするわけにはいかないのだろう。又兵衛にとっても都合が良かった。あくまでも斬るのは、堂園某という得体の知れない男になる。

冴えない顔で、貧弱な躰つきをしている。萬屋がしきりに止めようとしたのも無理はない。

だが、堂園は落ちつきはらって大刀を抜いた。草履を蹴飛ばすようにして脱ぎ捨て、足を開いた。

左右どちらかの足を前に出し、半身になるのではなく、あくまでも躰の正面を又兵衛に向けていた。次いで躰の右側に寄せた両腕を伸ばし、切っ先で天を突かんばかりに剣を高々と差しあげる。特異な構えとなった。

やはり薩摩か——又兵衛は胸のうちでつぶやいた——藩名を秘しておきながら旗印を揚げたようなものではないか。

江戸にいるとき、薩摩の剣の使い手と手合わせをしたことがあった。怪異とさえ映る構えから連続的に打ちこんでくる剣がひたすら速く、凄まじかった。攻めを専一にし、防御を考えないともいう。相手に反撃の糸口すらあたえない速さが身上であるはずだ。

堂園が怒鳴った。

「萬屋ぁ、やっぱい算盤(そろばん)にゃ命は懸けられんの。おいはこっちの方が良か」

「堂園様」

「神代殿、参るぞ」

次の瞬間、堂園の口から迸った奇声は異様に甲高く、かつ鋭かった。

又兵衛は待った。青眼に構え、切っ先で小さく円を描く。相手がいかなる仕掛けをしてこようと先を制する自信があった。

しかし、堂園は刀を担ぎあげたまま全力疾走してきたかと思うと、無謀としかいいようのないほど呆気なく打ちこんできた。

「ちっ」

むしろ又兵衛は相手の心を深読みしすぎ、無造作な中に何らかの意図があるものと考えてしまった。それが仕掛けを遅らせてしまう結果となった。

鎬(しのぎ)で受けた。

鉄同士が衝突する金属の叫びが響きわたり、火花が散る。

後にまわったのは又兵衛の深読みのせいばかりではなかった。堂園の刃勢は思いがけないほど激しく、速かった。その上刃こぼれなど物ともしない。

一撃のあと、すぐに逆袈裟(ぎゃくけさ)の二撃目が襲ってくる。大刀を右に払って受ける。

右左右左右……。

じりじりと又兵衛は後退した。堂園の剣は、一撃ごと骨に響く。

右左右左右左……。

なるほど攻める一方で防御など微塵(みじん)もない。胴などがら空きといってよかった。しかし、打撃があまりに速く、打ちかえす隙がない。

萬屋が心配したとおり、堂園の剣術の腕は大したものではなさそうだ。攻めは激しかったが、単調であり、呼吸はすぐに嚥みこめた。

満身の力をこめて打ち込みをつづける堂園と、刀を左右に払いつつ受ける又兵衛では、斬り合いが長引くほど疲れが違ってくる。

又兵衛が後ずさりしなくなった。堂園の刃勢が弱まりつつあるのだ。

待て、待て。

又兵衛は自分にいい聞かせる。

四十五合目にはじめて堂園に逡巡(しゅんじゅん)が見てとれた。体力がついに尽きたか、あるいは膠着(こうちゃく)状態を打開せんと狙いを変えようとしたのか、とにかく剣気に髪の毛ほどの乱れが生じたのである。

逃さなかった。

踏みこみ、逆胴を抜く。又兵衛の剣は堂園の腹を斬り、背骨を断っていた。

手応えと同時に又兵衛は自分が取り返しのつかない失敗を犯したことを悟った。

堂園の剣先は空中で一回転したが、逡巡ではなく、あくまでも又兵衛を誘いこむ空隙を作ることを目的としていた。ふたたび元と同じように打ち下ろしてくる。

すでに息は止まっているはずなのに堂園が打ち下ろす刃勢に衰えはない。

刃こぼれし、ぼろぼろとなった刀が又兵衛の首筋に食いこむ。

堂園の気合いが弾（はじ）けた。

「チェエエエ……」

第七章　薩摩国潜入

一

白い乳房のやわらかさに何より驚かされた。どこまでも指が沈みこんでいきそうになる。

赤ん坊のときに母の乳房に吸いついた記憶がかすかに残っている。目の前いっぱいに広がるほど巨大に見えた。

今、仰向けに寝ているお亮の胸乳は洋之進の手の中で、いかにも小さく、親指、人差し指、中指の三本でつまめる程度でしかない。もっとも洋之進が自らお亮の胸元へ手を伸ばしたわけではなく、手首をつかまれ、導かれてようやく触れることができた。色の白さと柔らかさが相まって、まるで淡雪のように儚げな感触が洋之進の胸をしめつける。

母上のは、もっとたっぷりしていたと思った。

赤ん坊の掌を考えれば、両手に余るのは当然だろう。しかし、血が昇った頭の中では取り留めもない思いがぐるぐる巡っているばかりだ。

太く、武骨な指の間で乳房が盛りあがり、縮んでいた乳首が見る見るうちに漲って、紅色が鮮やかさを増す。おお、と感嘆の声を漏らしそうになるほど夢中になり、手に力が加わった。

「痛っ」

目を瞑っていたお亮が眉間に縦皺を刻む。びっくりした洋之進の手から力が抜け、思わず離そうとしたとき、一瞬早くお亮の手が動いて、つかまえた。

周章狼狽の極みにあった。

「申し訳ない。何分にも私は……」

いきなり頭を持ちあげたお亮は、腕を洋之進の首に巻きつけ、口を吸った。

前歯の間に割りこんでくるお亮の舌先は乳房以上にやわらかく、温かくて、何の味もしない。またしても淡雪のような儚さが感じられ、毀してはいけないと恐れるあまり顎の蝶番が痺れ、力が失せていくような気がした。

いっぱいに見開いた目の前には、お亮の閉じた目蓋がある。睫毛がぴくぴくと震えていた。

どこをどうすればよいのか、洋之進にはさっぱりわからなかった。ただただお亮が手や足、あるいは全身で導くのに従ったのみである。

一度、二度と無我夢中のうちに終わり、三度目に包まれ、果てたときにはさすがに息が切れた。

枕に頭をのせ、仰向けになって天井を見ていた。夜具の下では、お亮が洋之進の左肩にひたいをつけている。お亮のすべすべとした肩が小さく丸まって自分の腕の中にある。あのお亮がと思うと、夢を見ている心もちがする。

「今更ではございますが、傷は痛みませんか」

圧し殺した声でお亮が訊いた。

その時になって洋之進は、張の屋敷で対峙した若侍に斬りつけられた右腕と首の傷、それに挫いた右の足首がずきずき痛んでいるのに気がついた。夢中になるあまり、すっかり忘れていた。

「いえ……」咽がひりひりして声がすんなりと出ない。「全然、まったく、ちっとも痛みません。不思議ですねぇ」

唐人屋敷で戦仕度を調えた男たちに襲撃されたとき、煙硝蔵の爆発によって洋之進は吹き飛ばされ、右足を挫いていた。爆発の凄まじさからすれば命を落としていても不思議ではない。

煙硝はたてつづけに炸裂し、灯油にまわった炎が屋敷と庭を嘗めつくす勢いで渦巻き、男たちが白刃を振りまわしていたというのに洋之進はまるで恐怖を感じなかった。

嘘をつけ、と内なる声がすぐに反発する。竦みあがっていたではないか……。

屋敷の裏庭に設けられた池にかかる橋で、お亮と捨吉が襲撃者たちに挟まれているのを目にしたときだ。生きた心地がしなかった。お亮を喪うと思っただけで地に呑みこまれていきそうな恐怖に囚われた。

お亮を救ってくれたのは、奇しくも売薬商である。

抜刀した男たちに囲まれ、あわやという瞬間、地を揺るがす大爆発が起こった。さすが八咫というべきか、売薬商はお亮、捨吉、唐人の娘を次々池に放りこみ、自らは橋の上で敵と向かいあった。文字通りまばたきする間の出来事である。

敵は五人いた。三人と二人に分かれ、橋の両たもとから殺到していたのを、混乱のさなかにも洋之進はきっちりと見取っていた。売薬商が吹いた黄色の煙も鮮やかに目に焼きついている。

粉状にした毒であろうと察しはついた。

しかし、屈強の男たちを悶絶させ、わずかの間に息の根を止めてしまうほどの毒をどのようにして吹いたのか、肝心なところを見極められなかった。口に含んでいたとは思えない。わずかでも口中に漏れれば、売薬商の方がたちまち斃れてしまうだろう。それとも毒に耐える体質なのかと思いかけ、すぐに否定する。何らかの仕掛けを使ったに違いない。

お亮の命を助けてくれたことにはいくら感謝してもしきれない。しかし、売薬商の手の内が知れないというのは不気味の一語に尽きる。

相対したとき、不意を突かれ、毒煙を吹きつけられたら、どう逃げるかを思案していた。

地を転がるか、宙を舞うか……。

黄色の毒煙対策につい夢中になっていると、離れていった洋之進を引き戻すようにお亮が裸の足をからめてきた。たちまち思考は停まり、脳髄がとろけて耳からあふれそうになる。お亮は洋之進と呼吸を一つに合わせ、じっとしていた。

父豊之進に託された手紙を携えて長崎までやって来た日、お亮はすぐにも加賀へ帰ろうと迫った。

父は見た目によらず案外思慮深い質で、短絡に腹を切ったりしないと押しとどめたのは洋之進である。

父の手紙には、武家のしがらみから逃れ、お亮と逐電せよとあった。そのために父は責めの一切を背負い、果てる、とも。実際、豊之進がすでにこの世にないことは感得していた。どれほど遠く離れようと、父との間には決して切れることのない絆を感じていたのだが、今は何ものもない。

父が命を懸けた言葉に従い、武士であることを捨てる決心をしていた。それでもなお唐人屋敷に出かけていったのは、いずれ父の霊に相まみえるとき、恥じることなく顔を上げていたい一心ゆえだ。

いずれは何としてでも故郷へ帰り、父の墓前に手を合わせるつもりでいる。武家社会から逃げだした不肖の息子を恨んだ遺書が残されているはずで、洋之進に向けられる世間、とくに親類縁者の目は厳しいものになっていようが、気にはならなかった。

三歳から木剣をもたされ、子供相手でも容赦ない稽古に明け暮れたが、稽古場を離れれば、気さくで剽軽、優しい顔を見せた。母が病に斃れ、門弟が皆無となってからは、二人きりの生活となり、そして何より胡蝶剣が父子の絆をより深いものとしてくれた。

今も私は父上とともにある、と思う。

むしろ亡くなったと実感してからの方が父と一体となっている自分を感じていた。萬屋善右衛門と知り合うきっかけともなった、橋のたもとでの斬り合いのとき、周囲がふっと暗くなり、父の息吹を身の裡に感じた。あの瞬間を忘れてはいない。

だからこそ雲一つなく晴れわたった空の心境で父と対面したかった。

「子が出来なかったのでございます」

ぽつりとお亮がいった。

お亮には、金沢市中の商家へ嫁ぎ、離縁されて帰ってきた過去がある。

「それでも旦那様はとてもお優しい方だったので、私を責めようとはなさいませんでした」

優しかったのは亭主だけでなく、亭主の両親も、とお亮はいった。

「旦那様は次男でございましたが、ご長男はずいぶんと昔に、まだ赤子だったころ、亡くなられたそうで、ほかには姉様と妹二人がいるばかりでございました」

結婚して二年が経ち、三年が過ぎてもお亮には子供が出来る兆しすらない。お亮もまじえ、家族は養子をもらおうと話し合った。たまたま良縁があり、話はとんとん拍子に進んだが、お亮がいたたまれなくなってしまった。聞けば、亭主という男もまだ二十四、五と若かった。

「ご自身の血を分けた子を抱きたいと思うのが人情でございましょう。それを諦めて、私と添い遂げたいとおっしゃってくださいました」

いつしか洋之進の左肩は熱く濡れていた。

「お顔を見ているのが辛くて、文を残し、飛びだしたのでございます。ものすごい雨が降っておりました」

着の身着のまま婚家を飛びだしたお亮に帰る当てはなく、茶屋か船宿で働こうと思いながらも決心がつかないまま歩きつづけ、ついにある湊町のお堂で倒れてしまった。幸い地元漁師の女房が見つけて、親切に介抱してくれたために息を吹き返したのだという。

「いっそあのときに死んでしまえばよかった」

お亮の叫びに、しかし、洋之進には答える言葉がなかった。ただ肩を抱きよせるのみである。

結局は、嫁ぎ先が正式に離縁に応じ、お亮は実家に戻った。

結婚に失敗した上、子供もない女の絶望的な孤独が洋之進に滲みてきた。一点の曇りもない笑顔の下に、お亮が抱えこんでいた屈託は深い。

お亮の爪が左腕に食いこんでくる。せめて痛みだけでも受けとめていたい、と洋之進は思った。

「だから私をまた独りぼっちにしないでくださいまし、洋之進様」

震えるお亮の声を耳にしつつ、洋之進は天井の羽目板を睨みつけたまま、身じろぎひとつしなかった。

「洋之進様……、どうか、どうか必ず生きてお帰りになってください」

冴えない、というのが洋之進が最初に堂園元三郎を見たときの印象である。

唐人屋敷でのこと、挫いた足を引きずりつつ、ようやく池の端にたどり着いたときには、お亮と捨吉はすでに岸へと這いあがっており、売薬商は唐人娘を抱きあげ、濁った水の中に立っていた。

すぐにもお亮に駆けよろうとした洋之進の足をとめさせたのは、売薬商の眼前に立ちふさがった男の姿だ。

一目で襲撃者たちの頭目だと知れた。鉢金なく、鎖帷子なく、小袖と袴は色褪せ、月代も剃らず無造作に髪を束ねていたが、躰から横溢する剣気は他を圧倒していた。

そのとき、売薬商と頭目の間に堂園が割って入った。

堂園は背が低く痩せこけており、体軀は頭目と較べていかにも見劣りがした。剣術がそれほど得意そうには見えず、実際、萬屋も旦那はやっとうが不得手で、といっていた。それゆえ洋之進を用心棒に雇うこととしたのだ。

その堂園が頭目を相手に抜刀した。

右肩に一刀を担ぎあげる姿は、あまりに変わっていて、お世辞にもさまになっているとは見えなかった。洋之進はこりゃ駄目だ、と内心嘆息したものだ。頭目も抜きはなち、青眼に構えるのを目にしたときには、ますます絶望感がつのり、一合と斬りむすばないうちに血煙が舞い、堂園の首が飛んで、刀を握ったままの躰がどうと倒れゆく様子までが浮かんできた。

せめて自分が一太刀でも助勢できたならと思ってはみても、歩くことすらままならなかった。

おそらくは頭目も瞬時に彼我の力の差を見てとったのだろう。結果的には、そこに油断が生じ、堂園が渾身の気合いとともに放った一撃を受けにまわることになった。

『おいはこっちの方が良か』

死に臨んで、萬屋にそういった堂園の面貌はさらりと乾いていて、清々しかった。

太平の世にあって、もっとも困難なのは死地を見いだすことである。金沢において、同年輩の武士たちと酒に憂さを晴らしつつ、国盗りなどとかなうはずのない夢物語にうつつを抜かしているとき、つい料理人になりたいなどと本音を漏らして失笑を買った。

だが、笑われた洋之進も、笑った連中も、ともに死地が見つからないという状況に違いはない。

洋之進が刺客を引きうけたのも死地を見いだせるかも知れないと期待したからだ。お亮のどうにも行き場のない孤独感は、胸に沁みている。心惹かれていることも認める。時おり私塾に訪ねてくるお亮の姿を目にして心ときめかせていたのとは違い、今やお亮は洋之進にとって欠くことのできない血肉の一部となっていた。

独りぼっちにしないでくださいまし、という悲痛な叫びは、父を喪い、帰る場所もなくなった洋之進自身の心の声でもあった。

それでいて洋之進の内側には迷いも未練もなかった。お亮の命を救ってくれた売薬商には心から感謝しながら、当の売薬商を斬ろうとしていることに矛盾も感じなかった。おそらく売薬商も立場が逆であれば、迷いなく洋之進を斬るだろう。四方を敵に囲まれた中、自らの得物を平然と唐人娘の折れた足に結びつけていた男なのだ。

もちろん死にたくはない、と洋之進も思っている。一方で死地を見いだせないのなら、生きているとはいえないとも考えていた。

堂園が放った末期の一刀が洋之進の胸に火を点けた。

堂園、刺客の頭目は相討ちとなって果てている。

柏屋長崎支店の暖簾をくぐったとき、洋之進の胸中は三十数年の生涯において、これ以上ないくらいに澄みきっていた。

「この者、左平と申します」

柏屋の番頭清兵衛のとなりでかしこまっている若い男は、畳敷きの座敷に不似合いなむさい風体をしていた。

継ぎをあてた袖なしの単衣を荒縄で縛り、薄汚れた股引を穿いている。鬢はほつれ、月代は伸び放題、襟元には煮染めたような手拭いがのぞいていて、おそらくは頬被りに使っているのだろうと思われた。

荷運び人足でもしながらようやく生計を立てているといった風である。

もっともむさいという点では洋之進も負けてはいなかった。

唐人屋敷の一件以来、十日にわたって一度も剃刀をあてたことがないため、月代も髭も見苦しいほどに伸びている。思うところがあってと清兵衛にいわれ、手をつけずにいたのである。

左平はよく陽に灼けていた。剝きだしになった腕は赤銅色に輝いており、筋肉が隆々と盛りあがっている。荷車を曳いてできる躰ではない、と洋之進は思った。なりこそ粗末だが、体格といい、眼光といい、武芸者に違いなかった。

清兵衛が言葉を継ぐ。

「あのとき、堂園様は国許へ、調所様のお屋敷へとおっしゃったのでございましたな」

「いかにも」

襲撃者集団の頭目と斬り合う寸前、堂園が売薬商に告げるのをたしかに聞いた。

「私の方でもいろいろと調べてみたのですが、実は時季外れの北前船が一隻、平戸の北にある小さな湊に入っておったのでございます。ふだんであれば漁師の舟しかないようなところゆえ目につきまして、それで手前どもの者に商売を装って探りに参らせました。近づきのしるしにと差しだした酒を、水手どもは喜んで飲んだそうで。大いに酔っぱらって申しますには、何でも対馬沖に行くとか」

「それが売薬商たちの」

「対馬沖にということであれば、おそらくは萬屋も乗り合わせておりましょう」

「まだ平戸の方におるのですね」

「いいえ、すでに出ております。ですが、行き先の見当はついております。おそらく対馬の沖で船を換え、薩摩国は阿久根に参るものと」

「どうして、そんなことまでおわかりになるのですか」

「蛇の道はヘビでございますな。廻船問屋をいろいろ当たったところ、萬屋はどうやら阿久根の河南とつながっているようでございます」

「商人か」

「それも凄まじく羽振りのいい」

洋之進は腕を組み、唇をへの字にした。すでに売薬商たちの船は湊を出ており、対馬を経て、薩摩に入るといわれたのでは手の下しようがない。

しかし、清兵衛は落ちつきはらっていた。

洋之進は腕をほどいた。

「何か策がおありのようですね」

「かくなる上は、馬渕様にも薩摩に入っていただくしかないと思います」

「まさか、ご冗談でしょう。彼の国は周囲を険しい山にかこまれている上、国境の守りも堅く、他国人などまるで寄せつけないというじゃありませんか」

「そこは、この左平が」

清兵衛が目配せすると、左平が小さくうなずいて切りだした。

「私、薩摩より参りました」

言葉を失した洋之進を後目に左平がつづける。

「どれほど守りの堅い城塞にも蟻の這いでる隙間はございます。馬渕殿には私が出て参った隙間より入っていただきます。ただ、そのためには私同様蟻になっていただかなくてはなりません」

眉間を曇らせた左平の目は、下げ緒でぐるりひとまとめにした洋之進の大小に向けられた。洋之進は苦笑し、大刀の柄に手をかけると抜いて見せた。

刀身は五寸となく、折れたところはそのままに錆びている。

「面目ない話ですが、実は唐人屋敷の騒動の際に刀をなくしまして」

騒ぎの中を駆けまわっているうち、洋之進の手には流星しか残っていなかった。どこで大刀を落としたものかもわからない。

役人が来るぞという声に脅かされ、とにかくお亮と捨吉を連れださなければとそればかりに囚われていた洋之進には、刀を探している余裕もなければ、転がっている大刀の一振りを持ってくるという知恵さえ湧かなかった。

さて落ちつきを取りもどしてみると、大刀がないというのはいかにも塩梅が悪い。しかし、数打ち物の質流れ品にしても大刀であれば、四、五両はする。おいそれと買いもとめるわけにもいかなかった。お亮には、旅先ゆえと言い訳したが、地元でも買えたかどうか。

たまたま通りかかった道具屋の店先で立派な拵えの大刀が嘘のような安価で売られているのを見つけた。安くて当たり前、拵えの修理用に投げ売りされていた折れ刀なのだ。

「大刀はいいとして、この……」

流星に目をやった洋之進は、唇の内側を噛んだ。

「馬渕殿の鎧通しにつきましては承っております。その大きさなれば、荷の中にまぎれさせることもできましょう」

洋之進は左平を睨んだ。

左平の表情は変わらない。

「何でも太刀折りの名刀とか」

「斬る、です」

「は」

「私は太刀を斬ります」

折るのは彼奴の方で、という言葉は嚥みこんだ。

二

船底に滲みだしてくる淦は別名ゆとも呼ばれる。水ではないとの謂いだ。しかし、豊勝丸の底に溜まって波打っているのは、水手たちがどのように言い繕っても海水に変わりない。

旅程のはじめ、大坂を出港して瀬戸内を抜け、須佐、宮津、輪島を越えるあたりまではまだしも順調な航海をつづけたが、新潟、酒田と北上するにつれ冬の海が牙を剝き、ついに鰺ヶ沢沖では炊の利久平が大波にさらわれるほどの嵐に見舞われた。

幸いにして利久平は浜辺に漂着し、たまたま通りかかった弁財船に便乗させてもらって松前で豊勝丸に追いついた。

その後も豊勝丸はひたすら北上をつづけ、ついには留萌を経て礼文、利尻に到達、目当ての昆布を積みこむことができた。

一転、船首を南に向けると、船は長崎までを一気に、それも六日間という短日で航走したが、操船一切を切り盛りする表仕巳三郎の腕に負うところが大きかった。

本来の予定では、長崎において荷を下ろし、豊勝丸の仕事は終わることになっていた。しかし、荷を受けとる側の薩摩藩士、堂園元三郎が殺害されたことによって、ふたたび平戸を出港し、今度は北へ向かった。横浜の雑貨商、萬屋善右衛門が仕立てた船と対馬沖で会合するためである。

早春から初夏にかけ、蝦夷地と九州の間を往復する長行程にくわえ、荒天や著しい寒暖の差に翻弄されつづけ、さしもの豊勝丸も悲鳴を上げつつあった。

巳三郎を中心として水手たちは連日、飽きず懲りず船底に潜りこんで淦の汲(く)みだしに取り組んでいた。また巳三郎は、海水の浸入口を見つけては、木材や泥、膠(にかわ)などを使って補修をつづけていたのである。

弁財船の船底には、航(かわら)とよばれる幅四尺ほどの材木が走っており、淦はそのうえに溜まるようになっていた。

乗組員たちの懸命の努力にもかかわらず、航はつねに水没したままで、うねりに揺すられる豊勝丸に合わせ、波打っている。

楫子(かじこ)の六郎平が船底に溜まった淦を手桶(ておけ)で汲み、すぐ後ろに立っている追廻(おいまわし)の亥吉に渡す。

手桶自体は狭い船倉で邪魔にならないよう大きなものではなかったが、淦を満々とたたえるとそれなりに重量があり、また汲めども汲めども波打つ水面は一向に低くなろうとしない。終日汲みだし作業に追われる男たちの手に桶はずっしり重かった。

片手で重い桶を受けとった亥吉は、代わりに空いたのを六郎平に渡す。

どちらも無言だ。

掛け声どころか囁きすら漏らせないほどに草臥れきっていた。無理もない。対島沖に着きながら帆を下ろし、淦を汲むこと、もう二日になるのだ。

亥吉は六郎平から受けとった手桶を、踏立板に立つ藤次に渡し、引き替えに空の桶を受けとった。

縄の取っ手がふやけた掌に容赦なく食いこむのを感じ、藤次は歯を食いしばった。淦を汲みだす作業に荷主も水手もないが、万が一海水に濡れて昆布の価値が下がれば、痛手を受けるのは藤次である。

慎重に舷側の外へ淦を捨てる。空になった桶を亥吉に渡し、ふたたび重い桶を取る。もはやどれくらいの間、そうして単調な作業をつづけているのかわからなくなっていた。

船倉の淦をすっかり汲みだしてもすぐに溜まってくる。巳三郎によれば、豊勝丸の損傷はかなり激しく、一度陸に揚げて徹底的な修繕をしなければならないという。航海中も補修はしているものの、あちらと思えばまたこちらと神出鬼没に顔を出すイタチを叩こうとしているも同じで、巳三郎の仕事も際限がなかった。

とにかく荷を下ろすか、どこかの湊に入るしかない。

水手たちが相手にしているのが海そのものである以上、戦いは果てしなかった。

「藤次さん」

手桶をひっくり返し、淦を捨てた藤次は手を止め、声のした方に目をやった。利久平が亥吉から桶を受けとっている。

「飯の仕度ができました。皆、交代でとりますから、取りあえず先に腹ごしらえをすましてください」

「ありがとう」

すでに頭の芯までぼうっとなっていた藤次は素直に持ち場をゆずると、帆柱のわきを抜け、船の前部に向かった。

踏立板の上では、源右衛門と知工の金蔵、萬屋善右衛門が車座になって握り飯を頬ばっている。

親仁の政八、片表の七郎平は艫で楫棒の修理をしており、えいんは舳先で丸くなり、明るい茶色の毛に陽を浴びていた。

帆柱の天辺から舳先に伸びる筈緒が風に鳴っていたが、風自体はさほど強くなく、うねりもおだやかである。もっとも海が荒れていれば、あちこちがたの来た豊勝丸で乗りだすことを、源右衛門が承知したはずはない。

三人の男の間には大皿が置かれ、竹の皮を敷いた上に握り飯が並べられていた。竹の皮の瑞々しさが出港間もないことを物語っている。

「藤次さんにまで淦を汲みださせるような真似をしちまって、ほんに面目ない」

源右衛門が声をかけてきた。

腰を下ろした藤次が首を振る。

「とんでもない。本当なら長崎ですべて終わるはずだったところを、お頭に無理を聞いていただけたんですから、お詫びもお礼もしなければならないのは私です」

「何」源右衛門がにやりとする。「こっちは結構な割増をもらえたんだ。商売だよ、商売」

当初、蝦夷地まで行き、長崎まで戻る運び賃は八百両相当となる六十貫目の約束で、さらに帆待、切出など船頭や水手たちの取り分となる積み荷として百両分をみとめていた。積み荷の購入代金は荷主もちである。

すべてをあわせると、源右衛門の取り分だけで二百両に達し、二航海分の収益を上まわるはずだ。さらに奥蝦夷まで行って現地の人々と直取引したおかげで珍しい特産品を手に入れられ、長崎では思いの外高値で売れた。

売り捌いた当人の金蔵は、黙々と握り飯にかぶりつくばかりで口をはさもうとはしなかった。

長崎の唐人屋敷で、藤次は堂園に頼まれた。荷は善右衛門の船へ積み替えるように、と。船は対馬沖にあり、それで追加の航海となったのだが、船が傷んでいることに加え、今度こそ明らかに抜け荷の片棒を担がせることになる。

源右衛門を承諾させる運び賃の足し前として百両を支払うことにしていた。

御法度の抜け荷、つまりは密貿易に加担することを源右衛門がどれほど気にしていたか、定かではない。しかし、よく考えてみれば、礼文、利尻においてアイヌから直接昆布を買いつけたことも立派な抜け荷となる。

座りこんだ藤次は、すぐ握り飯に手を出そうとせず柳行李を引きよせた。風呂敷を解き、最上段の行李から掌にのるくらいの金属の円筒を取りだした。

円筒上部にある突起を押すと、側面が開き、仏像があらわれる。片手拝みにしたあと、扉を閉じ、行李から別の紙包みを取りだした。

包みを破り、黄色っぽい粉末を仏壇の底へ流しこむ。粉末には褐色や白の粒も混じっていた。次に竹の皮に張りついていた飯粒を指先にとり、仏壇底部の縁にまんべんなく塗りつけると、油紙で封をした。

油紙には念仏が記されている。

「今どき息討器を使う御仁がいるとはね」

藤次の手元をのぞきこんで、つぶやいたのは善右衛門である。藤次はちらりと善右衛門を見たが、何もいわず、今度は仏壇の上部に飯粒を塗りはじめる。

善右衛門が言葉を継いだ。

「中味は何かな。トリカブトの根っこを粉にしたものに、唐辛子ってところか。どっちにしたってひと息吸えば、たちまちあの世行きだわな」

唐人屋敷の裏庭で、押し入ってきた男たちに粉を吹きかけ、たちまちのうちに五人を倒したところを、善右衛門はどこからか見ていたようだ。

「それにしても仏壇ってのは洒落がきついよ、藤次さん。地獄に仏ってわけだろ」

藤次が苦笑する。身を乗りだした金蔵が口をはさんだ。

「そのソクトウキってのは何だい」

「息鉄砲ともいうんだ。古い道具だよ。うちでも二つ、三つ扱ったことがあるけど、使い方が難しくてね。中に毒なんか仕込んだひにゃ、威力は絶大になるものの、吹いた自分までありがたくなっちまうって恐ろしい代物だ。普通は墨なんか入れて、目潰しに使うんだがね」

「墨ぃ」金蔵は善右衛門の禿頭をしげしげと見る。「まるでタコだね」

「イカだって墨を吐く」

善右衛門は憮然として答えた。

仏壇の上部にも油紙を貼った藤次は元のように行李に戻した。仕込矢立に目がいく。ところどころ樫の表皮が剝がれ、鋼がのぞき、鈍い光沢を放っていた。

黒いしみは唐人娘の足に添え木として縛りつけたときについた血の跡だ。

煙硝蔵大爆発で生じた混乱のおかげで、藤次たちは役人の日を逃れ、唐人街を脱出することができた。

だが、木下や張がどうなったのか、長崎にいる間、ついにわからなかった。とくに屋敷の持ち主である張仲伯が無事で済むはずはない。

混乱のさなか、屋敷に飛びこんできた町屋のおかみ風の女と、丁稚(でっち)についても行方は知れなかった。

たしか馬渕洋之進といっていた。藤次は握り飯に手を伸ばしながらふと思った。

ひょっとして木下と名乗っていた男が……。


その夜。

「どうも歳(とし)のせいか近くなっていけませんな。いざ寝ようと思うと、とたんにしたくなるんですから始末におえない」

居室に帰ってくるなり善右衛門は渋い顔でぼやき、藤次のとなりで綿入れの丹前にくるまった。

揺れる船の上から用を足すには、それなりに要領がある。とくに舷側から尻を突きだす大きい方や、灯(あか)り一つなく、いきなり鼻をつまれてもわからない闇の中などは慣れない者には難しい。

しかし、善右衛門はどちらも苦にせずやってのけていた。

居室は、天井までの高さが五尺近くあり、ちょっと背をかがめれば歩くのに苦労はなかった。部屋の幅は一間強あるが、奥行きは一間に足りず、そこに藤次と善右衛門が寝ていた。

弁財船の船体は、帆柱より後方が上中下三段の船梁(ふなばり)に床を張った三層構造となっており、中段が船倉、上段が船頭や水手の居室となっている。居室は帆柱の左右に造られているので挟みの間とも呼ばれた。右舷側を船頭、左舷側を水手たちが使うが、御廻米を運ぶときには挟みの間に米俵を積むことになっており、乗組員は吹きさらしの中で寝る。人より年貢米の方が大事なのだ。

藤次たちに割りあてられた部屋は、ふだん水に濡れてはならない荷を積み込む場所で、船頭部屋の前方に位置している。

「ずいぶんと船に慣れていらっしゃるようですね」

「これでも昔は廻船問屋をやっていたんですよ。もっとも私は居船頭でしたが」

居室の柱には燭台が取りつけられ、金網の内側で短い蠟燭がともされていた。ちらちらする炎が善右衛門の禿頭に映っている。

「それがたった一度だけ沖船頭の真似事を致しまして、間が悪いというか、龍神様に嫌われたといいますか、ひどい嵐に遭いまして」

「そうだったんですか」

嵐と聞いて藤次の脳裏に浮かんできたのは、蝦夷地へ向かう往路、うねりにうねりが重なって、豊勝丸の行く手に立ちはだかった怒濤の絶壁である。

天空をつかんばかりに伸びあがった波頭が崩れおちる刹那、たしかに大口を開いて襲いかかろうとした龍の姿を見た。

なるほど龍神様に違いない、と胸のうちでつぶやく。

「それはとんだご難でございましたね」

「しかし、世の中何が幸いするかわからないものですな。私の船は放生津に籍を置いてあったんですが、それが機縁で富田様の吟味をお受けすることになりまして」

富田というのは、富山藩の重役で今は江戸詰家老の職にあるという。たかが一隻の転覆にそれほどの重役が出張ってくるところが藤次には納得できなかった。

ほの暗い中にもかかわらず善右衛門は、藤次の顔つきを読んだらしく、にやりとした。

「実はその時も利尻の昆布を運んでおりました。さる国へ運ぶ途中だったのでございますよ」

さる国というのが薩摩、さらには唐国を指すことは子供にもわかる。

「富田様がお出ましになったのは、私の船に抜け荷の疑いがかけられたためでございました。船はひっくり返って、せっかく奥蝦夷から運んでまいった昆布も元の木阿弥、海の底でございましたから、とぼけようと思えばとぼけられたのですが」

「おっしゃったんですか、富田様に」

「そりゃもう厳しいお取り調べでございましたからなぁ。石は抱かされるわ、生爪は剝がされるわ」

生唾を嚥む藤次を見て、善右衛門は両手を挙げ、甲を見せた。十指の爪はすべてそろっている。

「というのは真っ赤な嘘。私、あっさりと白状いたしました」

嚥みこんだ息を鼻から吐いた藤次の両肩が落ちる。

「そんなにがっかりなさらずとも」

「別にがっかりというわけではありません」

お人が悪いという言葉を嚥みこんだ代わり、石を抱かされ、泣き声を張りあげている善右衛門を思いえがいた。

善右衛門がしゃあしゃあとつづける。

「一つの賭けでございましたんですよ。洗いざらい申しあげますので、どうかお人払いをと、平伏してお願いしたのでございます。富田様はしばしご思案の様子にございましたが、そのうち他の吟味方をすべてお退げになりまして、私のような商人づれと相対でお話しくださったのでございます」

「そこで利尻昆布のお話をされたのですね」

「はい」善右衛門は勿体ぶったうなずき方をする。「いかに儲かるかをお話しさせていただきました。もちろん薩摩様との取引がなれば、とも申しあげましたがね。しかしながら富田様がご興味を示されましたのは、金儲けではありませんでした」

意味ありげに言葉を切った善右衛門に、藤次はいった。

「唐国の薬種ですね」

「さようにございます。いきなり藩庫に千両箱が積みあげられれば、誰もが怪しみます。

お公儀(かみ)のみならず、加賀の前田様も」

「たしかに」

富山藩の財政が急に好転すれば、宗藩たる加賀藩が黙っているはずがない。調べた結果、抜け荷が発覚すれば、大騒動になる。

幕藩体制下にあっては、支藩の行いとはいっても責めは宗藩に寄せられる。

「それに、いくら高値で売れるとは申せ、そこは昆布、売上代金など高が知れております。しかし、珍しい薬種を手に入れて、お得意の売薬商売で捌くとなれば、利益は倍、三倍、いや何十、何百倍にもなりましょう。しかもすべては薬の代金なのです。薬種をどこから仕入れたかを突きとめるのは難しい」

ふいに善右衛門が眉尻をさげ、情けない顔つきになった。

「一石二鳥三鳥のうまい手ではございますが、すんなりと事は運びません。大殿様にございます。大殿様……、利保公は歴代のお殿様の中でも随一の名君にあらせられますが、いかんせんお歳で、お考えも少しばかり古うございます。大殿様にしてみれば、加賀前田様に盾突くなどもっての外。しかしながら若殿様の御代(みよ)ともなれば……」

藩主など遠くからでさえ見たこともない藤次にしてみれば、善右衛門の話はあまりに奇想天外に過ぎた。

「薬種を手に入れると申しましても、いざ誰が昆布を運び、薩摩と話をするかとなると、また別の問題がございました。薩国がらみとはいえ、薩摩組の売薬さんにとっても命懸けの難事業ですし、何より薬種の仕入は別の組がなさることに決まっていらっしゃるそうで。そこで一計を案じたのでございます」

「一計といわれますと」

「調所様が国許への売薬商の出入りを一切禁じた次第にございまして」

あっと声をあげそうになった。

藤次が奥蝦夷まで行ったのは、薩摩組の鼻先で閉じられた門をこじあけるために他ならない。だが、そもそも門を閉じるという絵図を描いたのが善右衛門であり、富山藩まで一役買っていたというのだ。

すべては利尻の昆布を元手に大儲けし、窮乏している藩庫を潤すためである。

善右衛門は顔と境目が曖昧な頭をつるりと撫で、大きな欠伸をするとごろりと横になった。

藤次も横になったもののいつになく舷側を洗う波の音が耳について離れない。

それでもいつしか眠りに引きこまれたに違いない。

真夜中、足の上に寝ていたえんが音もなく起きあがった。

船中では初めてのことである。

蠟燭はとっくに燃え尽きており、居室は真っ暗になっている。藤次は手探りで矢立を引きよせた。

三

南無阿弥陀仏
南無阿弥陀仏……

一人ひとりにすれば、殊更声を張りあげるでなく、むしろ口の中で聞きとりにくいつぶやきを漏らしているにすぎない。

ひたすら両掌をすりあわせ、瞑目して、一心に誦す念仏に念仏が重なり、数十、数百ともなれば、講堂の高い天井にこだまして、揺蕩い、澱んで、さながら空を覆い尽くす暗雲のごとく洋之進の頭上にのしかかってくる。

手を合わせてはいるものの、唱和することもなく、磨きあげられた板敷きの床に正座した洋之進は、強張った首をゆっくりと倒した。周囲に気兼ねして控えめに倒したが、頸の骨が湿った音をたてて軋み、思わず身を縮めた。

できるなら頸と肩を大きく回し、大声を発してひとっ走りしたいところだ。

それほどまでに折り重なる念仏は重かった。

講堂には互いの肩が触れるほどぎっしりと門徒衆が詰めこまれている。洋之進のとなりでは左平が合掌し、念仏を唱えていた。

真宗王国北陸で生まれ育った洋之進には、念仏講など珍しくなかった。しかし、今まで加わったことはなく、一心に念仏を唱える集団に放りこまれると、親しみより鳥肌立つほどの嫌悪を感じてしまう。

難しい教義などなく、毎日毎日ただ念仏のみを誦していれば、死に際に阿弥陀如来が現れて極楽浄土へ導いてくれると説く真宗は、文字一つ読めない百姓にも馴染みやすかった。功徳を積んでいなくとも、生きているうちにどれほどの悪行三昧を行おうと、念仏を、それも一生のうちたった一度唱えるだけで救われるというのだから都合がいい。しかし、為政者、支配層である武士にとっては厄介きわまりない宗教でもあった。

何しろお公儀にどれほど盾突こうと、死ぬときには極楽浄土が約束されているのだから怖いものはない。真宗は一向宗とも呼ばれ、宗徒たちは、団結力が強いだけでなく、実力行使に打って出ることが多かった。

武装集団である武士から見れば、せいぜい鍬を振りあげるだけの百姓などどれほどの脅威となろう。しかし、死を恐れない集団ほど手強い相手はない。戦国の世から北陸平定といえば、一向一揆との血みどろの戦いを意味した。

戦国の世の終わりに佐々成政から前田利家へ支配者が変わっても一向宗との戦いは終わらなかった。一口に平定といっても決して支配層が勝利したわけではなく、互いの生活を守るため、折り合いをつけているのが実態であり、徳川の御代、天下太平と世間ではいわれていても加賀藩の支配は相変わらず危うい均衡の上に成り立っていたのである。

北陸において領主が真に平定を望むとしたら領民を皆殺しにし、荒れ地で熊や兎を従え、ふんぞり返るしかない。

曲がりなりにも武士である洋之進が居心地悪く感じるのも無理からぬことだ。

講堂にあふれているのは、大半が百姓の風体をしていた。老若男女、子供もふくめ、単衣に荒縄といった貧しい身なりで、ほんのわずか武士とおぼしき男も混じってはいたが、着けている袴は古びていた。

長崎で柏屋の清兵衛が手配した船に乗り、天草を経て、たどり着いたのは肥後国水俣の少し南に位置する小さな湊町である。そこで荷を下ろし、三台の牛車に載せかえ、山へと入った。

登り坂がつづけば牛といえどもあごを出し、付き添っている人間が後押しをしなければならなかった。山中で野宿し、さらに一日山道を歩きつづけた。

左平は平気な顔をしていたが、洋之進は慣れない力仕事に腕や腰、足が痛み、野宿した折りに出された干し飯もほとんど口にできないほど草臥れ果ててしまった。

ようやくたどり着いた山中の寒村が薩摩国との境だという。

ひと休みする間もあらばこそ、わけもわからないうちに連れてこられたのが真宗の講堂で、有無をいわさず洋之進も念仏講に引き入れられた。

となりに座っている左平を盗み見する。瞑目した顔は日灼けと垢で底光りし、鬢からほつれた髪が幾筋かかかっていた。

忘我陶酔の表情を浮かべている。丸二日にわたって牛車を押してきたというのに不思議と左平の顔に憔悴の色はない。

洋之進はため息を嚥みこんで、前を向き、目を瞑った。

念仏講が終わったときには真夜中になっていた。講堂から門徒たちがぞろぞろ出ていっても左平は動こうとしない。仕方なく洋之進も待つことにしたが、もはや形ばかりでも手を合わせる気にはなれなかった。

足を崩しはしなかったが、今度は遠慮なく頸を回し、肩を上げ下げする。骨がたてつづけに鳴り、血の巡りが良くなったのか、目を開いたときには視界まで明るくなっていた。

「お待たせしました」

左平が立ちあがったのは、さらにしばらくしてからのことである。

講堂の裏手に出た洋之進は思わず声をあげそうになった。

三台あった牛車が一台しかなく、残っている牛車も荷にかけてあった縄がほどかれ、半分ほどに減っている。

丸い月が中天にかかり、蒼い光が辺りを照らしていた。

近づくにつれ、牛車のそばに数人の人影があるのがみとめられた。一人は老人で、あとの四人は若い。いずれも牛車を押してきた男たちではなかった。

老人は近づいてくる左平に向かって頭を下げた。

「いつもお世話になります」

「何をおっしゃいます。お世話になっているのは我らの方ですよ」

月光を浴びる老人の髷は夜目にも鮮やかに白い。おだやかな表情で洋之進を見ていたが、何も詮索しようとはしなかった。

挨拶を済ませた左平が合図をすると、四人の若者たちが荷を下ろしはじめる。

地面には背負子が並べられ、荷が均等に配分されていた。どうやらこの村より先は牛車を使わないようだ。背負子が六つ用意されているところを見ると、洋之進も担ぎ手の一人に数えられているようだ。老人は、背筋こそしゃんとしているものの、草履履きで、とても荷をかついで夜道を歩けるようには見えなかった。

牛車に近づいた左平が荷の間から細長い菰包みを取り、洋之進に差しだした。

「お預かりしていたものです」

受けとった。流星である。長崎を発つとき、左平は命に替えても大切にお預かりすると約束したので、牛車の数が減っていても盗まれているとはつゆ思わなかった。

「これより先は馬渕殿がお持ちください。ただ今しばらくは腰に差されず、荷といっしょにされるようお願いいたします」

「心得ました」

背負子は頑丈そうな木製で、洋之進に割りあてられたものは背あてが梯子状になっていた。高さは四尺、幅は二尺ほどある。下辺に一尺ほど横棒が突きでていて、その上に俵が二つくくりつけられていた。

洋之進は背負子の最下段に菰ごと流星を縛りつけた。柄頭が右腰の後ろに来るようにしたので万が一の場合は背負子を背にしたまま流星を抜くことができる。

鎧通しを主たる得物とする馬渕月心流では、甲冑をつけたままの戦闘法もさまざまに工夫されているが、さすがに米俵を背負ったまま戦うことは想定していない。いざとなれば荷を捨てて戦うしかないが、その余裕があるか否か。まあ、何とかなるだろうと思うしかない。

背負子の肩紐に両腕を通し、持ちあげた。少し前屈みにならないとひっくり返りそうだ。左平をはじめ、他の四人も平気そうにしているので洋之進ひとりが驚きや苦痛を顔に出すわけにもいかなかった。

「それでは」

左平が老人に頭を下げる。

「次は、いつになりますかな」

「秋も終わりになりますでしょう」

「また、お願いします」

「こちらこそ」

一行は村を出て、夜道を歩きだした。若者たちは二人ずつに分かれ、洋之進と左平の前後を少し離れて歩いた。油断なく目を光らせている様子が洋之進にも伝わってくる。

「なかなかの警戒ぶりですね」

「今夜中に国境を越えようと思っておりますので」

「かたじけない」

「何の」左平が白い歯を見せる。「警戒は馬渕殿のためだけにございません。我らもまた人目を忍びます」

「左平さんたちも、ですか」

「は。わが国におきましては、真宗が御法度なれば」

門倉(かどくら)左平とあらためて名乗った。やはり洋之進が見たとおり百姓ではなく、武士だという。ただし、郷士(ごうし)であった。

「芋侍、肥(こえ)たご侍、一日兵児(ひしてべこ)などといわれております」

「ヒシテ……」

「べこ」左平のほおに自嘲気味の笑みが浮かぶ。「一日侍をやったら一日は百姓をしているということです。でも、そんなのは嘘です。私なんかずっと百姓だ」

薩摩は他国に較べて異様に武士が多い。それには特殊な事情がある。

幕藩体制とは、すべての大名が将軍家の配下にあり、それぞれが領地を治めるという形で成立している。二百六十から七十家といわれる大名たちは、将軍家との関係、歴史、格式などによって細かく序列が定められており、規則や将軍家の意向によって転封(てんぽう)、改(かい)

易などの処分を受けても文句はいえない。

薩摩、大隅、日向を治める島津氏も大名の一人であり、表向きは将軍家の配下となっているが、元々地に根ざした豪族であり、鎌倉時代から九州南部一帯を支配しつづけていた。

その点、たとえば洋之進のいる加賀藩の藩祖前田利家が織田信長に命じられて赴任したのとは違っている。

前田家は、織田、豊臣、徳川と天下人の顔色をうかがいつつ、勢力を維持、拡大してきた。徳川の治世になってからは、あまりに禄高が大きくなりすぎ、将軍家に睨まれるのを恐れ、自ら領地を分割、富山、大聖寺二つの支藩を設けることまでした。

一方、島津氏は将軍家よりはるかに長い歴史を持ち、一つところに密着してきた。だが、それゆえに他の藩にはない悩みも抱えることになった。

代々家がつづけば親戚縁者が増えていくのが道理であり、また、九州南部で独立自尊の立場を守っていくためには、強大な防衛力も保持しなければならない。結果的に家臣団が異様に肥大してしまったのである。

諸藩においては、平均すると領民二十人に対して武士一人以下という割合だが、薩摩藩にかぎっては実に四人に一人という高率になる。禄高だけですべての武士を養うなどできない相談で、そこで外城制度が採用されるに至った。

領内くまなく、実に百を超える外城を設け、独立採算を課したのだ。

早い話、殿様からの給料だけではとても食っていけないので、自分たちで田畑を耕し、生計を立てるということだ。

外城はまた郷とも呼ばれ、郷にいる武士がすなわち郷士である。

加賀藩では、農村を直接管理するのは十村と呼ばれる村の重役だが、身分はあくまでも百姓であり、十村たちをとりまとめる郡奉行配下の役人に至って初めて武士が登場する。薩摩においては、村を管理する重役、さらには管理される百姓までもが武士なのである。

「そうはいっても我らは百姓に較べればましかも知れません。自分たちで作った分を自分たちで食えるのですから。百姓どもは、それはむごい目に遭っております」

八公二民と左平がいい、洋之進は目を剝いた。

年貢は、たいていの藩において生産高の四割、つまり四公六民とされ、年貢以外の諸税が加わって、実質的には五公五民くらいになっていた。それでも自分の土地を持たない水呑百姓は年貢、諸税に加えて小作料を支払わなければならず、米所といわれる加賀においても百姓は米など口にできないのが常である。

八割も年貢に持っていかれて、どうやって生活しろというのか。

「だから念仏なんです」

「飢えたときには仏様が救ってくれるわけですか」

いささか皮肉っぽい気持ちをこめて洋之進は訊きかえした。

「まさか」左平が鼻で笑う。「いくら他力本願とはいえ、阿弥陀様が米をくれるわけがありません」

醒めた物言いに、洋之進は鼻白んだ。

「もちろん門徒衆は極楽浄土を信じて疑いません。この世がこんな有様なんですからせめてあの世に行ったときくらい楽をしたい。馬渕殿は加賀からいらっしゃられたということですが、やはりご門徒ですか」

「あ、いえ、私は……」

「そうですか。実は私もにわか門徒の一人でして、阿弥陀様を疑うような不真面目な男なんです。いくら極楽浄土といわれましても死んでしまえば何にもならないでしょう」

「しかし、先ほどは熱心に念仏を唱えていらっしゃるようにお見受けしましたが」

「念仏はいい。実にいいですよ。一心不乱に南無阿弥陀仏南無阿弥陀仏とやっていると、辛いことが消えてなくなります」

「まさか」

「いえいえ」

左平はにやにやしていた。

「馬渕殿も間もなく私のいったことがおわかりになると思います。今しばらくしたら、だまされたと思って念仏を唱えてみてください。声には出さなくとも腹で念じていればいいのです。私の申しあげていることがきっとおわかりになるはずです」

洋之進の耳には講堂で降りかかってきた念仏が残っていた。まるで耳の穴に何十人もの男女が座りこみ、声に声を重ねて唱えているような塩梅だ。

ほどなく山道は狭く、険しくなり、並んで歩くことも、気軽に口を開くこともできなくなった。

じりじりと踏みだした左足の爪先には何もなかった。足の親指を伸ばして、何かに触れることを期待した。虚しかった。爪先はとめどなく沈み、崖に張りついた洋之進は生唾を嚥む。

「左手をもう少し伸ばして。そこに手掛かりがあります」

前の方から声がするが、目を向けることさえできない。

左手を少しずつ伸ばしていった。しかし、いつまでも崖は平らなままで手掛かりになりそうな突起はなかった。

顔の右側を岩肌にこすりつけていた。歯を食いしばっていて、開いた唇がごりごり押しつけられるうち砂粒が口中に侵入してくる。舌がざらざらした。唾を吐くことすらできない。

伸びきって痙攣する左手の小指が岩の出っ張りを感じる。

「そう、そこです。それをつかまえて」

左腕は伸びきっており、小指を引っかけるのがようやくといったところだ。右足のかかとを引きつける。足場の幅はかろうじて足がかかる程度でしかない。

その時、乾いた音とともに右足の下で岩が崩れた。

心臓が冷たい手で絞りあげられる。

「くっ」

声を漏らし、目をつぶった。

岩間から伸びた木の根をつかむ右手に力がこもる。洋之進の体重を支える根は不気味な音をたてて軋んだ。

背負子が重い。崖に張りついたまま二進も三進もいかなくなった洋之進を引きはがそうとしている。足元から脳天へ、震えが突きぬける。

崖下まで何百丈あるのかわからない。落ちれば、頭蓋は砕け、一瞬にして命を落とすだろう。

その瞬間、悟った。

死ぬだけじゃないか、と。

死地を求め、金沢から伏木湊、長崎、肥後と渡り、今、薩摩国へ潜入しようとしている。

この期に及んで死を恐れるか、と自問した。

何の、と自答する。

次の瞬間、右足を蹴った。左手が突起をつかむ。夢中で爪を立てた。右手でつかんでいた木の根が切れ、洋之進の躰は左手一本に支えられた。懸命に左足を伸ばす。爪先が足場をとらえた。

同時に前方から腕が伸びてきて、洋之進の肩をつかみ、強い力で引いた。

前のめりになり、左足がたたらを踏む。岩場の幅は一尺ほどあり、しっかりしている。暗闇で幸いだと心底思う。崩れた岩が地を打つ音はついに聞こえてこなかった。

山が険しくなるにつれ、難所急所の連続となった。鳥でもなければ通えない切りたった岩壁に張りつき、渡ろうというのだ。およそ人間技とは思えなかった。

国境とはいえ、誰も見張ろうとは考えないだろう。監視も不可能に違いない。まして深夜、頼りとするのは月明かりのみ、手掛かり足掛かりを感触だけで探り、じりじり前進するのだ。

崖を登るのも辛かったが、断崖を降りていくのはさらに恐怖がつのった。沢近くでは、濡れた岩に苔(こけ)が生え、草鞋(わらじ)の底がふいに滑ることもあった。

ようやく地面がなだらかになり、草を分けて歩くようになると、ひと息つくことができた。

「もう薩摩です」

心なしか左平の声も弾んでいる。

その時になって洋之進は自分が胸のうちで念仏を唱えつづけていたことに気がついた。講堂で頭の上から降りそそいでくる声が耳に残っているように感じていたが、いつの間にか躰に染みいってきた声は、洋之進自身の声となり、懸命の念仏になっていた。

森を抜け、川縁(かわべり)まで来たとき、前を行く二人が草の陰に身を隠した。無言だ。洋之進と左平もすぐに従う。後ろから来ているはずの二人は気配を感じられない。

空気が張りつめた。

直後、背後からのんびりした声が聞こえてきた。

「これはこれは、そんなところで這い蹲(つくば)っているのは大口(おおくち)の門倉じゃないか」

洋之進は背負子の裏側に手をやると、菰をめくり、流星の柄を握りしめた。

四

強盗提灯(がんどうぢょうちん)の枠は、内側がぴかぴかに磨きあげられ、蠟燭の光を反射し、前方の一点に集中させた。それでも海面に届くと、ぼんやりとした円がかすかに見てとれるにすぎない。

前のみを照らし、持ち手の顔は暗いままなので、人を襲うに都合よく、強盗の名が付いた。

「金蔵さーん」

「知工さーん」

「金蔵ぉ」

豊勝丸の舳先で艫で水手たちは提灯を振りまわし、声を嗄らして叫びつづけていた。真夜中、小用に出た金蔵が海に落ちたと起こされたのは、えんが足元を離れて間もなくである。そのため藤次は腰の後ろに仕込矢立を差していた。

舷側の左側で政八が提灯をかざしていた。執拗に海面を照らしつづけるが、光の円の中に金蔵らしき姿は浮かんでこない。

幸いにも凪である。だが、小さくともうねりはあり、豊勝丸は流されているという。金蔵が落ちたとわかると、巳三郎が指揮し、ただちに回頭したものの真っ暗な洋上で金蔵を見つけるのは至難に思われた。

「金蔵さん」

政八が怒鳴る。すでに何十回となく呼びかけているので、政八の声は割れ、咽がぜいぜい鳴っていた。藤次も善右衛門も舷側に手をつき、身を乗りだすようにして海面を凝視し、金蔵の名を呼んだが、返事はなく、影も見あたらない。

留萌場所に着いたとき、道は芯までぬかるんでいてひどく歩きづらかった。泥にフカグツをとられた金蔵は倒れ、両手をついた。苦労して躰を起こしたものの、今度はフカグツが脱げてしまい、ほとんど泥に埋もれた。両手でフカグツを引っぱりだしたものの、はずみを食って尻餅をついてしまった。

おかげでずぶ濡れとなり、案の定、金蔵は高熱を発して動けなくなった。付きっきりで看病したのはアイヌの女、ヒシルエである。数日して躰の熱がとれた金蔵は、ヒシルエの手を取り、心から感謝したものだ。

衷心からの感謝であることは、その後の金蔵の行動が物語っている。ヒシルエと、その兄エケシユクを乗せ、利尻に向かおうとした際、真っ先に賛成したのも金蔵なら、利尻で昆布を手に入れるとき、自らの帆待分として積んでいた煙草の一部を乙名への土産として提供したのも金蔵だ。さらに取引のときには、ただ同然で残りの帆待分もアイヌたちに渡したのである。

おかげで大損だといいながらも復路の船中、金蔵の笑顔は晴れ晴れとしていた。

吝いといわれた男である。長崎で蝦夷地から運んだ品を売り捌くときに利久平をともなったが、源右衛門は饅頭の一つも買ってもらえればいい方だといっていた。

「萬屋さん」

源右衛門が近づいてきて、声をかけた。

「あんたも夜中に小便に出られたようだが、その時は金蔵を見なんだか」

「見てませんね。だいたい真っ暗でしょう。何にも見えませんよ」

「それなら何か聞かなかったか。声なり、水音なり」

「いいや」

いつの間にか金蔵を呼ぶ声が途絶え、船中は静まりかえっていた。舷側を洗ううねりの音が長閑に聞こえてくる。

海面を照らすのに使われていた強盗提灯の光が今は藤次たちに向けられている。

「どうかしましたか」善右衛門が怪訝な顔つきとなった。「まさか私が金蔵さんを突きおとしたなんて思っていらっしゃるわけじゃないでしょうな」

眉を寄せた源右衛門の貌は、航海中ついぞ見たことがないほど厳しかった。まるで初めて会う人間のようである。

周囲を見まわした善右衛門が強張った笑みを浮かべる。

「どうしたっていうんですか、皆さん。何だか雲行きがおかしくなってきたようだが」

楫棒のあたりでふいに悲鳴が上がり、提灯の光が一斉に向けられた。六郎平が足首を押さえ、うずくまっている。ほんの一瞬にすぎなかったが、提灯の光が六郎平の足元をなめたとき、銛を照らしだした。

その隙に藤次は仕込矢立を抜き、右腕の内側にあてていた。

「どうした、何があった」

政八が声をかけ、帆柱のわきをまわり、艫に向かう。六郎平が首を振った。

「わからねえ。何かに足を切られたんだ」

おそらく六郎平は左手で提灯を捧げもち、右手に銛をつかんだのだろう。それを見たえんが足首に嚙みついたに違いない。

六郎平の提灯は落とした拍子に消えていた。船室の屋根を伝った政八が六郎平に近づく。

残った光がふたたび藤次、善右衛門、源右衛門に向けられた。

善右衛門の様子が一変していた。両足を広げ、右手は懐に左手は袖のうちへ入れ、太々しい顔つきになっている。ゆっくりと出てきた右手には、黒光りする短筒が握られていた。

「火縄なんぞついちゃいねえ。新式なんだ。六発撃てる。なめちゃいけねえよ」

「別になめとりゃせんが」短筒を突きつけられても源右衛門の表情に変化はなかった。「だが、水手どもを一度に相手にするには頼りなくないか」

「せいぜい手下を止めることだな。まずおれはあんたを撃ち殺す」

「そいつはいい。ただし、儂を撃つ間は背中に気をつけろ。銛が飛ぶぞ」

にやりとした善右衛門は袖から左手を出した。二挺目が握られている。筒先は舳先に向けられた。

舳先には巳三郎と七郎平、艫に六郎平と亥吉、それに移動していった政八がいる。眼前に源右衛門。しかし、利久平だけはどこにいるのかつかめなかった。藤次は闇の中の気配を探りながら帯の間に挟んであった指弾を抜き、左手に握りこんだ。

源右衛門が藤次に目を向ける。

「あまり驚いちゃいないようだね。まさか、わかっていたってのかい」

「おかしいとは思っておりました。行きの船で、利久平さんが波にさらわれたとき、お頭も皆さんも取りたてて騒がなかった。それが水手の習いなのかとも思いましたが、生きているとわかっているなら、大騒ぎすることはありませんね」

「利久平がわざと海へ飛びこんだ、とでもいわれるかえ」

源右衛門の唇がめくれ、歯がのぞいた。

「嵐の真っ只中のことだぜ。たしか藤次さんは真っ青な顔をしてがたがた震えていたっけね」

「へえ」善右衛門が口をはさむ。「そんなことがあったのか。なあ、薬屋さん、それはどのあたりのことだ」

「鰺ヶ沢の近辺でございました」

「船はおそらく浜の近くにあったんだろう。嵐のときの沖走りは怖い。腕の立つ表仕なら何より嵐の怖さを知っているからな。それに鰺ヶ沢あたりなら潮は沖から浜だ。どうやったって流れつくよ」

だが、よほどの練達者だけだ、と藤次は思う。船の前後にそそり立った怒濤が脳裏に甦ると、今でも足が竦みそうになる。

善右衛門が喋っているうちに、藤次は舳先と艫から水手たちが送ってくる殺気を冷静に読んでいた。短筒が火を吹けば、銛が飛ぶと源右衛門は脅すが、正確に命中させられそうにはなかった。

ただし、船の上にいることを忘れてはならないと自分にいい聞かせる。海の上は、水手たちの領分である。

気になるのは利久平だ。嵐の海を泳ぎ切っただけでなく、今も完全に気配を消し去っている。船上のどこかで息をひそめ、ことの成り行きを見守っているに違いないが、それにしてもえんさえ見つけられないのが不思議だ。

源右衛門にも注意する必要があった。正体を露わにしてからというもの、肩から妖しい気が立ちのぼっている。善右衛門もおそらく同じように感じているのだろう。右手の短筒はぴたりと源右衛門を狙ったまま動かない。

「お頭」これまでと変わりなく藤次は声をかけた。「うちの親父をご存じでしたよね。たしか売薬仲間だったとか」

源右衛門はまばたきし、藤次をまじまじと見つめた。

両足を開き気味に立っている源右衛門は、相変わらず足の裏で踏立板をつかまえているようだ。嵐の中、大揺れに揺れる船中にあっても泰然としていた姿を藤次に思いださせる。

両手は軽く握られていた。しわの深い顔は、手以上に堅い拳骨になっていた。父を引き合いに出したとたん、源右衛門の顔はぎゅっと引き締められ、苦悶に似た表情を浮かべた。

「蜘蛛の倅が薬屋ごときの走狗だ。あんた……、藤次さん、それを情けないとは思わないか」

水橋浦の廻船業、狐原屋源右衛門は一介の売薬商から身を立て、自ら弁財船を所有する船頭となった。

　水橋浦は加賀藩の飛び領だが、富山藩領と接しており、昔から売薬商売の盛んな地域である。源右衛門は懸場で父と行き会ったといっていた。

「蜘蛛八さんにしてもそうだ。於菟屋だかとと屋だか知らんが、薬屋ごときのお情けで楽隠居って柄じゃないだろう。儂ぁ、薬屋風情で終わりたくはなかった。そんなことのために厳しい修行を積んだわけじゃない」

　はっとした。

「それでは、お頭も……」

「山ン中でひっそり息詰めて、先祖代々伝えられた掟に縛られ、技を切り売りして、何とか食いつないでいるのがいやンなった。かといって戦国の世でもあるまいし、今さら戦働きの、乱波のといって立身できるとも思えない。だけど、このまま大事な一族を落ち葉の中に埋もれさせ、朽ち果てるままになくしちまったんじゃ、あの世に行ってご先祖様に合わせる顔がない」

「それで、船をお持ちになられたんですか」

「一っところでじっとしてたんじゃ、兵糧攻めにあっているのと同じよ。いつかはあごが干上がって、息の根を止められ、一族郎党は散り散りばらばらにされちまう」

　それぞれの家には、それぞれの生き方がある、といった父の姿が忽然と脳裏に浮かんできた。

雪に閉じこめられる冬、長い夜は囲炉裏端で薬研を使いながら、よく父の話を聞いていた。父、祖父、さらに先祖のしてきたこと、いわば八咫一族の歴史を中心に、加賀、富山両藩、さらに他の一族の話が出ることもあった。

水橋浦、売薬仲間、船……、藤次は必死に記憶を探った。

何か聞いた気がする。

「あんた、自分が何をしておいでか、わかっているのかい。どうして奥蝦夷くんだりまで出かけていって、昆布を買いつけてきたのか。あんたが走りまわってるのは、何のため、誰のためだと考えたことがあるのかい」

「いえ、私はただ……」

「そいつだよ」源右衛門は善右衛門に向かってあごをしゃくった。「そこに突っ立ってる木偶の坊が自分の腹を肥やすのに富山前田様を引っかけたってのが大本の筋書きさ」

ちらりと横目を使った。二挺の短筒を構えた善右衛門は無表情に源右衛門を見ている。

源右衛門がつづけた。

「そいつも、元は儂と同じ船商いをしとったのさ。それが嵐の中へ船を出して、ものの見事にひっくり返った。放生津の船だったから、当たり前のことだが、富山藩のお調べが入った。その時にこいつは舌先三寸で富山藩の重役連中を誑しこんじまったってわけだ」

藤次の脳裏では、父が語りつづけていた。

『元を正せば、同じ根から生え、枝分かれしていったようなもんだ』

　藤次が十歳になるかならないかのころ、父の髪はまだ黒々としていて、顔にも艶があった。今さらながら親父も歳を取ったと思う。

「ちょうど去年のことさ。於菟屋の息がかかった者が船を探しているという。そんな話が儂の耳にも入ってきた。何でも春浅いうちに蝦夷地へ行く船が要るんだ、と。あんたも知っての通り、寒のあるうちは海も荒れるからどんなに大きなバイ船の船頭だって尻込みする。仲間に聞いたところじゃ、於菟屋で行商をしていた男だっていう。もしやと思って調べてみたら蜘蛛八さんだ。それで儂はそれとなく噂を流したのさ。儂が行く、儂なら行けるとね」

　八尺にかぎらず、先祖伝来の秘術を応用して薬を調合し、それを売って歩く者はほかにもあった。中にはどこからか資金を調達してきて、薬種問屋に転じたり、船を買い、廻船業へ乗りだす者もあったと父はいった。

　頭の中にいる父の口が動いているのは見えるのだが、肝心の声が聞こえない。

　廻船業に転じた一族の名前が思いだせなかった。

　親父、何といってるんだ、と藤次は胸のうちで語りかけていた。

「それにしても何で春先なんだ、どうして急ぐ必要がある、と思った。それにどうも昆布の引取先は薩摩らしいというじゃないか。おかしいなと思った。あんたにはそのわけがわかるかい、藤次さん」

「いえ」

「戦仕度をするためさ。戦にゃ、金がかかる。それもとんでもない大金がな」

「戦でございますか」藤次は首をかしげた。「この太平の世に、薩摩様がどこと戦をなさろうというのでしょう」

「お公儀(かみ)だよ。薩摩の殿様は自分が将軍家になるつもりらしいが、それもとんでもない話だ。実は、薩摩をたきつけて、お公儀に盾突かせようとしている連中がいる。いってみれば薩摩もその連中の口車に乗ったのさ」

「そんな者どもが本当におるのですか。私にはとても訳がわかりません」

「唐人(からびと)どもだよ、藤次さん。あんたも長崎で見て来たろう。彼の地には唐人だの蘭人(らん)だのがうようよしてて、年々歳々数が増えやがる。赤蝦夷どもは北から下りてくるし、他の南蛮人どもも薪(たきぎ)や水をよこせといって船を乗りつけてくるが、本当のところは商いにかこつけて我らが国をしゃぶり尽くそうって魂胆だ。そういった手合いにしてみれば、お公儀が邪魔でしょうがない。唐国や南蛮との勝手な商いは御法度だからな」

「おかしなことをいってくれるじゃねえか」善右衛門が割りこむ。「柳生あたりから入れ知恵されたか」

源右衛門の目が動き、善右衛門を捉える。

『柳生といっても裏の方だがな』

父の声がようやく聞こえた。

『隠密働きの手先となる代わり、船を手に入れたというわけだ』

売薬商をしていれば諸国の事情に通じ、さらに弁財船という足が加わるならまさに鬼に金棒、隠密に使うには便利至極この上なし、と父はいった。

父の口が動き、その名前を口にしようとする。

「お前も盗人の一味だろうが、え、萬屋」

一喝した源右衛門の声によってまたしても父の声を聞きとれなかった。しかし、つづく父の言葉は明瞭に耳に届いた。

『猿のごとく木の枝を渡り、守宮のごとく天井に張り付く。奴らの得物は……』

利久平がどこにいるか、どうしてえんが嗅ぎつけられなかったかがわかった。

目を上げる。

半月が帆柱の先端にかかっていて、帆桁の端が黒く膨らんでいるように見えた。目を凝らすまでもなく、利久平だ。

利久平は三尺はありそうな細い棒を手にしている。

父がつづける。

『……吹き矢だ。奴らも我らと同根だからな。毒使いは上手い』

左手の指弾を放った。

影がぐらりと揺れ、その直後、かつと乾いた音がして善右衛門の足元に矢が突き刺さった。

罵り声を吐き散らした善右衛門が両手の短筒を上へ向けた。

何も考えてはいなかった。躰が自然と反応していただけだ。藤次は踏立板を蹴り、肩から善右衛門にぶつかっていった。

だが、一瞬遅く、短筒が火を吹き、轟音(ごうおん)を発した。

頭上では悲鳴が響きわたり、帆桁から利久平の小さな躰が転げおちる。誰もが呆然(ぼうぜん)と見守る中、利久平は海に落ち、水音をたてた。

間髪を入れず矢立をくわえると、藤次は舷側から海へと躍りこんだ。

五

薩人(さつじん)の言葉は、洋之進の耳には馴染みがなかった。まして薩人同士が早口で怒鳴りあっているとなると、まるで聞きとれない。

かろうじて左平と相対している男の名が篠原(しのはら)とわかっただけだ。

篠原は草むらにしゃがみこんだ洋之進たちの背後から最初に声をかけてきた男であり、相手方の頭株らしかった。

洋之進たちをぐるりと取り囲んでいる男たちは全部で五人。数の上では一人上まわっているものの、向こうはそれぞれ腰に長大な剣を差しているのに対し、左平を始め、他の四人も背負子を負い、無腰(むごし)である。

洋之進には流星がある。しかし、五人を相手に戦えるか、自信はなかった。

誰もが若かった。いずれも二十歳前にしか見えず、洋之進より十以上も下のようだ。訛りだけでなく、年齢の面でも自分だけが除け者のような気がし、まるで塾生同士の喧嘩を眺めている気分にさえなる。

切れ目なく捲したてていた左平と篠原だが、形勢はどうやら左平に不利のようだ。無理もない、と思う。左平は洋之進を密入国させている上、禁教となっている一向宗を信仰している。また、背中の荷が真夜中に足場さえろくにない崖を伝って運ばなければならない品物である以上、これも禁を破っているに違いない。

論じ合いとなれば、正義を確信している方が絶対に強い。まして若いのだ。血気盛んであるだけでなく、純真そのものであり、自らの正義をつゆほども疑わないだろう。

外城、と左平がいったことを思いだした。

薩摩藩の城は一つではなく、領内に百を超えるといっていた。いわば小さな国が群雄割拠し、互いにつばぜり合いをしているようなものだろう。

左平と篠原はそれぞれ自分の城を背負って対峙しているところからすれば、まさに戦そのものである。

若いだけに愛国の情にもあふれているだろう。その点、黒羽織を着た連中に席巻されつつある加賀に愛想が尽きかけている自分とは大違いだ。

歳を取るとは、信じられるものを一つ、また一つと失っていく過程なのかも知れない。

感心してばかりもいられなかった。差しあたってどうするかを考えなくてはならない。

この場を逃げだしたところで自分がどこにいるのかさえわからなかったし、薩摩の地理にもまるで通じていなかった。さまよい歩いているうちに密入国者として役人に拘束されれば、おそらくは二度と薩摩を出ることはかなわないと思われた。

帰る郷土とてない身の上であるなら、どこにいようと、どこで野垂れ死にしようとあまり変わりないような気もするが、お亮には未練がある。

金沢を離れるときと、伏木湊を発つとき、二度にわたってお亮への思慕を断ち切ったつもりでいた。それがはからずも長崎で再会し、さらには夫婦にまでなった。

では、五人を斬るか。

どれほど使えるのか、一見してわかろうはずがない。全員を斬り伏せる自信は相変わらず湧いてこないし、いちどきに襲いかかられようものならひとたまりもないだろう。また、一人か二人を倒したところで、他のものに逃げられ、郡奉行にでも駆けこまれたのでは何にもならない。左平にしても無事で済むはずがなかった。

それに堂園の姿が目に焼きついている。

命を投げだし、断末魔の気合いとともに振り落とした一刀は尋常ではなく、はるかに強大と思われた敵を斬り倒してしまった。

『チェエエエ……』

堂園の口から迸(ほとばし)った独特の気合いを、生涯忘れることはないだろう。

あれが薩摩武士の真骨頂だとすれば、篠原一人を相手にしても勝てるかどうか覚束なかった。

ここで連中と斬り結び、倒すか倒されるか。

それとも密入国者として獄につながれるのを恐れながら当て所なく彷徨い歩くか。

「やっとか」

篠原が激昂し、左手で柄を握った。

「応」

受けた左平が背負子を足元に下ろす。

二人とも目尻が裂けそうなほどに目を剝き、眼球がぎらぎら輝いていた。こめかみが膨れあがっている。もう少し明るければ、顔を紅潮させているのがわかっただろう。

篠原が取り巻きの一人に向かってあごをしゃくった。五人のうち、もっとも幼く見えた一人で、前髪を落として間もないようだ。

若い侍は明らかに困惑の表情で篠原を見て、次に左平を盗み見た。篠原がはっきり左平の名を呼んだことからすると、あるいは皆顔見知りなのかも知れない。

「早よせんか」

甲走った声を迸らせたのは篠原の方である。幼い侍はあわてて下げ緒をゆるめると、大刀を鞘ごと腰から外した。

どうやらその剣を借りて、左平と篠原が立ち合おうということらしい。

大刀を捧げもった幼い侍がためらっているのを見ると、今度は左平がかっとばかりに見開いた目を向け、一歩踏みだそうとした。

「待て」

静かに声をかけ、洋之進が二人に近づき、左平を見た。

「この勝負、私に任せていただこう」

「い、い、いらんこつを……」

逆上した篠原は上手く言葉が出ない。もどかしげに身をよじる。左平も眉間にしわを刻み、洋之進を睨みつけていた。

「馬渕殿、手出し無用に願います」

左平はしきりにまばたきしている。顔が自分の思い通りにならず勝手に痙攣しているといった風に見える。

尻馬に乗った篠原が叫ぶ。

「貴公に関係はない。だいたいどこの誰ともわからない者が、どうして我々の諍いに口出しなどする。これはおいと門倉の勝負だ」

いきりたつ篠原を平然と無視し、洋之進は背負子を下ろすと、下辺に結んであった流星を外し、菰をほどきにかかった。

無腰の相手に仲間の刀を貸した上で立ち合おうとした男だ。仕度をはじめた洋之進にいきなり斬りかかってくるとは思えなかった。

おそらく彼我の全員が白刃の下で命のやりとりをしたことがない、と洋之進は見取っていた。

殺したくない。洋之進が考えていたのはそれだけだ。

篠原と左平、剣術においてどちらに分があるかはわからなかったが、真剣をもってやり合えば、いずれかが深手を負うか、悪くすれば命を落とす。

惨事はつねに純粋無垢(むく)な魂が正面衝突したときに起こる。

「しかし、馬渕殿は大切な……」

「こうなったのも私が原因、まずは私がお相手し、力及ばず討たれたときには、左平さん、あとをよろしくお願いします」

腰に巻きつけた荒縄に鎧通しを差した洋之進の姿に、篠原はいささか拍子抜けの体(てい)を示す。

胸を反らし、自分の長剣を鳴らして、半歩踏みだしてきた。

「そげん短か刀で何(なん)ができっと」

だが、洋之進は何も答えようとせず、まずは右手で流星を抜くと、躰に沿って振りはじめた。

白刃が空気を切り裂く音が周囲を不気味に圧し、中天に懸かる半月の蒼い光を反射して、光輪が洋之進の躰を包む。

相手を威圧するための行為であり、同時に手足に血を行きわたらせる目的がある。

一通り型をさらうと、ふたたび流星を鞘に収めた。鞘ごと反転させ、流星の刃が下を向くようにする。

柄の上に左手を置き、右手を前方に伸ばし、篠原の目を見る。

新月剣の構えは整った。

おだやかにいった。

「では……、いつでも、どうぞ」

歯を食いしばり、膨らませた鼻の穴から大きく息を吐いた篠原が抜刀する。大刀を右肩の上に担ぎあげた。長崎の唐人屋敷で目の当たりにした堂園元三郎の構えにそっくりだ。同時にあのときの凄まじい刃勢が洋之進の脳裏に甦る。だが、二太刀目を振るわせるつもりはなかった。

殺したくない。洋之進はふたたび胸のうちでつぶやいた。

篠原も左平も、他の八人も誰も殺したくなかった。彼らは今や可愛い塾生に他ならない。こんなところで命を粗末にするべき男たちではないのだ。

結果的に役人に捕縛され、処刑の憂き日に遭おうと、有為の若者をむざむざ殺させてはならなかった。

許せ、お亮、と胸のうちで詫びる。兄弟三人が洋之進の下で学んだお亮ならば塾頭としての在りようを理解してくれるだろう。

おかしな成り行きじゃ、と苦笑いしている父の顔も見えた。

抜き身を構えた篠原の躰は夜目にもがちがちに強張っているのがわかり、顔は白く浮かびあがっていた。

「加賀藩剣術指南役、馬渕月心流、馬渕洋之進」

「は、は、羽月郷中、しの、しの、篠原宗次郎。参る」

そして例の気合いが弾ける。

「チェエエ」

しかし、洋之進が速かった。

流れ星は、二つ、飛んだ。

月光の下、振り落とされた篠原の大刀はきれいに三等分され、ゆっくりと宙を舞っていた。

凪いでいるばかりに見えた海も飛びこんでみると意外なうねりに躰が上下し、たちまち方向がわからなくなってしまった。何より爪先がどこまでも沈みこんでいくというごく当たり前のことに、藤次は恐怖を感じた。

水面から顔を出す。まず目に映ったのは中天の月である。

次いであたりを見まわし、強盗提灯の光がちらちらしているのを見つけた。光は思ったより遠く、そして高い位置にある。

海に落ちた利久平と船の間に飛びこんだのだから頭を巡らせば、波間の利久平が見えるはずと踏んだが、黒いうねりが重なっているばかりである。海女（あま）のように晒（さら）し木綿でも身につけていてくれれば、白く浮かびあがっただろうにと思った。

そのとき、見えた。

ちょうどあるかなきかのうねりに躰が持ちあげられたときで、手を伸ばせば届きそうなところに浮かんでいた。もっとも見えたといっても白っぽいものが過（よぎ）っただけで、利久平だと確信できたわけではない。

腕か、脛（すね）か。

祈るような気持ちをこめて抜き手を切ったが、ほんの目と鼻の先と見えたものがまるで遠い。うねりに翻弄されているために上手く泳げなかったし、水中では袖や裾がまとわりついてきて手足を動かせなかった。

強引に水を掻（か）き、蹴る。すぐに息が切れ、くわえていた仕込矢立を手に持ちかえた。声を出そうと口を開いたとたん、波に顔を打たれ、噎（む）せてしまう。首を振り、水を弾き飛ばしたときにもう一度視界の隅を横切る白い影が見えた。

夢中で手を伸ばす。

左手の指先にかすかな感触。唸（うな）り声を発して矢立を左手に持ち、もう一度腕を伸ばした。

今度は手応えがあった。

だが、引っかけたもののあまりに重く、細すぎる矢立が手からもぎ取られそうになる。

水に蹴りを入れ、相手を引きよせるのではなく、自ら近づいていった。またしても波が顔を打ち、噎せそうになる。口中が塩辛く、咽が痛んだ。

左手に添えるように伸ばした右手がやわらかなものをつかむ。たぐり寄せた。

俯せで浮いていた利久平を引きよせ、強引に起こす。目を閉じた白い顔があらわれたが、わずかに開いた口から息は漏れていなかった。

ぐったりとなった利久平の躰がふたたび海中に引きずりこまれそうになる。離してなるかとしがみついたら藤次の躰まで沈みはじめた。

両腕に力をこめ、利久平の躰を支えつつ、両足を使った。太腿が痛み、動きがひどく鈍くなっているのがわかる。それでも手を離そうとはしなかった。

ついに藤次の頭も海中に没し、息ができなくなる。

意識が薄れていく。

駄目か……。

何も見えない。

肩のあたりに何かが食いこむのを感じた。痛みすらひどく遠い。

咳をするほどにこめかみが締めつけられ、頭が痛む。びしょ濡れの踏立板に両手をつき、四つん這いのまま咳きこんでいた。

手の下には矢立があった。海中に引きずりこまれ、半ば気を失っていたというのによく手放さなかったものだとわがことながら感心した。

「大丈夫か」

わきから善右衛門がのぞきこむ。

「へえ」

ようやくうなずいた藤次はまたひとしきり咳きこみ、唇から垂れた透明な唾の糸を拭った。

ようやく息が整い、躰を起こす。だが、立ちあがる気にはなれず、そのまま正座をした。

「利久平さんは……」

藤次の問いかけに、善右衛門があごをしゃくった。あごの先には、男たちの背中が見えた。三人が締め込み一丁の丸裸になっている。腰に綱を巻きつけていた。

七郎平、六郎平兄弟と亥吉だ。兄弟の背には入れ墨が入っていた。兄は観音菩薩(かんのんぼさつ)、弟は龍神を背負っているみたいだが、どちらも色は半分ほどしか入っていない。

手をついた藤次は、這って兄弟の間に割りこんだ。

上半身をはだけられた利久平が仰向けになっている。馬乗りになった巳三郎が両手で利久平の腹を押していた。巳三郎が体重をかけるたび、利久平の口から水が溢(あふ)れだす。

利久平の左肩は赤黒く弾けていた。善右衛門の放った弾丸が命中したに違いない。胸には薄紅色をした乳首が二つ、そして控えめながら乳房が盛りあがっていた。

顔を上げた。源右衛門と目が合う。

「末娘で、リクと申します」

間もなく、リクは息を吹き返した。


翌日は雲一つない快晴で、豊勝丸はすべるように南下をつづけていた。

右手しか使えないリクも政八とともに遅い朝餉(あさげ)の仕度に追われていた。

リクの傷には、ヒシルエがくれた薬草を使った。自分が商っている薬よりよく効くような気がしたからだ。

「船にゃ女を乗せるわけにいかない。ですが、どうしてもあれが乗りたいというものですから」

ぼそぼそという源右衛門の顔は、はっとするほど老いていた。かすかな風になぶられ、ほつれた鬢はずいぶんと白くなっている。

二男三女があったが、長男、次男は大坂で豊勝丸の荷を手配したり売り捌く仕事をしている。リクの姉たちはすでに嫁いでいた。

「歳がいってからの子供というのは格別可愛いこともございますが、あれが産まれた直後に女房(かか)が亡くなりまして、不憫(ふびん)でもありますし、よけいに……」

片時も父のそばを離れようとしない娘と、離したくない父親が同じ船に乗るようになるのは自然の流れであろう。二人の息子が廻船業から廻船問屋へと家業を発展させたが、どうしたことか二人とも船が体質に合わず仕事はもっぱら陸(おか)の上でしていた。皮肉なことに女であるリクは海も船も大好きで、源右衛門との航海を望んでやまなかった。

表看板である廻船業は息子に継がせたものの、裏の家業としての隠密仕事は源右衛門一代かぎりとする腹づもりでいた。

「それでもご先祖様が血のにじむ努力の末、ようやく体得した技を廃れさせるのかと思うと、どうにも申し訳なくて」

それで末娘に仕込んだのだ、という。

最初は遊びのつもりで、と源右衛門が語り出すのを黙って聞くうち、自分に技を仕込んだ父も似たような気持ちでいたのだろうかと藤次は思った。木に登らなくても柿の実を打ち落とせるのは手間がかからなくて良かったし、何より面白かったものだ。

「裏の家業はなくしてしまうつもりだったんです。長い間お呼びもかかりませんでしたし、儂も忘れかけておったくらいで。ところが二年ほど前、お使いの方が水橋浦へ見えられまして」

富山藩内に不穏の動きがあるとして内偵の命がくだった。お使いの方というのが誰か、ついに源右衛門は明らかにしなかった。

「そんなに前からですか。私なんぞよりお頭の方がよっぽど早く今度の一件に関わっておいでなんですね」

　藤次は探るような視線を源右衛門に向けた。

「それで私の親父が船を探していることを知ったわけですね」

「はい」

「私を始末するようにと命じられていたのですね」

「いえ……」源右衛門は力なく首を振った。「儂らにはとても無理だと思っておりました。始末……、いえ、そっちの方はお侍方がなさるという話で」

　お侍と聞いて浮かんだのは、石井や檜垣、そして長崎の唐人屋敷で襲いかかってきた一団である。

　船の後部では棍棒を持った六郎平がぼうっとした顔で空を仰いでいる。舳先には七郎平が座りこんで錨に結びつけた綱を修繕しており、その後ろに巳三郎が立ち、前を睨み据えていた。

「もし、藤次さんが薩摩に昆布を渡してしまうようなら、そのときは、と命じられておりましたが、できるとは思わなんだ。案の定しくじりましたがね」

　船倉につづく潜り戸から金蔵がひょいと顔を出し、源右衛門はあきらかにほっとした顔つきになった。

「頭、昆布の数、あらため終わりました。四百石分、間違いなくございます」

「ご苦労」

昨夜、金蔵は酔いつぶされ、船倉の奥まったところに寝かされていた。藤次と善右衛門を誘いだすためだ。長年一緒に仕事をしているが、金蔵だけは裏の家業と一切関わりがない、と源右衛門がそっと教えてくれた。商人としては厳しく、時に吝嗇とさえいわれていても、ヒシルエをはじめ蝦夷人に対して見せた人の好さは紛いものではなく、確かに裏の世界には合わないと得心がいった。

傍らをえんが通りすぎ、弾むような足取りで舳先に向かう。目で追っていた源右衛門が訊ねた。

「あれの名はたしか……」

「名は知りません。連れていくように親父にいわれただけなもので。私はただ犬と呼んでおりますが」

源右衛門が渋い顔になった。

直後、帆柱の天辺まで登っていた亥吉が奇声を発し、前方を指さした。

「あれ、あれ」

六郎平が見上げ、声をかける。

「あれじゃ、わからん」

「りゅ、りゅ、龍じゃっ」

伸びあがった亥吉は、狭い帆桁の上で足を滑らせ、あわてて帆柱に抱きつく。

「ダボ、何しよんじゃ」

六郎平が怒鳴りかえしたが、龍と耳にしたとたん、帆柱の根元に座りこんでいた善右衛門が弾かれたように起きあがった。ふところから取りだした遠眼鏡を目にあてる。帯には、これ見よがしに二挺の短筒が差したままになっている。萬屋だけあって持参した道具類が多い。

藤次も伸びあがり、目映い海面に目を細めた。

第八章　薩人事情

一

小さな凧だ。

縦は一尺ほど、幅は五、六寸でやや縦長の菱形をしている。十文字に組んだ骨は削いだ竹で作られ、蠟を塗りこんだ紙が張ってあった。縁は紙を折りかさねて強度を増してある。表は目の覚める紅、裏側は純白になっていた。

何百もの小さな凧が丈夫な糸で一本につながれていた。

踏立板に座りこんだ水手たちが凧についた潮気を一枚一枚ていねいに拭っている。

一連の凧は、唐国も南方の物だと善右衛門はいった。

すべての凧を空中に繰りだせば百丈ほどにもなると船頭は胸を張ったが、藤次にはなかなか信じられなかった。百丈といえば、三町にもなる長さである。

しかし、空でくねる連凧を、豊勝丸の帆柱に昇った亥吉が見つけ、奇声を発したのもまた事実である。よほどの長さがなければ、遠く離れた船の上から見えるものではない。対馬沖で他の船と会合すると善右衛門は事も無げに告げ、豊勝丸の船頭源右衛門にしたり顔であれこれ指示を出した。だが、目印一つない洋上で他船を見つけるのは藁山で一針を探すよりはるかに困難であろうことは、藤次にも察せられた。

対馬の沖に来ると、善右衛門は豊勝丸の帆を下ろさせ、漂うにまかせた。そして帆柱の天辺へ交代で人を上げ、ひたすら南を見張らせたのである。源右衛門以下、乗組員たちが胡散臭そうに善右衛門を見ていたのも無理からぬところだ。

漂流すること三日目の午下がり、ついに亥吉が白い雲を背景にのたうつ紐のようなものを発見した。

龍かと思った亥吉は、驚きのあまり帆柱から転げおちそうになった。

無事に二隻が邂逅し、互いを舫で結びつけると俵詰めにした昆布を移しかえたのだが、海に慣れた水手たちとはいえ、つながれた船の間で四百石におよぶ荷を受け渡すのには並々ならぬ苦労を強いられたようで、さしもの源右衛門でさえ、苦笑まじりにいった。

『また奥蝦夷に行けというんならなんぼでも行ってみせるが、これだけは二度と御免だ』

豊勝丸は長崎へは寄らず、一気に瀬戸内の海へ抜けるという。徐々に離れていく船影を見ていると、さまざまな出来事が藤次の胸に去来した。終いには命まで狙われたものだが、それでも寂しさは禁じえなかった。

荷を積み替えるべき船は、善右衛門が用意すると堂園がいっていたが、船は薩摩国阿久根の海商河南の持ち物であった。

昆布と一緒に乗り移ったのは、藤次と善右衛門、そしてえんである。

あぐらをかき、黙々と凧を拭きつづけている男たちは日灼けが肌の奥深くにまで浸透しているように見える。そこは豊勝丸の水手たちと変わらなかったが、顔つきはちょっと違った。眉が異様に太く、毛が密集していて、彫りが深い。むしろ蝦夷地で出会ったアイヌの人々に似通ったところがあると藤次は感じた。

奄美の男たちだと善右衛門が教えてくれた。

水手たちの作業を睥睨するように見おろしていた善右衛門がひょいと手を伸ばし、一枚の凧を取った。凧は糸でつながれている。善右衛門がいきなり引っぱったので、顔を近づけ、嘗めるように手入れをしていた水手の手から凧が逃げてしまった。むっとした顔つきで睨めあげる目の鋭さは尋常ではない。

だが、善右衛門はけろりとして凧を藤次に見せる。

「これ、ご覧なさいよ」

凧には、細長く銀色に輝く帯が貼りつけてある。

「箔を貼りつけてあるんです。これならお天道様に照らされて、きらきら輝くから遠くからでも目につく道理です」

いわれてみると、連凧の何枚かに箔が貼ってあった。

善右衛門を睨みつけていた水手が乱暴に糸を引いたので、今度は善右衛門の手から凧が飛んだ。目をしばたたき、呆然と手を見ていた善右衛門が水手を睨みかえす。だが、袖なし半纏から剝きだしになっている二の腕に目を留めて、愛想笑いを浮かべた。

水手の腕は、ひょろりとした善右衛門の太腿より太く、丸太ん棒のようにごつごつしている。

藤次に向きなおった善右衛門は思いきり顔をしかめた。

苦笑で応じて、藤次は周囲を見まわす。

河南の船は、豊勝丸に較べてひとまわり大きく、帆柱も船体の中央と舳先に一本ずつあった。唐人らしき水手が三人乗っていて、彼らが操船にあたっていることも豊勝丸とは違っている。

藤次の視線が善右衛門に戻る。

「ところで帖佐様のお姿が見えませんね」

「ああ」善右衛門が小意地の悪そうな笑みを見せ、あごをしゃくった。「さっきあっちにいましたよ。舷側に両手をついてね」

「もうお一方は」

「艫の楫小屋の上にいます。相変わらずむっつりと海を眺めているようですが」

船には、水手たちの他に武士が二人乗りこんでいた。一人は帖佐直太郎と名乗り、もう一人は雲霧と叩きつけるようにいっただけで、以来、むっつり黙りこんでいる。

二人とも薩摩藩士とはいわなかった。おそらくどちらも偽名だろうと善右衛門はいう。帖佐は丸々太った色白の中年侍で見るからに人の好さそうな顔をしていたが、雲霧は恐ろしく無愛想である。帖佐とは対照的に顔色が悪く、のっそりと背が高い。

「あれはどうも好かんなぁ」

善右衛門は低声ながらあけすけにいう。あれが雲霧を指すのは明らかだ。

最初に顔を合わせたときから雲霧のまとわりついてくるような視線を藤次も感じていた。始末役か、と思った。ことが不首尾に終わったとき、藤次たちを斬り捨て、すべてを闇に葬るのが役目だ。

素知らぬ振りをしながら雲霧が藤次の仕込矢立をじっとり見ていることにも気がついていた。

「ちょっと帖佐様のご様子を見て参ります」

「あんたも物好きな方ですな。放っておけばよろしいじゃありませんか」

「しかし……」

「まあ、お好きに」

呆れたといわんばかりに首を振り、善右衛門は舳先に向かった。

さっき善右衛門があごをしゃくって指した左舷に行ってみると、長剣を腰の後ろへまわした帖佐が舷側の低くなったところへ両手をつき、海に向かって上体を乗りだしている。大口を開け、咽を鳴らしてはいたが、何も出てこなかった。胃袋はとっくに空っぽになっているのだろう。

　帖佐はひどい船酔いに悩まされていた。

「大丈夫でございますか」

　声をかけると、帖佐は何とか顔を上げた。血の気を失って、さらに白くなった顔の中、目ばかりが赤く濁り、潤んでいる。唇は唾で濡れ、口許から垂れさがった糸が風に揺れていた。地味な絣にたっつけ袴を着け、素足に草鞋を履いている。

　足先まで青白くなっていた。

「ああ、売薬さん」帖佐は弱々しい笑みを浮かべた。「せっかくいただいた薬でしたが、ご覧の通り全部吐いてしまいました。申し訳ない」

「薬など売るほどございます」

　帖佐にしてみれば何とか笑おうとしたのかも知れない。藤次の目には、顔をしかめたようにしか映らなかった。

「それより船に乗られてから何も召しあがっていないと仰られてましたが、午には何かお上がりになりましたか」

「腹が減っては戦ができんというから無理矢理詰めこみはしましたが、それも皆出てしまいました。海に棲む魚にこうして功徳を施していると思えば、少しは気も晴れるんだけれど、こう気分が悪……」

　自分で気分が悪くなるといいかけ、吐き気を呼びこんでいるのだから世話はない。唇を一文字に結んだ帖佐はわずかの間藤次を見ていたかと思うと、ぷっとほおを膨らませ、ふたたび舷側から顔を突きだした。

湿った破裂音がし、今度は黄水(きみず)が溢(あふ)れでる。

「失礼いたします」

声をかけておいて、帖佐に近づいた藤次は、背中をさすってやった。

「かたじけない」

目をつぶったまま、帖佐は切れ切れの息の下で答えた。

「慣れないうちは大変でございます」

「それじゃ、売薬さんも」

「はい」

蝦夷地へ向かう途中、帆柱に縛りつけられて見あげた絶壁のような怒濤(どとう)が脳裏に甦(よみがえ)ってくる。

「それはもう死ぬ苦しみでした」

「いっそ死んでしまった方が楽かも知れない。今にも五臓六腑(ごぞうろっぷ)が口から出てきそうで……」

「何を仰います」

艫の方から送られてくる視線を感じたが、藤次は顔も上げずに帖佐の背中をさすりつづけた。

艫と藤次の間にはえんが寝そべっていた。えんもまた雲霧の殺気を感じとり、つねに二人の間に割りこんでいる。

舷側の内側に背をあずけ、両足を投げだして座っている帖佐からは吐息に混じる酸っぱい臭(にお)いが立ちのぼっていた。潤んだ瞳を伏せ、肩を小さく上下させている。傍らにひざをついていたものの、帖佐の船酔いには藤次も手の施しようがなかった。

風向きが変わり、帖佐の息の臭いが吹き払われたかと思うと、変わって甘ったるい香りが鼻を突いた。とたんに帖佐は眉根を寄せ、紫色をした唇を結んだ。膨らんだあごの下の肉を震わせたが、立ちあがろうとはしない。海に身を乗りだし、嘔吐(おうと)するだけの力も残っていないらしい。

海は穏やかといえた。それでも多少はうねりもあり、前進する船はうねりに乗りあげ、すべり落ちた。

「これがいやだ」

顔をしかめてつぶやいた帖佐が同意を求めるように藤次を見た。

たとえ一瞬にせよ、船が落下するときの感覚は藤次にも不快である。踏立板が下へすっと逃げていき、船そのものが一気に海の底まで引きずりこまれて行きそうな恐怖に駆られる。同時に胃袋の底を持ちあげられ、躰(からだ)を流れる血でさえもふわりと浮いて逆流するようだ。

うねりを乗りこえ、上昇に転ずる瞬間には咽がきゅっとすぼまり、熱い塊がこみあげてきて舌の付け根を灼いた。

「いやでございますね」

「それと臭いです。時々、甘ったるい、何ともいやな臭いがするでしょう」

つい先ほど鼻先をかすめていった匂いを思いだして藤次はうなずいた。

「たしかに」

「黒糖ですよ。この船は、奄美から黒糖を運ぶのに使われていることが多いんだそうです。だから船の隅々にまで甘くて、いやな臭いがしみついています」

言葉を切った帖佐は、色を失うほど強く唇を結んだ。へこんだほおがぐるぐると動き、喉仏が上下している。こみあげてきたものを嚥(の)みくだしたようだ。左の目から一粒涙がこぼれ落ちたが、拭おうともしない。

しばらくして口を開いた。話をしている方が少しは気が紛れるかも知れないと思って、藤次は黙って耳をかたむけた。

「昔、薩摩の黒糖といえば炭団(たどん)のようだといわれたそうです。大坂に持っていって売ろうとしたのですが、二束三文にもなりゃしない。随分と買いたたかれたと聞いています」

咳払(せきばら)いをし、伸びあがって舷側から唾を吐く。わずかながら顔に血の気が戻ってきたように見える。座りなおした帖佐は言葉を継いだ。

「だから藩は高く売れるように工夫を凝らしました。まずは煮汁の検分を厳しくしたんです。よけいなものが混じると黒糖の値は下がる。だからゴミ、塵（ちり）が混じらないように見張りを立てました。次に樽（たる）の検査もやった。昔の樽は造りが雑だったので、せっかく黒糖を詰めて運んでいっても水が入ってしまい、溶けて流れたり、かちかちに固まったりして、売り物にならなかったのも多かったそうです。それで検分を厳しくした。おかげで少しずつですが、いい値で売れるようになりました」

かつての倍以上で、と帖佐はいった。

黒糖は奄美の特産品であり、品物さえよければ高値で売れる。薩摩藩は黒糖を専売品と定め、百姓、商人が勝手に売買するのを禁じた。百姓が生産した黒糖は年貢として納めさせ、余剰品は藩が買い上げている。そうすることで黒糖の流通量を調整し、値崩れを防げると考えた。

黒糖の品質が向上し、値段も上がったことから藩の収入は激増した。しかし、それで満足することはなく、百姓にはさらなる増産を強いた。

「田圃（たんぼ）からは水が抜かれて、芋や豆やいろいろなものを作っていた畑も、全部甘蔗（かんしょ）畑にされたのです」

「カンショ……」

藤次は帖佐に目を向けた。

「といわれますと」

「黍の一つですよ。茎を刈り取りましてね。その茎を絞った汁を煮つめると黒糖になるんです。それで奄美には黍横目がおかれて、百姓たちを厳しく見張るようになりました」

睫毛の濡れた目を二、三度しばたたき、帖佐は藤次を見た。

「島の眺めがすっかり変わってしまったらしいですよ。私もこの船に乗るまで、全然知りませんでした。ご存じですか、この船の水手どもは皆奄美の出なんです」

「へえ、そのようにお聞きいたしましたが」

「藩庫を潤すためには、黒糖をたくさん作って、できるだけ高値で売るしかなかったんですけどね」

帖佐がため息をつくと、また酸っぱい臭いが漂ってきた。

「奄美の百姓は甘蔗以外、作ってはならないそうです。芋も麦も煙草も全部御法度……、ご存じでしたか」

「いえ、初めてお聞きしました」

「私も初めてです」

藩庫という言い方を聞いて、帖佐は勘定方の役人なのだろうかと思った。

「もちろん百姓たちは黍を食って生きていくわけには参りません。だから藩が米や豆なんかと交換する。それだけじゃなく、木綿も煙管も煙草も鍬も斧も……」

食糧から日用品にいたるまですべてを藩が用意し、黒糖と引き換えにされる。代金ならぬ代糖という言葉さえある、と帖佐はいった。

「だいたい米一升が代糖五斤になります。そして一斤の黒糖は銀一匁強で売れます」

藩の収入が莫大なものになることは藤次にもおおよその察しがつく。そしてどこでも似たようなことをするものだと思わざるをえなかった。

蝦夷地で目にした交易所のことだ。アイヌたちから巻きあげた海産物や獣皮などを米と取り替えたのだが、交換比率を一方的に和人たちに有利になるように変えていった。また、アイヌたちの煙草好きを利用するため、絶対に彼ら自身には栽培させなかった点も似ている。

薩摩のやり口の方がさらに徹底していたが……。

「それでもまだ薩摩には不足でした」

藩はさらなる増産、流通管理の徹底に取り組み、百姓を締めあげられるだけ締めあげる結果となる。

たとえば指先についた黒糖を嘗めただけで鞭で打たれた。また、収穫を終えたあとの畑に残った切り株の丈が他の畑より高ければ、無駄にしたとして、その畑を持つ百姓は首に札を下げられ、晒し者とされた。煮汁を作る過程で不備が見つかれば、容赦なく首枷、足械などの折檻が加えられたのである。

黒糖地獄、と奄美ほか甘蔗を生産する島々では言い交わしているらしかった。

「まさに生き地獄でありましょう。ですが、それも致し方のないことでした。何しろ薩摩には五百万両からの借財がありましたから」

五百万両と聞いても実感は湧かない。ただ途方もない金額だと思うばかりである。

「その借財をないものにせよと命じられたのが今のご家老、調所様でございました」

調所という名に藤次ははっとした。

「私は調所様をお訪ねするよう申しつかって参りました」

「心得ております。おいがご案内いたします」帖佐が苦笑する。「今はこうしたていたらくですが、湊(みなと)について、固い地面さえ踏めば、少しはお役に立てると思いますよ」

「よろしくお頼み申します」

「先ほど申しあげた黒糖を高く売るための方策をいろいろ打たれたのが調所様でございました。何しろ五百万両ですからなまなかなことでは借金を消せません。そして百姓たちをいじめ抜いて、生き地獄にまで突きおとしたのも調所様です」

目の縁がわずかに赤いだけで、相変わらず白い顔をした帖佐の口調が少し熱を帯びてくる。睫毛は濡れたままだ。

「調所様はいろいろな方から毛嫌いされております。そりゃそうです。調所様のせいで地獄に堕(お)ちたのは奄美の百姓ばかりではございません。でも、調所様に罪はあるのでしょうか」

懐に手を入れ、袱紗(ふくさ)の小袋を抜きだした帖佐は、藤次の目の前に差しだした。

「匂いを嗅いでみてください」

「へえ」

受けとった袋を鼻先にもってくる。注意深く息を吸った。かすかにだが、埃くさいような匂いがする。だが、単に埃くさいだけでなく、その奥から馥郁たる豊かな香りが立ちのぼってくるのを感じた。

袋の中味は薬草だと思ったが、何かまではわからない。

「藩の大借財を作ったのは、亡くなられた大殿様ですよ。私は元々本草方におりました。その点では、売薬さんの親戚のような仕事をして参ったのです」

「そうでございましたか」

袋をしげしげと眺めてみたが、中味は見当もつかない。

「これは何でございましょうか」

「冶葛」

衰弱しきった顔をしながらいたずらっぽい笑みを浮かべた帖佐がぽつりといったのを耳にして、藤次は袱紗の小袋を鼻先から遠ざけた。

冶葛といえば、草木から採取できる毒のうちでも最強といわれ、藤次が息討器に仕込んでいるトリカブトの根を粉末にしたものが可愛らしく思えるほどのものだ。ただし、伝説的な毒であり、現物が本当に存在するか、藤次も知らない。

「……といわれています」

にやにやしている帖佐を、藤次は睨んだ。

「申し訳ない。でも、そこに入っているのも毒草には違いありません。売薬さんならご存じでしょう。毒草こそ薬になるということ」

「ええ、まあ」

「元は唐国に生えていたものを、タネを持ち帰って吉野(よしの)に植えて育てたんです」

鹿児島近郊の吉野に薬草園が設けられたのが安永(あんえい)八年(一七七九年)、二年後の天明(てんめい)元年(一七八一年)には薬草園を管理する役所として薬園署が設けられた。帖佐はかつて薬園方を務めていた、という。

藤次は袱紗の小袋を帖佐に返した。懐に袋を入れた帖佐は首を伸ばし、前方を見やる。遥か彼方(はるかかなた)にぼんやりと陸地が見えていた。

「対馬まで往復で六日、私には本当に地獄でした」

故国の地を目にした帖佐は、心底嬉(うれ)しそうな顔をする。

いよいよだな、と藤次は思った。

二

売薬商が持ち歩く柳行李(やなぎごうり)は五段重ねで、最上段の行李は内側に桐箱(きりばこ)が設(しつら)えられ、諸道具の大きさに合わせて仕切がついていた。算盤(そろばん)、手秤(てばかり)、小さな仏壇が所定の位置にあるのを藤次は確認していった。

本来であれば、売薬商にとって命より大事といわれる懸場帳を収めておく場所には、雲平にもらった革の煙草入れが入れてあった。煙草入れの胴には大きく火の用心と書いてあるのだが、折りたたんであるために用心の二文字のみが見えていた。

『お気をつけなすって』

今でも蝦夷地を歩いているだろう雲平がふと足をとめ、声をかけてくれたような気がした。

桐箱の上に斜交いに置いてあった仕込矢立を取ると、腰骨の後ろへ差した。

桐箱の蓋を閉め、柳行李を閉じる。薩摩へ入るにあたっては、最上段と二段目の行李のみを持っていくことにしていた。国許から持ってきた薬はほとんどを蝦夷地へ置いてきたし、ヒシルエのくれた薬草もリクの鉄砲傷に使ってしまっていた。回収した古薬はなく、まして薩摩では売薬商の出入り自体が御法度になっている。背中に看板を立てて歩くことはない。

二段目には利尻昆布の見本を詰めてある。

行李を風呂敷に包んでいると、善右衛門が近づいてきた。

「仕度は整いましたか」

「へい」

藤次が答えると、善右衛門は周囲を素早く見渡し、声を低めて付けくわえた。

「例のあれは」

藤次は襟元に手をやり、そっと撫でて見せた。

善右衛門が訊いたのは、万が一の事態に備えて堂園がしたためておいたという書き付けのことで、藤次にとっては身分証明であり、昆布の品質をも保証する一文ともなっている。

先夜、二人きりになったところで善右衛門から渡された書き付けを、藤次は油紙にくるんだ上、襟の内側へ縫いつけておいた。

「あのお人は、粗忽なところがあって、たまに憎まれ口を利いたけれど、案外嫌いじゃなかった」

「長いお付き合いだったのですか」

「もう三年、いや、四年になりますか。足かけなら五年。いつの間にかそんなになります。こっちも歳を取るわけだ」

「時の流れるのは本当に早いですね。私も段々と行商に歩くのが辛くなります」

「よしてくださいよ。藤次さんなら私より一回りも二回りもお若いじゃありませんか」

「二回りも歳が若いと、子供になってしまいますよ」

「いや、こう見えても結構な歳でね」

藤次が手を置いている風呂敷包みをじろじろと見て、善右衛門が重ねて訊いた。

「ときに、藤次さん、薩摩との取引が無事元に戻ったあとは、こちらで商売をなさるんですか」

「いえ、実際の商売となれば、薩摩組が参るようになります。私は、いってみれば臨時雇いみたいなもので」

「やはりね」

したり顔でうなずく善右衛門を、藤次は見上げた。

「あんた、ただの商人にしちゃ芸がありすぎる」

苦笑にまぎらわせ、藤次は何ともいわなかった。まっすぐに藤次の目をのぞきこんだ善右衛門がひどく真剣な顔つきでいった。

「長岡も売薬さんたちの出入りを禁じているようですね」

「そうなんですか」藤次は小首をかしげた。「よくは知らないんです。そちらは越後組がまわっておりますもので」

善右衛門はあごのわきを掻き、しばらくの間藤次を見つめていた。持ちこまれた古道具を店先で値踏みしているような目つきだ。

「薩摩は昆布だったが、長岡は鉛らしいですよ。鉛を土産にすれば、門を開くと……」

あまりに有名になった薬『反魂丹』の効能のおかげで、富山の売薬商たちは諸国への通行を許されるようになった。しかし、一方では、決して少なくない売上金を国許に持ち帰る彼らを快く思わない藩もある。

通行差し止めになるたび、自分たちが懸場としている国が欲している物を土産として持っていくなどして、何とか閉ざされた門扉をこじ開けてきた。

「鉛でございますか。はて、越後組は存じておるやら」

「まだご存じではないでしょう。だけど、わかったところでおいそれと運びこめるものじゃない。長岡が欲しいのは生半可な量じゃありませんからね」

鉛といえば、弾丸の材料である。大量の鉛を必要とするというのは戦の準備に他ならない。

「どうです……」善右衛門の眼光が鋭くなる。「昆布の一件が片づいたら、二人で長岡へ鉛を持っていきませんか」

口調だけは、まるで湯治にでも誘っているように軽い。

「国許に帰って、相談してみます」

まずは越後組に長岡藩での商売について確かめてみなければならない。もし、善右衛門のいうのが真実だとしても、次に藤次がどこへ行くかを決めるのは於菟屋であり、父蜘蛛八である。

その前に薩摩国へ入って、無事に出てこられるものかどうか。

湊へ入った船はすでに錨(いかり)を下ろし、艀(てんま)の仕度をしていた。もっとも四百石におよぶ昆布はしばらく船に積んだままにしておくので、船を降りるのは藤次のほか、帖佐、雲霧の三人、あとは何もいわなくてもえんがついてくる。

善右衛門は船に残り、昆布を守ることになっていた。藤次が戻ってきたあと、昆布を下ろすことになる。

「ところで」

しゃがみこんだ善右衛門は艀の準備をしている水手たちに背を向け、視線をさえぎると懐から短筒を取りだした。

「これをもってお行きなさいよ」

豊勝丸で銛を手にした水手たちに取り囲まれたとき、善右衛門が取りだした短筒で、六連発といっていた。

「あんたの芸は一通り知っているつもりだが、これの方がきっとお役に立ちますよ」

突きだされた短筒には細い銃身がついていて、輪胴の部分が膨らんでいた。どのような仕組みになっているのか見ただけではわからない。しかし、帆桁につかまり、吹き矢を使おうとしていたリクの傷を見れば、威力のほどは知れる。指弾の比ではないし、刀以上に人を殺せるだろう。

「何、使うのは造作もありません。ここをこうして……」

善右衛門は鶏冠のような恰好をした部分に親指をあて、引きおこした。金属音がして輪胴がまわる。

「あとはここを引くだけ」

ちょうど指をかけられるように丸くなった爪を指して説明する。

「私はもう一挺持ってますから、こっちの心配はありません。戻ってきたときに返していただければ……」

藤次は短筒をじっと見つめていたが、やがて首を振った。

「お気持ちはありがたくちょうだいいたしますが、持ちつけない道具は大怪我(おおけが)の元になります」

「何となく、そういわれるような気がしていましたよ」

艀は揺れていて、帖佐はまたしても具合の悪そうな顔をしていた。雲霧は相変わらず無表情で艫近くに腰を下ろしている。藤次についてえんが飛び乗ったときにだけ、雲霧の目が動き、舌打ちが聞こえた。

水手が櫂(かい)を使いはじめる。

いつの間にか張りだした雲が湊の上を覆い尽くし、あたりは薄暗くなっていた。

三

雀(すずめ)は一向に飛ぼうとせず、二本の脚でちょんちょん跳びはねながら欠けた皿に近づき、縁に乗った。

皿にはすりつぶした麦滓(むぎかす)がほんの少し盛られている。小さな嘴(くちばし)で一度二度ついばんでは、頭をもたげ、右、左と目をやり、ふたたび麦滓をついばむ。

見張りと食事を交互に数度くり返すと、皿から降りた。皿の周囲を跳ねて動きまわる。藁を敷いた上に寝そべり、手枕をした洋之進の目は、飽くことなく雀を追っている。

雀は飛ばないのではなく、飛べなかった。

跳びはねるのを止めた雀が洋之進を見つめ、思案でもしているように首をかしげる。右の翼がわずかに垂れさがっていた。怪我のせいである。

雀は門倉左平が両手に包むようにして持ってきたものだ。歩いているときにいきなり目の前に落ちてきた、という。左平の手を離れ、洋之進の目の前に置かれた雀は右の翼の付け根に血を滲ませていた。

『空を見あげましたら鷹が一羽ゆっくりと輪を描いておりました』

鷹に襲われ、地に落ちたものだが、たまたま通りかかった左平が拾いあげたので命を救われた。傷の手当てをし、麦滓を用意してやるなど、左平は甲斐甲斐しく世話を焼いた。

郷士だという左平の家は、禄だけではとても生活が立ちゆかないので百姓をしている。それでも足りず冬場には猟師もしていて、鳥獣には子供のころから親しんでいると話した。口振りからすると、郷中で猟師をしているのは門倉の家ばかりではなさそうだ。

鉄砲は高価なものだが、新種兵器の保持、射撃術の修得という目的の下に藩が幾分か手助けをし、郷士たちに持たせているようだ。

話を聞いた洋之進は思わずつぶやいた。

『なるほど窮鳥入懐か』

逃げるに窮した鳥でも懐に入ってくれば、猟師も情けをかけ、これを撃たないという故事だが、左平は意味がわからないのか首をかしげる。

まさに故事通りの出来事が目の前に起こっているというのに当人がまるで理解していないもどかしさに、洋之進は説明した。塾頭時代の面目躍如といいたいところだが、左平はあっさりといったものだ。

『無駄な殺生はしない、それだけのことだと思いますが。傷ついた雀の一羽や二羽、殺したところで何の益にもなりませんから』

『それなら捨てておいたところで何の損もないわけでしょう』

『どうして捨てておくんですか。せっかく生きてるんですよ。たとえ雀でもむざむざ殺すことはないじゃありませんか』

藁の上で仰向けになると、洋之進は頭の下で両手を組み、天井を見あげた。

天井といってもごつごつとした岩肌があるばかりである。天然にできた洞窟の中に洋之進は寝そべっていた。

真宗が禁じられている薩摩国においては、念仏講はしばしば山中の洞窟に潜んで催されていた。洋之進が匿われている洞窟も地元の人間しか知らず、かつては講が営まれていたようだ。

『今はもっと大きな洞が見つかりまして、もっぱらそちらでやってます』

洞窟といってもさほど奥行きがあるわけではなかった。躰を横向きにして何とかくぐり抜けられる岩の裂け目から入り、かがんで歩けるほどの洞穴を二間ほど歩くと、右に曲がったところに少し開けた空間があった。せいぜい八畳ほどの広さでしかない。それでもできるだけ地面が平らになるよう均されていたし、岩肌を削り、灯台が置かれていた。

もっとも昼間は表の裂け目からかろうじて射しこむ光で周囲を見わたすことができたし、夜もできるだけ早く寝るようにして灯油を節約している。

早朝からとっぷり陽が暮れるまで左平は百姓仕事に追われ、洋之進のもとを訪ねてくるのは日に一度、夜も更けてからのことだ。唐芋を三本持ってきてくれ、それが一日分の食料となった。

洞窟に来て三日、ずっと唐芋ばかり食べつづけているのでいささかげんなりしていたが、左平が調達できるのは芋だけである。長崎を出て、肥後、薩摩と道案内をしてくれただけでなく、危険を冒して洋之進を匿い、そのうえ食事の面倒まで見てくれているのだ。感謝しこそすれ、不平不満を口にできる筋合いではなかった。

今の洋之進にできることは、日がな一日洞窟の奥で寝そべり、雀を眺め、芋を食い、屁をひるくらいで、あとは阿久根という湊に売薬商が入ったという報せが来るのをひたすら待っていた。

何のことはない。洋之進自身が窮鳥入懐を地で行っている。

ずっと芋ばかり食っているせいかやたらと腹が張った。天井を見あげたまま、ちょっと力をこめただけで間の抜けた破裂音がする。どうせ聞いているのは雀が一羽きりだから遠慮はないが、岩肌にこだまする屁の音を聞いていると情けない気分になった。話し相手もなく寝ころんでいるばかりなので考えごとをする時間だけはいくらでもあった。

せっかく生きてるんですよ……。

左平の言葉が脳裏に甦ってくる。仰向けになって天井を見あげていると決まってその声が聞こえてくるので、ときには流星を振りまわし、月心流の型をさらったりしていた。

誰もが生きている。

人だけでなく、牛や馬も、雀でさえも生きている。

せっかく生きている。

おそらくは左平にしたところで何気なく口にしただけで、深い意図などないのだろう。しかし、洋之進には重くのしかかってくる。

長崎でのことだ。萬屋善右衛門を救うため、雨中の橋のたもとで一人の武士を斬った。そのとき一緒にいた若い男とは唐人屋敷でふたたび出会い、結局斬って捨てた。

二人が死に、洋之進が生き残ったのは単に運が良かったにすぎない。剣の技量では相手がはるかに上まわっていた。

運とは何だろう、と思わずにいられなかった。

たまたま巡り合わせがあり、剣を交えることになったが、蝦夷昆布の一件がなければ、顔を見ることすらなかった相手なのだ。

縁といってもそれだけなのに洋之進は彼らの命を奪っている。

ちょっとした加減で、洋之進が死んでいたかも知れない。そうすれば、今ごろは橋のたもとで出会った男がどこかで天井を見あげ、あの男が死んだのも運の定めるところ、煎じ詰めれば寿命が尽きたとしか言い様はないなどと考えていたはずだ。

せっかく生きているのに、傷ついた雀ほども生き長らえることがなかった。

洞窟にいたるまでの間、山道の両側には蒲公英の花が咲いていた。長崎で命を落としていたとしたら、道端の花を目にすることはなかったはずだ。だが、洋之進が目にしようとしまいと、蒲公英は何ごともなく咲いていただろう。

一輪の雑草ほどの重みもない命か、と胸のうちでつぶやく。

父が自らの命を捨ててまで与えてくれたというのに自分のそれが雀や蒲公英ほどの重みもないことが洋之進にのしかかってくる。

刺客を引きうけた背景には、父子ともどもの夢である剣術指南役として出世することがあった。だが、父にしても自分にしても、もはや剣術では身を立てようがないと悟っていた。それでも洋之進にしてみれば、剣客に相応しい死地が見いだせる、少なくとも剣を握ったまま死んでいけるという思いがあった。

無為に長らえることは、幼少より厳しい鍛錬に耐えて身につけ、命より大事な馬渕月心流を虚しくするだけだ。

それならば……。

せっかく生きている……、せっかく生きている……、せっかく……。

いつの間にか眠りこんだらしい。目蓋を開いたものの、墨汁のような闇が眼球に流れこんできただけである。

しかし、目が覚めたわけはわかっていた。

砂を踏むかすかな音が耳についたからだ。ずるずる引きずるような足音は、闇の中、爪先をそろそろ踏みだすことで足元を探っているのだ。

流星を引きよせ、音をたてないように鯉口を切った。

圧し殺した声が聞こえた。

「馬渕殿、お休みでございますか。今日はいい物を持って参りました」

左平の声がする。親指で鯉口を閉じ、躰を起こした洋之進が答えた。

「すみません。ついうとうとしたようで。すぐに灯りをつけます」

灯火の揺らぐ炎が照らしだす洞窟に入ってきたのは、左平のほかに五人いた。いずれも左平と同じくらいの年恰好である。

中に二人、薩摩に入るとき、国境まで迎えに来た者が混じっていた。

「馬渕殿、これです」

にこにこした左平が見せたのは、一抱えもありそうな瓶で、しかも二つあった。瓶を地面に置くと、早速左平が封を外す。ぷんと豊かな香りが広がる。

左平のいう良い物とは酒であった。

七人で車座になると、湯呑みに酒を酌みはじめ、真っ先に洋之進に渡された。一同に酒がわたると音頭取りよろしく左平が見渡す。

「良かか」

皆がうなずきかわすのを見て、左平が湯呑みを前へ突きだす。

「乾杯」

「乾杯」

ほかの者が低声で唱和し、湯呑みを口へ運んだ。よほどの酒好きか、それとも久方ぶりゆえか、口の方から迎えに行く者もいた。

ひと口含んだ洋之進は、湯呑みを口にあてたまま、目を瞠った。舌の上にひやりとした酒が載った直後、ほおがぼんと膨れあがるような心地がした。それほどに強い酒だ。驚きはしたが、湯呑みを下ろすわけにはいかない。誰もが喉仏を上下させ、飲みつづけている。中には、眉をよせ、ほとんど苦悶の表情となっている者もいたが、それでも湯呑みを口から離そうとせず、飲みくだしている。

誰もがあぐらをかき、片膝に手を置いて背筋を伸ばしていた。湯呑みを持った手は、肘がぴんと張っているところまで皆同じで、最初から飲み較べの様相を呈している。

仕方なく洋之進もふた口目を嚥下(えんげ)した。灼けた咽がすぼまり、かっと燃える。熱い塊が咽をすべり落ちていくのがはっきりわかり、やがて胃の腑(ふ)の底に到達した。

米どころ北陸は同時に酒どころでもある。安い酒でもそれなりに洗練された味わいがある。たった今、薩人の造る酒を口にして洋之進は、あらためて故郷の酒の優美さに気がついた。

左平が持ってきた酒にはお世辞にも優美さも洗練もあるとはいえず、剝きだしの酒精があるのみだ。まずはきりりと辛く、あっさりとした味で、咽に達したとたん発火する。それでいて不味(まず)いかというと決して不味くはなく、口中を通過していったあとには爽快さが漂った。

これは飲める。湯呑みの底を持ちあげつつ、洋之進は腹の底で唸(うな)っていた。

強烈な酒は躰に入ったとたん奔放に暴れだし、まだ一杯目だというのに早くも胸の鼓動は激しく、こめかみが何倍にも膨れあがっていく気がした。

兎(と)にも角(かく)にも一杯目を飲みほし、湯呑みを下ろすと大きく息を吐いた。まるで長い間海に潜っていて水面に顔を突きだしたのに似ていた。

静かである。

目を上げると、六人の若者がじっと洋之進を見つめていた。表情は不安げでさえある。にっこり頬笑(ほほえ)んで見せ、告げた。

「旨(うま)い」

一瞬にして全員が破顔し、仄暗い中に白い歯がきらめいた。

「失礼しもす」

左隣に座った男が洋之進の手から空の湯呑みを取り、瓶を抱える左平に渡す。

二杯目もまた全員がひと息に飲みほし、たちまちにして一つ目の瓶は空になった。

「旨か」

「ほんのこて久っかぶいじゃ」

「こいじゃどひこ酒があってん足らんごなっど」

「おはんな、飲ん方が早ど」

「そっちこそ加減をせんな」

めいめいが勝手なことをいい、にぎやかになるが、二つ目の瓶を開けてからは、酒を飲む速度は目に見えて落ちた。

唇をとがらせ、大きく息を吐いた洋之進は瞑目した。こめかみと胸に激しい動悸を感じ、少し息苦しい。目を開き、周囲を見まわすと、青ざめた顔をして目ばかり赤く、肩で息をしている者もいて、皆が皆、酒に強いというわけでもないことがわかった。

酒宴には違いなかったが、肴は皿に盛った少量の味噌があるのみで誰もが指先につけた味噌をひと嘗めしては酒を飲んだ。洋之進も味噌を嘗めてみたが、口がひん曲がるほど塩辛く、あわてて酒を飲まなければならなかった。

ところが、味噌を嘗めたあとは強烈な酒に甘みが差すように感じられ、さらに進む。

朝から唐芋一つを食べたきりで腹が減っていた洋之進には、酒が五臓六腑に食いつくのが感じられた。空酒は躰に毒と思いつつ、若者たちの手前、口には出せなかった。一同を見まわして、洋之進はふと誰も飯など満足に食っておらんと思った。思いはたちどころに確信へ変わる。しかも一日中寝そべっていた洋之進と違い、彼らは百姓仕事で著しく消耗している。

たった三日で唐芋ばかりの食事に飽き飽きしていた洋之進だが、若者たちは何年も、それこそ物心つくころからずっと芋ばかり食わされてきたに違いない。何より洋之進を鬱（ふさ）がせるのは、これから先も彼らはずっと芋を食いつづけるしかないということだ。

芋侍、正（まさ）しく芋侍。

だが、洋之進にしたところで夕餉（ゆうげ）に大根の尻尾を煮付けて食い、翌朝残った葉を味噌汁に入れて食べていた。

奴（やつ）らが芋侍ならおれは大根侍か。

やにわに一人が懐に手を入れ、叫んだ。

「ようし、あいをやっど」

声がひどく濁っていた。人一倍顔色が悪い。

「持ってくんなちいうたどが」

叱りつけたのは左平だ。

「左平」懐手（ふところで）をしたまま、青白い顔の男がいう。「おはんな、逃ぐっとな」

「今日はお客様がおいやったっど」

「逃ぐっとか」

青白い顔の男がさらに語気強く迫った。

「何ですか」

どちらにともなく洋之進が訊ねると、左平が苦い顔で答えた。

「くだらんお遊びです。気にせんでください」

「くだらんちいう奴がおっか。肝を錬る大事な鍛錬じゃっどが」

青白い顔をした男がますます気色ばみ、左平が音高く舌打ちする。

「昌助は酒癖が悪ど。もちっと自重せんか」

「何ちを」

昌助が立ちあがろうとするのを、両側にいた男たちが腕や腰をつかんで引き留める。しかし、目を剝き、鼻膨らませ、涎に唇を濡らした昌助はどうにも収まりがつかない様子でいる。

こめかみに浮かぶ血管が蠢いていた。

「まあまあ」

ついに湯呑みを置き、洋之進が両手を挙げた。

「私のことは気になさらず、いないものと思って、皆さん、いつも通りやってください」

口は災いの元とはよくいったものだ。

洋之進のひと言でようやく落ちつきを取りもどし、昌助は勝ち誇ったような顔で左平を見た。左平は憮然としている。どちらもまだまだ子供だと苦笑し、湯呑みに手を伸ばしかけた洋之進は、昌助が懐から取りだした物を見てぎょっとした。

古い短筒である。ところどころ錆びているのが灯火の乏しい光の中でも見てとれた。

「古の武人は、天井から細い糸で刀を吊り、そん下に頭を置いて眠ったたち言いもんどん、おいたちはこいです」

昌助は得々と話をしながら短筒に火薬を流しこみ、弾をこめた。火皿には一尺ほどもある長い火縄が取りつけられる。

どうするつもりなのかと呆気にとられて見ているうちに、二人が立ちあがって肩車をし、上に載った方が天井にある岩の出っ張りに糸を結びつけた。昌助がひざ立ちとなり、真剣な顔つきで短筒を吊りさげた。

肝を錬るといった昌助の言葉が洋之進にもようやく理解できつつあった。しかし、強い酒にぽっかり浮かんだ脳は、目の前で起こっていることを受けとめようとせず、できるなら夢と片づけてしまいたがっていた。

火縄に点火される。糸で吊られた短筒は車座になった男たちの真ん中でゆっくりと回りはじめた。

立ちのぼる煙が洞窟内を満たし、咽がいがらっぽくなったが、若者たちは平気な顔をして酒を飲みつづけた。

いつ弾が飛びだすか、飛びだした弾が誰に命中するかわからない状態で平常と変わらず酒を飲み、話をしようという趣向だ。

誰もが酔っていて、呂律もかなり怪しくなっていた。だが、立ちあがろうとする者は一人もない。それでもよく聞けば、笑い声は甲走り、表情からは落ちつきが失われていることがわかる。肝を錬る鍛錬であると同時に命を懸けた遊戯でもあった。

鼻先でゆっくり回る死が若者たちを異様に亢奮させる。

銃口の動きに合わせて上体をずらし、少しでも長く筒先の前に身を晒そうという者もあれば、殊更平然と話をつづける者、短筒を睨みつけ、湯呑みの酒をすする者もいる。いないものとしてくれといった以上、洋之進も逃げだすわけにはいかなくなった。くだらないことだとは思う。だが、若者たちに背を向ける気にはなれなかった。

火縄が燃え尽きようとしていた。

左平が目を剝く。

銃口がゆっくりと洋之進に向こうとしていた。

酒を飲みつづけた。

酔った舌の上でも酒は盛んに燃え、やはり旨いと思わざるをえなかった。

四

火皿に盛られた点火薬がぱっと燃えあがった瞬間、短筒の銃口は洋之進に向いていた。しかし、迸る発射炎を見てはいない。

目をつぶったからだ。

ふたたび目を開いたとき、周囲にはきな臭い煙が立ちこめ、正面に座っていた二人の若者が飛びすさり、腰を抜かしたように両手を地面についているのが見えた。弾が飛びだしたときの反動で糸が切れ、宙を舞った短筒が二人が座っていたところまでふっ飛んだようだ。

短筒が火を吹く瞬間も微動だにしなかったといって若者たちは我先に洋之進をほめた。とくに左平と昌助の二人は競いあうように口を極めて讃え、互いにゆずらずまたしても取っ組み合いになりかけたほどだ。

あえて止めようともせず洋之進は、酒を飲みつづけた。

まともに浴びた発砲音のせいで両耳に綿を詰めこまれているように感じられた。そのおかげで甲走った言い争いも気にならなかったし、また、肚の裡では種々思いを巡らせるのに忙しかったからだ。

筒先をまともにのぞきこみながら弾丸が命中しなかったのはどうしてだろう……、発射の瞬間、目をつぶってしまったのはやはり臆したからか……、それにしても弾はどこへ行った……。

誇れるようなことは何一つない、と醒めた気分でもあった。

だが、一夜が明けてみるとやはり年甲斐もなく亢奮していたようだと思わざるをえなかった。

一眠りし、あらかた酔いが消えてしまうと、左平たちの仕儀がいかにも子供っぽいものに思え、いい歳をして連座していた自分が尚更愚かしく感じられた。

洋之進ではなく、父が座に連なっていたとしたら昌助が短筒を取りだし、古の武人云々といいだしたところで逆に相手を丸めこみ、火縄の燃える短筒を呆然と眺めるような羽目には陥らなかったであろう。

『常在戦場じゃ』

頭上から一喝された気がする。

洋之進は空きっ腹に飲んだ酒に夢中になるあまり、若者たちが何をいい、何をしようとしているかを看過していた。

『刀に手をかけたときには、戦いはあらかた終わっておるのじゃ』

互いに抜刀し、一対一で向きあうのも、関ヶ原において幾多の武将が東西に分かれ、激突するのもその点では同じことだと父は教えた。

『まずは、どこから始まるのかを絶対に見逃さないことだ。始まりを見つけたら、次にどう流れるかを読むのではなく、一足飛びに終結点を見る。最後に自分が勝てるなら、それでよい。万が一敗れる終結が見えたときには、どこへ持ちこめば勝てないまでも負けにならないのかを見極め、ことの成り行きを導いていかなければならない。どうしても負けないところへ持ちこめないときは……』

にやりとした父は、ひと言、逃げだせといった。

昨夜、洋之進は父がくり返し口にしていた始まりを見逃していた。対峙する相手の目の動き、言葉の端々、些細な所作の中に起点を見いださなくては戦いにならない。雑兵は頭などなくてよい、剛胆で力自慢でよい。しかし、戦人であるならば、細心にして小心、姑息に抜け目なく、つねに気を張りつめていなければならない。

父の苦り切った顔が浮かんでくる。

酒に心奪われ、戦人たれという父の教えを蔑ろにしてしまったことに較べれば、弾丸に頭を砕かれるなど何ほどのこともない。

「チエエ」

夜が明けきらない、濃い蒼の空気を切り裂いて気合いがはじけ、洋之進は頭の鉢が割れそうな痛みに顔をしかめた。

昨夜、六人の若者たちは半ば酔いつぶれるような恰好で洞窟に雑魚寝した。聞けば今日は春先にたった一日だけ許された、百姓仕事をしなくていい日だという。秋の五穀豊穣を願う祭礼日なのだ。

酒を持ってきた理由ともなっていた。

ぐっすり眠りこんでいた洋之進は夜明け前に左平に揺り起こされ、剣術の稽古をつけて欲しいと頼まれた。ただ見るだけという約束をして引きうけた。左平は午までにはそれぞれ自宅に帰らなければならないという事情があるため、早朝に起こさざるをえなかったと詫(わ)びた。

まず洋之進の目を引いたのは、若者たちが使っている木剣である。一つとして同じものがなかった。

木剣とはいっても自然木を切ったもので、柄(つか)の部分のみ削ってあり、刀身にあたるところは、木の皮がそのまま残されていた。

何の変哲もない野っ原の一角が若者たちの道場であった。誰もが足を踏みいれる前に蹲踞(そんきょ)し、両手を地面について一礼する。しばらく素振りをしたあと、縄で束ねた十数本の木を叩く稽古をはじめた。束ねた木は、二股になった二つの台の間に横たえてある。用意してきた木剣を振りまわす若者たちを見ていると、彼らの若さを思わずにいられなかった。誰もがけろりとした顔をしている。一方、洋之進は頭痛に苦しめられ、胃の腑は熱を持って今にもえずきそうになっていた。完璧な二日酔いである。

道場を構えながらも門弟のない気楽さから深酒をした翌日は父子ともども朝寝を決めこんでいた暮らしを、今さらながら猛省する。

それにしても若者の気合いと、木剣で束ねた木を打つ音は凄(すさ)まじく、洋之進の頭蓋を震わせた。

六人目として、左平が束ねた木に向かいあう。汗にまみれた若者たちが息を殺して見守る中、左平は蹲踞した。

次の瞬間、洋之進は瞠目した。

蹲踞の形から右足を踏みだし、同時に木剣を振りあげ、右耳のわきに立てたのだが、剣先は弧を描くことなく、天を突き刺す勢いと迅さがあった。

直立した木剣を構えている姿は、天から降りてきた剣にぶら下がっているようにさえ見える。

左平の口から気合いが迸り、木剣が束ねた木に叩きつけられる。

刃勢は、束ねた木を断ち斬り、地さえも割ろうとしていた。

背筋がぞくっとする。

打ちこんだ直後、左平は左耳の脇に剣を跳ねあげ、すぐさま打ちおろした。打撃の間隔は短い。そして一打ごとに苛烈さを増していく。

胸に堂園の最期の姿が甦った。

型も単純なら、流儀にまつわる面倒な礼法もない。道場は野っ原。そして、ひたすら打つのみ。

それゆえ、いざ白刃を交えたときには練達の剣客さえたじろがせる刃勢を生む。

木剣を振るいつづける左平が、肥後薩摩国境の堂で念仏を唱えつづけていた左平と重なる。禁教と知りつつ真宗に傾倒していったのは、今日にしている剣に通底する一途さのためではないか、とふと思った。

金沢にいるとき、槍の指南役を務めている関屋新兵衛がいった。入門して三年は槍には手を触れさせないのだ、と。三年とまではいかないにしろ、月心流でも入門してすぐに剣を取らせるようなことはしない。それでも剣術より漢籍、漢籍より蘭学や算盤といった風潮の中、いつまでも勿体ぶっていたのでは門弟に逃げられてしまう。誰も剣の奥義を究めたいなどとは思っていないのだ。だからといって初日から手取り足取りではないい、められてしまうので多少格式張って見せる。

日々、おれは何をしているのだろうと思っていた。

左平は、ひたすら木剣を振っている。理屈も流派も超え、あるのは直向きさだけだ。篠原と対峙したとき、洋之進は相手に二撃目を打たせることなく、太刀を三つに斬りとばした。今にしてどちらが正でどちらが邪か、わからなくなってきた。

汗を流し、声が嗄れるまで気合いをかけつづけ、もはや倒れる寸前まで自らを追いこんでいる左平を眼前にして、洋之進は言葉を失っていた。

稽古が終わると、若者たちは手分けをして朝餉の仕度にかかり、左平だけが汗を拭いつつ洋之進に近づいてきた。

「不躾なお願いにもかかわらずお聞き届けくださいまして、ありがとうございました」

「いや、私は何もしておりません。ここでぼうっと突っ立っていただけです」

「考えてみれば、剣術指南役を立派にお務めになられている馬渕先生に我らのような田舎剣術をご覧いただこうというのが厚かましいかぎりでした。若気の至りということでひらにご容赦願いまする」

「とんでもない」本気でかぶりを振った。「皆の姿を見ているうちに私の方がたくさんのことを学ばせていただきました。話に聞く示現流の神髄をまざまざと……」

左平が意味ありげににやにやしたので、洋之進は言葉を切った。左平は、小枝を拾うと地面に文字を書きはじめた。

示現流
自顕流

「どちらもジゲンリュウと読みますが……」左平は、自顕流の方を手で示した。「おいたちのは、こちらです」

それから左平は、示現流は有名だが、どちらかといえば殿様の剣法で、自分たちの自顕流こそ戦国の世からつづく実戦剣法なのだと胸を張った。

堂園も自顕流の使い手であればこそ、神代又兵衛に打ち勝てたのかも知れない。

「いろいろ勉強になります」

洋之進は素直に頭を下げた。

ふと周囲が静まりかえる。不審に思って顔を上げた洋之進は、彼らの視線が一点に吸いつけられているのに気がついた。見つめる先には一人の男がのっそりと立っている。

篠原だ。

その左手には長大な剣が無造作にぶら下げられていた。


朝餉は味噌仕立ての汁で具はまたしても唐芋だが、蒸かしただけの芋を食べつづけてきた洋之進にはありがたかった。

椀から立ちのぼる湯気を吸い、ひと口すすってみる。

とたんに胃の腑はすぼまり、舌の根に苦い唾が湧きだしてくるほど塩辛かった。昨夜、酒の間に間に嘗めた味噌を思いだす。

しかし、若者たちは平気な顔をしている。思い詰めた表情で突然現れた篠原までもが椀に鼻を突っこんでいた。

それにしても篠原は何をしに来たのか、と思った。左平と二言三言言葉を交わしたようだが、洋之進は聞いていない。

篠原の傍らには大刀が二振り置いてある。一振りは手に提げてきたものだ。

「先生」左平が声をかけてきた。「お代わりはいかがですか」

「あ、いや、まだ結構」

かぶりを振って洋之進は答え、箸を芋に突きたてた。椀の中味はほとんど減っていない。

　日々厳しい肉体労働に追われる百姓たちの食事は、塩気がきついと聞いたことがあった。また、武士たちの食事が薄味の気取ったものになったのは太平の世になってからで、戦場から戦場へと駆けまわっていた時代には百姓以上に塩辛いものを食べていたとも聞いた。

　躰の中の塩が汗とともに流れだしてしまうからだ。

芋を口に運びながら自分をふくめ、武士たちが堕落してしまったように感じる。

黄色みがかった唐芋は、塩辛い汁に浸かっていても甘みを失わなかった。歯を食いこませていくと、ほくほくと崩れていく。金沢の料理屋『柊亭』に行ったとき、一品一品にこめられた料理人の気遣いと技に感心したものだが、素朴な唐芋の味噌汁には別種な味わいがあるのを発見した。

　食事が終わると早速後かたづけが始まったが、左平と篠原は洋之進のそばに腰を下ろしたままでいた。篠原は相変わらず思い詰めたような表情でいる。

　さりげなく切りだす。

「皆、いつも一緒なのですか。朝から夜まで」

「六つのときからずっとこんな塩梅です」

　左平が説明するところによると、郷中の子供は六つのころから集団を形成し、先輩が後輩の教導にあたっていた。教師もおらず、寺子屋のような施設もとくにはないという。

集団は大きく二つに分かれる。六歳から元服前の十四歳までが所属するのを稚児、元服が済み、前髪を落としてから二十四、五歳までを二才（にせ）という。

幼くとも武士の集団である以上、厳格な規律に縛られてはいたが、一方では兄弟のように仲が良かった。稚児たちの間にも稚児頭が置かれ、相撲や旗取りといった遊戯でさえ稚児頭が音頭をとって行う。遊びが中心となる稚児を卒業し、二才になると、剣の稽古のほか四書五経を学び、太平記（たいへいき）や忠臣蔵（ちゅうしんぐら）を読むことが中心となる。

どこであれ、物心つくようになった子供は、ガキ大将を頂点とする独自の社会を作り、もう少し長ずれば道場や寺子屋に通うようになるのだが、薩摩の場合、子供の集団も一つの行政単位として確立されている。

ちなみに藩内においては、島津重豪（しげひで）治世の天明四年（一七八四年）、外城（とじょう）という名称を郷に改めている。城もないのに外城と称する不合理さを改めた。外敵に対する備えという色彩が強かった旧称から、住人たちの帰属意識を前面に打ちだす郷とした方が統治上都合が良かったためだといわれる。

「先生、飯も終わりましたんで、昌助たちはこちらで失礼させていただきもす。祭礼の仕度などございますれば、そろそろ引きあげなくてはなりません。ただ、私はもう一カ所、先生をどうしてもご案内させていただきたい場所がございもして」

いつの間にか馬渕殿が先生に変わっているが、元は私塾の塾頭である洋之進には先生と呼ばれてもあまり抵抗はない。

うなずいてみせると、左平はにっこりし、篠原に目をやった。

「おはんも来っとやろ」

湯の中に長々と手足を伸ばし、大きく息を吐くと、弛緩した筋繊維の一筋一筋にまで温もりが滲みてくる。あらためて金沢を出立以来、身も心も張りつめていたことを意識させられた。

「我らが風呂はいかがですか」

あごの先端まで湯に浸かった左平が訊く。そのとなりで篠原が眉間にしわを刻み、瞑目していた。

「いいですね。実に気持ちがいい」

洋之進は答えながら手足を突っ張った。

「ここはおいたちが皆で作りもした」

洞窟よりさらに山中に分け入った渓流のわきに立派な湯殿が作られていた。川原を掘って温泉を溜め、周囲を岩で囲ってある。渓流と湯殿を隔てる小さめの岩を動かすと、川の水が流れこんで温度の調整ができるよう工夫されていた。

ふいに篠原が目を開けると、洋之進をまっすぐに見た。

「先生がおいの刀を折った……」

さえぎるように左平が口を挟む。

「折ったとじゃなか。斬ったとよ。先生は刀を斬りなさる」

篠原までが洋之進を先生呼ばわりし、門弟のような顔をして左平が訂正するのがおかしかった。

にやにやしながら左平はさらに篠原をからかう。

「おはんな、目を真ん丸にしちょった」

「おはんらも同じじゃ。どいもこいも魂の抜かれたごつあった」

「あげな凄か技やら見せられたら、誰でん魂消っど。当たり前のこつよ」

左平は大真面目で反論する。

「いや、お恥ずかしい」

いたたまれない気持ちになって洋之進は湯からあがり、岩に腰を下ろした。ほおが上気しているのは湯のせいばかりではない。

肩や背を撫でていく微風が心地よかった。

篠原は元のように表情を引き締めると左平に訊ねた。

「そろそろ行くっとか」

「いや、まだだ。まだ機は熟しとらん」

「おいはおはんが刀を探しちょっちいう話を小耳に挟んで、それで行くことに決めたとかと思うちょった」

「刀は馬渕先生に差しあげたかち思うちょっただけよ。長崎を出るとき、先生に無理を聞いてもらって大刀を置き捨てていただいたもんで」

「そげなこつじゃったか。おいが持ってきた刀じゃが、銘はなか、じゃっどんなかなか良か刀じゃっち聞いとる。先生に使(つこ)うてもらいたか」

まるで目の前に洋之進がいないような二人の口振りに尻がむずむずする。たしかに左平は国境越えのときには百姓めいた身なりをしなければならないので大刀を持ってはいけないといったが、長崎に置いてきたのは道具屋で求めた折れ刀だ。

しかし、大刀がなければ胡蝶剣(こちょうけん)は使えない。大刀をどうするか思案に暮れていたところでもあった。

「どこかへ行かれるのですか」

どちらにともなく洋之進が訊ねた。答えたのは篠原である。

「鹿児島でごわす。門倉は近々鹿児島へ行って、大奸物(だいかんぶつ)を斬ってきもす」

「大奸物というのは」

「はい。家老の調所広郷(ひろさと)めにございもす」

家老を呼び捨てにするとは、穏やかではなかった。

「よさんか」

左平が低声(こごえ)でたしなめたが、篠原に怯(ひる)む気配はない。

「先生にだったら構わんじゃろ。調所は何でんかんでん自分に都合の良かことばっかいしよる。今度の一件だってそうじゃ。側室の子をば殿様にしようとしておる。側室腹の子であれば、何でも自分のいうこつを聞かせられるち思うちょっ」

薩摩国の表高は、七十余万石、加賀藩に次ぐ大国とされている。しかしながら所詮は外様、政治的発言は一切認められず、石高でいえばはるか格下の他大名、官僚たちにも軽んじられる地方豪族の末裔にすぎなかった。

そうした薩摩藩を、将軍家や公卿たちとの姻戚関係を武器に中央においても多大な影響力を発揮する雄藩へ変身させたのが第八代藩主島津重豪である。

たった一代で薩摩藩の大改革に成功したものの反動も凄まじく、ついに藩は五百万両におよぶ大借財を負ってしまった。

重豪隠居後、第九代藩主となった斉宣は藩財政の建て直しをはかるため、重豪が行ってきた施策を次々覆さざるをえなかった。これを見た重豪はすぐさま斉宣を隠居に追いこみ、第十代藩主に斉興をつける。しかし、藩の財政が一朝一夕に改善されるはずもなく、斉興もまた家老調所広郷と組んで種々の再建策を講じなければならなかった。

十年ほどの間に五百万両におよぶ借金を棒引きにし、逆に藩庫に二百五十万両も貯めこむことに成功したのは調所の手腕によるところが大きい。だが、その陰で黒糖地獄が生まれ、八公二民の重税と、ひと月に三十五日といわれた労役に百姓は苦しめられたのである。大坂では、薩摩藩を相手に商売していた商人たちが貸した金を踏み倒され、没落し、何人もが首をくくって果てていた。

農民、商人を相手に絞れるだけ絞っている間、藩内にはそれほど反調所の波風は立たなかった。しかし、武士階級に対しても厳しい倹約令が敷かれ、さらに給金の支払いが一年以上も滞るようになると事態は一変、武士たちの間にも不平不満が溜まっていったのである。

そこへ藩主斉興の側室が産んだ子を、世嗣斉彬を差し置いて藩主にしようという動きが起こり、ついに藩士たちの不満が爆発、家中は側室の子を立てようとする一派、世嗣につく正義派に二分され、暗闘が始まった。

とくに騒動の元凶、諸悪の根元、大奸物にして家中乗っ取りをたくらむ調所は一刻も早く斬らねばならない、と篠原はいう。

「馬渕先生は調所に与する悪漢をお斬りになるため、はるばるいらっしゃったと聞いちょいもす」

篠原が鼻をふくらましていい、左平がうなずいた。

きらきらした二組の瞳に見つめられ、洋之進は目を逸らした。ぴょんぴょん跳びはねている雀の姿と、せっかく生きてるといった左平の言葉とが重なって甦ってくる。

洋之進はぽつりとつぶやいた。

「人殺しに大義名分はありません」

その夜遅くになって、洞窟に駆けこんできた左平は、切れ切れの息の間から売薬商が阿久根の湊に入ったと知らせた。

第九章　峠

一

阿久根の湊には船宿や蔵が建ちならんでいた。しかし、河南の船を離れた艀は、岸壁には向かおうとせず、岸と平行に進んだ。

舷側に手をかけたまままうなだれている帖佐も、櫂を使う水手の前であぐらをかき、瞑目している雲霧も何もいわない。藤次のみが不審に思う中、艀はどんどん湊を外れていった。

やがて人気のない砂浜が見えてきた。

浜の奥には、海風にねじ曲げられた松の樹が林立している。湊がすっかり見えなくなると、ようやく水手は艀を回頭させ、浜へと向かった。

船底が砂を引っ掻く音がし、艀の行き足が止まる。

真っ先に飛び降りたのは帖佐である。降りたというより転げおちたといった方が正確だ。舷側を乗りこえようとしたとたん、足を引っかけ、頭から海に飛びこんだ。すぐに起きあがり、顔をこすりながら浜を目指して駆けだす。よほど船に懲りた様子だ。

藤次は舳先(へさき)から静かに海へ下りた。水深はひざの上ほどでしかなかったが、それでも大事な昆布を濡(ぬ)らさないよう行李(こうり)を頭の上へ抱えあげ、帖佐のあとを追った。つづいてえんが飛びこみ、最後に雲霧が降りる。

えんは最初、頭を突きあげ、四肢で水を掻いて進んだが、水底に肢(あし)がつくと跳びはねるようにして浜に向かった。波打ち際も一飛びにし、砂浜に駆けあがって躰(からだ)を震わせる。飛びちった水滴が陽光にきらめいた。

乾いた砂に腰を下ろし、ぐったりしている帖佐に近づくと、藤次は柳行李を傍らに置いて声をかけた。

「大丈夫でございますか」

月代(さかやき)に水滴をつけた帖佐がうなずく。

「もう地面の上なれば。しかし、地が動かないという、まこと当たり前のことがこれほどまでありがたいとは思いませんでした。もう船は懲り懲り、二度と乗りません」

藤次と帖佐が連れだって歩きはじめ、少し後ろから雲霧がついてくる。えんは松林の間を見え隠れし、木の根元を嗅いだり、小便を引っかけたりしていた。

「何分にも売薬さんは他国のお方ゆえ、直(じか)に阿久根の湊にお連れするわけには参りませんでした。こんな人っ子一人いない浜辺につけられて、さぞびっくりなさったでしょうが、これも事情のあることでございます。ご勘弁のほどを」

「へえ、心得ております」

「これより郷の庄屋宅へご案内申しあげます。そこにさえたどり着けば、もう安心、城中に到着したも同然でございますよ」

浜を歩きはじめてしばらくの間、饒舌さとは裏腹に帖佐の足はふらついていた。長い間船に揺られていると、上陸してもしばらくの間は地面がゆらりゆらりと揺れているような気がするものだが、その目眩に似た感覚もやがては治まってくる。

街道らしき道筋に出たときには、帖佐の顔にも人並みに血の気が差していた。道の両側には一面田圃が広がっており、水が満々とたたえられていた。すでに田植えが終わり、四、五寸ほどに伸びた苗が整然と並んでいる。富山ではようやく苗代作りをしているころだろうか、と思った。藤次の育った山間まで登れば、渓谷の陰にはまだ残雪が見られるだろう。

田圃を見ながら目を細めていた帖佐がぼそぼそといった。

「薩摩七十七万石などと申しますが、実際にはその半分が良いところでしょう」

「まさか」

「いえ、本当です。土が悪い、悪すぎるんです」

桜島の噴火のせいだと帖佐はいう。火山灰土が稲の生育に悪影響をおよぼしているらしい。元本草方吏員の面目躍如といった口振りではある。

「だから少しでも高く売れる物を百姓どもに作らせるようにしたんです。ほら、あれをご覧なさい」

指さす方に二、三丈はありそうな樹木が生い茂っていた。

「櫨（はぜ）の木です。薩摩の櫨蠟（ろう）は評判が良くて、大坂では高値を呼ぶのです」

本草方では、より高品質で収量の高い櫨を研究し、成果も上げてきたという。だが、帖佐の顔つきはちっとも誇らしげではなく、口調は苦々しげでさえあった。

「百姓の難儀は一に公役（くえき）、二に櫨の実といいましてね。櫨の刈り入れ時期になると百姓たちは腰に弁当をくくりつけて一日中木に登っていなくちゃなりません。夜が明けてすぐから指先がまったく見えなくなるまで。弁当を使うのも、糞（くそ）小便をするのも片手で木にしがみついたままです。そんな仕事が何日もつづく。中にはつい居眠りする者もいる。あれだけの高さがありますからね、落ちれば大怪我（おおけが）か、打ち所が悪ければ死んでしまいます。運良く怪我が軽くても目付の鞭打（むちう）ちからは逃げられない。黒糖も地獄ですが、櫨もまた地獄です」

むっつり黙りこみ、地に視線を落として歩きつづける帖佐がぽつりといった。

「売薬さんはいいなぁ。うらやましい」

「どうしてでございますか」

「実は私のうちにも越中から売薬さんがいらしてましてね。昔の話ですが。あれはまだ私が稚児に上がる前のことですから。祖父が急な差し込みで寝こんでしまいました。

元々頑丈な質でしたから祖父は薬も薬草も一切服みつけなかったんです。病気だからといって、祖母や私の父がいくら宥め賺しても絶対に服まない。それで三日三晩、本当に七転八倒したんです。祖母がついに見かねましてね、重湯に溶かして反魂丹を服ませたんですよ。そうしたらけろりと治ってしまって。子供心にも驚かされましたねぇ。祖父は感謝するどころか騙し討ちにあったとひどく腹を立てましたがね。祖母が亡くなったときでさえ、その枕元で、おいは騙された、騙されたと。そんなことをいってながら私や、私の弟、妹たちがちょっとでも腹下しをしようものなら真っ先に反魂丹を持ちだすようになったのも祖父なんですよ。私が本草学で身を立てようと決心したのも、売薬さんのお仲間のおかげかも知れない」

「そうでございましたか」

「ねえ、売薬さん、人として生まれたからには、いつかは人のために役立つ人間になりたいとは思いませんか。本草方に就いたとき、これで私も念願かなって、どなたかのお役に立てる人間となったと喜んだものでございますよ」

言葉尻を濁してしまったが、どうやら帖佐は本草方で櫨の研究をしたようである。より多くの収穫が得られ、高値で売れる櫨蠟を作ろうと、努力し、研究を重ねた結果が地獄に結びついてしまった。

「人を助けるというのは、実に立派な仕事です」

帖佐がつぶやきつづけるのを聞きながら藤次は火照った顔を俯かせていた。

い。

　今まで一度も人を助けたことなどない。売薬商の仕事にしたところで、父が先祖から受けついだ技を生かすところがなく、たまたま身を寄せた先が於菟屋であったにすぎない。

　買い被りだといいたかった。

　なるほどアイヌたちに役立ててもらおうと薬を蝦夷地に置いてきた。だが、それにしたところで根底にはヒシルエに対する思いがあった。他人の妻に対する邪な懸想という点で、蝦夷地の交易所を仕切っていた請負人たちと何ら変わるところはない。恥じいりこそすれ、褒められるようなことは何一つない。

　顔を上げた帖佐が藤次を見た。無理矢理浮かべた笑みのせいで泣き笑いの子供のような顔つきになっている。

「歌を歌ってたんですよ」

「歌、でございますか。どなたが」

「奄美の水手どもです。私が物陰でへばっていることに気がつかなかったんでございましょうな。いや、気づいていて、わざと歌ったのかも知れない。すっかり耳につくくらいしつこく歌ってましたから」

　帖佐が口ずさんだ。

かしゅて　しゃんてな

たがためど　なりゅる
倭(やまと)んしゅぎりゃが
ためど　なりゅる

苦労して働いても薩摩の侍のためにしかならないという意味だと帖佐は説明した。暗い表情をしていたが、強いて笑みを浮かべると付けくわえた。

「でも、見ててください。私もこのまま終わるような男じゃありませんから」

自分にいい聞かせているようにも見える。

しばらく黙々と歩くと、前方に一軒家が見えてきた。小さいながらも塀囲いをきちんとした家だ。

庄屋というからには百姓家だとばかり思っていたが、武士の屋敷だという。藤次は門を通されたが、えんは外に置かれることになった。


庄屋の主(あるじ)は兵藤(ひょうどう)といった。まだ三十前と若く、精力に溢(あふ)れる顔つきをした男で、やたらと愛想が良いばかりでなく、気味が悪いほど丁重に藤次を遇した。

定期的に出入りしている売薬商ならば、一家の食卓に加えられることはあってもせいぜい小さな百姓家までで、同じ百姓でも他国でいう庄屋並みになると、商いは勝手口で済ませ、泊めてもらえることさえなかった。まして武士の邸(やしき)ともなれば、門の出入りにすらたいそう気を遣う。

ところが兵藤の家ではいきなり表玄関から上げられ、そのまま応接間に通された。帖佐、雲霧と一緒にいたためかも知れない。しかし、藤次にしてみれば堅苦しく息が詰まるばかりで、できることならえんと納屋の隅にでも寝そべっていたかった。

旅に出てからというもの、長崎に泊まったときをのぞけば、必ずえんが躰の一部をつけて寝ていたので離れ離れになってみると思いの外(ほか)心細かった。

畳の上で正座しながらなおも未練がましく近所に打ち捨てられた堂でもないものかと思案している。堂があれば雨露をしのぐのに不自由しないし、恐縮しながら温かな布団に入るより、いっそ夜空の下で寝た方がどれほど気楽かと思わずにいられなかった。

「まあ、そう堅くならずに」

兵藤は白い歯を見せ、藤次に声をかけた。

「郷士(ごうし)とはいいましても所詮は一日兵児(ひしてべこ)、そこらの百姓とちっとも変わりませんよ。わが家と思って、というのはちょっと無理にしても、どうかお楽になさってください」

「恐れ入ります」

「間もなく客人がお見えになります」

「それでしたら尚更(なおさら)手前のような者はおらない方が」

「いやいや、お客人にも是非売薬さんにお会いいただきたいと思いまして。何でも蝦夷地まで行かれたそうでございますな」

「はあ」

藤次はやや緊張して兵藤を見た。兵藤の笑顔には邪気など微塵も感じられない。

「奥蝦夷まで行かれなさったとか」

「へえ」

帖佐が話したのだろうかと思ったが、すぐに思いなおした。そろって邸に入って以来、帖佐と兵藤は簡単な挨拶を交わしただけだ。

「あちらの方もいろいろと大変だそうですね。赤蝦夷どもが頻々と参り、薪だの水だの強請っていくそうで」

はからずも礼文で出会ったウラジの風貌が浮かんでくる。白い肌は血の色が透け、赤ら顔に見えたほどだ。髯は濃く、太い指にももしゃもしゃ毛が生えていた。目が澄んだ青色をしていたのが今でも不思議である。

「さようでございますか」

とぼけることにした。

外国人と接することが国法で禁じられている上、薩摩に持ちこんだ昆布もアイヌたちと直取引をして仕入れたもの、つまりは抜け荷となる。

藤次の答えに少しばかりがっかりした様子を見せた兵藤だが、笑みが翳ることはなかった。

ほどなく障子の向こうから妻女らしき声が聞こえた。

「お客様がお見えにございます」

「うむ。通ってもらってくれ」

兵藤の返事を待って唐紙が開かれ、男が二人入ってきた。

「遅くなりもした」

先に入ってきた男は巨漢と呼ぶに相応しかった。胸板が厚く、胴回りも太い。濃い眉の下に真ん丸な目が光っている。つづいて入ってきたのは対照的に痩せて陰気そうな男で、目ばかりが油断ならない光を放っている。どちらも随分と若く、二十歳になるかならないかにしか見えなかったが、兵藤は馬鹿ていねいに辞儀をし、上座に着かせた。

すぐにも箱膳が運ばれてきて、それぞれの前に並べられる。武士たちの間にどのような上下関係があろうと知ったことではなかったが、一介の売薬商にすぎない自分の前にまで一人前の膳部が置かれたときには、覚悟していたとはいえ、背に汗が浮いた。

まず酒となった。しかし、そればかりは売薬商の掟を盾に何とか固辞した。

兵藤に半ば無理強いされ、料理は口に運んだ。素朴な田舎料理ではあったが、作り手のこまやかな心遣いは感じとれる。

藤次は黙って箸を使いつづけた。雲霧もまったく喋らない。もっぱら兵藤と客の二人が話をし、帖佐がたまに口を挟む程度である。

話を聞いているうちに巨漢の方が市之助、痩せて目つきの悪い男が吉蔵という名であること、二人とも郡奉行所の書役助らしいこと、兵藤家にはちょっと立ち寄っただけで夕食をしたためたあとはすぐに発ち、今夜中に隣村まで行かなくてはならないことなどがわかった。

客が泊まっていかないのを知ると、兵藤は傷ついた子供のような表情を見せた。

市之助の丸い目が動き、藤次を捉えた。大きな瞳には深い光がたたえられている。

「ときに売薬さん、おはん、蝦夷地に行って来たそうだが、どこまで行かれたのかね」

「へえ、利尻まで」

つい答えてしまい、はっとした。

市之助の眼光に吸いよせられてしまった恰好だ。嘘をつくのが辛いという不思議な感慨が湧いてくる。若い男にもかかわらず山のようにどっしりしている。それでいて威圧感を覚えるでなく、むしろ懐に抱かれるような穏やかな気持ちになれた。

「ほう、利尻まで。するとおはんが運んできた昆布は本物と見ゆる」

市之助がにっこり頰笑んだ。見る者の裡に温かさが滲みてくるような笑顔である。

「ところで蝦夷地が赤蝦夷どもに乗っ取られそうだという話があるが、何か耳にしてはいないか」

「いいえ」

藤次はかぶりを振った。

壱岐、対馬から朝鮮、はては唐国を望んだ雲平が長崎にいる蝶園老の言葉をきっかけとして北方に目を転じ、蝦夷地に渡ったことはもちろん覚えている。

「広大な土地だと聞いたが、実際に見てきて、どうだったね」

「そりゃ、もう」またしても釣りこまれるような感覚に襲われた。「広うございました。見渡すばかりの森で」

「それだけ土地があれば、百姓たちもたくさん食えるだろうになぁ」

市之助は盃を口許に持っていき、ひと息に干した。帖佐がにじり寄り、両手で酒を注ぐ。一礼した市之助はふたたび藤次に目を向けた。

「越後やその先の奥羽では饑饉になると百姓たちが間引きをするそうだな。もっと田圃があれば、間引きなどしないで好きなだけ子を産めるだろうに」

「こけしという人形があるだろう」

市之助の太い眉が幾分持ちあがる。

「へえ」

「子を消すと書いて、こけしというと聞いたが、本当の話かね。間引きした子供を供養するために親が彫りはじめたんだとか」

「申し訳ございません。何も存じませんが」

答えながらも藤次ははっとした。いつの間にか市之助の大きな瞳には憂いが満ち、濡れてさえいた。

「赤蝦夷にかぎらず南蛮人どもは良か大砲をば持っとる。その大砲を幾門も鉄の船に積んで押しよせてくるごたぁある。こっちの弾は一向に届かんが、向こうの弾はびしびし届きよる。これじゃ、戦に勝てるはずがない。だからお公儀は弱腰だ。とはいうものの所詮刀槍じゃまるで敵わん。だから薪だ、水だ、食い物だといわれたら、とにかく差しだして大人しく帰ってくれるのを祈るしかない。いずれあいつらは湊を寄越せ、土地を寄越せ、人を寄越せといってくる。じゃっどん、ちゃんとした大砲の一門もなかちなれば、言いなりになるよりなか」

市之助がふいに目を見開いた。双手で突かれたような圧力を感じ、藤次は目をしばたたいた。

だが、市之助の口調はどこまでも穏やかなままである。

「大砲がなければ、こけしも減らんよ、売薬さん」

刺すような視線を送ってくる吉蔵とは対照的に市之助の眼光はあくまでも優しかった。それでいて目の力となると、市之助の方がはるかに勝っている。

敵にはしたくない、と素直に思った。

「まずは大砲だ。蛮人どもの大砲より太か大砲をば用意せにゃ。そのためには金が要る。お公儀は右往左往しよるばかりであてにはならんど。この春に、ね」

とたんに部屋の空気が張りつめた。兵藤と帖佐がはっとしたように市之助を見やり、吉蔵が渋面となる。雲霧のみが無表情のままだ。

「琉球にイギリスの船が三度、フランスの船が四度来ちょっ。琉球王は、わが殿様のご威光を畏れて薪も水も渡さんち頑張ったが、奴ら、勝手に上陸してぶん盗っていった。

琉球んごたぁ、いつまで持ちこらえられるか、おいにはわからん」

だから金が要ると市之助はくり返し、最後にぽつりと付けくわえた。

「お公儀にしても、いつまで……」


深夜、奥まった客間で一人寝ていた藤次は凄まじい物音にはね起きた。咄嗟のことで仕込矢立を手にする間もない。

襖が手荒く開かれたと思うと、帖佐が顔をのぞかせる。

見あげた藤次は息を嚥んだ。

帖佐は頭から血まみれで、目を剝いている。

「売薬さ……」

それだけいうと、帖佐は前のめりにばったり倒れた。

帖佐の後ろには血刀を手にした雲霧が仁王立ちになっていた。

二

売薬商が阿久根の湊に入ったと左平が告げた、ちょうどそのとき、羽音をさせて雀が飛びついた。左平の持ちこんだ提灯の光に驚いたのか、話し声に亢ぶっていたのか、羽をばたつかせた雀はそのまま左平の肩にとまった。

「おはんな、羽が治ったとか」

笑いながら雀に手を伸ばす左平は子供っぽい顔つきに戻っていた。あと少しで指先が届きそうになったところで雀はさっと身を翻し、宙を舞った。

「小癪」

口を尖らせた左平が尻を浮かせる。雀は少し離れたところで地面に降りたった。四つん這いになった左平がじりじりと接近していく。猟師というだけあってこつをつかんでいるのか、近づいてくる左平の手を、雀は小首をかしげて見ているだけで逃げようとはしなかった。

手を開き、そっと包もうとした刹那、雀が飛んだ。まるで左平をからかっているような動きである。

袖をまくり、眦を決した左平を見て、さすがに洋之進も声をかけざるをえなくなった。

「左平さん」

はっとしたように目を向け、次いで照れ笑いを浮かべると、左平は頭を掻いた。

「あいつが飛べるようになったのを見て、つい嬉しくなってしまいました。大変ご無礼いたしました」

「いえ」洋之進は頬笑んで首を振る。「それより売薬商の話ですが」

「はい。実は阿久根には念仏講仲間がございまして、そちらの方から報せがまいったのでございます」

禁教とされていても真宗の信者はかなりの数に上るようだ。

元々信仰は圧しつぶそうとするほど広がり、しぶとく生き延びるものだと聞いていた。何百年にもわたって一向一揆に手を焼いてきた加賀の侍であれば、真宗の恐ろしさは身に滲み、恐怖心はもはや生理になっている。

「河南の船が今日湊に着いたそうでございもす。いつもなら早速湊につけるところ、どういうわけか、その船ばかりは湊の中ほどに立てた杭につながれたままだそうで」

「空船ではないのですか。人だけ乗せてきたとか」

「荷は積んであるそうです。おいが見たって空荷か否かわかいもはんでしょうが、知らせてくれたのは船問屋に勤めておる者で、見間違いようはございもはん。その船からは艀が一艘出たきりだそうで、それには三人乗っていたとか」

「三人、ですか」

洋之進は首をひねった。売薬商と萬屋善右衛門まではわかるが、あと一人が誰か見当もつかない。薩摩藩からの迎えだろうか、と思った。

「艀も湊には入らず、そのまま南の方へくだっていったそうでございもして。その男が申しますには、湊の南側に松林に囲まれた浜がありまして、そこは遠浅なものですから漁師たちが舟を置くにも塩梅が悪く、ふだんはまるで人影がないといっておりもした。先生がいわれるように、艀に乗っていたのが売薬商ならば、人目を忍ぶはずでございましょう。艀をつけるんなら、そっちの浜の方が都合の良かかと」

「では、艀はそちらの浜へ行ったのですね」

「分かいもはん」

あまりにきっぱり左平が答えるので、洋之進は拍子抜けしてしまった。

「湊におる男も自分の仕事があれば、そうそう店を離れるわけには参りもはん」

「そんな……」

嘆息を漏らす洋之進を見て、左平がにっこり頬笑んだ。

「ご安心ください、先生。売薬商どもの行方は、左平がちゃんと心得ております。じゃっどん、先生がせっかく薩摩まで来られたというのに、ちと残念なことになりそうです」

「残念といわれるのは」

「売薬は今夜にも斬られてしまうかも知れません」

思わず息を嚥んだ。左平のいう、ちと残念どころではない。薩摩まで追いかけてきて、まさに鼻先で取りあげられる恰好になる。

何とか声を圧しだした。

「どういうことですか」

「篠原が申しておった大奸物を斬るという話でございもんどん、まことに情けないかぎりではありますけれど、おいたちだけで仕遂げられるほど小さな仕事じゃごわはん。むろん奸物を誅する一太刀は、是が非でもおいがち思ちょっとごわんどん、何分にも田舎のさらに田舎に引っこんでいる上、若年ゆえ知恵も足りもはん。おいたちにもきちんと手を引いてくれる人がおっとごわす」

左平たちの背後にあって、若い者を煽る輩のあろうことは、洋之進も予想していた。たとえ若気の至り、夢語りにすぎないとはいえ、いやしくも田舎郷士の分際で家老を斬るなどと口にできるものではない。まず自分たちの手に掛ける相手として浮かばないだろうし、それ以前に藩主の世嗣問題など郷士風情の知るところではない。

誰かが吹きこまなければ、左平たちは調所笑左衛門広郷の名すら聞いたことがなかったに違いない。

背後で左平たちを操っていた者どもが今夜売薬商を取り包み、斬って捨てるという。

「今回の売薬商がらみの一件も、とどのつまりは調所が絵図を描いたものにございましょう。阿久根につながれている船を押さえ、売薬商の首を添えて差しだせば、動かぬ証拠なりもす。いかに腹黒き調所めにしてもぐうの音も出ないかと」

「なるほど」

洋之進は腕を組み、地面を見おろした。知らず知らずのうちに下唇の裏側を嚙み、舌で弄んでいた。

長崎の唐人屋敷で売薬商が五人の男たちを瞬く間に倒してしまったのを目の当たりにしている。左平たちを唆している連中がどのようにして売薬商を襲うつもりかはわからないが、いずれにせよ一筋縄でいく相手ではない。

売薬商於菟屋藤次は、蜘蛛八の倅にして、立山連峰を発祥とする忍び、八咫一族の者なのだ。

我に胡蝶剣ありといえども必ずしも勝算があるわけではない。唐人屋敷で見た黄色の毒霧を防ぐ手だてもまだ思いついていなかったし、さらにどのような奥の手を繰りだしてくるか、予想もつかなかった。

勿論、売薬商が果ててしまえば、洋之進が薩摩に止まる理由はなくなる。あとは何とか脱出して長崎で待つお亮と合流し、どこか静かに暮らしていけるところまで落ちていくだけである。

しかし、売薬商の最期だけは己の目でしかと確かめずにはいられない。

左平は腕に乗せた雀に向かってすぼめた唇を突きだしている。雀も慣れてきたのか、嘴で左平の口を突き返していた。

「左平さん。売薬商は今宵どちらにおりますでしょうか」

「伊佐郡は佐志の郷中、兵藤邸でごわす」

「売薬商が今夜、有志の方々の手にかかって討ちとられましても、それは時の運、仕方のないことだと思います。しかしながら私もここまで参りましたからには、己が目でしかと売薬商の末期を見届けなくてはお役目が果たせません」

眉根を寄せた左平は黙りこみ、まっすぐに洋之進を見つめた。身じろぎひとつせず睨み合う男たちの間を、雀が跳びはねている。

やがて左平がうなずいた。

「分かいもした。先生の仰られることもごもっともだと思います」

「何から何までお手数をかけ、まことに心苦しい次第で……」

洋之進が手をつきかけると、左平はあわてて前へ進んだ。洋之進の腕に手をかける。

「お待ちください、先生。売薬商のいるところを先生にお教えすることはできますが、他郷のことゆえ、ご案内まではいたしかねます」

洋之進は奥歯を食いしばった。

かくなる上は、たとえ誰も頼りにせずとも……。

「峠がございもす。佐志を出て鹿児島に入ろうとすれば、必ずそこは通らねばなりません。もし、売薬商がどうにかして佐志を抜け出ることができたとすれば、必ずそこに参るはずです。先生を、その峠の麓までご案内しもんそ」

「かたじけない」

洋之進は、半ば左平の手を振りはらうようにして両手をつき、深々と頭を下げた。

子供のころから寝つきが悪く、大事な剣術の仕合を翌日に控えていたりするとまんじりともせずに一夜を過ごすことがあった。げっそりとして父に挨拶をしたときには、お前は眠るのが下手くそだといわれたものだ。

『わしは今まで一度として眠りたいなどと思ったことがないんじゃが』

父は首をかしげた。眠ろうとする前に眠ってしまっている、という。

左平から売薬商の消息を聞き、夜明け前には洞窟を出て峠に向かうことにしていたので、今夜も寝つけないだろうと思っていたのだが、案に相違して、驚くほどあっさりと寝入ってしまった。

まだ暗いうちに目を覚ましたときには、ぐっすり眠ったおかげで頭は冴え冴えとしており、四肢に力が漲るのを感じた。

灯火を点け、左平を起こす。ようやく目を開いた左平は腫れぼったい顔をしていた。冷えた唐芋が一本残っていたのを二つに割り、左平と分けあった。芋を口に入れ、もぐもぐと嚙んでいる左平は、ひどく不機嫌そうな顔をしている。

「昨夜はよくやすまれなかったのですか」

「ええ」

左平はうなずきながら欠伸をする。目尻の涙を指先で拭って詫びた。

「失礼しました。それにしても先生はさすがに肝の太かですね。あっという間にいびきをかいておいやっとを聞いて、大したもんだと感心しもした。おいは先生を峠の下までお送りするだけだし、本当のこつ、売薬商やらが峠まで来るとも思うておりませんが、それでも気が亢ぶって眠れませんでした。おまけに先生のいびきの凄かでしたから」

「それは申し訳ないことをした」

「いや、先生は何も悪かこつはなかですよ。おいの気の小さかだけですから」

「幼いころ、私は父によくいわれたもんです。お前は寝るのが下手だ、と。寝るのに上手も下手もあるかと思いましたが、たしかに父はどんなことがあっても寝るべきときにはすぐ寝入ってましたから」

最後の一欠片(ひとかけら)となった唐芋を弄びながら口を尖らせて聞いていた左平がぽつりとつぶやいた。

「おいは嘘寝(そらね)をばしもんで」

「寝たふりをするということですか」

「はい。明日のことば気に病んで眠れんのは気の小さか証拠やらいわれるのは悔しかですから」

寝たふりまでして己が小心を隠そうとはさすがに一度も考えたことがなかった。もっとも兄弟などなく、幼いころから一人で寝ることに慣れていたので、寝たふりをしようにも相手がなかった。

はたと思いあたった。

お亮と一緒に寝てからというもの一度として寝つけずに悩んだことがない。眠りが深く、寝覚めがすっきりするようにもなった。今まで経験したこともないくらいに激しく、こまやかな閨事(ねやごと)のせいでほどよく疲れたのだろうと思っていたが、お亮と離れ離れになってからもよく眠れる。

昨夜も寝入る寸前、お亮の面差しを脳裏に描いていた。そうすると心が穏やかになり、すんなり眠ることができる。

女人には男を鎮める力が備わっているのだろうかとも思ったが、詮索しても答えは得られそうになかった。

芋を食い終えると、左平はそばに寄ってきた雀を無造作に捕まえた。怪訝そうに見る洋之進の視線に気がつくと、ちらっと笑みを見せる。

「傷も癒えたようですから外に放してやらんと。いつまでも洞の中におったんでは可哀想ですから」

雀を手にした左平が先に洞窟を出る。出入口で岩に腹をこすりつけて外に出ながら、たとえ数日にせよ日がな一日を寝そべって過ごした場所に愛着を覚えていた。

外は夜が明けかけていて、大気が濃い群青一色に染められている。

肩を並べて歩きだすと、洋之進は改めて礼をいった。

「左平殿には何から何までお世話になりました。まことかたじけない」

「何をおっしゃいます。元はといえば、柏屋に頼まれたことです。柏屋にはふだん何かと便宜をはかってもらっていますので、おいとしては少しは借りを返せたかち思うちょいもす」

長崎から肥後に持ちこんだのは牛車三台分の荷である。俵が多かったことからすると、米などの食糧であろう。

長崎で会った柏屋の清兵衛は抜け目ない顔をしており、おそらくは左平との取引も決して損をするようなものではないはずだ。まだ若い左平に口先だけで恩を売るくらい清兵衛には造作もないことに思われた。

「それに先生にはいろいろとお教えいただきました」

「私は何も……」

「篠原の太刀を三つに斬り飛ばされたのは目の覚めるほどの凄か技でした。あれが見られただけでもおいには大変な勉強でしたし、それに何よりもおいと篠原の命を助けていただいたとです。篠原とは志を同じゅうするところもごわんどん、昔からの仕来り(しきた)で郷中(ごじゅう)同士は仲が悪かもんで顔を合わせるとつい喧嘩(けんか)になってしもうとごわす」

「篠原殿にもお世話になりました。こんな立派な差料(さしりょう)をいただいて。ありがたいかぎりですよ。お目にかかられたときは、どうかくれぐれもよろしくお伝えください」

「たしかに承りもした。篠原も先生をお見送りできんのをひどく残念がっておりもしたが、おいたちは百姓仕事のあれば……、ご勘弁ください」

すっかり明るくなったころ、左平は足をとめた。

「ここらが良かかと思います」

そういうと雀を包んだ両手を頭上に差しあげ、手を開いた。解放されたとたん、雀はさっと飛びたち、道の脇にある灌木(かんぼく)にとまった。

さらに枝から枝へと飛びうつり、次いで空高く舞いあがった。

小さな躰をぐんぐん上昇させていく様子は、ふたたび自在に飛べるようになったのが嬉しくてしようがないといっているように見えた。

「薄情なもんじゃっど」

呆(あき)れ、そして少し不満そうな口振りで左平がいう。

「誰が傷の手当てをしてやったち思うちょっとか。ちっとはこっちを見て、愛想の一つもしていっても罰は当たらんとやろ」

一瞬でことは起こった。

雀の飛翔(ひしょう)にばかり目がいっていたので、気づくのが遅れた。もっとも早くに気がついていたとしても洋之進にできることはなかっただろう。

視界を黒い影がさっと横切っていった。

「あ」

左平は声を上げた。

翼を広げた鷹(たか)が空中で雀を捕まえたのである。黒く、湾曲した爪に捕らえられた雀はぐったりしていた。力ない首がぐらぐら揺れている。

雀が鷹に襲われてからというもの、左平は黙りこんで歩いていたが、横顔をのぞくかぎりまったく落胆の色は見えなかった。

「残念なことをしました」

声をかけると、左平はきょとんとした目で洋之進を見たが、すぐに得心がいったのか、大きくうなずいた。

「ええ。じゃっどん、雀のことをあれこれ思っていたのではありません。あれは、あの雀の運命（さだめ）、結局は寿命が尽きたということになっとでしょう。傷は治すことができても、運命までは変えられません」

「それでもあれだけ熱心に面倒を見ていたんですから」

「そいはがっかりもしもんどん、鷹には鷹の事情もあっとごわす。先生は鷹の巣をご覧になられたことはごわはんか」

「いいえ」

「巣には、当たり前のことですが、雛（ひな）がおっとですよ。親鳥がせっせと餌になる虫やらネズミやらを食わせるんです。一日に何回も、ですよ。親鳥が餌をやらなければ、雛はすぐに飢え死にですよ。巣から落ちて死んでしまう雛もあれば、ほかの鳥やら獣に食われるのもあります。おいが傷を治したからちゅうて、そいで寿命が延びるわけでもないでしょう。鷹だって食わなきゃ死んでしまう。ただ……」

左平は片ほおを歪（ゆが）め、寂しげな笑みを浮かべた。

「放すのが少し早かったかも知れんち思ったんです。ほかの雀と同じように飛べんかったら真っ先に食われます。鷹でも雛の間はほかの鳥やら獣やらの餌になりやすいのと同じ道理です。生き残るのには、力が要る」

山の端から太陽の丸い姿が離れたころ、眼前に山が迫ってきた。深い緑の森林に覆われた山肌には朝靄がまとわりついている。

左平が前方を示した。

「土地の人間は骨枯峠と呼んでます。峠までつづく道が見ゆっとごわす。あの天辺が峠で、そこが隣郡との境にないもす。お探しになっている売薬商以外の人影をお見かけになったら、どうか姿をお隠しになられてください。誰に見られても面倒ですから」

「はい」

「それと、あの峠を越えて三里ばかりいくと右手に松林が見えてくるのですが、そこに古いお堂がございます。今ではすっかり使われなくなったお堂ですが。その裏手に細い道がありまして、山奥へつづいております。しばらく行くと滝が見えてきもす。滝の南に目印の榎がありまして、近くを探すと洞が見つかります。そこでも念仏講が開かれています。よほどのことがないかぎり、明日の夜にも講があるはずです。岡部敬作という者をお訪ねください。羽月の門倉左平からいわれたとおっしゃっていただければ、少しばかりの食い物を用意してくれるはずです。また、芋だと思いますが」

「かたじけない。本当に何から何までお世話になりました」

「お気をつけて」

「あの峠の名を今一度」

「骨枯峠でございます」

三

雲霧が斜めに下げた刀から敷居の上へ滴りおちる血に目を奪われながら、藤次は必死に手探りをしていた。

自分では落ちついているつもりだが、さすがに動転している。自分が何を探しているかわからなくなっていた。

右手の指先が求めているのは仕込矢立だ。しかし、どれほど探そうと見つかるはずはなかった。矢立はすでに左手で握っていたのだから。

戸口に仁王立ちとなった雲霧は、部屋に踏みこんでこようとはせず、藤次を見おろしているだけだ。

はっとした。

切っ先からしたたる血はいつまでも途切れることなく、かえって量が増している。敷居から廊下へ広がる血溜まりが大きくなっていた。雲霧も傷を負っている。

「おいは桐原仁左右衛門と申す。ご家老、調所様の手の者、訳あって変名を使ったこと、お詫びする」

雲霧こと、桐原はひどく苦しそうにいった。

「ここに倒れておる帖佐と申す者、不逞の輩に内通し、おはんを謀殺せんとしたため、この家の主ともども斬り捨てた」

桐原の顔を見あげたまま、藤次はゆっくりと仕込矢立を右手に持ち替えた。桐原の目は藤次の額あたりに据えられたきり動かない。かすかに霞がかかったように翳っていた。

「にわかには信じられない話であろうが、ご家老様は家中に不穏の動きがあるために用心のためおいを付けられた。これがその証拠」

桐原は懐から紙片を取りだし、藤次の鼻先へ突きつけた。桐原から剣気は放たれていない。

紙片を受けとった。

折りたたんである紙片は血を吸ってしっとり重い。真っ二つに裂かれた紙の片割れである。

矢立を腰に差すと、枕元に置いてあった柳行李に飛びつき、風呂敷をほどく。行李の蓋を払うのももどかしく、桐箱を取りだすと、ひっくり返して中味をぶちまけた。拳で底板を割る。

桐箱の底は二枚の板が張り合わせになっており、中から紙片が出てきた。

富山を出立する際、大事なものが挟んであると父にいわれていたのだが、目にするのは初めてだ。

桐箱の底から出てきた紙片も切り裂かれていた。

桐原から受けとった紙片と、桐箱の紙片とを合わせる。

ぴたりと一致し、一枚の書き付けとなった。

そこにはたった一行、調所笑左衛門広郷とあり、花押（かおう）が添えてあった。

「き……、桐原様」

目を上げて、声を嚥んだ。桐原は廊下にひざをつき、突きたてた大刀を握って何とか躰を支えている。

駆けより、肩に手を置いた。

「桐原様」

「面目次第もない」桐原は顔をしかめ、何とか声を圧しだした。「不覚をとった。寝込みを襲われて」

「しっかりしてくださいまし」

「早くこの家を出ろ。兵藤と妻女は斬ったが、下僕を取り逃がした。市之助たちに報せが行くと厄介だ」

「市之助様たちとは、どのようなお方でございますか」

「郡奉行所の役人には違いないが、斉彬様を立てんとする一派で、ご家老に対する遺恨を呑（の）んでおる。木（こ）っ端（ぱ）役人の分際で身の程もわきまえん大馬鹿者どもだ」

桐原は顔を上げた。

「さ、早く、ここを出られよ」

うなずいた藤次は枕元に戻ると、行李の中味を桐箱に手早く詰め直し、調所の署名が入った書き付けは桐箱の下へ入れた。革の煙草入れを腰に提げ、小さな仏壇は懐にねじこむ。行李を閉じ、さらに風呂敷でくるむと手に提げてふたたび桐原のそばに戻った。

「桐原様、さ、腕を」

「いや、おいは無理だ。とてん歩くどころじゃなか。背中を深く斬られておる」

目をやると、たしかに桐原の背中は大量の血で黒く濡れており、小袖が裂けて背中がのぞいていた。左肩から腰のあたりにかけ、大きく傷口が開いている。肩口の傷からは血に濡れた白い骨までのぞいていた。

つねに右腕を躰の下にして横になるという武士のたしなみがかろうじて利き腕を救ったのであろう。

よくもこの傷で、と思わずにいられなかった。一家の主夫婦を倒し、さらに帖佐を追いかけてきて斬り伏せたのだ。

「しばしお待ちを」

「何をしておる」

およそ大怪我を負っている人間とは思えない大声で桐原が怒鳴った。だが、藤次は怯むことなく廊下を駆けだした。

戸が開きっぱなしになっている部屋には布団が二組敷かれていた。調度がないところを見ると、桐原と帖佐にあてがわれていた客間であろう。

布団は一面血塗られていた。その上に寝間着姿の兵藤がうつぶせに倒れている。頭蓋を割られ、脳がこぼれだしていた。右手にはまだ脇指を握りしめていた。裾が乱れ、両足が剝きだしになっているが、右は脛の半ば辺りですっぱりと斬り飛ばされていた。

ひどい物音がし、叫び声も上がったろうに気づきもしないで眠りこけていた自分に今さらながら呆れた。えんが一緒であれば、騒ぎが起こる前に目覚め、身構えていたはずだ。

さらに廊下を進み、奥の部屋の襖を開けはなった。

兵藤の妻女が夜具の上で仰向けに倒れ、目を剝いていた。首に一太刀見舞われたあとがあり、赤黒く弾けた肉や筋やらが行灯の光を受けてぬめぬめと光っていた。ここでも夜具は血でぐっしょり濡れている。

おそらく寝入っている間に桐原に斬りかかったのは兵藤であろう。初太刀を左肩に受けつつも桐原は兵藤の足を斬り、倒れかかってきたところで頭を割ったものだ。

帖佐は、桐原が兵藤に襲われている間に客間を飛びだしたに違いない。あまり剣が得意そうには見えなかったが、桐原がいうように兵藤と通じていたなら藤次を殺すつもりでいたのだろう。

追いかけていくうちに桐原は夫婦の寝所にあたり、夜具に座っていた妻女を斬り殺したのだ。抵抗することなく、一太刀のもとに殺されている。首を飛ばそうとしたのか、水平に払っているが、落とすまでには至らなかったようだ。

下僕には逃げられたが、藤次の部屋に駆けこもうとした帖佐には追いついたということだ。

　夫婦の寝所に踏みこんだ。たっぷり血を吸った布団を踏むと、湿った音とともに血が滲みだすのを足に感じた。

　簞笥の抽斗を次々に開いていき、真新しい晒し木綿を一反と羽織を取ると、桐原のもとへ戻った。

　桐原の前には帖佐が潰れた蛙そっくりの恰好で倒れている。右肩から背中の半ばにかけて達した傷は深く、背骨も両断されているようだ。

「何をぐずぐずしておるか」

　桐原は叱りつけたが、すでに声は弱々しいものになりつつある。

「さっさと逃げろといっているではないか」

「御免なさいまし」

　藤次は桐原の叱責などものともせず、小袖に手をかけると大きく切り裂いて、桐原の上体を露わにした。

　晒し木綿を胴にきつく巻いていく。傷を押さえつけてこれ以上広がらないようにするためであり、少しでも出血を食いとめたかった。行李に薬はなかったが、傷の薬があったとしてもおそらくは使わなかっただろう。

　胴から左肩までをぐるぐる巻きにすると、羽織を肩からかけた。

　次いで風呂敷包みを背負う。昆布の下に敷きつめてある金子がずっしりと重い。

風呂敷の両端を首の前でしっかり結わえつけ、桐原の右腕をつかんで腋の下に躰を入れた。

持ちあげる。

たまらず桐原はうめき声を漏らし、大刀を取り落とした。切っ先が廊下に突き刺さる。藤次はかまわず玄関に向かって歩きだし、桐原も刀を拾えとはいわなかった。

肩に担いだ桐原に指示されるまま、夜道を歩いた。

兵藤邸を出ると、桐原はほとんど口も利けない状態に陥ったが、何とか道のりだけは切れ切れに教えたのである。

藤次は、時おり立ちどまっては耳を澄ませた。足音も話し声も聞こえない。逃げた下僕が市之助や吉蔵をともなって戻ってくるにはまだしばらく猶予があるのか、あるいは逐電したまま二度と戻ってくるつもりはないのかも知れない。

それよりえんがそばに寄ってこない方が気になった。邸のそばにいたはずで、物音は聞きつけているだろうから飛んでくるとばかり思っていたのにいまだ姿を見せなかった。ただならぬ騒ぎに逃げたか、いや、すでに殺されているのか。

しかし、呼ぶわけにも、待つわけにもいかない。

とにかく夜道を急いだ。

どちらに向かって進んでいるものか皆目見当もつかなかった。桐原の言葉だけが頼りである。

しかし、ついに道を外れ、木立の中に入ったのは、ぐったりとなった桐原がたとえ肩に担がれていようと、もはや一歩も進めなくなってしまったからだ。木立を抜け、せせらぎが聞こえてくる辺りで、藤次は桐原を横たえた。

「逃げ……ろ……」

つぶやく桐原の顔は真っ白で唇も色を失っており、もはや死人も同じと見えた。

「少し休みましょう。ほんの少しでも休めば、大丈夫、またすぐに歩けるようになります。まず水を汲んで参ります」

大量に血を失えば、咽が渇くはずだ。

立ちあがろうとした藤次の腕を桐原がつかむ。ひび割れた唇がかすかに動いたが、声にはならなかった。


口を水で湿らせると、少しは生気が戻り、桐原は一息ついた。

水を飲ませるとかえって出血がひどくなることがある。だから水を飲ませるのは最期の望みをかなえてやるのに等しい。

夜明けが近く、木立の中にも蒼い空気が立ちこめ始めていた。

「刀を落としてしもうた」

「申し訳ございません。とにかく桐原様をお連れしなくては、とそればかり考えておりましたもので」

「おはんは何も悪かこつはなか。所詮、おいみたいな似非の、俄侍じゃ、刀を持ちきれんかっただけじゃ」

「ありがとうございました。桐原様のおかげで命拾いをいたしました。この上は何としてでも調所様のところへ赴きまして……」

桐原が目だけを動かし、藤次を見る。かすかに笑みを浮かべたように見える。

「何も感じなか。痛くも、苦しくもなか。おはんも売薬商なら、傷の深浅くらいわかりもそ」

何を気弱な……、大丈夫、すぐに歩けるように……言葉が身の裡で空回りするだけで藤次は沈黙した。

柳行李には薬の一欠片も入ってはいなかったが、たとえ薬があったところで気休めにもならないことはわかっていた。

「おいはご家老を恨んじょった。あいは、血も涙もなか鬼じゃっど」

目を細め、白みかけた空を見あげた桐原がつぶやくようにいう。

「おいは商人の息子じゃ。親父は鹿児島城下でも五本の指に入ろうかっちゅう豪商やったもんで、ガキのころから好き勝手にやって来た。おいはガキ大将やった。近所の呉服屋やら酒屋やらの息子たちを集めて、威張り散らしとった。皆、おいの親父から金を借りちょっ店の息子やったで、おいが西ちいうたら皆西を向きよっと。東ちいうたら東を向きよっと。犬んなれ、馬んなれ、好き放題やったけど、皆笑って、いう通りにして……、そりゃ、おいは楽しかったどん、あいつらはどう思ちょったか」

わずかの間言葉を切り、桐原は目を細めた。遠くを見るような目になる。実際、はるか昔をのぞいているつもりかも知れない。

「じゃっどん、一人だけ、おいが何をいうてもまるで聞かん、意地の強か奴がおったよ。躰が小さくて、着ちょっもんもボロやった。牢人者の息子じゃっちいうちょったどん、父親はとっくに死んでおらんかった。母親が手内職の針仕事をして、何とか食うちょったが」

ふたたび言葉が途切れた。藤次が口許に竹筒をもっていくと、桐原はほんの少し口に含んだ。咽を動かし、飲みくだしたが、眉一つ動かすでなかった。

痛みは感じていない様子だが、痛みを感じる体力すら残っていないというのは、危険な兆候以外の何ものでもない。

「うちの家は、殿様のところ、藩重役のところに代々出入りしとった」

「何を商っておられたのですか」

目を動かし、また、ちらりと笑みを浮かべる。

「薬種。おはんと同じ売薬商よ」

「それでは帖佐様のこともご存じだったのですね」

「顔は見知っちょった。本草方の役人じゃったな。名前は帖佐ではなかったち思うが、おいは頭が悪かもんで、憶えちょらん。今度の一件は薬売りが絡んじょって、あの男が選ばれたとよ。じゃっどん、あん男にはいろんな噂があって、そいでご家老はおいに目付の真似事をさせちょっとじゃ」

しばらくの間、桐原は沈黙した。あまりに静かすぎるのでそのまま息絶えるのではないかと心配になったが、ふたたび口を開いた。

「おはん、酒は嫌いか」

「は」

「夕餉のときじゃ。よう飲まんかった。おはんの盃には毒の塗られてたごたぁある。もし、おはんが盃ば受けるようじゃったら、おいはひと暴れでもして止めるつもりだった。何が侍か。毒でおはんを殺そうとしてからに」

桐原の口から大きな息が漏れた。魂が少しずつ躰から抜け出ていくような吐息であった。

「さっきいうたとやろ。近所におった牢人者の倅。あれが毎日一人で稽古をしちょって、おいはそれが羨ましくてしようがなかった。商人の倅じゃ、いっしょに稽古やらできん。おいは隠れて稽古をしよった。それがいつの間にか藩のお台所がいかんようになって、商人たちの売掛やら借金やら全部踏み倒された。その代わり武士に取り立ててやるちゅうて。それでおいは晴れて侍になった」

もう桐原の顔に表情はなかった。

「売掛ば踏み倒されて、うちん店はつぶれたよ。親父は頭がおかしゅうなって、おまけに病で倒れた。代わりにおいが跡を継いだとよ。ようやく侍になれたっち喜んだのも、ほんに束の間じゃった。侍やら腐っとる。腹ン底から腐っとる。騙されたと思うたよ。ご家老にな。侍になって、よかこっが何もなかった。だからおいはご家老を恨んじょった」

「それなのに何故……」

調所の描いた絵図に従って動く藤次を、自らの命まで投げ捨てて助けたのか、と訊いた。

「例の牢人者の倅よ。そ奴はな、労咳を患っちょってな。飯だってまともに食いよらんのに薬代なんか、とても払えん。そのときある商人が金にあかせて母子ともども囲い物にしようとした。落ちぶれたとはいえ、武家の妻女だ。そういうおなごを妾にすっとが商人の間で流行やった」

ふっと短く息を吐き、おいの親父じゃっちとつぶやいた。

「牢人者の小倅のくせして、奴め、元服前じゃいうに腹を十文字にかっさばいて果てよった。自分が生きていれば母親に恥をかかせるし、引いては家名を穢すと思ったとじゃろう。だが、腹裂いてもなかなか死ねんもんらしい。部屋中のたうちまわっちょったち。血まみれのはらわた自分でつかみだして、壁になすりつけてあったと。母親もあとを追った。当たり前じゃろうな」

いよいよ桐原の顔は白く、唇はひび割れてきた。

「おいには御家中のことも、ご家老のことも、どうでんよか。ただ、あの小倅めに、あの世で会うたときに胸を張っていたか。それだけのこつよ」

蠟色をした舌が唇をひと嘗めしたが、潤いにはほど遠いように見えた。

「おいの右袖に木札がある」

藤次は身じろぎもままならなくなった桐原の袖を探った。たしかに小さな木札が入っていた。

「勘定方の通行証じゃ。郡奉行と悶着になったら使うがよか」

桐原は目をつぶった。

「さっきの道を行くと、峠がある。まだ四里も五里も先じゃが。土地の者は骨枯峠ち呼んでる。それを越えれば、あとは鹿児島までまっすぐだ。ただ、手形のあるちいうても人には見つからん方が……」

桐原の口が動かなくなった。

頭上で鳥がさかんに鳴き交わしている。夜はすっかり明けていた。

四

左右の掌を合わせてせせらぎの澄んだ水をすくい、口に含んだ。濯ぐ。冷たさが奥歯に滲みた。

水を吐きだした藤次は、さらに二度三度と水をすくっては口を濯ぎ、次いで顔を洗った。ほおが痺れ、感覚がなくなるまで擦りつづける。

清流に浸かっている足はすでに冷たさに慣れ、白くなっていた。

腰を伸ばし、手拭いで顔の水滴を拭き取ると、岸に上がった。流木に腰を下ろして足を拭き、まくり上げていた股引を下ろす。

草鞋を履き、紐をきっちりと結ぶ。立ちあがった。

大きく伸びをする。

「あ、あ、あ」

自然と声が漏れた。

柳行李を包んだ風呂敷をぶら下げ、木立に戻る。横たわる桐原のそばで跪き、両手を合わせた。

瞑目する。

随分と人が死んだものだ、と思った。

松前の破落戸たち、留萌の場所請負人貞次郎と手下、利尻のアイヌの娘、石井長久郎、長崎の唐人屋敷で襲いかかってきた戦装束の一団と頭目の神代又兵衛、堂園元三郎、薩摩に藤次を迎え入れた帖佐、兵藤夫婦、そしてついさっき桐原が息を引き取った。

たかだか昆布のために、とは思わなかった。富山、加賀、蝦夷、薩摩、お公儀と、各々が別の場所に立ち、互いにすれ違ったとき、命のやり取りがあった。

生と死の狭間は、髪の毛一筋ほどもなかっただろう。

各藩のみならずお公儀まで巻きこんだ途方もなく巨大な何かが起ころうとしているのはおぼろげながら感じとれた。だが、しかと正体を見極められる訳ではない。

それが何なのか、雲平や蝶園老人には見えているのか、藩主、さらには江戸にいる将軍ならば理解できるのか……。それも藤次にはわからない。

少なくとも利尻の昆布を薩摩に運ぶことで巨利を得ようと企てた萬屋善右衛門には何かしら見えているのだろうし、張仲伯やウラジなど外国の商人たちもいろいろと知っていそうな気がする。

否。

身の裡で声がした。

海の果てまで見通せるでなく、山の全容を把握できない人間に何もかもを見通すなどできようはずがない。

少なくとも、おれには何もわからない……。

手を下ろし、目を開いた藤次は桐原の顔をじっと見おろした。

豪商の子に生まれ、わがまま放題に育てられた挙げ句、商人では飽き足らなくなった。その桐原を侍にしてくれたのが皮肉にも彼の父を破滅させた調所笑左衛門である。だから恨みがある、といっていた。だが、恨みは肚の底に収め、ようやくなることのできた武士という身分にしがみつかざるをえなかった。

蠟で作られたような白い顔にそっと触れてみた。しっとりと冷たい。

父親は頭がおかしくなり、病を得たといっていたが、母親はまだ存命なのかも知れない。また、桐原の年回りを考えれば、妻子がいてもおかしくはない。

だが、誰かに桐原の死を伝えることも、埋めてやることもできない。枕頭に手向けの野の花を供えるのみである。

「許してください、桐原様」

帖佐は奄美の百姓たちの哀れさを歌った俗謡に心を痛めていた。自らが研究した櫨の実を採る百姓たちにも同情していた。顔つき、声音、言葉の端々とどこをとっても嘘はなかった。

むしろ百姓たちへの同情が高じて調所への反発に育っていったともいえるだろう。

それでも一国を憂え、民を救わんとする人間から見れば、桐原はどこまでも自分勝手でわがまま、帖佐は単純に過ぎ、至近しか見えていないことになるだろう。

しかし、藤次には桐原や帖佐の言動の方が天下国家を論ずる連中よりはるかに共感できる。

おれは、おれにできることをする――ふたたび合掌し、胸のうちで誓った。

昆布を鹿児島に運び、調所に届けること、だ。

その結果、富山の売薬商薩摩組の出入りが解禁されようと、利尻昆布を唐人たちに売ることで薩藩が大儲けしようと、自分には関わりがないことだと気がついた。

どこに命を懸けるか、何に命を懸けるかが大事なのではなく、自分が巡り合わせた、たまたま命を懸けるに至った場所が大事なのだ。

風呂敷包みを背負い、立ちあがる。最後にもう一度桐原に一礼すると、木立を通りぬけ、暗いうちに歩いてきた道へと出る。

右を見、左を見た。

人の姿はない。えんも見えなかった。

短く息を吐いた藤次は、桐原が教えてくれた峠に向かって足早に歩きだした。

傷ついた翼の手当てをしてやり、ようやく飛べるようになったのも束の間、空へ駆けのぼったとたん鷹に襲われた雀を、左平は淡々と見つめていた。

鷹も食わねば死ぬ、という。

左平が手当てをし、放された直後に死んでしまったということで、自分の行く末と雀とを洋之進はどうしても重ねてしまう。

馬鹿馬鹿しい、たかが雀ではないか。

何度もそうつぶやいてみても、明るい空を背景に羽ばたく雀がふいに現れる黒い影に呑みこまれる情景は、くり返し脳裏に浮かんだ。

売薬商は峠までやって来ないだろうとも左平はいった。信じなかった。売薬商が凄腕の忍びだからではない。蝦夷地から長崎、そして薩摩へと、洋之進ともども生き長らえてきたことに宿命を感じる。

さらに思いを突き詰めていけば、売薬商が無事に鹿児島へたどり着き、昆布を届けてしまいそうな気がする。

売薬商の成功は、洋之進の失敗であり、失敗となれば、おそらく命はない。

私は死ぬのだろうか。

自らに向けた問いは、無限の闇に放たれたごとく何の手応えもないまま消えていった。何となく売薬商が昆布を運びきりそうな気がするのに、自分の運命については何も思いつかない。何も感じない。

死の恐怖を感じたといえば、左平に従って月明かりだけを頼りに崖を渡ったときだけである。そのときも命を失うだけで、それ以上のことはないと悟ると落ちつくことができた。

伏木湊でも長崎でもなぜか自分は死なないという確信があった。格別理由があったわけではないが、武芸者の常で洋之進も勘や虫の知らせとしかいいようのない感覚を決して軽んじない。

それが今度ばかりは何も感じないのだ。

売薬商の行く末についてはおぼろげながら感得できるのだから、勘そのものが鈍っているわけではないはずだ。

坂道を登りつづけながら洋之進は、一度も足をとめようとしなかった。それどころか早朝左平と別れてからというもの休みなく歩きつづけている。全身汗まみれになっていたし、疲労も感じていたが、止まれなかった。

もし、休憩している最中に売薬商と行き違いにでもなったらと思うと、気は急き、とても座ってなどいられそうになかった。

ついに頂上まで歩ききってしまった。

さすがに息が切れている。額から噴きだす汗を拭った。あごから滴りおちる汗は乾いた道に黒っぽい染みとなる。

前方の道は下っていて、右に曲がっていき、山の端に回りこむ形になっている。その先は鬱蒼とした緑が広がっており、九十九折りになった道が木々の間に見え隠れしていた。道の先も山また山だ。遥か彼方は低い雲に煙っている。

陽は随分と高くなっていた。

あとがえった洋之進は、自分の登ってきた道を目で追った。山裾から先には田畑が広がり、ところどころに木立があり、小さな集落が点在している。自分が身をひそめていた洞窟がどの辺りにあるのか探してみたが、わからなかった。

薩摩国は、北方と東方を峻険な山々に囲まれ、西方、南方は海に面しているといわれるが、洋之進は今、城壁のごとくそそり立つ山並みの端に立っていた。

道を逸れ、山に入った。斜面に生えた木立のなかで尻を下ろすのに具合のよさそうな切り株を見つけると大刀を鞘ごと抜き、座りこんだ。

眼下には峠道が一望できる。どちらからであれ、登ってくる者は一人として見落とすことがないだろう。

自分の運命について何も感じなかったが、たった一つだけ確信できることがあった。売薬商を胡蝶剣に誘いこむことさえできれば、絶対に逃しはしない。

頭を割るか、胴を断つか。いずれにせよ、勝利は間違いなかった。問題はいかにして胡蝶剣を用いるかにある。

陽が西に傾きはじめても峠を通る人影はなかった。

大刀の柄を両手で持ったまま、見張りをつづけた。

心が穏やかであることに満足していた。


右手に持った仕込矢立は薬指と小指で握りこみ、人差し指、中指はそっと添えてあるだけだ。

蓋は銀糸をほどいて外してある。銀糸の先には、柳行李に差したまま半ば忘れていた釣り針を結んであった。

山育ちゆえに身についた芸当の一つに渓流での魚釣りがあった。父蜘蛛八はよくいっていたものだ。

『肝心なのは魚のいるところに糸を垂れること、それだけだ』

矢立から伸びた銀糸はゆるく弧を描き、深い緑色の水面に没している。渓流の曲がり角で流れが澱み、水面が平らになっているところだ。

すでに岩魚に似た魚を一匹釣りあげており、流木を集めて熾した火のそばに立てかけてあった。魚の表面はところどころ黒く焦げはじめていて、滲みだした脂が泡となって噴きだし、燃える流木に滴って煙を上げていた。

香ばしい匂いに空っぽの胃袋が身をよじる。

ふいに銀糸が張りつめ、指先にこつんと感じた。知らず知らずのうちに舌なめずりし、つぶやいていた。

「まだ、まだ」

陽は中天を通り越していたが、まだ高い。

ふたたび指先に小さな衝撃が来たかと思うと、銀糸が強く緊張し、次いでくいっと水底に引っぱられた。

間髪を入れず手首を返すと、水面が白く泡立ち、背が黒っぽく腹の白い魚が躍りあがった。

くねくねと舞う魚を宙で受けとめ、針を外す。

ぱくぱく開いている口に細木を突き刺した。黒く見えた背も間近で見れば、かすかに緑がかっている。掌の中で暴れる魚は身の丈にすれば五、六寸ほどといったところだ。

二匹目を火のそばに立てると、銀糸から針を外し、元のように矢立の蓋を結びつける。

釣り針はまた行李の内側に差しておいた。

早速焼き上がった一匹目にかぶりついた。

『何といっても魚ははらわたよ』

得意気に鼻をふくらませる父の言葉に従って喰らいついたが、口中に何ともいえないえぐみと苦み、そのうえ腐った野菜のような臭いが広がり、思わず吐きだしてしまった。

唾を何度も吐き、どうにか舌の上が落ちつくと、脳裏でにやにやしている父に向かって毒づく。

「嘘つきめ」

味噌など望むべくもなく、最初のひと口でひどい目にあっただけに果たして食いきれるものか心配になったが、空腹に勝る味付けはなく、たちまち平らげてしまった。

白い身には川魚特有の臭みがあったが、子供のころから食べ慣れている味、匂いと変わるところはない。頭と尻尾を残し、きれいに骨だけにする。

二匹目はまず腹の部分を取りのぞいてからかぶりついた。

骨やはらわたなどを川に捨て、焚き火の上に石をおいて始末をつけると、柳行李を手に川縁の草むらに入った。

ごろりと横になり、目をつぶる。すぐに眠気がわきあがってきて、藤次を心地よく包んだ。

昨夜、血まみれの帖佐が飛びこんでからというもの瞬時も微睡めなかった。また腹の皮が突っ張れば、目蓋(まぶた)がたるむ道理である。

桐原が教えてくれた峠まであと一里ほどのところまで来ているはずだ。

鹿児島城下へ抜けるのに峠道が一本しかなければ、追っ手も一直線に迫ってくると考えられたし、先回りして待ち伏せしているかも知れない。だからこそあえて午睡を取ることにした。

戦う前に英気を養っておく必要がある。思いの外草臥(くたび)れているのを感じた。

眠りはほんのわずかな間でしかない。だが、ぐっすり眠ったおかげで疲れがとれた気がした。夢は見なかった。子供の時分からほとんど夢を見たことがない。

欠伸をし、口を開いたままほおを掻く。

陽が暮れる前に骨枯と呼ばれる峠を越えたらあとはひたすら夜道を歩くつもりだ。昼日中より目につきにくい夜の間に先を急ごうと考えていた。

間の抜けた母音を漏らしながらも周囲に目を配っていた。人の気配はない。幸い焚き火の煙が誰かを呼びよせるようなこともなかったようだ。

矢立を腰骨の後ろで斜めに差し、煙草入れが腰に下がっているのを確かめる。ふところに入れた仏壇の位置を直すと、立ちあがり、風呂敷包みを背負った。

草むらを足で払い、自分の寝ていた痕跡を消す。

川岸から道へ戻った藤次は、自分が歩いてきた方を見やった。魚を食い、午睡までしたもう一つの理由はえんにあった。ぐずぐずしているうちに追いついてくるかも知れないと期待したのだが、どこにも姿は見えなかった。

舌打ちし、峠を目指して歩きだす。

父が連れてきた、見知らぬ少女から引き継いだえんはまるで藤次に馴染まなかった。犬の分際でウマが合わないとでもいいたいのかと少々面白くなかった。

誰にも馴染まないのならまだ合点がいくというのに、行く先々でさまざまな人間に愛嬌を振りまき、とくにヒシルエに対しては腹まで見せて寝転がったものだ。

人の何千、何万にも倍するという嗅覚と聴覚で結界を張り、誰かが近づいてくれば警告を発するよう訓練されていた。旅の間、持ちつけない金子まで抱えながら割とよく眠れたのはえんに負うところが大きい。

『あれの名はたしか……』

豊勝丸の船頭源右衛門が訊きかけたとき、藤次はきっぱりと答えたものだ。

『名は知りません。連れていくように親父にいわれただけなもので。私はただ犬と呼んでおりますが』

源右衛門は怪訝そうな顔をしたが、藤次にしてみれば犬猫に名を付けるなどよほど酔狂な真似としか思えなかった。

だいたいえんは不愛想に過ぎる。最初に顔を合わせたとき、頭を撫でてやろうとしたら唸りで応じやがった。ずらりと並んだ歯を剝きだしにした顔を思いだし、また舌打ちをする。

それでも時おり立ちどまってはふり返った。

何ごともなかったような顔をして、舌を垂らし、躰を揺すって小走りに近寄ってくる姿が見えそうな気がしたからだ。しかし、えんは現れず、誰もついてくる者のない道を目にするたびに胸が虚ろになる。

峠に差しかかるにつれ、道は勾配を増したが、蝦夷地を歩いたことに較べれば何ほどのこともない。ヒシルエの実家を訪ねたときには、文字通り胸を突く急斜面を登り、張りだした雪庇に手をかけて転落した。

藤次よりはるかに重い荷を背負いながら気振も見せなかったロクや、ずっと年上の雲平が斜面にへばりついて軽々登っていく様子が目に浮かぶ。

雲平にはもう一度会ってみたかった。だが、どちらも旅を住処にする身であれば、再度互いの道が交わることはありえそうもなかった。

蝦夷地への思いに引きずられ、夕陽を見ていたヒシルエの横顔が浮かびかける。圧しつぶした。

薬代を取りに行くなどと、調子のよい約束をしたが、蝦夷地はあまりに遠い。旅の途中ですれ違った人間とは、二度と会えないのが定めである。今までの経験でわかっていた。

陽は随分と西に傾き、木立を染める闇の色が次第に濃くなっていく。

さらに足を速めた。

魚を食べ、午睡をしたおかげで疲れはまったくといっていいほど感じなかった。

左へとゆるやかに曲がる道を登りきると、勾配がふいに消える。前方には今までとは違う里の景色が広がり、暮れなずむ中に田畑が見えた。

汗ばんだ背へ柳行李を揺すり上げる。鹿児島城下までも一気に踏破できそうなほど力が漲っていた。

「よし」

自らを励ますのに一声かけたのだが、その足が止まった。

左手の斜面に生えた木立の中から一人の男がゆっくりと出てくるのが見えたからだ。夕陽を背景に顔は黒い影となっていたが、大小を差しているのはわかった。

人通りがほとんどない峠道では、追い剝ぎも商売にはなるまい。

腰の後ろに手を回し、仕込矢立を抜いた。

五

山の端から旅姿の男が現れた。

灰色の縞（しま）の着物に茶の帯を締め、はしょった裾の間にのぞく足が結構な速さで前後していた。風呂敷包みを背負っている。

どこから歩いてきたのかは知らないが、売薬商の歩き方には、微塵も疲れが見られなかった。

自然と立ちあがっていた。売薬商に目を留めたまま、大刀を腰に差し、ゆっくりと斜面を下っていく。

おや、私は何をしようというのだ。

自分の動きに自分で驚かされている。

売薬商がまっすぐ洋之進を見て、足をとめた。右手を腰の辺りへ回すのがわかった。

おそらくは矢立を握ったのだろう。

峠道に出た洋之進は売薬商に相対した。

口を突いて出た言葉にまたしても驚かされる。

「まずはお礼を申しあげます。長崎の唐人屋敷でのこと、私の家内を助けてくださった。あのまま取りまかれていれば、賊どもの刃に斃れていたことでしょう」

洋之進は一礼した。

「改めてご挨拶申しあげます。私は……」

「馬渕様ですね」

藤次は機先を制する恰好でいった。唐人屋敷で救った女が馬渕という名前を口にした。

「加賀から参られなすった」

「いかにも」馬渕はあごを引くようにしてうなずいた。「加賀藩剣術指南役、馬渕洋之進と申します」

「越中売薬商、於菟屋藤次にございます」

藤次も一礼して返した。

「長崎では家内が世話をかけたゆえ、命をお預け申しあげることにしました」

だから行って来いで貸し借りはなしだと馬渕はいいたいのだろう。身勝手極まる言い種に藤次は皮肉っぽい笑みが浮かんでくるのを止めようとはしなかった。

藤次の笑みを見て、馬渕もまたうっすらと笑みを見せる。

「まあ、笑止でしょうな」

「藩命で参られまいたか」

「藩命、はて……」

唇を結んだ馬渕は宙を見据えて黙りこんだ。その間に藤次はゆっくりと風呂敷の結び目をほどき、柳行李を道の上に置いた。

馬渕の腰に目をやる。とくに注目したのは脇指の方だ。剣をも両断する唐刀なのだろうと思う。

ほら、いわんこっちゃない、と短筒を差しだして顔をしかめている善右衛門が脳裏をかすめる。

馬渕が視線をさげ、藤次を見た。

「行きがかり、ですかな」

悩みも迷いもない、実に晴れやかな馬渕の面魂(つらだましい)を見て、藤次ははじめて身の裡に緊張が高まるのを感じた。

馬渕は死生を超えた先にいるように見えた。己が命に拘泥(こうでい)しない輩は手強(てごわ)い。

穏やかな表情のまま、馬渕が訊いた。

「そちらにはいろいろとご事情がおありのようですね」

皮肉など欠片もない口調で、むしろ藤次の立場に同情する響きすら含んでいた。

「手前も行きがかりにございます」

八咫の子として生まれたが、所詮は滅び行く一族であり、蜘蛛八にしたところで、一族の者としての在りようを藤次に無理強いしたわけではなかった。売薬などに関わることなく、山で樵(きこり)か百姓をして生きていくこともできた。現に八咫の血を継ぐ大半の者が修行をしたことがなく、伝来の技など露も知らずに生活している。

藤次が骨枯峠で馬渕と出会ったのも煎(せん)じ詰めれば行きがかりとしかいいようがない。

馬渕は大刀をすらりと抜いた。残照が刀身に跳ね、ぎらりと光を放った。

「参る」

馬渕が低い声でいった。

藤次は腰を屈(かが)め、仕込矢立を目の高さで水平にすると、両手で握った。

「では」

矢立の蓋と胴部を互いに逆の向きへ半回転させる。

行きがかりと答えてしまうと、すとんと肩の力が抜けた。

藩命かと問われ、元々は渡部が持ちこんできたことを思いだしたが、今となっては父亡く、家なく、帰るべき故郷も失っていた。今さら藩などどうでもよい。

結局は自分から逃げだせない。それだけのことだ。

自分が馬渕洋之進であるかぎり何度生まれ変わろうと、峠でこうして売薬商と向かいあうことになるだろう。

大刀を青眼に構えつつ、同じく行きがかりと答えた売薬商と自分とがよく似ていると思った。

風が出てきた。

道から埃（ほこり）が舞いあがった。

どちらからともなく一気に間合いを詰めていった。

目は耳に同化し、鼻は舌と溶けあって一つになる。全身くまなく目となり、肉体が虚（むな）しくなると、時の歩みが間延びし、空気を見、味わい、一陣の風に舞いあがる埃の一粒一粒を感じとることができるようになる。

藤次は跳んだ。

跳ぼうという意志さえなく、躰が自然と動いていた。

肉体が消え、空気と同一となるとき、忍びは軽々と飛翔する。

馬渕が振り落とす渾身(こんしん)の一撃をかすめ、切っ先の紙一重を跳んだ。

仕込矢立を二つに開く。銀糸が躍りでる。頭を下にして宙を舞う藤次の目に、躰を反転させる馬渕が、蝦夷地で相対した石井長久郎と重なって映った。

馬渕が大刀を巡らし、切っ先がふたたび藤次に向けられようとする寸前、銀糸を飛ばした。

大きな環(わ)となった銀糸がとぐろを解く毒蛇となって馬渕に襲いかかる。

銀糸舞い。

だが、銀糸は藤次が狙った馬渕の首ではなく、大刀の刀身を巻きこむようにしてすぼまっていき、鍔(つば)を越え、柄ごと右の手首を嚙んだ。

南無(なむ)……。

せめて手首を落とすべく、銀糸を引いた。

糸が張りつめ、馬渕の顔が歪んだ。

もらった。

洋之進は胸のうちで叫んでいた。

しかし、真っ向から斬りさげた大刀が捉えたのは、売薬商の残像にすぎなかった。

「くっ」

食いしばった歯の間から思わず声が漏れる。右の足を踏んばり、大刀の行き足をとめると、身を翻した。

だが、売薬商の姿はない。

上だ。

顔を上げた。

頭上を飛ぶ売薬商と目が合った次の瞬間、環となった光が迫りきた。

とっさに刀を上げ、光の真ん中を突く。

手応えはなく、光の環は刀身を包みこむようにして洋之進に迫った。

しまった。

胸のうちに黒々と敗北感がわきあがってくる。

光は鍔を越え、突きだした右手を巻きこんだ。転瞬、手首を斬りおとされそうな激痛が走り、呻き(うめき)が漏れた。

糸だ。それも恐ろしく強い糸が洋之進の手首に食いこみ、皮膚を破り、肉を断とうとしていた。

銀色に光る糸は売薬商の手元へと伸びている。

躰が自然と反応した。大刀の柄を離れた左手が流星をつかむや抜き撃ちで糸を切っていた。

星がまたたいた。

馬渕の手首に食いついた銀糸が断たれたのだ。鋼より強い銀糸だが、呆気なく切断され、火花が散り、まるで星が弾けたように見えた。

例の唐刀の威力は凄まじかったが、それ以上に馬渕の左手の動きが恐ろしく迅かった。

宙を回転している藤次の躰は、糸という支えを失って放りだされる。それでも何とか矢立を閉じ、馬渕に向きあった恰好で地に足を着けたものの、勢いあまってたたらを踏み、片膝をついてしまう。

ひざの皿に小石が突き刺さった。

右手で構えた矢立を水平にして額の前に置き、左手を懐に突っこんで息討器を探る。

馬渕が踏みこんでくる。

息討器の封印を破る間が取れそうにない。


売薬商の左手が懐に潜りこむのを目にした瞬間、洋之進は戦慄した。脳裏にありありと浮かんだのは、またたくまに五人の男を倒した黄色の毒霧だ。

糸を断ちきった流星を鞘に収めた分、次の動きに遅れが出た。

毒を使わせる前に売薬商を倒さなくてはならない。

上段に振りかぶり、踏みこみながら売薬商の脳天へ打ちこむ。

顔を歪めた売薬商が右手に持った矢立で受けに来る。

刀身を折りに来ているのがわかった。洋之進は自分が勝ったことを悟った。

やはり息討器を使う余裕はなかった。

左手に小さな仏壇を握りしめたまま、牙折り（きばお）に向かう。

藤次に選択の余地はなかった。

幸い馬渕は、唐刀ではなく、大刀をもって上段から打ち落としに来ている。

大刀を折り飛ばし、間を取り直すことができるなら息討器を使う機も訪れようというものだ。

仕込矢立が馬渕の大刀を折りに行った。そのとき、藤次の目は信じられないものを見て、大きく見開かれた。

柄を握っていた馬渕の左手が離れ、さながら風に舞う蝶のように藤次の鼻先をかすめていった。

視界の隅で馬渕の左手が唐刀につかみかかるのをとらえる。

頭上からは大刀が迫っていた。

動きようはない。

藤次は完全に敗北したことを知った。

胡蝶剣。

父から伝えられた暗殺剣の前に、一つの命が消えようとしている。

もう洋之進にも己が技を止めるすべはなく、売薬商の見開かれた目をのぞきこむのみである。

瞳の奥に見えたのは、絶望だけだ。

左で握った流星を水平に薙ぐ。

同時に売薬商の脳天に打ちこまれつつあった大刀に矢立がまとわりつくように見え、刀身が半ば辺りで折れるのを見た。

流星が売薬商の胴を斬る。

血煙が舞いあがった。

しかし、洋之進は手応えに違和感を覚えていた。


牙折りは決まった。

末期の一瞬とはいえ、技を成功させたのは嬉しかった。同時に腹に衝撃が来て、藤次は後ろへ吹き飛ばされた。

血が霧となって舞いあがっていた。

不思議と痛みは感じなかった。

尻餅をついた藤次は、深紅の霧の中に明るい茶の躰があるのを見て、叫び声をあげた。

流星が斬り裂いたのは、一匹の大きな犬だった。

折れた大刀が空を切り、犬を斬って突きぬけた流星の切っ先は天を突く。

足を滑らせた洋之進は、そのままどうっと倒れこんだ。


横たわるえんの呼吸は浅く、速かった。

脇腹を真一文字に斬り裂かれ、赤黒い血とともに腸が飛びだし、地面に広がっている。

ひざまずいた藤次は、血まみれの手で腸をえんの腹に押し戻そうとしていた。だが、血でぬめる腸は何度腹に入れてもすぐに溢れでてしまう。

えんの呼吸が弱々しくなり、かすかに鼻を鳴らす音が混じった。そして最後の力をふりしぼるようにして首をもたげ、濡れた、黒い目で藤次を見る。

開いた口からだらりと垂れさがる舌はすでに灰色になっていた。

声すら出せずに藤次は震える手を差し伸べた。

鼻先に近づいた藤次の指をえんは見つめ、匂いを嗅いだ。

次の瞬間、鼻にしわを寄せ、ずらりと並んだ牙を剝きだしにして短く唸る。

思わず手を引っこめた。

えんはがっくり頭を落とし、静かに目を閉じた。

その後

嘉永元年（一八四八年）の暮れ、薩摩藩家老調所笑左衛門広郷は自刃して果てた。薩摩藩が琉球を通じて行ってきた密貿易が露見し、老中阿部伊勢守に糾明されたことがきっかけといわれる。藩主斉興に責めがおよぶ前に悪事を一身に負って始末をつけた結果だ。

阿部伊勢守は、斉興の世嗣斉彬を高く評価しており、二人が共謀して調所を追い落としたという説もある。

明けて嘉永二年、富山の売薬商薩摩組が薩摩に利尻昆布を運び、販売差し止めはついに解除された。

一方、富山藩においては嘉永六年第十一代藩主前田利友が二十歳の若さで夭逝、弟の利声が十二代藩主となった。しかし、利声はたった五年で隠居に追いこまれ、宗藩加賀前田家から養子として迎えられた利同が藩主となることによって支藩からの脱却という富山藩の悲願は潰えたのである。

藩主となった利同は三歳にすぎず、第十代藩主利保が後見人として復権、安政六年に没するまで藩政を支配しつづけた。

密貿易や黒糖売買などによって莫大な利益を得、五百万両の借財を消した上、蓄財まで成し、さらに藩内産業や軍隊の洋式化を積極的に推進した薩摩藩は、一躍倒幕の主役に躍りでることとなる。

慶応四年(一八六八年)、ついに江戸幕府は倒され、明治維新という回天事業は成就した。

富山の売薬商は幕末、維新を通じて薩摩での商売をつづけ、西南戦争の後には、戦いに敗れ、落ち延びてきた薩摩藩士を匿うほどの強い絆を持つに至った。

売薬商売は、現在もつづいている。

参考文献

『新版　北前船考』（越崎宗一）北海道出版企画センター
『船』（須藤利一編）法政大学出版局
『和船Ⅰ』『和船Ⅱ』（石井謙治）法政大学出版局
『弁財船往還記』（森梢伍）日本経済評論社
『北前船長者丸の漂流』（高瀬重雄）清水書院
『銭屋五兵衛と北前船の時代』（木越隆三）北國新聞社
『水橋の歴史』水橋郷土歴史会
『バイ船研究』岩瀬バイ船文化研究会
『北前船　寄港地と交易の物語』（加藤貞仁・鐙啓記）無明舎
『北前船　おっかけ旅日記』（鐙啓記）無明舎
『日本の下層社会』（横山源之助）岩波文庫
『北海道の百年』（永井秀夫・大庭幸生編）山川出版社
『アイヌ民族と日本人』（菊池勇夫）朝日選書
『アイヌ人物誌』（松浦武四郎、更科源蔵・吉田豊訳）平凡社ライブラリー
『北海道人』（佐江衆一）新人物往来社
『富山県の歴史』（深井甚三ほか）山川出版社

『富山県の百年』(梅原隆章・奥村宏・吉田隆章) 山川出版社
『北陸の風土と歴史』(浅香年木) 山川出版社
『富山藩　加賀支藩十万石の運命』(坂井誠一) 巧玄出版
『百年前の越中方言』(真田信治編) 桂書房
『日本のまんなか　富山弁』(蓑島良二) 北日本新聞社
『北前の記憶』(井本三夫編) 桂書房
『武士の家計簿』(磯田道史) 新潮新書
『刀と首取り』(鈴木眞哉) 平凡社新書
『日本史おもしろ謎学』(渡辺誠) 永岡書店
『加賀藩山廻役の研究』(山口隆治) 桂書房
『富山民俗の位相』(佐伯安一) 桂書房
『イラストでつづる　富山売薬の歴史』薬日新聞社
『富山の売薬文化と薬種商』富山県民会館
『先用後利　とやまの薬のルーツ』北日本新聞社
『密田家の売薬　能登屋のくすり』富山市売薬資料館
『勝興寺と越中一向一揆』(久保尚文) 桂新書
『海の百万石』(舟橋聖一) 講談社
『幕末の薩摩』(原口虎雄) 中公新書

『薩摩藩主島津重豪』（松井正人）本邦書籍
『鹿児島県の歴史』（原口泉ほか）山川出版社
『鹿児島と明治維新』（鹿児島県明治百年記念事業委員会）
『薩摩　民衆支配の構造』（中村明蔵）南方新社
『日本史年表』（歴史学研究会編）岩波書店
『幕末・明治の生活風景』（須藤功編著）東方総合研究所
『百年前の日本　モース・コレクション〔写真編〕』小学館
『資料　日本歴史図録』（笹間良彦編著）柏書房
『江戸時代図誌25　長崎・横浜』筑摩書房

解説

崔　洋一

冒頭の荒海の描写に心奪われた。

木っ端同然に怒濤に洗われる弁財船（北前船）が面白い。

スペクタクルは、細密描写のスケール感というよりは、ある種、大叙事詩の聖域に密入国するようなスリリングな感情すら湧かせる。


父親に抱かれ、初めて入った葉山一色海岸。

怖いと泣き叫びながら、父親の腕にすがる甘え上手の僕。

叔父の操る伝馬船で、柳川の掘割から有明湾に出た小さな冒険と、どこまでも続く干潟の潮の匂い。

運動音痴なのだが、子供のころから泳ぎだけは人並み以上だった。そして、水に浮遊し無意識の中性浮力に身をまかせる快楽に酔いしれた夏を今も鮮明に記憶している。

もちろん、それは、センチメンタルという装飾された風景も作用しているのだが、鳴海章はそんな僕の思い入れをぶった切るように、荒波の生き地獄に突き落とす。

ＣＧを駆使した３Ｄ映画や、アニメーション、バーチャルリアリティの自在な映像表現に慣れ親しんでいる我々なのだが、この体感する弘化三年（一八六四年）の荒れる日本海は、恐怖そのものだった。

映画監督という仕事をしながら、つまり、常に進取と好奇心と探究心が商売道具なのだが、齢の成せる技なのか、それとも生理的な反応なのか、さほど先端技術を軸に物語を作ろうという欲望が失せている。

したがって、日本映画界でのデジタルの現実的占有を承知しつつ、２Ｄやアナログにこだわるのは致し方ないのか。とは言いつつも拙作「カムイ外伝」（二〇〇九年公開）では、主人公カムイ（松山ケンイチ）が謎の漁師半兵衛（小林薫）に時化る海に突き落とされる場面があり、理論上ではスタジオでブルーバックを背景に人為的に激しく揺すられた小舟とそれにリアクションをするカムイと半兵衛の実写撮影と、完成時、その背景になるＣＧ作画の荒れる海をデジタル合成する単純な理屈なのだが、実際はその両方の撮影に驚くほどに手間暇がかかった。

詮無い話だが、完成度からいえば、満足とはいかなかった。

小説が呼び起こす、もしくは、読者に叩きつける想像力と創造力に、先端映像技術だってかなわないことはあるのだ。

本編中にも詳しくあるのだが、この弁財船、いわば江戸時代の「ハンザ同盟」である。

独立性を前提とし自船を回航し、商品を生産現地で買い付け、目的地で売り捌き利益を得る。

買積船。つまりは一貫したマーケティングに理論武装された海の独立商社だ。

虎の異名を称する、「於菟」を屋号とする、売薬商於菟屋藤次が、この買積船豊勝丸を、今の流通経済にも通じる運賃積みで口説き落とし、大坂（弁財船の基地）から蝦夷に渡り、そこで荷を積み、長崎に下る。その積荷は利尻の昆布。えっと思わせるシチェーション。たかが昆布に命を張る意味とは……。

於菟屋は地場産業の製薬と売薬を制する〝組〟の一齣。そして、薩摩藩を担当するから「薩摩組」。

日本全国を二二の地域に分け、組制度の元、担当する地域で共益と互恵を追求する「先用後利」商法の越中富山の薬売りは、まさに組織化されたシンジケート。

藤次が何故、昆布を薩摩に、となるのだが、その訳は財政難の薩摩藩が支配下琉球を通じて、中国・清に昆布を密貿易し、莫大な利益を上げる経済活動。

幕藩体制下の徳川の国家経営の暗雲が漂い、政治と経済が一体化ならざろう得ない〝公然たる秘密〟の時代。薩摩組はこの薩摩藩の〝一国主義〟に共振する。それは、財政難の薩摩が〝外貨流出〟を嫌い、他国の商人の出入りを差留、行商禁止とする閉鎖的な自国優先政策と相対しながらも、政経分離と融合を巧に使い分ける薩摩組の手練れの商法だ。

何度も何度も、差留解除を勝ち取ったのは、御法度の密貿易に加担すること。その源泉が昆布だったのだ。

一国主義とグローバルな商人の共助と存在の矛盾が、それに反発する、もう一つの〝正義と使命〟を産み出すのは自明の理。そうこなくっちゃ狭い日本を支えてきた複雑な地政による権力構造と、それだけでは説明のつかない異端と少数派の存在が時代劇の壺であるのはエンタメの常識。

積極的日和見主義で豊臣にも徳川にも争わず、命脈を保ってきた加賀藩にとっての棘は、分家支藩の富山藩の窮鼠猫を嚙む知恵と知略。御法度の密貿易に加担する富山藩が有る限り、枕を高くすることはできない。

ナチ突撃隊が親衛隊に粛清された「長いナイフの夜」を想起するまでもなく、同根の枝が突出することは、幹の成長維持とは矛盾だ。

加賀藩のマキャベリズムは、もう一人のヒーローをこの世界に送り出す。

すでに時代とは相容れない必殺の殺人剣でもある馬渕月心流の後継者で、藩剣術指南役の一人でもある馬渕洋之進。三〇を過ぎても独身。弟子の一人も居らず、子供相手の私塾と借金でどうにか糊口をしのぎ、父、豊之進との侘しい生活を保っている。唯一の楽しみは、料理への探求と、何くれとなく気遣いをしてくれる商家の出戻り娘、お亮の存在。

だが、唐よりの魔剣「流星」が登場し、一子相伝の胡蝶剣を体得したその瞬間から、物語は血飛沫の香りを漂わせ、列島を駆け抜ける。

命からがらに蝦夷地に辿り着いた藤次は、立山信仰と深く関わる山の民「八咫」の出自と重なるのか、先住民族アイヌに共感しつつ利尻への旅が続く。

鳴海章が北海道出身であるのはつとに知られているが、戦いの日々に時として藤次がもたらすネーチャーへのシンパシーは、著者の代弁であるのは容易に理解できる。

鳴海の原作であり、監督相米慎二の傑作「風花」（二〇〇〇年）の浅野忠信と小泉今日子を思い出して欲しい。やるせなき北国の風景。旅の重さと別離と新たなる邂逅。そう、人は出会い、別れ、人生を知るのだ。

「雪に願うこと」（二〇〇六年、原題・『輓馬』）も、また、約束された場所としての帰郷を描く兄弟愛と母親への屈折した愛情物語である。

機会があり、撮影現場帯広競馬場を訪ねた。

旧知の監督根岸吉太郎が、いつもの様に、さり気ないのだが必要にテストを繰り返している。佐藤浩市、伊勢谷友介、小泉今日子が静かにそこに存在していた。

時を超え、常に存在するメインストリームに在る、もしくは在りたいと願望することは罪ではない。だが、そこから遠い場所で自らの生存を願うことも人の業であろう。

鳴海はそんな、小さな存在に特殊な愛、もしくは、思い入れを注入しているのかも知れない。こんな方法は、無骨で、反義語の様な複雑で交錯する物語をアウトとインの混在、もしくは二重構造として深化する。

長崎での激突は、慎重に丁寧にディティールを重ね、予断を挟まねない注意深い展開であるのだが、予め(あらかじ)の約束の様に洋之進と藤次は対峙(たいじ)する。そして、お亮の再登場と父、豊之進の自害。その悲しい知らせは、軛(くびき)を解けと、父からメッセージ。だが、洋之進は、愚直に不動を貫く。

素朴な武士道とピュアな欲望を隠すことのないお亮との愛の成就は、大殺戮(だいさつりく)への予兆でもある。

そう、血の海への序奏は澄み渡る愛が彩るのが相応(ふさわ)しい。

すでに幕藩体制の一隅の争いではなく、世界の帝国主義列強も介在する新秩序を構築するのか、否かの混沌(こんとん)だ。乱暴に言えば、外にも内にも開かれ閉じられた矛盾の国際都市長崎の爆裂だ。これが、実に爽快。宮仕えのインテリジェンスも爛(ただ)れ歴史に淘汰(とうた)される柳生(やぎゅう)の陰謀。相反する謀略と攻撃が崩れ落ちる壮絶な火炎は、現代世相への礫(つぶて)なのか。ボディソニックの体感の様に筆致は弾(はじ)け、そして抑制された虚無へと向かう。

いよいよの薩摩入りだ。ラストステージへの道程に惨劇の余燼(よじん)が底重音のように纏(まと)わりつく。

ここで、越中のもう一つの根源と交わるとは予想もしなかった。

一向一揆(いっこういっき)の歴史への置き土産(みやげ)なのか、隠れ念仏、隠れ真宗が藤次の道行のガイドとなるとは、この壮大な物語の横腹をぐさりと刺す展開だ。

加賀一向一揆は、単に貧しく虐げられた農民一揆と浄土真宗の結合として単純に理解してはいけない。これほどまでに熾烈な権力闘争は類を見ないほどに長く、執拗に続いたのだ。三百年に渡る武力抗争は遠方の地、薩摩や隣接する人吉藩にも、その影響が伝播した。政治と宗教の合致と相克は世界史の普遍である。それは、現在も世界を悩まし、止まることのない負の連鎖が血を流す。

相対するべき宿命の二人の山越え。

違う道を歩む藤次と洋之進だが、そこに醸される心情と二人のいる風景はまるで、キューバ革命の聖地、マエストラ山脈に立て籠るカストロとゲバラであり、巌流島の武蔵と小次郎だ。

以心伝心の俠気と戦意が、二人の乾いた心情を重図ると、解釈するのは読み込み過ぎなのか。

自制を取り戻し、怜悧を働かせろ、と感情がせっつくが、心臓が分裂してしまうのではないかとはらはらした。

まあ、小説家の誑しに一喜一憂するのが、読者の基本的な務めであるので、いわば、映画監督もその同業の道に同行する者と思えば〝ラストシーンの予測〟も有りなのだが、最後の最後まで、予想は外れたと正直に告白しておく。

そして、もう一つの告白。この物語は映画になるのか、と読み進めたのは、どの段階からなのだろう。そう、それは多分、季節外れの厳冬の日本海だろう。つまりは、無謀な航海が曳(ひ)く冒頭から嵌(は)まっていたのだ。

（さい・よういち　映画監督）

[S] 集英社文庫

密命売薬商（みつめいばいやくしょう）

2017年4月25日　第1刷　　定価はカバーに表示してあります。

著者　鳴海 章（なるみ しょう）
発行者　村田登志江
発行所　株式会社 集英社
東京都千代田区一ツ橋2-5-10　〒101-8050
電話　【編集部】03-3230-6095
【読者係】03-3230-6080
【販売部】03-3230-6393（書店専用）
印刷　中央精版印刷株式会社　株式会社美松堂
製本　中央精版印刷株式会社

フォーマットデザイン　アリヤマデザインストア　　マークデザイン　居山浩二

ISBN978-4-08-745571-7 C0193